Susanne Leinemann

# SOMMER

MIT NEBENWIRKUNGEN

Susanne Leinemann

# SOMMER
## MIT NEBENWIRKUNGEN

Roman

Diana Verlag

FSC
www.fsc.org
MIX
Papier aus verantwortungsvollen Quellen
FSC® C014496

Verlagsgruppe Random House FSC-DEU-0100
Das für dieses Buch verwendete
FSC®-zertifizierte Papier *Super Snowbright*
liefert Hellefoss AS, Hokksund, Norwegen.


Dieses Werk wurde vermittelt durch die Literarische Agentur
Thomas Schlück GmbH, 30827 Garbsen
Redaktion | Lisa Scheiber
Umschlaggestaltung | t.mutzenbach design, München
unter Verwendung von © plainpicture/Folio Images; shutterstock
Autorenfoto | © Steffen Jänicke
Satz | Greiner & Reichel, Köln
Druck und Bindung | GGP Media GmbH, Pößneck
Printed in Germany 2013

ISBN 978-3-453-29128-7

www.diana-verlag.de

# 1

Um 9.33 Uhr zog Heinlein die Waffe. Eine tschechische Luger mit einer Revolvertrommel aus Stahl. »Das wollte ich nur erwähnt haben«, teilte er der Gruppe mit, während er selbstzufrieden und breitbeinig, die Arme abwehrend vor der Brust verschränkt, auf seinem Stuhl lümmelte. Ja, er fand sich gut. Supergut.

»Habe ich jetzt gewonnen? Klar habe ich gewonnen – ich überlebe, die anderen sind tot. Ganz einfach.«

»Sehr fair war das nicht«, murmelte Sophie und massierte sich dabei leicht die Schläfen. Manchmal machte der Job sie müde.

»Fair kommt nicht weit«, erklärte Heinlein und lachte dröhnend. »So ist es doch, Leute: Fair kommt nicht weit.«

Die anderen sieben Kandidaten im Raum schauten betreten auf den Boden.

Im C&O-Assessment-Center gehörten Rollenspiele zum Standard. Für heute Morgen hatte sich Sophie einen Klassiker ausgesucht, einen Stollen, der unerbittlich mit Wasser vollläuft. »Stellen Sie sich bitte vor, Sie als Gruppe sind dort tief unter der Erde gefangen, das Wasser steigt von Minute zu Minute. Sehr bald wird der Stollen komplett überflutet sein. Doch es gibt einen Fluchtweg, einen Rettungskorb, der wie ein Fahrstuhl in einem Schacht nach oben fährt. Allerdings passt in den Korb nur eine einzige Person. Und der Korb kann nur ein einziges Mal nach oben fahren. Nun die Frage: Wer von Ihrer Gruppe darf dort einsteigen? Und warum? Sie haben zehn Minuten Zeit, um sich auf eine Person festzulegen und Ihre Entscheidung zu begründen.«

Solche Spiele mit der Existenz waren in der Assessment-Szene äußerst beliebt. Leben oder Tod, um nicht weniger sollte es hier gehen. In den ersten Jahren, als Berufsanfängerin, hatte Sophie noch gegen diese Methoden protestiert. Niemand, argumentierte sie damals, wisse genau, wie man sich in so einem schrecklichen Moment verhalte. »Den Tod vor Augen – da entdecke ich mich doch selber neu.« Mancher, der sich für mutig hielt, merkte, wie er sich, voller Angst, nur noch ans Leben klammerte. Wohingegen scheinbar Ängstliche über sich selbst hinauswuchsen. Letztlich hatte sie diese Rollenspiele dann aber doch akzeptiert, weil sie merkte, dass sie tatsächlich aussagefähig waren. Denn sie wurden von den Teilnehmern ernst genommen. Die Assessment-Kandidaten zogen mit und offenbarten Seiten ihrer Persönlichkeit, die sonst verborgen geblieben wären.

Häufig stiegen sie sogar mit besonders großem Eifer auf solche Horrorszenarien ein, je bedrohlicher, desto besser. Das einfache Bild, das Sophie mit dem überfluteten Stollen entwarf, regte ihre Fantasie an und ließ Bilder in ihren Köpfen entstehen, die sich oft genug mit Hollywood-Filmszenen mischten. Es funktionierte. Also machte

Sophie irgendwann ihren Frieden damit. Ihre Aufgabe als Psychologin war es, sich in sehr kurzer Zeit ein Bild über den Charakter, die Stärken und Schwächen der Kandidaten zu verschaffen. Und dann die Entscheidung zu treffen, wer für den Job infrage kam. Nicht irgendeinen Job. Beim C&O-Assessment-Center ging es um Top-Jobs in der globalen Wirtschaft. Mit Berufsanfängern arbeitete Sophie schon lange nicht mehr.

Bis Heinlein sich einmischte, war an diesem Morgen alles gut gelaufen. Die meisten Argumente, die in der zehnminütigen Diskussion fielen, hatte sie schon vorher in anderen Gruppen gehört. So meinte der Saarländer, dem jüngsten Kandidaten gehöre der Platz im Rettungskorb; der Jüngste war allerdings nicht er selbst. Sophie machte sich einen Vermerk. Warum ließ er sofort jemand anderem den Vortritt, kämpfte nicht um sein eigenes Überleben? »Kein gutes Selbstwertgefühl«, notierte sie. »Keine Führungskraft. Oder nimmt er die Übung nicht ernst?«

Die beiden Frauen in der Runde appellierten an die Ritterlichkeit der Männer und meinten, der einzige Platz stehe auf jeden Fall einer von ihnen zu. »Wie wollen Sie sich denn später, nach der Rettung, oben rechtfertigen – vor den Medien, vor der Öffentlichkeit? Ein einziger männlicher Überlebender, und unten in der Tiefe liegen zwei tote Frauen. Da werden Sie doch Ihres Lebens nicht mehr froh.« Das war gut argumentiert, logisch und doch emotional. Sophie gab beiden eine positive Beurteilung.

Einen ungewöhnlichen Vorschlag machte Paul Grotemeyer. Er war ihr schon gestern aufgefallen, weil er die Dinge fokussiert und dabei unangestrengt anging. Eine echte Ausnahme. Er suchte nach einer ganz anderen Lösung. »Haben wir dort unten im Schacht ein Seil? Dann verknoten wir das Seil mit dem Rettungskorb und machen eine Schlinge daraus, in die man sich einhängen kann. Wie eine Schaukel. So retten wir zwei.« Sophie war beeindruckt. Er machte auch keinen Hehl daraus, dass er in die Schaukel steigen wollte. »Das Risiko einer solchen Hängepartie kann ich einschätzen. Mit Höhe kenne ich mich aus.« Er war ein Teamarbeiter und doch nicht selbstlos. Sophie setzte ein Ausrufezeichen neben seinen Namen.

Natürlich brachte auch einer den Zufall ins Spiel, diesmal der Betriebswirt aus Flensburg. Betont abgeklärt sagte er: »Wir sollten das Los entscheiden lassen, nur der Zufall ist gerecht. Zwischen dem Jüngsten und dem Zweitjüngsten liegen nur zwei Jahre – wo ist also der Unterschied? Und für emanzipierte Frauen gilt kein Welpenschutz.« Sophie wusste aus Erfahrung, dass ein Kandidat immer das Los ins Spiel brachte. Das war kein sehr innovativer Gedanke. »Langweilig«, schrieb sie auf. Die Gruppe diskutierte noch ein wenig hin und her und einigte sich am Ende tatsächlich auf den Jüngsten, einen sechsundzwanzigjährigen Volkswirt aus Bergisch Gladbach, der nicht so recht verstand, wie ihm geschah. Auch das gab eine Notiz. Keine positive.

Heinlein hatte sich bis dahin auffällig zurückgehalten. Im Grunde genommen schrieb Sophie ihn schon ab. Er war der älteste Teilnehmer, ein farbloser Kerl aus der Provinz, der in der Geschäftsführung eines mittelständischen Elektro-Zulieferers bei Stuttgart arbeitete. Dieser Pitch um einen Manager-Job bei einem globalen Kosmetikunternehmen war einfach eine Nummer zu groß für ihn. Sophie wusste schon jetzt, dass der Headhunter sich bei Heinlein gründlich vergriffen hatte.

Doch dann überraschte Heinlein sie. Indem er die Waffe zog, die Luger. Damit zwang er den Jüngsten, aus dem Korb wieder auszusteigen, nahm dessen Platz ein und fuhr ungehindert nach oben. Allein. Erwachsene hielten sich nicht immer an die Spielregeln. Genau genommen gab es die beim Rollenspiel auch nicht.

»Gewonnen, gewonnen«, sang Heinlein, der sich vor Glück kaum einkriegte.

Sophie ärgerte sich maßlos über sich selbst. Sie hätte dieses blöde Szenario nicht wählen dürfen, es geisterte längst durch Internet-Foren wie »assessment-albtraum.com« oder »hate-jobgames.de«, wo ihre Kandidaten sich auf den letzten Stand brachten. Wahrscheinlich fand sich auch die Sache mit der Waffe im Netz. Heinlein musste davon gelesen haben. Von selbst wäre er nie auf diese radikale Idee gekommen. Ungeduldig ließ Sophie die Mine aus dem Kugelschreiber ein- und wieder ausfahren. Sie schaute Heinlein mit ihren grünen Augen kritisch an. Nicht einmal ihre blonden Locken, die sie sonst immer weicher und lustiger wirken ließen, milderten ihren Gesichtsausdruck ab. Plötzlich bemerkte jeder im Raum, dass ihre Nase ein wenig schief war, wie bei einem Boxer. Eine blond gelockte Frau mit einer gebrochenen Nase? Nur Heinlein fiel nichts auf.

»Wenn Sie oben angekommen sind, wird das Rettungsteam die Waffe in der Notkapsel finden«, sagte Sophie in einem scharfen Ton.

»Quatsch, die entsorge ich vorher«, konterte Heinlein.

»Sie können die Waffe nicht entsorgen, die Kapsel ist geschlossen und der Schacht so eng, dass nichts runterfallen kann. Die Waffe liegt bei Ihnen im Korb. Punkt. Jeder kann sich dann ausmalen, was unter der Erde geschehen ist. Es wird zum Prozess kommen.«

»Na und?«, sagte Heinlein großkotzig, »ich nehme mir einen guten Anwalt und plädiere auf Psychostress. Sie wissen schon – Todesangst, ich bin wie von Sinnen, weiß nicht, was ich tue, bin für den Kram nicht verantwortlich. Vermutlich komme ich mit einer Bewährungsstrafe davon. Ich meine, Ihre Branche bietet doch eine Menge verständnisvoller Psychogutachter, die dem Richter schon klarmachen werden, dass eigentlich ich die arme Sau bin.«

»Und was sagen Sie den Angehörigen der Toten, die Ihnen die Schuld geben werden?«

Heinlein winkte ab. »Die werden mit Geld abgefunden, von der, was weiß ich – Bergwerksfirma. Ich meine, irgendwer ist doch für diesen Stollen verantwortlich, nicht wahr? Der zahlt dann halt.«

Sophie schloss die Augen. Die Müdigkeit war wieder da. Diese tiefe, tiefe Müdigkeit. Heinlein hatte recht, wäre das Szenario real, er würde vermutlich wirklich nicht hart bestraft werden. Doch Sophie gefiel diese Richtung überhaupt nicht.

Seit einigen Jahren wurden die Kandidaten zunehmend aggressiver, egomanischer, hemmungsloser. Die Bereitschaft, die Gruppe zu opfern, nur damit man selbst bei der Präsentation eine gute Figur machte, nahm zu. Und leider neigten viele Verantwortliche im Assessment-Center dazu, so ein asoziales Verhalten als Durchsetzungsfähigkeit und Stärke zu belohnen. Dabei waren das nur Psychopathen. Brauchte die Top-Etage der deutschen Wirtschaft Psychopathen in ihren Vorstandsreihen? Kerle, die nur an ihren eigenen Vorteil dachten, daran, wie sie selbst bei einer Insolvenz noch fett absahnen konnten? Nein, fand Sophie. Aber sie stand mit ihrer Meinung ziemlich allein da.

Sie schielte zu Grotemeyer. Für sie war er der wahre Gewinner dieser Runde. Einer, der sich selbst retten wollte, aber nicht die Nerven verlor und versuchte, auch anderen zu helfen. Einer, der an die Gruppe dachte, der menschlich blieb. Das gefiel ihr. Wie locker er da saß, als hätte er nichts zu verlieren. Keine Angst vor Höhe? Bestimmt kletterte er. Seine Hände verrieten ihn. Schwielen an den Fingerspitzen, die bekamen nur Gitarristen oder Freeclimber. Außerdem tarnte ihn sein Anzug kaum. Man sah ihm irgendwie an, dass er ein lässiger Jeans-T-Shirt-Typ war. Obwohl die Krawatte ordentlich saß, schien sie doch nur darauf zu warten, dass er mit seinen kräftigen Fingern den Knoten lockerte, sie danach mit einem Ruck über den Kopf zog und in den Tiefen einer Schublade verschwinden ließ. Alles an ihm wirkte energisch.

Unauffällig scrollte sie durch Grotemeyers Lebenslauf. Er kam aus Berlin, arbeitete in der Geschäftsführung eines IT-Unternehmens, hatte Jura studiert.

Wie Johann, kam ihr plötzlich in den Sinn. Was er wohl gerade machte? Er war auf Geschäftsreise in Wien. Seit Tagen war die gemeinsame Wohnung leer, wenn Sophie abends nach Hause kam, wartete nur der Handstaubsauger auf sie – ein Ding, das ein bisschen aussah wie ein

Haustier, wenn es geduckt in der Ecke stand. Johann reiste viel, er verkaufte gebrauchte deutsche Fabrikmaschinen in alle Welt. Die Maschinenparks insolventer Mittelstandsunternehmen aus dem Ländle beispielsweise. Sie gingen nach Indien, China, in den arabischen Raum. Im Moment lief es unglaublich gut für ihn. Jedes Mal, wenn Sophie die monatlichen Briefe des Vermögensberaters öffnete, konnte sie kaum glauben, welche Summen dort standen. Sie würde bald einen reichen Mann heiraten, wann auch immer das war. Wenn sie beide endlich Zeit für die Hochzeit fanden.

Es war Stille im Raum eingetreten, alle starrten Sophie an. Sie leitete diese Assessment-Runde, sie musste sagen, wie es weiterging. Erschrocken merkte Sophie, dass sie in Gedanken abgeschweift war. In der Assessment-Auswahl ging es auch darum, immer die Spannung zu halten. Die Kandidaten mussten unter Druck zeigen, was in ihnen steckte. Hielten sie den Stress aus? Brachen sie zusammen? Eine sinnierende Psychologin, die einen hübschen männlichen Kandidaten beäugte und sich dabei zu ihrem Dauerverlobten träumte, gehörte nicht zum Programm.

»Spontanvortrag«, sagte Sophie eilig. Eigentlich wäre der jetzt noch nicht dran gewesen, aber das Wort »spontan« verleitete sie.

»Fangen wir doch mit Herrn Heinlein an. Dem Gewinner des Tages«, sagte Sophie mit unüberhörbarer Ironie in der Stimme, während sie die iPads verteilte. »Ihr Thema, Herr Heinlein, lautet, passend zu der Stelle, die hier besetzt werden soll: Männerpflege als neuer Markt oder die Kunst, Kerlen Kosmetik zu verkaufen. Der Vortrag sollte rund fünf Minuten dauern.«

»Für das Thema brauche ich keine fünf Minuten«, unterbrach Steffen Heinlein sie laut, »da ist doch schnell alles gesagt: ein Mann und sein Duschgel.«

»Wenn man Glück hat, benutzt er Duschgel«, warf sein Nebenmann, der Jüngste, ein. Beide lachten und klatschten sich ab. So schnell war die Sache mit der Waffe vergessen. Eine Zote, und schon waren die Herren im Raum wieder beste Kumpels. Die beiden Frauen dagegen sahen nicht so aus, als würde Heinlein bei ihnen jemals wieder Land gewinnen. Mit solchen Scherzen gewiss nicht. Sie schauten gequält drein.

»Unsere Spontanvorträge laufen allerdings etwas anders ab als bei normalen Assessment-Centern. Ich habe es gestern ja schon einmal kurz angedeutet. Die …«, setzte Sophie nun neu an, ohne sich von der Kumpanei vor ihren Augen irritieren zu lassen. Der Jüngste giggelte noch immer. Heinlein unterbrach sie noch einmal.

»Frau Kaltenbrunn, nun belehren Sie uns mal nicht. Normalerweise schicken wir als Chefs die Bewerber ins Assessment-Center. Und der Spontanvortrag, das ist nun wirklich ein Dauerbrenner. Um nicht zu sagen: ein alter Hut.«

Grinsend schaute Steffen Heinlein in die Runde, versuchte Beifall von seinen Mitbewerbern einzuheimsen. Doch die hielten sich zurück. Mit der Assessment-Leitung wollte sich niemand anlegen. Steffen Heinlein merkte sofort, wie die Stimmung umschlug. Zum ersten Mal wirkte er ein wenig unsicher. Er fuhr sich mit der Hand durch die schon lichten Haare.

»Also gut, wenn keiner protestiert, können wir ja loslegen. Hat jeder ein iPad vor sich liegen? Ja? Dann fahren Sie das Gerät jetzt hoch. Ich höre, das klappt. Sie werden sicher schnell begreifen, worin der besondere Reiz unseres Spontanvortrags liegt. Bislang haben alle Gruppen das prompt kapiert.«

Mit einer Fernbedienung schloss sie nun die Lamellen, die vor der Fensterfront hingen, das Panorama von Berlin verschwand. Was blieb, war der teuer eingerichtete Raum. »Top-Leute für die Wirtschaft kann man nicht in Räumen finden, die daherkommen wie eine evangelische Akademie. Ich dulde kein PVC, kein billiges Furnier, keine Lampen aus einem schwedischen Einrichtungshaus«, lautete das Motto ihrer Chefin. Die Strategie zahlte sich aus, das Assessment-Center lief prächtig. Die Nummer eins der Hauptstadt. Die Kundenliste las sich wie ein *Who is Who* der internationalen Konzernwirtschaft.

»So, und jetzt klicken Sie bitte alle unseren Intranet-Button an und gehen dann auf die interne Twitter-Funktion. Sind alle so weit? Dann schalte ich jetzt den Beamer für die Twitterwall ein. Ich wiederhole: Alle Kommentare bleiben anonym, wir können sie auch später nicht mehr zuordnen. Allerdings sehen wir vom Assessment-Team, wie häufig Sie den Spontanvortrag von Herrn Heinlein kommentiert haben. Natürlich bitte ich um eine rege Teilnahme, ein richtiges Twittergewitter. Also bitte, Herr Heinlein …«

»Feuer frei!«, fiel ihr Heinlein nun hastig ins Wort. Sollte jemand im Raum die Geschichte mit der Luger schon vergessen haben, nun war sie wieder allen in Erinnerung. Heinlein stand auf und preschte nach vorne. Er war kein sehr großer Mann, kräftig, mit einem kleinen Bauchansatz, der graue Anzug spannte trotzdem nicht. Die Haare waren kurz, mit ein bisschen Gel versuchte er die kahleren Stellen zu überspielen. Vor fünfzehn Jahren trug er bestimmt noch Schnurrbart und eine Motivkrawatte mit Pandabären, die ihm seine Ehefrau zu Weihnachten geschenkt hatte. Verheiratet war er, Heinleins gold-silberner Ehering spannte auf dem Finger. Er stellte sich nun hinter das Stehpult und zupfte noch einmal kurz an seinem Jackett herum, das offensichtlich doch ein wenig unter den Armen kniff. Dann begann er.

»Wir Männer sind anders. Wir brauchen keine Pflegeprodukte. Keine Foundation, keine Peeling-Maske, Serum mit Dreifach-Wirkung und Concealer mit Airbrush-Technologie. Nein, alles, was wir Männer brauchen, ist ein Basiscamp der Pflege: Seife und Duschgel, Deo, Rasierschaum und Aftershave. Das reicht uns.«

»Und was ist mit meinem neuen X-Power-Energy Augen-Roll-on? Ohne den gehe ich nicht aus dem Haus!«, erschien jetzt hinter Heinlein in großen Lettern an der Wand. Hoch lebe der Beamer, dachte Sophie. Der verschaffte dem Twitter-Gezischel einen ganz großen Auftritt.

»X-Power Energy. Klingt ja wie eine Benzinsorte«, folgte nun der nächste Eintrag.

»Damit sehe ich frisch aus«, twitterte der Erste anonym.

Heinlein nahm den Ball sofort auf. Alle Achtung, dachte Sophie, er reagiert auf die digitalen Zwischenrufe seiner Zuhörer. Ob es ihr nun gefiel oder nicht, das war ein Pluspunkt.

»Frisch«, rief er vorne aus und riss begeistert die Arme

hoch, »das ist mein Stichwort: Der Mann sieht nicht gepflegt aus, er sieht frisch aus. Und fit. Von mir aus auch kraftvoll. Aber nicht gepflegt – das klingt wie vom anderen Ufer.«

»Vom anderen Ufer???«, erschien nun groß an der Wand. Klar, dass das Reaktionen hervorrief.

»Er meint damit schwul«, ergänzte jemand.

»H-O-M-O-S-E-X-U-E-L-L.«

»In der Provinz hat man noch Angst, das Wort auszusprechen.«

»Freunde«, sagte Heinlein nun hastig, »falls hier im Raum jemand eine andere Orientierung hat, den will ich natürlich nicht beleidigen. Ob Männlein mit Weiblein oder Männlein mit Männlein, das geht mich nix an.«

»Und Weiblein mit Weiblein?«, tauchte nun auf.

Heinlein bekam große Augen. Er gluckste leicht und schüttelte die rechte Hand, als hätte er sich verbrannt. »Oh ja, hier in Berlin kriegt man ja einiges zu sehen. Mein Hotel liegt in Schöneberg, und ...« Sophie schaute ihn streng an, er brach ab und konzentrierte sich wieder.

»Was ich eigentlich sagen wollte: Wenn ich mir als Kerl eine Tube Feuchtigkeitscreme kaufe, dann will ich mich dabei nicht fühlen wie meine Ehefrau, bevor sie abends ins Bett geht. Dann hat die nämlich auch immer so Schmiere im Gesicht. Ich bin ein Mann, verdammt!«

»Die Frau mit Gurkenmaske im Gesicht – was für eine trostlose Ehe«, warf nun der Beamer an die Wand.

»Hat sie auch eine Wärmflasche dabei?«, fragte nun der Nächste.

»Und er lässt die Socken an!«

Nun schaute Heinlein ehrlich empört. Und er machte einen Fehler, er ließ sich zu sehr von den Twitter-Kommentaren ablenken. Er beugte sich über das Stehpult und sagte laut:

»Meine Frau und ich haben immer noch guten Sex. Muss man echt sagen. Auch nach den vielen Jahren. Ich will nicht sagen, dass ich nicht auch mal woanders genascht habe. Aber am Ende …«

»Mir wird schlecht«, reagierte jemand prompt.

»Wer will das hören«, ein anderer.

Sophie räusperte sich. »Herr Heinlein«, sagte sie laut in den Raum, »bitte konzentrieren Sie sich auf Ihr Thema.«

»Also, um die Kurve zu kriegen: Der Erfolg der Männerkosmetik kam mit dem neuen Marketing. Jetzt steht ›Sport‹, ›X-treme‹, ›cool‹ und ›Power‹ auf der Packung. Denn wir Männer sind anders. Wir färben uns nicht die Haare, wir tunen. Wir saugen nicht, wir kärchern. Wir machen keine Betten, nein, wir bauen sie. Seitdem die Kosmetikindustrie so umgeschwenkt ist, verkauft sich der Kram auch. Enorme Gewinnzuwächse. Denn wir sind Testosteron, kein Östrogen.« Heinlein redete sich nun regelrecht in Rage, die Durchblutung im Gesicht nahm zu, seine Bäckchen glänzten rot.

»Achtung, die rote Alarmleuchte geht an«, witzelte jemand.

»Gleich springen vom Hemd die Knöpfe ab, und Superman steht vor uns.«

»Geballtes Testosteron mit Bauchansatz.«

»Holt mir meine Luger!«

»Und eine Wimperntusche in der Stahlkartusche.«

Die letzten Bemerkungen schienen Heinlein ganz gut zu gefallen, sie stachelten ihn an. Nun wurde er noch mutiger und sprach verschwörerisch zu seinen Zuhörern.

»Ich habe mich auf diese Assessment-Veranstaltung vorbereitet. Ein Job in der Kosmetikbranche, so viel war ja bekannt. Wollt ihr wissen, was ich gemacht habe?« Das »Du« kam ihm ganz selbstverständlich über die Lippen.

»Botox gespritzt? Schließlich ein Nervengift, vom Militär entwickelt. Sehr männlich!«

»Der und Botox? Das wäre ja ein trauriges Ergebnis.«

»Zur Vorbereitung kleinen Feigling gezischt«

»Würde die roten Äderchen erklären.«

Sophie schaute mahnend in die Runde, sie fand den Twitter-Ton zu abfällig. Zu ihrem Erstaunen aber machte Heinlein unbeeindruckt weiter.

»Ich war in der örtlichen Parfümerie. Das hat mich umgehauen. Es gibt ja inzwischen alles für uns Kerle: Anti-Aging-Creme, Peeling, Kühlpads für die Augen, Gele, Seren, den ganzen Kram. Sogar eine Pinzette für Männeraugenbrauen habe ich gefunden. Wo kommen wir denn da hin? Soll ich mir etwa die Augenbrauen zupfen?« Bei dem Wort »zupfen« ruderte er empört mit den Armen.

»Männer zupfen nicht, sie jäten«, erschien nun an der Wand.

»An wen erinnern euch seine Brauen?«

»Theo Waigel!«

»Den Ötzi.«

»Gargamel.«

Seit Beginn des Vortrages hatten alle ihn verspottet,

doch nun stand fest: Heinlein war ein Provinzei. Das Augenbrauenzupfen entlarvte ihn. Jeder Idiot wusste, dass immer mehr Männer ihre Augenbrauen in Form brachten. Für die Heranwachsenden in der Großstadt war das längst normal. Augenbrauenzupfen gehörte zum Hier und Heute, genauso wie Männerkosmetik allgemein. Wer das alles noch so aufregend fand wie Heinlein, der outete sich als gestrig. Der Vorsprung, den er in den Augen der anderen noch durch die Luger-Aktion gehabt hatte, schmolz nun dahin. So schnell wie Kunstschnee in Zeiten der Klimaerwärmung. Der Mann war eine Witzfigur.

»Frida Kahlo«, schrieb nun ein Vierter, der sich ebenfalls über Heinleins Augenbrauen amüsierte.

Die mexikanische Malerin schien Heinlein ein Begriff zu sein, er regte sich furchtbar auf.

»Ich bin doch keine Frau«, schrie er empört auf. Doch niemand im Raum antwortete ihm direkt, die ganze Kommunikation lief ja anonym über die Pads. Die anderen Kandidaten saßen ihm äußerlich so neutral gegenüber, als halte er gerade bei der IHK einen Vortrag über mittelständische Betriebsführung. Niemand lachte, nur die Finger flogen weiter über die Touchscreens.

»Stimmt – keine Frau. Eine ungepflegte Frau«, korrigierte der Erste.

Steffen Heinlein konnte sich nicht mehr beruhigen. »Soll das heißen, ich bin ungepflegt? Ich? Ich dusche jeden Tag. Benutze immer ein Aftershave. Muss ich mich etwa noch unter den Achseln rasieren wie Steffi?« Steffi musste seine Frau sein. Steffen und Steffi, das hatte sicherlich eine klingende Hochzeitseinladung ergeben.

»Achselhaare. Wie ekelhaft!!«, erschien hinter ihm auf der Wand. Und drei traurige Smileys.

»Das will doch kein Mensch hören.«

»Der Typ gehört hier nicht hin. Der soll zurück in seine Höhle kriechen.«

Besorgt sah Sophie zu Heinlein, fragte mit einer diskreten Geste, ob sie die Runde vorzeitig beenden sollte. Aber er machte abwehrende Zeichen. »Nein, nein«, murmelte er, »ich halte durch.« Doch langsam schien ihm zu dämmern, wer als Zuhörer vor ihm saß: seine allerschärfsten Konkurrenten. Mit seiner Luger-Aktion hatte er alle im Raum gedemütigt, nun zahlten sie es ihm heim. Er versuchte einen neuen Anlauf, aber die Konzentration war weg.

»Also, wie ich eben schon sagte, ein Mann und sein Duschgel, nein, Verzeihung ... sein kölnisch Wasser ...«, stotterte er. Im Gesicht erschienen hektische Flecken, immer wieder drehte er sich zur Wand um, ob ein neuer Kommentar erschienen war. Tatsächlich ließ der nächste nicht lange auf sich warten.

»Der Typ ist ja völlig verwirrt«, stand da mit einem Smiley dahinter.

»Du bist nicht chillig, Heinlein«, folgte dann.

»Da ist ja meine Multi-Funktions-Augenkonturpflege effektiver als der. Übrigens: nur für Hommes.«

»Hommes – das versteht er nicht«, kam jetzt.

»Ist ja Französisch.«

»Französisch kann er nicht. Findet er nicht männlich.«

»Aber Steffi kann französisch«, bemerkte jemand.

»Dann stört die Gurkenmaske auch nicht.«

Sophie ging mit schnellen Schritten nach vorne in Richtung Beamer. Das hier ging zu weit. Auf der Höhe von Heinlein blieb sie stehen, fasste tröstend seine Schulter.

»Blutgrätsche«, sagte er leise.

»Wie bitte?«, fragte Sophie, und obwohl sie ihn nicht mochte, tat er ihr plötzlich leid.

»Das geht hier gegen den Mann, nicht gegen den Ball.« Steffen Heinlein schaute sie mit großen, erschrockenen Augen hilflos an. Nichts war mehr von dem provozierenden Großkotz geblieben, der er wenige Minuten zuvor noch gewesen war. Sophie roch jetzt seinen Stressschweiß.

»Setzen Sie sich erst mal«, sagte sie sanft und griff nach einem der weißen Designerstühle. Erschöpft ließ Heinlein sich fallen. Sophie ging davon aus, dass das Twittern nun aufhörte. Aber als sie auf die Wand blickte, war der Strom der Kommentare nicht abgerissen.

»Jetzt braucht er ein Turbo-Deo-EXTREME. Man sieht Flecken unter den Achseln.«

»Oder er nimmt endlich den Rasierer.« Smiley, Smiley.

»Weint er?«

Keiner im Raum schaute hoch, alle tippten stumm und eifrig in ihre iPads. Ein Kommentar jagte den nächsten.

»Nein, das ist nur ein Schweißbächlein.«

»Jetzt sackt er in sich zusammen.«

»Ruft 110 – der Mann steht ja kurz vorm Herzinfarkt.«

»Tja, fair kommt nicht weit!«

»Geigen! Dramatische Musik!!! Hollywood in Berlin.«

Sophie schaute fassungslos in die Runde, niemand beachtete sie. Die Meute hörte einfach nicht auf zu hetzen, wie Bluthunde waren sie hinter Heinlein her. Endlich fing sie einen Blick auf, es war Paul Grotemeyer, zumindest er twitterte nicht mehr. Sein Blick war genauso empört wie ihrer. Wie gut das tat. Nein, sie war nicht zu sensibel, zu weich – das hier ging wirklich zu weit. Steffen Heinlein saß zusammengesunken vorne auf dem Stuhl.

»Schlicht zu alt! Der ist doch schon über fünfundvierzig.«

»LOSER!!!!« Krawallsmiley, Krawallsmiley.

Da zog Sophie den Beamerstecker aus der Steckdose, und sofort verschwanden die wüsten Schmähungen von der Wand.

»Es reicht«, sagte sie scharf. »Wir sind hier nicht auf dem Schulhof. Sie müssen Ihre Konkurrenten nicht mit Samthandschuhen anfassen, das ist klar. Schließlich ist dies ein Wettbewerb. Aber wenn einer am Boden liegt, tritt man nicht mehr nach. Wir machen jetzt zwanzig Minuten Pause. Ich hoffe, Sie verhalten sich beim nächsten Kandidaten professioneller.«

Das saß. Das Wort »professionell« ließ sie alle strammstehen. Sie mochten eine herzlose Meute sein, die schamlos auf einem herumtrampelte, der längst am Ende war. Da kannten sie keine Hemmungen. Aber wenn sie nicht richtig funktionierten, wenn sie in ihrem Job unprofessionell waren, verletzte das ihr Ehrgefühl. »Professionell« – ein Wort wie ein Donnerhall. Sophie drückte Steffen Heinlein noch mal aufmunternd die Schulter und sagte leise: »Ich hole Ihnen jetzt einen Cappuccino, bin gleich wieder da.« Dann ging sie hinaus und ließ lautstark die Tür knallen.

Im Raum konnte man eine Stecknadel fallen hören.

# 2

Raus, bloß raus. Sophie brauchte frische Luft. Natürlich hätte sie sich auch in ihrem Büro verschanzen können, aber so ein Typ war sie nicht. Wütend drückte sie die Tür zum Treppenhaus auf. Die Geduld, auf den Fahrstuhl zu warten, brachte sie jetzt nicht auf, und die Vorstellung, womöglich zusammen mit anderen Personen in der engen Kabine zu stehen, war ihr zuwider. Sie nahm die ersten Stufen. Der Weg war nicht weit, es waren nur zwei Stockwerke bis oben auf das Dach.

Das Assessment-Center saß im vierzehnten und fünfzehnten Stock eines Hochhauses aus den Sechzigerjahren. Kein sehr schönes Gebäude, aber es lag gut. Direkt an der Potsdamer Straße, einer breiten Zentralachse Berlins, von den Berlinern maulfaul »Potse« genannt. Lange hatten Firmen diese Gegend, die für ihren harten Straßenstrich bekannt war, gemieden. Außer einem Sex-Kaufhaus, einem Möbelladen, einem Woolworth, unzähligen Dönerbuden und Sport-Wettbüros hatte sich über die Jahre niemand angesiedelt. Das änderte sich gerade, die Lage lud dazu ein. Fünf Minuten nach Mitte, fünf Minuten zum Ku'damm und das Herz Schönebergs in Spuckweite. Erst zogen die Kunstgalerien her, die sich die Auguststraße nicht mehr leisten konnten, dann die Start-up-Unternehmen und inzwischen auch etablierte Firmen wie das Assessment-Center. Im Hochhaus herrschte ein reges Kommen und Gehen der Mieter, und nach drei Jahren gehörte C&O schon zu den Alteingesessenen hier. Vor wenigen Monaten hatte Sophie die wunderbare Entdeckung auf dem Dach gemacht.

Die Tür nach draußen war wegen der Brandschutzbestimmung immer unverschlossen. Da lag er, gepflegt und in sich ruhend – ihr kleiner Zen-Garten. Sogar die Spuren ihrer Holzharke waren noch zu sehen, nur an drei Stellen hatten die Krähen von Berlin die Erde aufgewühlt. Sophie trat nach draußen und atmete tief ein. Sie liebte dieses Szenario, die kleinen Bäume, der Himmel über Berlin, dazwischen einige Abluftschächte und tief unter ihr das Dröhnen der Autos in der Potsdamer Straße. Der unablässige Autolärm war durchwoben von aggressivem Hupen, lautem Fluchen von Fahrradfahrern oder der anschwellenden Sirene eines vorbeifahrenden Krankenwagens. Dazwischen rumpelte die U-Bahn, die hier als Hochbahn fuhr. Aber so weit oben klang der Großstadtlärm ganz natürlich. Sophie ging hinüber zur kleinen Holzkiste und holte die Gartenschere heraus. Und die Gartenhandschuhe. Bislang war sie nie mit Dreck unter den Fingernägeln ins Büro zurückgekehrt, so konnte sie ihr Geheimnis bewahren.

Wer diesen Garten ursprünglich angelegt hatte, wusste sie nicht. Jemand mit Geld, das war klar. Denn solche Outdoor-Bonsais kosteten viel, oft um die zweitausend

Euro. Bis vor einem halben Jahr residierten im Haus zwei größere Unternehmen für Wirtschaftsberatung, sprich Lobbyisten. Inzwischen waren sie näher ans Regierungsviertel gezogen. Sophie vermutete, dass einer der Chefs diesen Garten hatte anlegen lassen. Eine Zeit lang galt der Zen-Buddhismus als schick unter Spitzenmanagern. Manager unterlagen genauso dem Modediktat wie Leserinnen von Frauenzeitschriften. Mal fuhren die Spitzenkräfte auf die Schmetterlingstheorie ab (»Der Flügelschlag eines Schmetterlings in Asien kann wenig später die Börse in New York zum Einsturz bringen!«), mal auf Survival-Camps (»Wir setzen Sie nur mit einem Messer bewaffnet in der kanadischen Wildnis aus – und Sie finden allein den Weg zurück. Diese Erfahrung wird Sie prägen und stärker machen.«). Vom Zen-Boom blieben nur einige Tonnen Sachbücher übrig, die man jetzt für fünfzig Cent auf Wühltischen kaufen konnte. Doch dieser Garten existierte weiterhin. Als Sophie ihn fand, verwilderte er gerade.

Die Entdeckung war reiner Zufall gewesen. Sophie konnte nicht richtig mit dem Rauchen aufhören, alle paar Wochen fiel sie in die schlechte Angewohnheit zurück und kaufte sich eine Schachtel Zigaretten. Und dann noch eine. Sie entspannte sich einfach gut beim Rauchen. Allerdings war Qualmen im Assessment-Center strengstens verboten, es wurde auch nicht auf den Balkonen geduldet. Normalerweise traten die Raucher den Gang nach unten vor das Gebäude an, doch der brauchte seine Zeit – und das Ergebnis war trübselig. Dann stand man an der stark befahrenen Potsdamer Straße, rauchte und atmete gleichzeitig die Abgase der Autos ein. Doppeltes Lungenkrebsrisiko. Also wählte Sophie eines Tages den Weg nach oben auf das Dach, und so kam es zur ersten Begegnung mit dem verlassenen Zen-Garten.

Die Bonsais konnte sie zunächst vor lauter Unkraut kaum sehen. Löwenzahn, Knöterich, Brennnesseln, Gras, alles wucherte vor sich hin. Der Dachgarten erinnerte sie an einen dieser kleinen Berliner Parks, in die man seinen Fuß lieber nicht setzte, denn die Gefahr, in tierische oder gar menschliche Hinterlassenschaften zu treten, war einfach zu groß. Aber dann bemerkte Sophie das aufwendige Mäuerchen. Warum hatte man das hochgezogen? Irritiert schob sie das Unkraut ein wenig zur Seite und entdeckte den ersten Bonsai. Eine japanische Schirmtanne, wie Sophie später herausfand.

Ihre Neugier war geweckt. Noch am selben Abend kaufte sie im Baumarkt Gartenhandschuhe, eine kleine Hacke, einen sehr teuren Unkrautstecher sowie eine scharfe Gartenschere und bestellte in einem Spezialversand eine Bonsai-Schere. In einer Holzkiste brachte sie alles zur Arbeit und stellte diese oben auf dem Dach ab. Seitdem kümmerte sie sich um das Gärtchen, so oft sie konnte.

Am Ende legte sie sechs Bonsai-Bäumchen frei. Eigentlich war Sophie kein Freund dieser überzüchteten Minikreaturen, andererseits musste sie respektvoll anerkennen, wie hartnäckig sich die Pflanzen in der Erde hielten. Diese Bäume hatten mindestens einen Winter allein hier oben auf dem Dach überstanden. Sie harrten wacker aus, behaupteten sich gegen das wuchernde Unkraut und das Ungeziefer. Das fand sie eindrucksvoll. Ein bisschen erinnerten sie die Bäume an ihre eigene Klientel einige Stockwerke weiter unten: Auch ihre Prüflinge waren meist überzüchtete Manager, groß geworden in irgendwelchen Schweizer oder englischen Business-Schools, elegant in Form und Auftreten, aber nur wenn sie wirklich gut waren, hatten sie auch den Biss, den es brauchte, um in der eisigen Wirtschaftswelt zu überleben. Sophie adoptierte also die Bonsais. Sie las sich ein, wie und wann man Bonsais beschnitt, und merkte bald, wie gut ihr die Arbeit auf dem Dach tat. Eine Viertelstunde an der frischen Luft reichte meist, um den Kopf frei zu kriegen. Obwohl Sophie gerne in Berlin lebte, vermisste sie die Natur. Sie sehnte sich nach den langen Spaziergängen mit dem Hund über die Felder bei ihren Eltern. Ihre Berliner Freunde, ihre beste Freundin Nina, auch Johann, verstanden das nicht. Die Großstadt gab Sophie nicht alles, was sie brauchte. Aber der kleine Zen-Garten machte es besser. Er machte sie glücklicher.

Sie hatte jedem Bonsai einen Namen gegeben. Alles Jungennamen, die mit »E« begannen: Erwin, Edgar, Egon, Eno, Emil und Enrique. Sie fand, die Namen passten ganz gut zu den kleinen Bäumen, die alle auf ihre Art eigen waren, verdreht, knorpelig, geduckt, gespreizt. Als Erstes kümmerte sich Sophie um Erwin, eine Mädchenkiefer.

Er roch wie eines dieser Wohlfühl-Schaumbäder aus der Drogerie. Sophie untersuchte, ob er schädlingsfrei war, entfernte ein trockenes Ästchen und holte dann den Wasserzerstäuber hervor, um ihn zu besprühen. Es war schön zu sehen, dass auch den Bonsais Sophies tägliche Besuche guttaten.

Außerdem hörten die Bonsais ihr zu.

Denn während sie sprühte, führte sie Gespräche mit ihnen.

»Nein, ich schäme mich nicht für meinen Beruf. Genau deshalb habe ich Psychologie studiert – weil ich die Stärken und Schwächen von Menschen gut erkennen kann. Das Assessment-Center passt zu mir. Ich bin keine Händchenhalterin! Ich werde mich nicht an den Rand einer Couch setzen, mir tragische oder einfach blödsinnige Geschichten irgendwelcher Patienten anhören, ab und zu ein Kleenex rüberreichen, damit sie sich die Tränchen trocknen können, und dann nach dem Schlüssel zur Lösung suchen, der in irgendeiner frühkindlichen Erfahrung verborgen liegt. Das kann ich nicht, dafür fehlt mir schlicht die Geduld. Ich habe nicht jahrelang studiert, um dann das verkorkste Dasein anderer Leute in endlosen Therapiesitzungen zu bequatschen.«

Ein leichter Windstoß ging über den Dachgarten und brachte Egon, den rotblättrigen Fächerahorn, in Wallung. Seine leichten Blätter fuhren sanft durch Sophies Haare.

»Ja, ich weiß, meine Locken signalisieren etwas anderes – sie täuschen ein weibliches Helfersyndrom vor. Doodle macht niemandem Angst, Doodle ist immer lustig, immer verständnisvoll.«

Doodle, so wurde Sophie aufgrund ihrer Haare von den engsten Freunden und der Familie genannt. Ein Doodle war eine Kreuzung aus Golden Retriever und Pudel. Da ihre Locken blond waren, ein mattes Goldblond, drängte sich der Spitzname regelrecht auf. Zum Glück wusste in der Firma niemand davon.

»Aber für das, was da unten gerade passiert ist, habe ich kein Verständnis!«

Sie ging mit der Wassersprühflasche hinüber zu Eno, der japanischen Schirmtanne. Er war ihr erstes Bonsai-Date gewesen, daher hatte sie zu ihm eine besonders enge Bindung.

»Ich weiß genau, was du jetzt sagen willst: Nimm es nicht so schwer. Der Heinlein hat es selbst herausgefordert. Überhaupt, niemand wird gezwungen, sich einem Assessment-Center auszusetzen. Die Kandidaten wollen halt den Hauptgewinn: Eintritt in die Welt des globalen Managements! Das ultimative Upgrade! Willkommen, First-Class-Lounges und Top-Hotels, noble Dienstautos mit Chauffeur und Boni-Zahlung am Ende des Jahres. So einen Karrierekick gibt es nicht umsonst, um in dieser Liga mitzuspielen, muss man sich anstrengen!«

Sie entdeckte einen neuen Trieb bei Eno, der aber in die falsche Richtung wuchs. Mit der Bonsai-Schere trennte sie ihn ab.

»Die meisten Kandidaten behandeln ihre Untergebenen im Alltag auch nicht besser, die fordern ständig Höchstleistungen und Überstunden, triezen, wo sie nur können. Das weiß ich, weil ich mich vorher meist in Foren informiere. Du glaubst nicht …«, sagte sie jetzt an Enrique gewandt, einem Strauch-Wacholder, der so würzig und temperamentvoll roch, dass er seinen Namen zu Recht trug, »… was ich schon alles über unsere Kandidaten erfahren habe. Es ist nicht schlecht, dass sie hier im Assessment-Center mal zwei Tage auf der anderen Seite stehen. Bewertet werden, statt selbst zu bewerten. Gefordert werden, statt zu fordern. Die haben doch völlig vergessen, was es heißt, selbst in den Kampf geschickt zu werden. Einfach mal wieder einen Vortrag halten, der nicht von einem Assistenten bis ins letzte Detail vorbereitet wurde. Aber was da unten gerade mit Heinlein passiert ist, das ging zu weit!«

Plötzlich überkam sie wieder diese Müdigkeit. Sie musste sich auf das Mäuerchen setzen.

»Manchmal«, sagte sie leise, »verliere ich die Lust am Job.«

Sie vergrub ihr Gesicht in den Händen, die Locken fielen über ihre Handrücken, im Nacken spürte sie die warme Sonne.

»Aber was bleibt mir außer der Arbeit?«

Das therapeutische Gespräch mit den Bonsais läuft ja super, dachte Sophie sarkastisch. Die Wut war verraucht und hatte einer großen Trauer Platz gemacht. Sophie spürte langsam, wie sie in eine Region ihres Lebens vordrang, wo es wirklich schmerzhaft wurde.

Verdammt, warum musste sie mit Bäumen reden? Wo waren ihre Freunde? Ihr Verlobter?

Die Wahrheit war, die arbeiteten alle genauso viel wie sie selbst. Keine Chance, jetzt irgendwen ans Telefon zu kriegen.

Johann beispielsweise. Um diese Zeit saß er in einem seiner zahllosen Meetings. Er schien mit neuen Aufträgen regelrecht überhäuft zu werden. Genauso wie sie mehr Kandidaten denn je begutachtete. Sie zog die Arbeit regelrecht an sich. Womöglich, musste Sophie zum ersten Mal einräumen, gingen Johann und sie sich schon eine Weile aus dem Weg. Siebzehn Monate waren sie jetzt verlobt, aber ein Hochzeitstermin stand immer noch nicht fest. Es war wie verhext, irgendetwas sprach immer dagegen. Oft genug brachte sie selbst einen Einwand vor. »Nein, in diesem Frühjahr geht es nicht, wir haben eine große Einstellungswelle bei Konzernen.« Oder: »Heiraten? Im November? Das ist doch scheußlich.« Komischerweise machte sie sich nie Sorgen um Johanns Liebe zu ihr. Wie hatte ihre Freundin Nina einmal so treffend gesagt: »Johann ist wie ein Durchlauferhitzer. Nicht wahnsinnig aufregend, aber zuverlässig und überlebenswichtig.«

»Aber ein schicker Durchlauferhitzer – so einer mit vierfarbigem Display und perfekter Temperaturregulierung«, hatte Sophie eingewandt.

Nina hatte zugestimmt. »Das beste Modell auf dem Markt.«

War ihr womöglich ein Durchlauferhitzer-Mann doch zu wenig?

Wie gern würde sie jetzt mit Nina reden. Die Freundin würde mit einem lockeren Spruch alle Bedenken wegfegen. Aber seit einiger Zeit arbeitete auch sie wieder als Ärztin in einer Klinik, und um diese Zeit war Visite. Keine Chance, sie ans Telefon zu kriegen. Sophie freute sich, dass Nina so schnell wieder in den Job eingestiegen war. Aber wenn sie ehrlich war, machte ihr das auch zu schaffen. Die letzten Jahre über waren ihre Rollen gerecht aufgeteilt gewesen: Sophie, erfolgreich im Beruf, aber kinderlos. Nina, die Mutter von zwei süßen Jungs, war zu Hause, zog glücklich ihre Kinder groß und lamentierte gleichzeitig, das ganze Studium sei umsonst gewesen. Sophies Aufgabe war es dann, sie zu beruhigen. Sie prophezeite ihr, wie schnell sie wieder in den Beruf zurückfinden würde. Sagte ihr, wie gut sie war. Studienbeste. Und tatsächlich, sie hatte recht behalten. Sobald die Jungs alt genug waren, war es genau so gekommen. Keine vier Wochen hatte Nina nach Arbeit gesucht. Inzwischen sprach man sogar schon über eine Beförderung. Nina hatte nun beides, Kinder und einen Beruf. Das setzte Sophie mehr zu, als sie zugeben wollte.

Fünf und acht waren die kleinen Terroristen jetzt. Sophie kam es vor, als seien sie erst gestern zur Welt gekommen. Kinder machten einem erbarmungslos klar, wie die Zeit verging. Wo waren die Jahre geblieben? Und was hatte sie, Sophie, in dieser Zeit gemacht? Gearbeitet, mehr nicht. Hunderte von Kandidaten, Tausende Rollenspiele, Woche für Woche das Gleiche. Jetzt war sie achtunddreißig Jahre alt und rauschte mit hohem Tempo auf die vierzig zu.

Langsam wurde es eng. Und die Fertilisations-Klinik brachte bislang auch keinen Erfolg. Im Gegenteil.

Die Bonsais standen still und stumm da. Von ihnen konnte sie keine Reaktion erwarten, da halfen auch die hübschen Namen nicht. Sophie beschloss, Nina einfach zu schreiben. Gestern Abend in der Kneipe hatte Nina sie überredet, sich bei einer neuen Plattform anzumelden. »Polonaise.com«, darüber laufe jetzt ihre gesamte Kommunikation.

»Vergiss Facebook«, sagte sie. »Komm auch dahin. Du kannst dein gesamtes Adressbuch mitnehmen, Polonaise ist viel lustiger. Da sind jetzt alle, ehrlich!«

Es dauerte einen Tequila Sour, bis sie Sophie überredet hatte, den Profilnamen »Doodle« zu wählen. Und einen zweiten, von Nina bezahlten Sour, bis sie eines der einschlägigen Hundebilder als Icon zugelassen hatte. Sophie zog ihr Smartphone heraus. Es stimmte, schon die App sah hübsch aus.

Bei irgendwem musste sie sich ausheulen, und Nina war im Gegensatz zu ihr eine richtige Händchenhalterin. Sie galt als besonders einfühlsam. Das hatte sie nun davon. Sophie rief ihr Doodle-Profil auf und hämmerte auf den Touchscreen: »ICH WILL ENDLICH EIN BABY!!!!« Wie gut es tat, das einmal rauszulassen. In aller Deutlichkeit, ein einziges Mal. Nina würde damit umgehen können, das wusste Sophie. Die neue Plattform stellte noch die üblichen Standardfragen »Willst du wirklich …«, »Möchtest du …«. Ja, ja, ja, drückte Sophie ungeduldig. Weg war das Posting an ihre Freundin. Sie fühlte sich besser nach diesem Ausbruch, nun konnte sie wieder zur Arbeit gehen.

Auch die Bonsais sahen ganz zufrieden aus. Sophie packte die Gartenwerkzeuge in die Kiste, zog die Handschuhe aus und stellte die Sprühflasche an die Wand. Emil raschelte noch einmal zum Abschied, als sie die Tür zum Garten schloss.

Auf dem Weg nach unten rätselte Sophie kurz, warum diese Plattform eigentlich »Polonaise« hieß. Plötzlich sah sie eine Reihe vergnügt tanzender Fünfzigjähriger im Karnevalskostüm vor sich, die dazu Gottlieb Wendehals' »Löcher aus dem Käse« grölten. Ihr fiel wieder der traurige Heinlein ein, dem sie doch einen Cappuccino aus der

Teeküche mitbringen wollte. Das würde sie noch schnell erledigen. Und mit dem starken Gefühl, etwas Gutes zu tun, betrat sie das Assessment-Center. Es ging ihr wieder deutlich besser. Hoch lebe Zen! Dreimal hoch.

# 3

Gabeltest – wie harmlos das klang. Die meisten Kandidaten, das war Sophies Erfahrung, unterschätzten diese Hürde. Sie gaben sich viel Mühe, in den Spontanvorträgen zu glänzen, sie waren auf alle Tests hervorragend vorbereitet, nicht nur auf den IQ-Test, auch auf den Stresstest, den Postkorb, sogar auf den McKinsey-Griffin-Test, der gerade aus den USA herübergeschwappt war. Aber der Gabeltest schien eine Sache zu sein, die man mit links erledigte. Mittags mit einem Mitarbeiter des Assessment-Centers eine Kleinigkeit essen zu gehen und ein bisschen Small Talk zu machen, was konnte da schon schiefgehen?

Alles. Das hatte Sophie inzwischen erkannt. All die anderen Tests waren schön und gut, ausschlaggebend war aber meist das scheinbar lockere Gespräch unter vier Augen. In diesen Minuten wurde alles entschieden. Sie schaute zu Paul Grotemeyer hinüber. Er saß weiterhin ziemlich entspannt auf seinem Stuhl, die Beine gekreuzt, das iPad auf den Knien. Aber er twitterte nicht mehr, die Vortragszeit des Bergisch Gladbachers war abgelaufen. Sophie schaute auf die Uhr, es war fast eins. Zeit für die Mittagspause.

»Wir machen jetzt eine Stunde Break, ich denke, Sie kommen alle gut zurecht. Der Coffee-Shop unten bietet ein kleines Mittagsmenü an.« Sofort setzte der Aufbruch ein, Stühle wurden nach hinten gerückt, Jacketts zurechtgezupft, die zwei anwesenden Frauen griffen nach ihren Handtaschen. Da man schon den zweiten Tag zusammen verbrachte, bildeten sich schnell Grüppchen. Wie flott doch die Kumpanei losging. Nur Steffen Heinlein blieb isoliert, niemand wollte sich mit dem Loser-Virus infizieren. Vom Gewinner war er zum Verlierer des Tages geworden. Er selbst ließ sich davon allerdings nicht beeindrucken und dockte beim Gladbacher an. Eine richtige Entscheidung, dachte Sophie, er wird den Job sicherlich auch nicht kriegen.

Sophie fing Paul Grotemeyer ab, der gerade mit den beiden Frauen an ihr vorbeigehen wollte. Die Volkswirtin aus dem Saarland war seine größte Konkurrentin, auch sie hatte einen ordentlichen Spontanvortrag gehalten und in allen Tests gut abgeschnitten. Eine Frau als Topmanager würde dem Kosmetikkonzern sicher gut gefallen, inzwischen bemühten sich Konzerne um Frauen in Führungspositionen. Ein Rock machte sich gut zwischen all den Anzügen. Trotzdem lag Paul Grotemeyer punktemäßig vorne.

Außerdem sah er wirklich gut aus. Nicht so angestelltenhaft, ein kerniger Typ. Einer, der viel Zeit draußen verbrachte, dessen Bräune nicht von der Bräunungscreme kam und dessen Muskeln nicht im Fitnessstudio geformt wurden, sondern durch echten Sport. Paul Grotemeyer machte sie neugierig.

»Hätten Sie Lust, mit mir essen zu gehen?«

Paul Grotemeyer schaute sie erstaunt an. Irgendwie süß, aber war das nicht gespielt? War er also doch angespannt, jetzt, wo sie ihn zum Gabeltest aufforderte? »Klar«, sagte er grinsend. So locker. Vielleicht zu locker. Sophie spürte die Aura von Selbstzufriedenheit, die ihn umgab. Keine dumpfe Selbstzufriedenheit, die ständig von devoten Sekretärinnen, Flugbegleiterinnen, Chauffeuren und Assistenten bestätigt werden musste. Paul Grotemeyers Selbstzufriedenheit kam von innen, dies war ein Spiel, er war ein Spieler. Keine schlechte Voraussetzung für eine Führungskraft. Denn wer oben mithalten wollte, musste gewinnen und genauso verlieren können. Und das Verlieren musste man wegstecken können. Noch etwas fiel Sophie auf – seine Augen. Sie waren huskyblau. Und es war Leben in ihnen.

Im Moment starrten seine Augen auf ihre Lippen.

Sophie wusste, dass sie einen sinnlichen Mund hatte. Ginge es beim Modeln nur um den Mund, pflegte ihre Schwester immer zu sagen, wäre sie längst von einem Scout angesprochen worden. »Aber dafür fehlen dir ein paar Zentimeter.« Das war allerdings nur die halbe Wahrheit. Denn Sophies Nase machte alle Modelpläne zunichte. Wer wollte schon ein Model mit gebrochener Nase? Warum ließ sie die nicht richten? In den USA wurden ihr regelmäßig die Visitenkarten von Schönheitschirurgen zugeschoben, die sich auf Stupsnasen spezialisiert hatten. »He's great!«, hörte sie oft. Doch sie würde einen Teufel tun, denn sie fand so einen Nasenbruch ehrenvoll. Schließlich gab es eine Geschichte, wie es dazu gekommen war. Und war eine wahre Geschichte nicht besser als eine falsche Nase?

Paul Grotemeyer löste den Blick von ihren Lippen, blieb kurz an besagter Nase hängen, stutzte und sah ihr endlich in die Augen. Nun gut, dachte sie amüsiert, andere Männer schauen ganz woandershin. »Die Einladung geht auf mich«, sagte Sophie schnell und schritt vorneweg. Sie gingen an den anderen Kandidaten vorbei, die ihnen jetzt links und rechts Platz machten. Der Neid stand ihnen ins Gesicht geschrieben. Zum ersten Mal wurde allen bewusst, dass eine Entscheidung womöglich bald fiele – und die würde lauten: Grotemeyer hat den Job, ich habe ihn nicht. Die Saarländerin starrte ihnen wütend hinterher.

»Wieder ein Kerl«, zischte sie böse zu ihrer Kollegin. »Wir Frauen halten einfach nicht zusammen.«

Im Parterre des Hochhauses hatte vor einiger Zeit in einer ehemaligen Kantine ein italienisches Restaurant aufgemacht. Statt Schnitzel mit angetrocknetem Kartoffelsalat reichte man nun Pasta mit getrockneten Tomaten, Kapern und Tintenfisch oder eine wunderbar gebratene Seezunge aus der Küche. Das C&O-Assessment-Center war mit dem Restaurantchef und seinem Team inzwischen bestens bekannt, viele Geschäftsessen fanden in diesen Räumen statt. Auch die Gabeltests. Dafür deckte man einen bestimmten Tisch ein, der immer frei blieb; er stand leicht abseits, gut einsehbar für die Kellner, aber nicht für die anderen Restaurantgäste. Alle waren perfekt aufeinander eingespielt, die Kellner wussten genau, wann sie servieren, wann sie abräumen sollten. Eine feste Kulisse, das war sehr bequem für die Psychologen vom Assessment-Center. Ein Heimspiel.

Paul Grotemeyer benahm sich ausgesucht höflich. Er ließ ihr den Vortritt aus dem Fahrstuhl und hielt alle Türen auf dem Weg zur Italo-Kantine auf. Allerdings sprachen sie nicht viel, nur ein knappes »Bitte« und »Danke«. Er lauerte, sie lauerte. Trotzdem, die ganz große Anspannung fehlte bei ihm, Sophie spürte es. Die Art, wie sein Arm routiniert an ihr vorbeischoss, um kraftvoll die Tür aufzudrücken, wirkte ein bisschen zu forsch. Es ging schließlich um einen begehrten Job. Als Sophie im Fahrstuhl neben ihm stand, atmete sie seinen Geruch ein. Er roch sommerlich, nicht blumig, eher herb wie Gras oder ein abgemähtes Kornfeld an einem heißen Tag, wenn man mit geschlossenen Augen daliegt, weil die Sonne so sehr blendet, und man dem Summen der Insekten lauscht, während ein leichter Wind übers Gesicht streicht. Wieder schnellte Grotemeyers Arm nach vorne, um eine Tür zu öffnen. Kräftige Männerarme hatten Sophie schon immer gefallen. Sie kam auch allein gut klar, aber für einen Moment der Ruhe und Zuversicht war ein muskulöser Männerarm, der einen festhielt, unschlagbar.

Johann hat auch gute Arme, ermahnte sich Sophie.

Nun kamen Grotemeyer und sie beim Restaurant an. Toni, der Restaurantchef, erspähte sie und gab seinem Kellner ein ziemlich auffälliges Zeichen. Er hielt eine Gabel hoch. Sehr lustig. Das kann doch nicht wahr sein, ärgerte sich Sophie und merkte, dass Paul Grotemeyer den Gabelkalauer auch beobachtet hatte und verstohlen grinste. Nein, nein, so war das alles nicht gedacht. Ein bisschen aufgeregter musste der Kerl schon sein. Ob er sich doch eingelesen hatte? Natürlich konnten die Kandidaten sich auch auf den Gabeltest vorbereiten. In diversen Handbüchern standen einschlägige Tipps: Niemals Alkohol beim Mittagessen bestellen, denn das wirkt unprofessionell. Keine süßen Getränke wie Cola und Fanta, zu kindlich. Den Rucola-Salat unbedingt vermeiden, da die Blätter zwischen den Zähnen hängen bleiben. Bei Fisch lauert die Grätengefahr, ein blutiges Steak wirkt zu heftig, gerade wenn man mit einer Dame speist. »Denken Sie immer daran, viele schlanke Frauen sind häufig Vegetarierinnen, manche leben sogar vegan!« Das Dessert höflich, aber bestimmt ablehnen, es hat zu viele Kalorien. Dicke Menschen bekommen keine Führungsposition. Ein doppelter Espresso zum Abschluss hingegen hinterlässt einen weltmännischen Eindruck. Zucker ist dabei erlaubt, allerdings nur ein Löffel voll. Sophie kannte den ganzen Ratgeberquatsch, sie bestellte sich deshalb gerne ein kleines Glas Rotwein und das Steak, »Bitte medium-rare«, nur um ihr Gegenüber durcheinanderzubringen. Und am Ende ein Tiramisu. Doch bei Grotemeyer würden diese Tricks nicht ausreichen.

Zu viel Routine im Raum, schoss es Sophie durch den Kopf. Ein routinierter Italo-Chef und sein routinierter Kellner decken ein, der routinierte Kandidat und die routinierte Psychologin nehmen am Routine-Tisch Platz. Ein gutes Assessment-Center blieb bis zuletzt unberechenbar. Das bläute die Chefin ihren Mitarbeitern immer wieder ein, und deshalb schätzte sie Sophie. Weil die nie in Routine zu ersticken drohte. In dieser müden Atmosphäre aber würde sie nichts wirklich Interessantes über Paul Grotemeyer herausbekommen. Die Assessment-Ratgeber mahnten immer wieder: »Sorgen Sie dafür, dass Sie drei Small-Talk-Themen für den Gabeltest parat haben. Dann sind Sie auf der sicheren Seite.« Sophie drehte sich plötzlich zu Paul Grotemeyer um, der in Gedanken bereits am Routine-Tisch saß und die nächsten Schritte plante.

»Und? Welche drei Small-Talk-Themen können Sie mir anbieten?«, fragte sie und grinste ihn provozierend an.

»Wie bitte?«, antwortete er. Es sollte wohl überrascht klingen, aber er schauspielerte schlecht. Er wusste genau, wovon sie sprach.

»Na, kommen Sie schon.« Jetzt grinste Sophie noch breiter. Es fing endlich an, Spaß zu machen.

»Also gut«, gab er sich geschlagen und musste nun auch ein bisschen lachen. »Wir können uns über die Top-Five-Bücher der Sachbuchbestsellerliste unterhalten, habe sie alle angelesen. Allerdings nur den Buchrücken, die ersten zehn und die letzten zehn Seiten. Danach wurden mir die Sessel im Buchladen zu unbequem. Oder, Thema zwei, wir sprechen über die Vorteile des Timesharing-Arbeitszeitmodells. Am liebsten würde ich allerdings über Freeclimbing plaudern.«

»Freeclimbing«, wiederholte Sophie ehrlich erfreut, »das klingt gut. Genau darüber reden wir – aber woanders.«

Sie drehte sich auf dem Absatz um und schlüpfte unter Paul Grotemeyers ausgestrecktem Arm hindurch, wobei ihre Handtasche kurz an ihm hängen blieb. Grotemeyer blickte nun ehrlich irritiert zum Kellner und zum Italochef, die fragend die Schultern zuckten. Etwas lief hier anders als sonst. Man sah Paul Grotemeyer an, dass ihm dieser Wandel missfiel, bislang war er sich seiner Sache so sicher gewesen. Tja, dachte Sophie hämisch, er hätte halt achtsamer sein müssen – eine Frau mit einer gebrochenen Nase war unberechenbar. Jetzt war sie schon auf ihren hohen Absätzen zur Tür hinaus und stand auf der Straße.

Es war ein warmer Tag. Ein kurzer Spaziergang, vor dem Billigbäcker »Greif Zu« standen Stühle in der Sonne, ältere Herren mit Bierflasche und Zigarette nahmen ein spätes flüssiges Frühstück ein. Eine Frau zählte in einer Blechdose ihre Selbstgedrehten und redete dabei eindringlich mit sich selbst. Potse-Alltag. Nach wenigen Schritten erreichten sie ihr Ziel.

Dieses Mal vergaß Paul Grotemeyer, die Tür zuvorkommend für Sophie aufzuhalten. Er war verwirrt. Sie musste die Tür selbst aufdrücken und hielt dies für ein gutes Zeichen. Keine Routine mehr. Paul Grotemeyer stand mit offenem Mund vor der Glasscheibe und starrte auf das große goldene »M«, das aus Pommes frites geformt war.

»Wir gehen ins Schnellrestaurant?«, fragte er sichtlich aus der Bahn geworfen. Höflich hielt Sophie ihm jetzt die Tür auf: »Ich habe gehört, die sollen ein hervorragendes Mittagsmenü anbieten«, sagte sie leichthin.

Lange Schlangen standen vor den fünf Kassen. Seitdem das Viertel im Kommen war, änderte sich auch die Kundschaft. Vor zwei Jahren noch hatten hier fast nur türkische und arabische Jugendliche herumgehangen. Jetzt dominierten die Schwarzgekleideten das Bild: Architekten, Werbeleute, Filmemacher, Galeristen. Sophie stellte sich ganz rechts an.

»So, so, eine Frittenbude«, sagte Paul Grotemeyer und versuchte dabei analytisch zu klingen, als ob er verstünde, was hier lief. »Steckt Ihr Arbeitgeber in finanziellen Schwierigkeiten? Müssen Sie sparen?«

»Was möchten Sie?«, sagte Sophie, ohne auf die Fragen einzugehen. »Sie können natürlich auch ein Maxi-Menü bestellen. Da sind wir großzügig.«

Paul Grotemeyer studierte kurz die Tafeln. »Ein McMenü«, sagte er, »mit Sprite. Normale Größe. Das habe ich zuletzt im vorigen Jahrtausend gegessen.« Er schaute sich um. »Ungewöhnlicher Laden hier. Das war nicht immer ein McDonald's, habe ich recht?«

»Sie interessieren sich für Architektur?«, fragte Sophie. Ein Manager, der sich nicht nur mit Geld und Trendsportarten abgab, das war ein weiterer Pluspunkt. Grotemeyer betrachtete weiterhin neugierig die Umgebung.

»Fünfzigerjahre, vermute ich. Dieses Spitzdach gefällt mir. Und die große Fensterfront zur Straße. Eine moderne Kathedrale – ein Hamburger-Palast sozusagen«, redete er unbekümmert weiter.

»Das hier war mal der Berlin-Pavillon einer internationalen Bauausstellung. Damals, als die Stadt noch geteilt war. Ketchup oder Mayo?« Der junge Typ an der Kasse nahm die Bestellungen auf.

Es dauerte eine Weile, bis sie alles zusammenhatten. Eis in den Behälter, Getränke aufgefüllt, Strohhalme und Servietten besorgt. Zum Glück wurde gerade ein Tisch direkt unter der hohen Natursteinwand frei. Eine Wand, wie man sie aus alten James-Bond- und Hitchcock-Filmen kannte. Sophie steuerte darauf zu. »Ich komme gleich«, hörte sie Grotemeyer hinter sich sagen.

Wenig später tauchte er auf – mit einem Spielzeug aus der Happy-Meal-Menü-Reihe. Ein kleiner singender Big-Mac aus Plastik, man musste nur oben auf das Brötchen drücken, dann rappte er los. »Beiß in mich rein, das Erlebnis ist krass, ich bin saftig und lecker, bin ein Doppeldecker.« Er stellte ihn vor Sophies Tablett.

»Für Sie«, sagte Paul Grotemeyer.

»Wie haben Sie das geschafft – ein Kind als Geisel genommen?« Normalerweise bekam man das Spielzeug nur zum Kid's Menü. Und das nur mit Kind.

»Bestechung«, antwortete Paul Grotemeyer knapp.

Das Wort »Bestechung« einem Assessment-Prüfer gegenüber auch nur fallen zu lassen war heikel. Korruption war ein heißes Thema in den Top-Etagen, aber niemand sprach darüber. Scheinbar wollte Grotemeyer spielen. No risk, no fun.

Er schob sein Tablett auf den Tisch und setzte sich. Bevor er zu essen begann, befühlte er die eindrucksvolle Wand neben sich und nickte anerkennend. »Echte Natursteinwand, keine Verblendung. So was baut man heute nicht mehr.«

»Und wie oft haben Sie hier schon Kandidaten gegrillt?«, fragte Paul Grotemeyer, während sie in den Burger biss. Sophie konnte nicht gleich antworten, ein Salatfaden hing ihr aus dem Mund, während ihr »Royal mit Käse« die Statik verlor. Dieses Trumm von einem Hamburger war verdammt schwer zu essen. Jeder Assessment-

Ratgeber hätte von diesem Burger abgeraten. Während ihr die obere Brötchenhälfte mit der Mayonnaise wegrutschte, formulierte sie in Gedanken einen Ratgeber-Text: »Werden Sie beim Gabeltest dazu gezwungen, ein Schnellrestaurant zu besuchen, wählen Sie nur Fingerfood wie Pommes frites und Chicken McNuggets. Auf keinen Fall gestapelte Burger – sonst finden Sie in kürzester Zeit eine Gurke auf Ihrem Kostüm oder einen Ketchup-Fleck auf Ihrem Anzug wieder.« Da landete die Gurke tatsächlich auf ihrem schönen Hosenanzug. Der von einem deutschen Designerteam entworfene cremefarbene Anzug war sehr elegant, aber auch sehr empfindlich.

»Mist«, fluchte Sophie leise, schnappte sich eine der dünnen Papierservietten und entsorgte die Gurke. Grotemeyer lächelte sie freundlich an.

»Auch schon länger keinen Burger gegessen, nicht wahr?«, sagte er charmant. Zum Glück hatte er über die Szene seine Frage vergessen.

»Ich bin nicht so ein Burgerfreund«, sagte Sophie ehrlich. »So, eigentlich müssten wir jetzt loslegen.«

»Loslegen?«, erkundigte sich Paul Grotemeyer interessiert.

»Mit der ersten Frage. So einer Standardfrage wie: Wo sehen Sie sich eigentlich in fünf Jahren?« Sophie sah, wie sich das Lächeln von Paul Grotemeyer veränderte, die Mundwinkel zuckten sarkastisch. Sie musste lachen.

»Eine langweilige Frage, nicht wahr?«, fragte sie ihn.

»Sterbenslangweilig«, bestätigte er.

Sophie griff nach einer Pommes und knabberte daran. Es gefiel ihr, mit Grotemeyer inmitten des Lärms der kommenden und gehenden Gäste, dem Gemurmel von der Empore, der Zurufe hinter der Theke, »Drei McRib, sofort«, zu sitzen.

»Keine Ahnung, warum diese Psychofragen so schlicht sein müssen. Im Ernst: Wo man sich in fünf Jahren sieht?« Sie verstellte die Stimme, sodass sie männlich klang. »In fünf Jahren wiege ich zwölf Kilo mehr, mein Dispo ist gnadenlos überzogen, und meine Frau reicht die Scheidung ein.«

Grotemeyer musste lachen. »Und was wäre denn die richtige Antwort darauf?«, erkundigte er sich. »Ich meine die, mit der man bei Psychologen punkten kann. Die Lehrbuchantwort.«

»In fünf Jahren sehe ich mich ganz oben. So einen Kram muss man sagen.« Sophie schaute sich um, ein Glücksgefühl überkam sie. Durch die große Glasfront spürte sie die wärmende Sonne auf ihrem Arm. Die Cola light prickelte aufregend im Mund, überhaupt alles wirkte plötzlich so prickelnd. Sie war so überwältigt von dem Gefühl, dass es ihr schwerfiel, den Becher wieder auf das Tablett zu stellen. Wie gelähmt vor Glück. Dann ging der Moment vorüber. Jetzt bloß nicht diesen Grotemeyer anschauen, dachte sie. »Dieser Spontanvortrag mit dem Heinlein, das fand ich, um ehrlich zu sein, ziemlich unmenschlich. Sollte das so laufen?«, fragte der nun. Sophie spürte einen Stich. Heinlein, den hatte sie schon fast vergessen. Grotemeyer hätte doch irgendein anderes Thema wählen können als ausgerechnet diesen entgleisten Vormittag.

»Nein«, sagte sie ehrlich betrübt, »das ging einfach schief. Der Umgang der Kandidaten miteinander wird härter, erbarmungsloser. Aber was erzähle ich Ihnen, Sie sind ja selbst einer.«

»Aber ich würde nie so eine arme Sau wie Heinlein fertigmachen. Das ist so, als konkurriere man als Spitzensportler mit ›Eddie the Eagle‹. Erinnern Sie sich noch an den?«

»Der englische Amateur-Skispringer?«, fragte Sophie.

»Genau. Der mit den dicken Brillengläsern«, ergänzte er.

»Ich weiß sogar noch, wie weit der gesprungen ist: 73,5 Meter. Und jedes Mal kam man vor Angst um ihn fast um. Es war einfach nicht sicher, ob er den Sprung überleben würde.«

»Eine Frau, die die Sprungweite von Eddie the Eagle kennt. Ohne zu googeln. Sie sind ein seltenes, kostbares Exemplar.«

Sophie grinste. Während sie in den Burger biss, analysierte sie schnell das Gesagte. Offensichtlich zählte Paul Grotemeyer sich zu den Spitzensportlern, hielt sich für einen Champions-League-Typen. Trotzdem machte er nicht den Eindruck, als wolle er den Job um jeden Preis. Wie angstfrei er ist, dachte sie verwundert. Eigentlich nicht normal. Oder ging es hier womöglich gar nicht mehr um eine Bewerbung?

Ich bin ein seltenes, kostbares Exemplar, wiederholte Sophie in Gedanken. Heißt das, ich bin für ihn eine tolle Frau? Er schaute sie an, direkt, offen. Dann glitt sein Blick hinunter zu ihrem Mund. Er lachte leicht. Es war verrückt, ihm ging es wie ihr, ihr ging es wie ihm, sie beugte sich ein wenig nach vorn, seine Hand näherte sich ihr, so schöne kräftige Kletterhände, er würde sie gleich am Nacken greifen und zu sich hinüberziehen – dass ihr einmal so etwas Irres bei der Arbeit passieren würde …

»An Ihrer Oberlippe hängt Mayonnaise«, unterbrach Grotemeyer ihren reißenden Gedankenstrom. »Darf ich?«

Nun entdeckte sie die Papierserviette in seiner Hand. Sophie glaubte das Geräusch einer Nadel, die über eine Langspielplatte hinwegrutscht, zu hören. Er hatte nicht sie begeistert angeschaut, sondern den Essensrest an ihrem Mund. Wie peinlich. Sie schnappte sich die Papierserviette und sagte deutlich unterkühlt: »Danke. Das mache ich lieber selbst.«

»Oh«, meinte Paul Grotemeyer, der den Stimmungswechsel sofort heraushörte.

Der orange Plastiktisch, der zwischen ihnen stand, schaffte nun wieder Abstand. Er sitzt auf der einen Seite, ich auf der anderen, ermahnte sich Sophie. Die Flirterei war ein reines Hirngespinst. Er ist ein Kandidat, ich muss ihn prüfen. Bleib professionell! Überhaupt nahm das Ganze eine falsche Wendung. Johann! Mit ihm war sie glücklich verlobt. Johann war auch ein toller Typ, er war viel mehr als nur sein Beruf. Er hatte Ahnung von bildender Kunst, von Oper und eine vollständige Sammlung von US-Open-T-Shirts seit 1987, zählte Sophie innerlich auf.

»Reden wir endlich über Freeclimbing. Sie sind aktiv, das merkt man«, sagte Sophie mit fester Stimme. Paul Grotemeyer biss gerade genüsslich in seinen Big Mac. Plötzlich ging ihr seine Selbstsicherheit auf die Nerven. Bei ihm geriet nichts ins Rutschen, der Burger blieb gerade, dabei war er doch ein ganzes Stück höher als ihrer. Wie gelang ihm das? Es war der harte Griff eines Freeclimbers. Er hielt den Burger wie in einer Schraubzwinge gefangen. Der Kerl trainierte, vermutlich täglich.

Grotemeyer schaute sie erstaunt an. »Woran erkennen Sie das?«, fragte er.

»Die Hände, Ihr Griff, die Schwielen. Wer länger nicht klettert, kriegt schnell wieder weiche Hände. Und, wo waren Sie zuletzt unterwegs – Patagonien, USA, Sardinien? Oder vielleicht ein einsamer Fels irgendwo in Neuseeland?«

Ihr abfälliger Ton war nicht zu überhören. Viele Kletterer, die gleichzeitig gutes Geld als Manager verdienten, fuhren auf Exotik ab. Damit sie dann in Meetings mit Sätzen auftrumpfen konnten wie: »Der Rope Swing durch das Magic Eye in Utah war knallhart.« Typisches Angeber-Blabla. Der Bräune nach zu urteilen war er so ein Typ. Weit weg und teuer. Zur richtigen Klettergemeinde gehörten die nicht. Doch zu ihrem Erstaunen antwortete Grotemeyer: »Letztes Wochenende war ich in der Fränkischen Schweiz.«

»Wow, das gefällt mir«, sagte Sophie ehrlich und benahm sich wieder einmal taktisch unklug. Ein guter Assessment-Psychologe hielt seine wahren Gefühle zurück. Aber die Schlichtheit der Antwort beeindruckte sie. Für ernsthafte Freeclimber war es gleichgültig, wo die Wand stand, sie gaben nicht viel auf exotische Reiseziele. Die Alpen, die Dolomiten, Sächsische und Fränkische Schweiz, die Herausforderungen lagen vor der Haustür. Nur das Wetter war auf anderen Erdteilen oft besser und die Aussicht dramatischer.

Mit der rechten Hand bezwang Paul Grotemeyer weiterhin seinen Big Mac. Ein Druck, der auf längere Sicht zu einer Versteinerung der Frikadelle geführt hätte. Mit der Linken griff er sich gerade Pommes. Stark trainierte Fingermuskeln, die brauchte man unbedingt. Manchmal hing das Leben eines Kletterers an einem einzigen Finger. Sie vermisste diese Zeit.

»Wieso interessiert Sie das Freeclimbing so?«, fragte er. Sophie trank einen Schluck ihrer Cola light.

»Ich klettere selbst«, antwortete sie. Paul Grotemeyer biss gerade in seinen Big Mac und kaute ungerührt weiter. Keine Reaktion, keine Nachfrage. Er grinste nur so komisch überheblich. »Es stimmt. Es ist eine Weile her, aber ich bin früher oft …«, begann Sophie und ärgerte sich sofort, weil sie so defensiv klang. Warum bettelte sie um seine Aufmerksamkeit?

»Ja, ja«, unterbrach Paul Grotemeyer sie unwirsch.

»Sie glauben mir nicht?«, fragte Sophie erstaunt.

Paul Grotemeyer legte endlich seinen Big Mac ab und sah sie abschätzig an.

»Irgendwer hat mir erzählt, in der letzten *Brigitte* stünde ein Dossier über Climbing. Zwölf Seiten nur über Klettern. Scheint im Moment der letzte Schrei unter Frauen zu sein. Besonders bouldern, das gefahrlose Kraxeln in ein, zwei Meter Höhe. Süß! Wo klettern Sie, in der Kletterhalle hier um die Ecke?«

»Also erlauben Sie mal … ich habe mir sogar die Nase gebrochen …«, begann Sophie.

Grotemeyer lachte. »Beim Sprung aus zwei Meter Höhe? Sind Sie beim Mini-Mountain-Kletterkurs auf die

Nase gefallen? Klar, wenn die Frauenzeitschriften damit anfangen, dann ist es in Berlin längst Mode. Man hat mir schon von den Boulderlounges in Mitte erzählt. Da soll es jetzt After-Work-Klettern und Ladies Nights geben. Und einen Kletter-Cocktail gratis. Was für ein stylischer Event!« Der letzte Satz klang regelrecht gehässig. Verachtung lag in seiner Stimme, »stylischer Event«, die Worte hatte er fast ausgespuckt. Schlagartig verschwand alles Kribbeln bei Sophie. Was für ein Blödmann!

Jetzt legte auch sie den Burger zurück auf das Tablett. »Sie glauben mir also nicht, dass ich wirklich klettern kann? Geben mir zu verstehen, ich sei eine Aufschneiderin? Eine, die einmal einen lächerlichen Indoor-Kletterparcours hoch- und wieder runtergestiegen ist. Und sich jetzt damit brüstet? Einen echten Berg habe ich noch nie gesehen?«

Paul Grotemeyer merkte nun, dass er zu weit gegangen war. Die Stimmung zwischen ihnen war komplett umgeschlagen, der kleine orange Tisch trennte nun Welten.

»Hören Sie, ich klettere schon sehr lange, seit zwei Jahrzehnten. Ich kenne die Szene, sie ist klein. Die Zahl der Freeclimbing-Frauen kann man an einer Hand abzählen, daran wird auch der momentane Hype nichts ändern. Klettern ist halt so ein Männerding – großes Risiko, Leben und Tod, einsame Entscheidungen treffen. Ein Leben am Abgrund. So sind wir halt. Natürlich, ab und zu bringt man mal eine Frau mit, der klettert man was vor, sie steht unten am Fels und schlägt die Hände vor den Mund vor Schreck, und am Ende des Abends … Sie können sich ja denken, wie es endet.«

»Sie meinen Klettergroupies?«

»Ja.« Er lachte, er versuchte, der Sache den Ernst zu nehmen. »Ich meine, das ist ein sexy Sport, und die Männer, die klettern, sehen meist ganz gut aus. Wettergegerbt und braun. Klar tauchen da schöne Frauen auf. Die Frauen, die ich wirklich in der Wand erlebt habe, sahen dagegen alle aus wie sowjetische Kugelstoßerinnen.«

Sophies Augen wurden sehr schmal, und ihr Grün wirkte plötzlich ziemlich giftig. Sie schob das Tablett von sich weg. Es war eine unmissverständliche Geste – dieser Gabeltest war beendet. Dann beugte sie sich leicht zu Paul Grotemeyer vor, eine lockige Haarsträhne löste sich und fiel nach vorn. »Und was«, sagte sie gefährlich leise, »meinen Sie, habe ich in den vergangenen Jahren gemacht, wenn ich sage, ich bin geklettert? War ich ein Betthupferl? Oder eine sowjetische Kugelstoßerin?«

Abwehrend hob Paul Grotemeyer seine Hände. »Ich wollte nicht ... ich meine, so habe ich das nicht ...« Er stotterte. Das war ihm sicher lange nicht mehr passiert. Eigentlich hätte Sophie jetzt aufstehen und gehen können. Doch das war ihr nicht genug. Sie wollte diesen arroganten Kerl am Boden sehen. Den Job würde er nicht bekommen, das stand fest. Aber vorher würde sie ihm noch eine Lektion erteilen.

Sie zog sich in aller Seelenruhe erst den einen, dann den anderen Pumps aus und stellte sie auf den Tisch. Danach wischte sie sich die Fußsohlen ab, sie waren trocken, genau richtig. Dann griff sie nach ihrer Coke light und merkte gleich, wie Paul Grotemeyer zusammenzuckte – wahrscheinlich war er schon mehrmals in seinem Leben mit dem klebrigen Zeug übergossen worden und dachte nun, dass er für seine abfällige Bemerkung eine frauentypische Überreaktion abbekommen würde. Sophie musste lachen, so ein Trottel. Sie trank einen letzten Schluck, danach rieb sie sich gründlich die Hände mit einer Papierserviette ab. Sie mussten trocken sein, schließlich hatte sie kein Chalk dabei.

»Was machen Sie da?«, fragte Paul Grotemeyer verdutzt, aber Sophie antwortete nicht, sondern stieg auf den Tisch.

»Was wird das?« Paul Grotemeyers Stimme klang jetzt deutlich alarmierter.

»Zeit zu lernen, Paul Grotemeyer, Zeit zu lernen«, sagte Sophie mit dem Gesicht zur Wand und machte ihre Finger warm. Faust schließen, Faust öffnen. Sie berührte die Natursteinwand. Sie war massiv.

»Das ist jetzt ein Witz«, rief Paul Grotemeyer.

Der erste Griff, der rechte Fuß auf einem Vorsprung, der Halt war gut, Sophie zog sich nach oben. Sofort war das Gefühl von Freiheit da, sie liebte diesen Moment. Den Geruch von Stein, kühl, ein bisschen mehlig, trotzdem frisch. Ein sauberer, unbestechlicher Geruch, der sich mit nichts durchmischen ließ. Wenn nach einem heißen Tag Regen auf die Felsen fiel, dann rochen sie nicht anders, nur intensiver. Sophies linker Arm griff nun höher, die Wand war nicht schwer, so uneben wie sie war. Im Nu war sie außerhalb der Reichweite von Paul Grotemeyer. Aber sie ließ sich Zeit, Hektik war eine der größten Gefahren beim Freeclimbing. Wie hatte sie das Klettern vermisst. Warum hatte sie bloß damit aufgehört? Es tat so gut, plötzlich lagen alle Probleme hinter ihr. Diese Freiheit!

Die ersten Meter waren schnell geschafft. Sie schaute nach unten und grinste Paul Grotemeyer an. Er stand da und starrte nach oben. Im ersten Moment hatte sie noch seinen Protest gehört, aber ihm war vermutlich schnell klar geworden, dass sie nicht zum ersten Mal kletterte. Sophies Griffe waren so sicher wie im Schlaf. Sie war alles schon geklettert – Kamine, Risse, Überhänge, Nordwände.

»Scheiße«, hörte sie ihn murmeln, »scheiße, scheiße, scheiße!«

Es war lustig, ihn so niedergeschmettert zu sehen. Mit dem rechten Arm musste er sich am Tisch abstützen, seine Hand lag zwischen den Tabletts und ihren Pumps. Hoffentlich waren die teuren Pumps noch da, wenn sie zurückkehrte. Grotemeyers Mimik in puncto Verzweiflung wirkte nicht sehr erprobt. Möglicherweise benutzte er diesen Gesichtsausdruck zum ersten oder zweiten Mal in seinem Leben.

Sie würde schnell bei der Empore sein, der Weg dort hoch war nicht weit – für einen trainierten Freeclimber ein Kinderspiel. Sie könnte bis unter die Decke klettern und dann langsam seitlich hinunter, aber warum das Risiko eingehen? Sie hatte bewiesen, was zu beweisen war: Paul Grotemeyer war ein arroganter, frauenverachtender Mistkerl, und von solchen Typen liefen im Topmanagement schon zu viele herum. Davon brauchte es nicht noch einen. Nein, dachte Sophie, ich klettere gleich rüber zur Empore. Dann gehe ich zurück ins Büro und berichte der Chefin. Vermutlich nehmen wir die Saarländerin.

Ein kleiner Vorsprung gab ihren Füßen Sicherheit. Auch die Hände hatten einen guten Halt.

Sophie schaute hinaus und genoss die Aussicht auf die belebte Potsdamer Straße. Ach, Berlin war toll. Was für eine Stadt. Unter ihr, das spürte sie, hielten alle den Atem an. Oben auf der Empore, auf die sie zukletterte, hingen die Leute förmlich am Geländer, niemand aß mehr einen Burger, alle Milkshakes waren beiseitegestellt. »Krass, die Alte«, sagte irgendwo unter ihr ein Jugendlicher. Mehrmals blitzte es, sie wurde mit Handys fotografiert und gefilmt. Es störte sie nicht, im Gegenteil. Das gehörte dazu, alles war in dieser Stadt ein mediales Happening. Paul Grotemeyer hatte sie schon fast vergessen. Auf dem Vorsprung noch ein, zwei Meter nach links, dann war sie am Ziel. Das Geländer der Empore war zum Greifen nahe.

»Hey«, rief plötzlich Paul Grotemeyer von unten, »bin ich jetzt raus aus dem Rennen?«

Sophie schaute nach unten.

»Auf jeden Fall. Keine Chance mehr, den Job kriegt jemand anders.«

»Den Scheißjob will ich überhaupt nicht«, klang es triumphierend nach oben. »Ich bin kein echter Kandidat, nein, ich habe mich eingeschlichen. Ich schreibe über die miesen Methoden des Assessment-Centers, über die armen Heinleins dieser Welt und über kalte Frauen wie Sie, die solche Menschen systematisch fertigmachen.«

»Wie bitte?«, fragte Sophie. »Was reden Sie da?« Ihr Griff an der Wand verkrampfte sich. Er rechnete mit ihr ab, ausgerechnet in dem Moment, als sie in der Wand hing. Das war total unsportlich. Hätte er damit nicht zumindest warten können, bis sie wieder festen Boden unter den Füßen hatte?

»Ich würde sagen, im Moment sind Sie der Dreckskerl – Sie wissen doch, dass man solche Gespräche nicht führt, wenn einer klettert. Außerdem: Sie haben mich belogen, nicht ich Sie. Ich bin eine Assessment-Psychologin, jeder, der unsere Räume betritt, weiß, was ihn erwartet«, rief Sophie zu ihm hinunter.

Der Vorwurf, dass er sich gerade falsch verhielt, schien ihn zu treffen. Sie war doch die Böse, das musste er jetzt unbedingt klarstellen. »Dieses Essen hier, das ist doch reine Show. Sie waren nett eben, nein, mehr noch, Sie wirkten ehrlich. Aber dann, als Sie diese Wand hochkletterten, wurde mir klar: Sie sind genauso kalt wie die anderen. Was mit dem Heinlein eben passiert ist, war kein Zufall – das hat System. Sie spionieren Menschen für die Arbeitgeber aus, legen Dossiers über sie an …«

»Das ist doch Unsinn. Wir sind doch nicht die Stasi«, protestierte Sophie.

»Natürlich, Sie arbeiten genau so wie ein Geheimdienst. Die Assessment-Idee stammte ursprünglich vom Militär, das habe ich recherchiert, von der deutschen Reichswehr; so wollte man prüfen, welche Männer als Offiziere für den Krieg tauglich sind. Frauen wie Sie rüsten die Konzerne auf – und trampeln dabei über alle Persönlichkeitsrechte eines Bewerbers hinweg.«

»Das ist doch totaler Quatsch, Sie reden ja wie die Occupy-Spinner«, rief Sophie. »Ein moderner, selbstbewusster Mensch hält es ja wohl aus, mal ein, zwei Tage ein bisschen geprüft zu werden. Niemand ist gezwungen, an einem Assessment-Center teilzunehmen. Was ist los mit Ihnen, sind Sie mal durchgefallen? Haben wir Ihnen ein kleines berufliches Trauma verpasst – jemand anderes war besser als Sie?« Die Arme wurden ihr lang. Sie drehte sich von ihm weg, um weiter zur Empore zu klettern.

»Durchgefallen? Nein! Ich bin kurz auf Sie reingefallen, Sophie Kaltenbrunn. Ich dachte, Sie wären anders. Ich habe mich gewundert, was so eine tolle Frau in so einem Drecksberuf macht. Aber Sie sind genauso herzlos wie die anderen in Ihrem Job: Daumen hoch, Daumen runter – so gehen Sie mit Menschen um. Und jetzt haben Sie mich rausgekickt. Aber ich schwöre, das hat seinen Preis. Frauen wie Sie werden im Alter hart und lieblos, bleiben kinderlos …«

Mehr hörte Sophie nicht. Dort unten stand Paul Grotemeyer und redete sich um Kopf und Kragen. Bei Sophie blieb nur das letzte Wort hängen, »kinderlos«. Es war Zufall, dass Grotemeyer es ins Spiel gebracht hatte, aber er stieß damit endgültig ihre Tür zum Verdrängten auf. Ihr wurde übel.

Der Geschmack war wieder da, dieser furchtbar pappige Geschmack, den sie nach der Narkose im Mund gehabt hatte. Die ganzen Monate hatte sie nicht daran gedacht. Die Ausschabung nach der Fehlgeburt verdrängte sie, so gut sie konnte, und es war ihr prima gelungen. Bis eben. Atme, Sophie, atme ruhig, nicht die Beherrschung verlieren, du hängst in sechs Metern Höhe, konzentriere dich, komm zu dir, ermahnte sie sich. Sie versuchte den Steingeruch einzuatmen, den sie so sehr liebte. Der Geruch, der ihr Sicherheit gab. Trotzdem fingen ihre Arme an zu zittern. Sie steckte schon viel zu lange an dieser Stelle fest, so lange auszuharren war gefährlich beim Klettern, man verlor die Kraft. Besonders, wenn man aus der Übung war wie sie.

Ihr rechter, ausgestreckter Arm verkrampfte sich leicht. Sophie schloss die Augen, jetzt nur nicht ohnmächtig werden.

Wie hatte er sie nur so treffen können, so zielgenau? Ironie der Geschichte, dachte Sophie noch, das C&O-Assessment-Center hat halt nur die besten Kandidaten in der Auswahl. Diejenigen, die schnell sind im Kopf. Paul Grotemeyer ist ein Dreckskerl, aber leider kein dummer. Mit geschlossenen Augen driftete sie weg, und als sie meinte, gleich zu fallen, packte sie ein starker Arm und zog sie schmerzhaft zur Empore rüber. Erst als sie mit der Hüfte gegen die Brüstung knallte, kehrte Leben in sie zurück, und sie ließ zu, dass sie sicheren Boden erreichte. Paul Grotemeyer stand vor ihr, die Hand im Schraubzwingengriff um ihren Arm geklammert. Er schaute sie wütend und erschrocken an. Irgendwie auch schuldbewusst. Er wusste, er war zu weit gegangen. Sophie stieß ihn weg. »Fass mich nie wieder an.«

»Es tut mir leid, ich wusste nicht ... War es die Kinderlosigkeit? Ich wollte nicht ...«, stammelte er.

Sophie holte aus und haute Paul Grotemeyer mit der flachen Hand ins Gesicht, so heftig, dass er ins Taumeln geriet. Ihre Hand brannte. Einen kurzen Moment stand er leicht gekrümmt vor ihr, beide Hände an der Backe, die flammend rot aus dem Gesicht stach. Dann richtete er sich auf, blickte die kreidebleiche Sophie groß an und sagte überrascht: »Du bist Doodle!«

»Woher weißt du das?«, fragte sie erschrocken und vergaß darüber sogar ihre brennende Hand.

»Alle Kandidaten haben dieses Posting gekriegt: ICH WILL ENDLICH EIN BABY!!!, abgeschickt von der

Internet-Adresse eurer Firma – ›sk@c&o.com‹. Wir rätselten natürlich, was das sollte, wer ›Doodle‹ sein könnte und ob das irgendwie zu den Tests gehörte. Heinlein wurde ganz panisch, meinte, das müsse die allerneuste Methode sein, darauf sei er überhaupt nicht vorbereitet. Im Internet stünde nichts dazu. Wir ahnten ja nicht …« Wieder brach er ab. Seine Arme hingen nach unten. Vom selbstbewussten Kletterer war wenig geblieben.

Plötzlich wurde Sophie klar, was passiert sein musste. Die Plattform hieß nicht zufällig »Polonaise«. Nina hatte das auch erwähnt, allerdings erst nach dem dritten Tequila Sour. Der Witz dieser App war, dass die Postings sich wie ein Bandwurm durch das Adressbuch fraßen, erst durch das eigene, dann durch die Adressbücher der anderen, denen man geschrieben hatte. Wie ein Virus. So gelang es einem einzelnen Posting, sich weltweit zu verbreiten. Die Philosophie dahinter: Jeder hängt über ein paar Ecken mit jedem zusammen. Vermutlich erreichte ihr Babywunsch gerade einen Server in Singapur oder in Rio de Janeiro. Oder trudelte im E-Mail-Fach des amerikanischen Präsidenten ein.

Sophies Gesichtsfarbe wechselte von leichenblass zu flammend rot. Nun kannte die ganze Welt ihren Kinderwunsch. Nichts hatte sie in den letzten Monaten im Büro erzählt, weder von der Fruchtbarkeitsklinik noch von den Hormonpräparaten, geschweige denn von der Fehlgeburt. Paul Grotemeyer schaute sie direkt an. Was war das für ein Gesichtsausdruck? Mitleid! Pures Mitleid. Sophie hasste es, bemitleidet zu werden. Sie hielt ihre Gefühle gut in Schach, war stark genug, die Form zu wahren; da brauchte sie niemanden, der plötzlich ihr Händchen halten wollte. Mitleid war eine egoistische Form der Anteilnahme, ja, des Voyeurismus. Wer etwas Schweres durchmachte, der wurde ungefragt mit Mitleid überschüttet, völlig egal, ob er sich danach sehnte oder nicht. Doch Grotemeyer war nicht zu stoppen.

»Meine Schwester hat auch …«, begann er. Na klar, das kam dann unmittelbar nach der Mitleidswelle. Ich kenne da jemanden, der auch … Jeder kannte einen Tipp zu dem Thema: Die ist so und so schwanger geworden, das kannst du auch versuchen. Die Welt war voller Anekdoten ums Kinderkriegen. Paul Grotemeyer redete weiter eindringlich auf sie ein, aber Sophie hörte nicht zu. Irgendetwas von »in vitro«. Klingt wie der Name eine Edelitalieners, schoss ihr durch den Kopf.

Bloß weg hier, dachte sie und rannte schon los. Barfuß die Steintreppe hinunter zum orangen Plastiktisch, wo ihre Pumps noch standen und zum Glück die Handtasche noch hing. Sie schnappte sich beides, rannte weiter zum Ausgang – über alte Pommes frites, durch eine Pfütze mit klebriger Cola, egal, nur schnell raus. Die Tür nach draußen drückte sie so heftig auf, dass sie gegen die Außenwand knallte und ein Stück Putz abfiel. Die frische Luft tat gut, Sophie atmete tief ein. Erst als sie außer Sichtweite war, zog sie die Pumps wieder an. Sie würde sich eine Stunde Zeit lassen, bevor sie ins Assessment-Center zurückkehrte. Bis dahin würde dieser Paul Grotemeyer seine Sachen gepackt haben und verschwunden sein. So viel Anstand besaß er wohl, hoffte sie. Denn eines war sicher: Diesen Kerl wollte sie nie wiedersehen.

# 4

Eine Stunde später betrat Sophie wieder die C&O-Zentrale. Sie war noch einmal um den Block gegangen, um wieder zu sich zu kommen. Aber der Spaziergang machte nichts leichter. Schon oft war sie in ihrem Job beschimpft worden, auch auf die übelste Art und Weise. »Schlampe« und das Fo-Wort hörte sie mehrmals im Jahr. Einmal beschmierte eine abgewiesene Kandidatin ihr Auto mit rohen Eiern. Sophie fuhr daraufhin ganz gelassen in die Waschanlage. Ihr war klar, dass man damit rechnen musste, schließlich ging es bei ihrer Arbeit um sehr begehrte Posten. Sie entschied über Menschen, sie bestimmte ihr Schicksal. Senkte sie den Daumen, löste das große Emotionen aus, manchmal auch blanken Hass. Es war für viele Kandidaten sehr kränkend zu erfahren, dass ihr Selbstbild mit der Leistung, die sie brachten, nicht übereinstimmte. Sophie war der Überbringer dieser schlechten Nachricht. Doch so etwas wie mit Paul Grotemeyer war ihr noch nie passiert. So persönlich. So verletzend. So grausam wahr.

Ja, sie wollte ein Baby. Nein, es klappte nicht. Sie war achtunddreißig Jahre alt.

Der Aufzug ließ auf sich warten. Wie sollte sie heute weitermachen? Die Gruppe war in guten Händen, eine Kollegin hatte kurzfristig übernommen. Sophie hatte mit ihr telefoniert, als sie ziellos umhergelaufen war. Grotemeyer habe seine Sachen geholt und sei ohne ein weiteres Wort aus dem Assessment-Center gerauscht, hieß es. Danach schaltete Sophie das Telefon aus. Ob der Kerl wirklich einen Artikel schreiben würde? Das roch nach großem Ärger, sie musste ihre Chefin informieren. Am besten gleich. Nachdenklich betrat sie den Fahrstuhl. Oben wurde sie schon erwartet.

»Sophie, los, schnell zur Chefin. Warum bist du nicht ans Handy gegangen? Sie fragt schon seit einer Stunde nach dir. Du weißt doch, wie sie ist.« Die Sekretärin schob sie förmlich zur Treppe, die zum Turm hinaufführte. Ihre Chefin residierte dort oben in einem Büro mit Panoramaaussicht.

»Ist ja gut, ich eile. Du musst mir keine Kabelbinder anlegen«, murrte Sophie und lief die Treppe hoch. Es pikste unter ihren Fußsohlen, am liebsten hätte sie sich erst einmal die Füße gewaschen, der Dreck von McDonald's klebte noch an den Sohlen. Ihr Hosenanzug sah auch schlimm aus, er war voller Flecken von der Wand und vom Burger. Aber einen Gang in den Waschraum würde die Sekretärin nie zulassen, die noch wie ein Wachhund unten an der Treppe patrouillierte.

Diesen McDonald's würde sie nie im Leben wieder betreten, schwor sich Sophie. Dann klopfte sie. Einmal tief durchatmen. Die Wutanfälle ihrer Chefin waren legendär, ihr Temperament wurde von Monat zu Monat heftiger.

Eine dünnhäutige Frau, im wahrsten Sinne des Wortes. Sophie wünschte sich manchmal, die Chefin würde beim Essen etwas mehr zulangen, statt sich immer mit Salat zu begnügen, das Dressing separat. Die Frau zählte den ganzen Tag Kalorien. Die Figur schlank zu nennen würde ihr zu viel Gewicht verleihen. Sehnige Beine und spitze Knie schauten aus kurzen Kostümröcken. Trug die Chefin ärmelfreie Oberteile, sah man ihre Streichholz-Ärmchen. Die ausgezehrten Finger trugen schwer an einem mehrkarätigen Diamanten. Ihr Gesicht wirkte hart. Und auch der Psyche fehlte das Polster, alles traf sie direkt und heftig, deshalb war sie so reizbar. Sophie erkannte ihre Fähigkeiten an, die Chefin hatte dieses Assessment-Center aufgebaut, sich in einer männerdominierten Szene durchgesetzt. Aber der Preis war, dass sie ihren Angestellten das Leben zur Hölle machen konnte.

»Sophie? Kommen Sie rein«, erklang es im scharfen Ton durch die Tür. Die Chefin saß hinter ihrem Schreibtisch, sie war wie immer perfekt gestylt. »Setzen Sie sich«, sagte sie zu Sophie, ohne hochzuschauen. Klar, erst einmal den anderen warten lassen. Ihm keine Beachtung schenken. Eine wichtige Methode im Assessment-Center, damit Kandidaten unsicher werden. Bei Sophie rief diese Strategie ihrer Chefin genau die gegenteilige Reaktion hervor: Sie wurde ganz ruhig. Mag da kommen, was kommt, sagte sie sich. Ein Zen-Mönch hätte nicht fatalistischer sein können.

»Doodle«, sagte ihre Chefin plötzlich überraschend. »Darf ich Sie so nennen, Sophie? Sie sind doch Doodle, nicht wahr? Ein Spitzname, vermutlich wegen Ihrer eigenwilligen Haare.«

Klar, das Posting war auch an sie gegangen. An die ganze Firma. Und hier wusste natürlich jeder, wer hinter der E-Mail-Adresse ›sk@c&o.com‹ stand.

»Anfangs konnte und wollte ich die Nachricht schwer mit Ihnen zusammenbringen. Ich meine, wer schickt denn schon solche Intimitäten wahllos in der Welt herum: ICH WILL EIN BABY!!! Aber Ihre Generation ist da wohl anders als wir, dieser ganze Facebook-Kram, der wird mir immer fremd bleiben. Gut, sei's drum. Einige Ihrer Kandidaten haben mich dann allerdings informiert, was heute bei Ihnen los war. Bis hin zur Szene im Schnellrestaurant, von der ich auch schon erfahren habe. Nein, …« Sie unterbrach sich selbst, um eine Schublade aufzuziehen und ein Pfefferminzbonbon herauszuholen. Sie lutschte die Dinger den ganzen Tag, um mit dem ständigen Hunger klarzukommen. Das Bonbon im Mund, fuhr sie fort: »… informiert ist wohl das falsche Wort. Die Kandidaten haben sich bei mir beschwert, besonders die beiden Frauen. Diese Mail zeige ja wohl, dass Sie psychisch instabil seien. Und dann berichteten sie mir, dass der Tag sowieso nicht gut gelaufen sei. Man könnte den Vormittag auch als verkorkst bezeichnen. Sie haben tatsächlich den Stecker des Beamers gezogen?«

»Die anderen Kandidaten fielen regelrecht über den Heinlein her. Was sollte ich tun? Das war …«, Sophie suchte nach Worten, »… unmenschlich.«

Die Chefin bekam große, runde Augen. Sie konnte wunderbar die Augen aufreißen, das passte gut zu ihrem Puppengesicht. »Unmenschlich?«, wiederholte die Chefin ungläubig, um sogleich ihr berühmtes Lachen über eine volle Oktave anzustimmen. Niemals reagierte sie spontan, alles wirkte einstudiert und erfüllte seinen Zweck. Das Lachen war dafür da, Sophie bloßzustellen.

»Was soll daran unmenschlich sein, jemanden auf seine Fähigkeiten zu prüfen? Dieser Heinlein hat einfach nicht das Zeug fürs Topmanagement, der soll heim in seine Pfalz gehen und kleine Brötchen backen. Genau das ist unser Job, Sophie – in kürzester Zeit sicher herauszufinden, wer hier Qualitäten hat. Dafür sind wir da, das erwarten unsere Auftraggeber. Aber jetzt rede ich mit Ihnen schon wie mit einer Berufsanfängerin. Sie sind doch schon seit Jahren dabei, bislang schienen Sie nie solche …«, nun suchte die Chefin nach einem Wort, »… solche mildtätigen Anwandlungen zu haben.«

»Der Tag heute läuft komplett anders als sonst«, murmelte Sophie.

»Sie sind gefühlig. Dieser Kinderwunsch macht Sie schwach. Sie verlieren Ihr Auge für Menschen, Sophie. Das ist unser Werkzeug in dieser Branche. Früher wäre Ihnen das nicht passiert, dass Sie einen wie diesen Grotemeyer nicht enttarnt hätten. Einen Reporter!« Sie spuckte das letzte Wort förmlich aus.

Sophie schaute an der Chefin vorbei aus dem Fenster. Na super, das wusste sie also auch schon. Das war es dann wohl. Wie stolz war sie immer gewesen, es in Berlin geschafft zu haben – ein eigenes Büro, drei Fenster, ein toller Blick über die Hauptstadt. Sie, das Mädchen aus der Provinz. Berlin hatte es ihr leicht gemacht, es schien ihr wohlgesinnt. Schnell hatte sie hier Fuß gefasst, erst ein gelungenes Studium, dann ein gut bezahlter Job, ein Mann, der kaum auf das Geld achten musste. Essen gehen in Mitte, jeden Abend ein neues angesagtes Restaurant, das war ihr Leben. Doch jetzt rückte die Stadt von ihr ab, es lief nicht mehr so gut. Und plötzlich, beim Blick aus dem Hochhausfenster, erkannte sie, wie hässlich Berlin war.

Ein eintöniges graues Gewebe aus Häusern, das sich nach allen Seiten hin ausdehnte. Ohne Höhepunkte, ohne Schönheit, ohne Seele, ohne Charme.

Die Chefin schnippte ungeduldig mit den Fingern. »Hallo, Sophie, hören Sie mir überhaupt zu? Das ist eine Katastrophe! Über die Auflage dieser Zeitung muss ich Ihnen ja nichts erzählen. Unsere Anwälte sind schon dran, wir versuchen alles, um den Artikel zu verhindern. Wenn nicht, überhäufen wir sie mit Gegendarstellungen. Aber was ist nur in Sie gefahren, diese Wand hinaufzuklettern? Ich schätze Ihre Kreativität, aber das gehört doch nun wirklich nicht zu unseren Methoden. Das wirkt verrückt!«

Schmeiß mich doch raus, dachte Sophie plötzlich zornig. Das wäre die Krönung dieses beschissenen Tages. Ihr war alles egal. Die Chefin stand von ihrem Schreibtischstuhl auf und schob ihn mit ihrem knochigen Po nach hinten. Unglaublich, wie schmal sie war. Dass sie drei Kinder geboren hatte, sah man ihr nicht an. Aber gut, keines – die jüngste Tochter war inzwischen sieben, der älteste Sohn elf – hatte jemals den Weg durch das Becken geschafft, sie waren per Kaiserschnitt auf die Welt gekommen. »Medizinisches Risiko«, hatte sie behauptet. Doch in Wahrheit hatte sie die Geburtstermine so exakt in ihrem vollen Terminkalender unterbringen und sie mit dem Kindermädchen koordinieren können, das von Anfang an hauptsächlich für die Erziehung ihrer Kinder zuständig gewesen war. Ihre Mutter bekamen die drei kaum zu Gesicht, so wenig wie den Vater, einen Anwalt mit Kanzlei am Gendarmenmarkt.

Wieder drang die Stimme der Chefin zu ihr durch. »Ich will Sie nicht rausschmeißen«, sagte sie, als habe sie Sophies Gedanken gelesen. »Sie sind gut, Sie sind wichtig für das Büro. Den Spontanvortrag mit Twitter zu verbinden, für solche Einfälle schätze ich Sie. Ich denke, auch Sie sind hier zufrieden, uns verbindet eine Win-win-Situation. Nur das, was Sie sich heute hier geleistet haben, ist – ich muss es so hart sagen – unprofessionell. Das ist nicht die Performance, die wir uns als Unternehmen vorstellen. Mit solchen Auftritten können Sie schnell unser Image ruinieren. Und Sie wissen, Sophie, wie viel unser Name in der Branche zählt.«

Jetzt kommt es, dachte Sophie. Wie zum Gebet faltete die Chefin nun ihre Hände und legte sie dicht vor ihr auf den Tisch ab, natürlich nicht, ohne den Ehering samt Verlobungsdiamanten oben liegen zu haben. Ihr Gesicht war nun nah an Sophies Gesicht.

»Ich habe gesehen, Sie haben seit fast einem Jahr keinen längeren Urlaub mehr genommen. Mein Vorschlag lautet: Nehmen Sie sich frei. Ganz spontan. Fahren Sie mit Ihrem Verlobten weg, eine Woche, kommen Sie einfach zur Ruhe. Atmen Sie durch. Ihr Verhalten und Ihre Mail machen mir Sorgen. Bevor es zum Burn-out kommt, sollten Sie sich ein Time-out gönnen.«

»Wann soll ich wegfahren?«, fragte Sophie irritiert. »Nächste Woche?«

»Nein, sofort. Ab heute. Ich will Sie eine Weile aus der Schusslinie haben. Das Risiko, mit Ihnen zu arbeiten, ist mir im Moment zu groß. Wer weiß, was Sie noch mit den Kandidaten anstellen. Sprung vom Zehner im Olympiabad? Oder einen Besuch des KitKatClubs, um sich richtig kennenzulernen!« Sie lachte heftig über ihren eigenen Witz.

»Aber«, stotterte Sophie, »ich kann doch nicht einfach wegfahren. Wohin? Ich habe doch nichts gebucht. Und Johann ist nicht da, er arbeitet. Im Moment verhandelt er in Wien.«

»Dann fliegen Sie doch einfach nach Wien«, schlug die Chefin vor, während sie sich schon wieder abwandte, um sich mit irgendwelchen Papieren zu beschäftigen.

»Ich will aber nicht nach Wien«, protestierte Sophie.

Der Kopf der Chefin schoss hoch, und sie sagte in scharfem Ton: »Sophie, ich möchte Sie nicht abmahnen. Aber Sie brauchen eine Auszeit, dringend. Dies ist eine Anweisung von mir: Sie nehmen sich Urlaub. Ab heute. Wenn Sie wieder klar im Kopf sind, kommen Sie zurück. Genießen Sie die Zeit, aber denken Sie auch über Ihre Professionalität nach. So etwas darf nicht wieder vorkommen.«

Konsterniert stand Sophie auf. »Und wer kriegt den Kosmetikjob?«, fragte sie abschließend.

Die Chefin schaute sie schon nicht mehr an, ordnete Unterlagen auf dem Tisch.

»Eine der beiden Frauen. Die haben sich wirklich ins Zeug gelegt – gegen Sie«, sagte sie.

Sophie ging zur Tür. Sie war zum Urlaub verdonnert worden. Das war wirklich sonderbar. Wann war sie das letzte Mal längere Zeit weg gewesen? Vor drei Jahren vielleicht. Johann und sie machten eigentlich immer nur

Kurzurlaube, Städtetrips in schöne Hotels, aber nach spätestens zweiundsiebzig Stunden war alles vorbei. Mehr ließen ihr und sein Terminkalender nicht zu. Hatte sie zumindest immer gedacht. Aber jetzt stellte sich heraus, dass das Assessment-Center problemlos auf sie verzichten konnte. Noch eine Niederlage.

Die Klinke schon in der Hand, hörte Sophie ein Räuspern hinter sich. »Lassen Sie los, Sophie. Manche Frauen sind nicht für die Mutterschaft bestimmt. Als Mutter von drei Kindern weiß ich, wovon ich rede. Beruf und Nachwuchs unter einen Hut zu kriegen ist eine immense Herausforderung. Da muss man nervlich gut aufgestellt sein. Die vielen Entscheidungen, die man treffen muss: die Auswahl des richtigen Au-pairs, des internationalen Kindergartens, später das Internat mit Zukunft. Dann der Alltag – selbst wenn man den Kindergeburtstag von einer Agentur organisieren lässt, wollen die Kinder einen doch kurz vor Ort sehen. Das will alles koordiniert sein. Es geht mich wirklich nichts an, aber wenn Sie meinen Rat hören wollen: Im Beruf sind Sie, Sophie, erfolgreich, aber Kinder – damit stoßen Sie an Ihre Grenzen. Ihr Körper sendet Ihnen ein klares Signal: Kinder gehören nicht zu Ihrem Weg. Ein Leben ohne Kinder ist für eine Frau heutzutage möglich, die Blaustrumpf-Zeiten sind lange vorbei. Natürlich, der grandiose Moment, Leben zu schenken, etwas für die Zukunft zu tun, ich möchte darauf nicht verzichten. Aber reden wir Klartext, Sophie: Sie sind kein besonders mütterlicher Typ. Dafür sind Sie viel zu …«, die Chefin suchte das richtige Wort, »… flippig.« Damit war Sophie entlassen.

Manchmal war es ganz leicht zu gehen.

# 5

Die Maschine nach Wien war fast ausgebucht, mit Glück hatte sie noch einen Platz ergattert. Natürlich in der Mitte, Fenster und Gang waren längst vergeben. Egal, dachte Sophie, Hauptsache, ich fliege mit. Am Einstieg begrüßten sie zwei Stewardessen höflich, aber desinteressiert. Dies war ein Routineflug, noch nicht einmal zwei Stunden Flugzeit. Geschäftsleute, Städtetouristen und die Auswahl Berliner Jugendfußballer, die zu einem Turnier in die österreichische Hauptstadt flogen. Sophie versuchte ihre modische Handtasche, ein ziemlich großes Objekt, vorsichtig durch den Mittelgang zu lavieren, doch der Taschen-Rammbock nahm die eine oder andere Lehne mit. Leider hieb sie auch gegen das Ohr eines glatzköpfigen Mannes, der sich unwirsch umdrehte und zornig irgendetwas zischte. Sophie widerstand der Regung, ihm beruhigend über die Glatze zu streichen. Da war ihr Sitz, 13 E. Auf dem Gangplatz saß noch niemand, sie konnte sich unbehindert fallen lassen. Endlich sitzen, das tat gut.

Wie hektisch sie gepackt hatte. Alles einfach rein in Koffer und Handtasche. Bloß weg hier, dachte sie. Mit Johann hatte sie nur sehr kurz telefoniert, er hatte bestürzt reagiert: »Du hast was? Zwangsurlaub? Warum … gut, ja, komm zu mir nach Wien. Wir reden dann. Ich muss jetzt auflegen, das Meeting beginnt gleich. Aber Doodle, ich kann dich nicht vom Flughafen abholen, wir treffen uns im Hotel. Und heute Abend gehen wir schön essen.« Sie flog also nach Wien. Und danach? Vielleicht machten Johann und sie zusammen einen kleinen Urlaub. Sophie wollte für alles gerüstet sein. Also würfelte sie ihre Auswahl wild durcheinander: Wanderhose für den Bergurlaub, Wickelrock für den Badestrand, das kleine Schwarze für das Städte-Hopping. Dazu Schuhe, Schuhe, Schuhe. Am Ende war der Koffer so voll, dass sie damit hätte auswandern können. Natürlich, man hätte auch das ein oder andere weglassen können, aber Sophie konnte sich nicht entscheiden. Kletterschuhe oder High Heels? Sie wusste ja nicht, was kam.

Als sie die Handtasche auf den Boden stellte, hörte sie ein Knistern. Der chinesische Glückskeks, den hatte sie gestern Abend mit ihrer Freundin Nina bekommen, als sie um Mitternacht noch einen Abstecher in den China-Imbiss machten. Nina, dachte Sophie, die hat noch nie behauptet, ich sei nicht mütterlich. Wie oft habe ich auf ihre Jungs aufgepasst. Die Chefin sah ihre Kinder dagegen so selten wie ein geschiedener Vater mit Besuchsrecht. Der Sohn verschwand monatelang im Internat in der Schweiz, die beiden Töchter zog das Kindermädchen groß. Einmal war die Kleinste von zu Hause abgehauen und hatte sich ganz allein auf den Weg zu ihrer Mutter gemacht. Plötzlich stand sie mit großen Augen im Büro, wo Sophie sie entdeckte. »Friederike, was machst du denn hier? Soll ich dich zu deiner Mama bringen?« Die Kleine brachte keinen Ton heraus, ergriff Sophies Hand und ließ sich eine Etage höher bringen.

Was danach kam, brach Sophie regelrecht das Herz. Sie hörte noch, wie ihre Chefin am Telefon das Kindermädchen anbrüllte, sie habe die Kinder nicht im Auge, benehme sich verantwortungslos und heute sei ihr letzter Tag im Haus. Friederike hatte derweil in Sophies Armen gelegen, der kleine Körper von Schluchzern geschüttelt, so sehr waren die Tränen geflossen.

Es war einfach nicht fair, dass dieser dürre Drachen drei Kinder bekam und sie keines. Schwanger zu werden, das schien Sophie plötzlich wie eine ganz besondere Währung, an die sie nicht herankam. Ein exklusiver Klub, zu dem man ihr den Zutritt verwehrte. Ihre Chefin war da Mitglied. Neben der eigenen Firma, dem atemberaubenden Haus mit Garten in Zehlendorf, der privaten Autoflotte, den teuren Klamotten, den irren Reisezielen waren ihre drei Kinder einfach nur ein weiteres Statussymbol. Sophie bremste ihre Gedanken ab. Nicht durchdrehen!

Die knisternde Tüte des Glückskekses ließ sich leicht öffnen. Sophie brach den Keks auseinander und fingerte den Zettel heraus. »Sie haben das Wichtigste vergessen«, stand dort auf Deutsch. Und auf Englisch: »You have left someone behind.« Wer, verdammt, übersetzte eigentlich diese Glückskeks-Sprüche?, fragte sich Sophie zum x-ten Mal. Entweder ein superbilliges Sprachcomputerprogramm, das in Nordkorea entwickelt worden war, oder ein bekiffter Langzeitstudent. Den Zettel ließ sie in die Tasche ihrer Jeans gleiten. Den verschmutzten Hosenanzug hatte sie zu Hause endlich ausgezogen. »Glauben Sie an solche Botschaften? Manche Menschen sind ja ganz verrückt nach diesen Glückskeksen, sie halten diese Zettel für schicksalhaft«, sagte eine warme weibliche Stimme neben ihr – die Dame vom Fensterplatz. Sie war schon älter, bestimmt über siebzig und sehr elegant in ein dezentes Kostüm gekleidet. Die kurzen grauen Haare waren voll und ausgesprochen gut geschnitten. Bis auf einen goldenen Reif am Arm und einen doppelten Ehering am Finger trug sie keinen Schmuck. Früher war dieser doppelte Ehering nach dem Tod des Gatten üblich gewesen. Heute sah man das nur noch selten, obwohl Frauen ihre Männer oft genug überlebten. »Ob ich an Glückskekse glaube?«, antwortete Sophie freundlich. »Klar. Besonders, wenn der Spruch irgendwie passt. Bei mir stand: Sie haben das Wichtigste vergessen. Das stimmt wahrscheinlich, ich habe so hektisch gepackt. Da fällt mir ein: Wo ist eigentlich mein Handy?«

Sie hob die Tasche zurück auf den Schoß und begann darin zu kramen. Das Problem an diesen riesigen Handtaschen war, dass in ihnen die Schwerkraft alles nach unten zog. Kramen brachte da nicht viel, bei einer ernsthaften Suche half nur ausräumen. Da der Sitz rechts von ihr noch frei war, begann Sophie, den Inhalt der Handtasche systematisch auszupacken.

Am Anfang die konventionellen Dinge – die Bordkarte, ihren Organizer, ein kleines Kulturtäschchen, ihr Portemonnaie mit Ausweisen, eine Kosmetikprobe, einen Krimi für den Flug, einen Kamm mit besonders breiten Zinken. Dann den rappenden Burger aus dem McDonald's. Paul

Grotemeyer, der Arsch. Der Anblick der Figur versetzte Sophie einen Stich, sie ließ das Ding schnell auf den Haufen neben sich fallen. Ein Werthers-Echte-Karamellbonbon, wie sie es immer beim Abheben lutschte, zwei Haarkneifer, die sie völlig vergessen hatte, ein Programmheft der Deutschen Oper, eine angebrochene Packung Zigaretten, die sie längst wegwerfen wollte, seit sie mal wieder mit dem Rauchen aufgehört hatte, eine Notiz ihres Assistenten, zwei weitere Stifte – oh, nein, halt. Sophie zögerte. Das war ja kein Stift, das war dieser verfluchte Injection Pen. So hießen die Hormonspritzen heutzutage. Eilig ließ sie das Ding wieder zurück in die dunklen Tiefen der Handtasche fallen, stopfte auch alles andere zurück. Die alte Dame neben ihr schaute aufmerksam zu.

»Kein Handy in der Handtasche«, seufzte Sophie. »Dabei bin ich sicher, ich habe es nicht zu Hause liegen lassen. Ich bin noch einmal durch die Wohnung. Stimmt, jetzt erinnere ich mich, der Koffer lag auf dem Bett, und ich hatte es so eilig, da habe ich es dort hineingestopft. Komisch, das passiert mir sonst nie. Das Handy ist mir heilig. Und somit immer griffbereit.«

»Na dann«, sagte die alte Dame zuvorkommend, »ist es doch gut aufgehoben, dort unten im Gepäckraum. In Wien sind Sie wieder vereinigt, Ihr Handy und Sie.«

»Genau«, stimmte Sophie erleichtert zu. Doch plötzlich wurde sie unsicher.

»Habe ich es ausgeschaltet? Oder ist es angeschaltet?« Nachdenklich trommelte sie mit den Fingern gegen ihre Lippen. »An oder aus? Spielt das überhaupt noch eine Rolle, ich meine, ist es heute noch vorgeschrieben, dass man beim Flugzeugstart sein Handy ausschalten muss? Oder ist das längst passé?«

In diesem Moment wurde die beruhigende Hintergrundmusik – ein instrumentales Medley aus »Raindrops keep falling on my head«, das in »Downtown« und später in »Up, up and away in my beautiful balloon« überging – unterbrochen, und es meldete sich der Kapitän per Lautsprecher zu Wort: »Meine Damen und Herren, unser Abflug verspätet sich wahrscheinlich um eine Viertelstunde, da wir noch auf drei Passagiere warten, die sich auf dem Weg zum Gate befinden. Während der Wartezeit können Sie Ihre Handys und elektronischen Geräte weiterbenutzen. Ich weise aber vorsorglich darauf hin, dass beim Start alle elektronischen Geräte und Handys abgeschaltet werden müssen. Vielen Dank.«

»Das ist wohl Ihre Antwort«, sagte die alte Dame mit einem leichten Lächeln. War es spöttisch? Oder nur lebensklug?

»Verdammt, verdammt«, fluchte Sophie, »was mache ich denn jetzt bloß? Muss ich der Stewardess Bescheid geben? So ein einfaches Handy, das kann doch nicht so schlimm sein. Das bringt doch keine Maschine zum Absturz. Oder doch?« Hilfe suchend schaute sie die alte Dame an. »Leiden Sie unter Flugangst?«, fragte die alte Dame sehr freundlich. Sie wirkte so ruhig und souverän. Ihre Hände hatte sie im Schoß ihres Kostüms zusammengefaltet. Schöne Hände, die im Leben angepackt hatten. Mütterliche Hände. Mädel, jetzt übertreib mal nicht, dachte Sophie und zwang sich, den Blick abzuwenden. Was hatte sie gefragt – Flugangst? Sophie, die Vielfliegerin?

»Nein, ganz sicher nicht.« Sie schielte zum Mittelgang, ob sich womöglich eine Stewardess näherte. Dann könnte sie fragen, ob ein angeschaltetes Handy im Gepäckraum ein Problem sei. Vermutlich nicht. Heutzutage passierte das bestimmt ständig.

»Und obwohl das Handy Ihnen so wichtig ist, vergessen Sie es im Koffer. Kam das schon einmal vor?«, fragte die alte Dame weiter.

»Nein, nie«, sagte Sophie fahrig. »Eigentlich sind mein Handy und ich unzertrennlich. Ich war allerdings beim Packen unkonzentriert. Es ist etwas passiert. Etwas Privates ...« Sie brach ab.

»Deshalb haben Sie hektisch gepackt«, stellte die alte Dame fest. Ganz schlicht. Sophie schielte zu ihr hinüber. Sie wirkte wohltuend lebenserfahren.

»Genau, ich fliege jetzt zu meinem Freund. Inzwischen ist er sogar mein Verlobter. Meine Chefin hat mich zu dem Urlaub gezwungen. Sie meinte, ich solle mal ausspannen. Ausspannen in Wien, ich meine, das ist doch ein Witz. Keine Ahnung, warum ich hier eigentlich sitze. Es schien halt am vernünftigsten, zu Johann zu fliegen. Wir sehen uns eh kaum. Habe ich das Handy nun an oder aus? Was mache ich bloß?«

Die alte Dame hielt einen Moment inne, dabei spielte sie an ihrem doppelten Ehering. Diese Hände, dachte Sophie wieder. Solche Hände möchte ich auch haben, wenn ich alt bin.

»Haben Sie schon mal vom Gegenwillen gehört?«, fragte die alte Dame nachdenklich, ohne hochzuschauen. Sie wirkte regelrecht versunken.

Sophie schaute sie überrascht an. »Na klar. Das ist doch ein Begriff aus der Psychoanalyse«, antwortete Sophie. Die Psychoanalyse, die Wissenschaft Sigmund Freuds, um die hatte Sophie im Studium immer einen großen Bogen gemacht. Aber an den Grundlagen war auch sie nicht vorbeigekommen.

»Genau.« Die alte Dame lächelte erfreut. »Ich merke schon, Sie haben Kenntnis. Womöglich wissen Sie auch, dass wir Anhänger der Psychoanalyse nicht an den Zufall glauben, nicht an zufällige Versprecher oder daran, dass man wichtige Dinge einfach so verlegt. Alles hat seinen tieferen Grund – es ist das Unbewusste, das zu Ihnen spricht. Sein Recht verlangt. Und Sie so handeln lässt, wie Sie handeln. Aber entschuldigen Sie, meine Liebe, womöglich interessiert Sie gar nicht, was ich rede.«

»Doch, doch«, ermunterte Sophie sie. »Sprechen Sie weiter. Das klingt interessant.« Das Misstrauen in ihrer Stimme war allerdings nicht zu überhören. Psychoanalytiker, das waren irgendwie Spinner. Gleich würde die Frau mit einer gestörten Mutter-Vater-Kind-Beziehung kommen. Oder mit dem absurden Penisneid. Jetzt musste Sophie grinsen, einen ausgewiesenen Penisneid hätte man dieser eleganten Dame gar nicht zugetraut.

»Sie haben Ihr geliebtes Handy in Ihren Koffer gepackt – scheinbar ein Versehen. Und nun fragen Sie sich, ob es an ist oder aus. Gut, ich bin inzwischen eine alte Frau, aber so viel begreife ich noch von dieser Welt: Kein Mensch des 21. Jahrhunderts stopft sein Handy in den Koffer zwischen Socken und Unterwäsche. Das ist eine unbewusste, aber sehr zielgerichtete, destruktive Handlung. Diese Tat ist der Ausdruck einer – wie wir es in der Fachsprache sagen – ›verborgenen Regung‹, also eines verdrängten Gegenwillens. Das heißt: Ein Teil von Ihnen will nicht abfliegen. Womöglich reisen Sie zum falschen Mann?«

Nun war es raus. Sophie blieb der Mund offen stehen. Wie bitte? »Das ist aber eine ziemlich kühne Behauptung.«

Die alte Dame legte beschwichtigend ihre Hand auf Sophies Arm. »Verstehen Sie, ich bin es gewohnt, meine Beobachtungen zu machen und meine Schlüsse daraus zu ziehen. Es ist nur eine Beobachtung und eine Interpretation dieser Beobachtung. Und ja, Sie haben recht, sie ist ziemlich kühn. Ich kenne Sie ja gar nicht. Verzeihen Sie, wenn ich Ihnen zu nahegetreten bin. Sie wirkten nur so …«, die Frau suchte das richtige Wort, »… erschüttert, als Sie hier einstiegen.«

Die warme Hand auf ihrem Handrücken, der durchdringende, aber freundliche Blick, plötzlich fühlte sich Sophie ertappt. Erschüttert habe sie gewirkt, als sie den Flugzeuggang hinunterging. Sah man ihr diesen furchtbaren Tag so sehr an? Und gab das ihrer Sitznachbarin das Recht, einen Röntgenblick in ihre Seele zu wagen? Schon nach wenigen Minuten des Nebeneinandersitzens analysierte sie Sophies Leben. Das war doch übergriffig. Ebenso wie die Hand auf ihrem Arm. Genau in diesem Moment zog die Dame ihre Hand weg. Sophie fühlte sich herausgefordert.

»Ich erinnere mich noch dunkel aus dem Studium: *Zur Psychopathologie des Alltagslebens*, so heißt doch ein berühmtes Buch von Sigmund Freud. Darin geht es doch um Versprecher oder Briefe, die man zurückhält. Oder Briefe, die man abschickt, aber die Briefmarke vergisst. Und immer heißt es, es sei das Unbewusste, das einen lenkt. Sie meinen also, ich will nicht fliegen – womöglich, weil mich der falsche Mann in Wien erwartet.« Jetzt kam Sophie in Fahrt, ihre Stimme wurde wieder klarer, lauter, endlich, nach all dem Durcheinander der letzten Stunden, fühlte sie sich wieder selbstsicher. Sie wollte die alte Dame, die so ruhig neben ihr saß und weiterhin freundlich lächelte, aus der Reserve locken. Und die ganze Psychoanalyse gleich mit. Zeit für ein kleines Experiment.

»Schauen Sie, ich lege meinen Finger an den Klingelknopf für die Flugbegleiterin, sehen Sie genau hin, ich berühre den Knopf richtig. Nach Ihrer Logik müsste mir jetzt ein Versehen geschehen, eigentlich will ich nicht, aber – ups – ich drücke den Knopf. Und siehe da, schnell kommt die Stewardess herangerauscht: ›Fräulein, in meinem Koffer liegt ein Handy – und ich weiß nicht genau, ob das an oder aus ist. Ist das schlimm?‹ Und die Stewardess würde womöglich antworten: ›O ja, da müssen wir das ganze Gepäck wieder ausräumen, damit Sie im Koffer nachschauen.‹ Die Reise wäre also unterbrochen, wenn nicht gar verschoben. Nennt man das nicht eine klassische freudsche Fehlleistung? Aber sehen Sie doch …«

Triumphierend zog Sophie die Hand zurück. Kein Lämpchen leuchtete. Nichts war gedrückt worden. Keine Flugbegleiterin eilte herbei.

»Der Knopf ist nicht gedrückt, denn ich will wirklich fliegen. Bewusst und unbewusst. Kein Knopfdruck heißt wohl: Es scheint der richtige Mann zu sein, der mich in Wien erwartet. Sie haben mich eben gefragt, ob ich an Glückskeks-Botschaften glaube. Diese Anti-Freud-Botschaft trifft für mich hundertprozentig zu: Johann ist der Mann für mich, der Mann fürs Leben«, dozierte Sophie förmlich, und je länger sie sprach, desto lauter wurde sie. Inzwischen hörten auch die hinteren Reihen interessiert zu.

Die alte Dame lächelte immer noch leise vor sich hin. Gab es eigentlich in der Ausbildung für Psychoanalytiker so eine spezielle Stunde, wo sie dieses distanzierte, wissende Lächeln erlernten? Die übten das bestimmt vor dem Spiegel. Warum sagte sie nichts? Die ganze Zeit hatte sie doch gefragt und gebohrt – und nun blieb sie stumm.

Sophie hingegen musste weiterreden. »Im Übrigen …«, setzte sie mit gesenkter Stimme an, »… geht es bei dieser überstürzten Reise überhaupt nicht um den Mann, es dreht sich auch nicht um die Liebe. Mein Arbeitstag endete heute im Chaos, ich habe einem Assessment-Kandidaten eine Ohrfeige verpasst, der übrigens ein getarnter Reporter war, nachdem er mir auf den Kopf zugesagt hat, Frauen wie ich würden verbittert und kinderlos enden. Und als sei das noch nicht genug, habe ich versehentlich meiner Chefin eine Mail geschickt, in der stand, wie sehr ich mir ein Baby wünsche. Aber ich werde einfach nicht schwanger. Daraufhin hat mir die Chefin, selbst Mutter dreier wohlstandsverwahrloster Kinder, eröffnet, meine Kinderlosigkeit sei doch besser für mich, ich sei kein mütterlicher Typ. Zusammengefasst war das mein Tag. Kann einen schon durcheinanderbringen, oder? Und deshalb liegt jetzt mein Handy im Koffer. Deshalb – und nicht wegen irgendeines freudschen Gegenwillens.«

Das leise Lächeln der Dame verschwand. »Oh, das tut mir leid«, sagte sie, und es klang wirklich berührt. Wieder machte sie einen Moment Pause. Sophie hatte heftig auf sie eingeredet, doch die alte Dame ließ sich davon nicht beirren, sie nahm sich die Zeit, die sie zum Denken brauchte. »Eben, als Sie die Handtasche auspackten, habe ich diese moderne Spritze erkannt. Eine meiner Schwiegertöchter musste sie auch eine Weile anwenden. Gibt es denn für Ihre ausbleibende Schwangerschaft irgendwelche physischen Gründe?«

»Nein, der Arzt in der Fruchtbarkeitsklinik konnte nichts Konkretes finden. ›Idiopathisch‹ lautet die Diagnose. Übersetzt: keine fassbare Ursache.«

»Also womöglich doch der falsche Mann«, murmelte die alte Dame sehr leise vor sich hin, aber Sophie hörte sie nicht, sie wurde von den unterdrückt aufgeregten Stimmen hinter sich abgelenkt.

»Wie bitte …«, fragte Sophie irritiert und wandte sich wieder ihrer Sitznachbarin zu. »So, jetzt kennen Sie also meine jüngste Geschichte, aber da kann mir die Psychoanalyse auch nicht weiterhelfen. Durch stundenlanges Liegen auf der Couch und Räsonieren über Träume ist noch keine Frau schwanger geworden … Die Methoden des guten Doktors aus Wien würden an mir scheitern.«

Die alte Dame strich sanft den schweren Stoff ihres Kostüms glatt.

»Seien Sie nicht zu voreilig. Doktor Freud verfügte über viel Lebenserfahrung – er war schließlich Vater von sechs

Kindern, drei davon Mädchen. Unerfüllter Kinderwunsch ist ein altes Thema, im 19. Jahrhundert waren manche Frauen genauso sehnsüchtig wie heute. Eine dieser Frauen war seine älteste Tochter Mathilde. Sie müssen wissen, vieles, was in der Familie Freud vorging, wird bis heute zurückgehalten – wir, die interessierte Öffentlichkeit, erfahren nur, was ins Bild passt. Aber es gibt Gerüchte …«

Sie schaute Sophie ernst an. »Darf ich Ihnen einen Rat geben? Wenn Sie in Wien sind und ein wenig Zeit haben, dann statten Sie doch der Berggasse 19 einen Besuch ab.«

»Dort hatte er doch seine Praxis«, meinte Sophie argwöhnisch.

»Genau. Sigmund Freud praktizierte in der ersten Etage, Wand an Wand mit den Wohnräumen der Familie. In der Berggasse wuchsen alle seine Kinder auf. Heute hat man dort ein Museum und Archiv eingerichtet. Fragen Sie nach dem Archivar, Herrn Dr. Gnoth. Richten Sie ihm einen Gruß von mir aus und erzählen Sie ihm Ihre Geschichte. Am besten, Sie lassen auch den Namen ›Mathilde‹ fallen. Womöglich hilft er Ihnen weiter. Oh, schauen Sie, die Stewardess sieht aber energisch aus. Will die etwa zu uns?«

Sophie blickte erschrocken zur Lampe. Hatte sie doch gedrückt? Nein, da leuchtete kein Lämpchen. Dieser Freud-Quatsch machte sie noch ganz verrückt. Nun stiegen auch die letzten drei Passagiere, auf die man noch gewartet hatte, ein. Alles würde gut werden, in wenigen Stunden war sie bei Johann. Die Stewardess blieb eine Reihe hinter ihr abrupt stehen.

»Wer möchte zuerst?«, fragte sie mit unüberhörbarem

Spott in der Stimme. Sophie drehte sich um – hinter ihr leuchtete über sechs verschiedenen Sitzen das Flugbegleiter-Zeichen. Ein Mann erhob sich. Er sah eigentlich ganz nett aus, jung mit Brille, Typ Student, im blauen Hemd und in gebügelten Jeans, vielleicht Wirtschaftswissenschaftler. Doch sein angenehmes verhaltenes Äußeres stand im Gegensatz zu seinem panischen Blick. Aufgeregt zeigte er auf Sophie: »Fragen Sie die doch, was los ist.«

»Mich?«, entgegnete Sophie ehrlich erstaunt.

Jetzt sprang die Frau vom Fensterplatz auf. »So fliege ich nicht los, so nicht. Das muss geklärt werden. So nicht«, rief sie. Ein älterer, abgeklärt wirkender Mann versuchte, sie zu beruhigen. »Hören Sie, Frau Plettl, als ehemaliger Pilot sehe ich da technisch kein Problem. Sie sollten das Risiko nicht überbewerten.«

»Risiko?« Jetzt schrie die Frau fast. Eine Reihe hinter ihr erhob sich nun auch lauter Protest.

»Die Frau will uns abstürzen lassen«, rief jetzt der Brillenträger. Angstschweiß blitzte auf seiner Stirn.

Die Stewardess schaute genervt drein. »Beruhigen Sie sich bitte alle. Ich habe keine Ahnung, worum es hier geht.«

Nun stand eine Frau auf, die zwei Reihen hinter Sophie saß. An ihrem Jackett trug sie ein kleines Namensschild mit dem Lufthansa-Zeichen.

»Die Teilnehmer meines Flugangst-Seminars mussten leider gerade mit anhören, wie die Passagierin auf dem Sitz 13 E lautstark überlegte, ob ihr Handy, das sie wohl aus Versehen in ihren Koffer gepackt hat, an- oder ausgeschaltet sei. Für die vier Männer und Frauen, die heute das erste Mal seit vielen, vielen Jahren ein Flugzeug besteigen, ist dieser Flug eine große Herausforderung. Sie haben sich gut vorbereitet mit unseren Fluggeräusche-CDs, mit Filmen, wir sind in eine Wartungshalle der Flotte gegangen, und wir haben sogar einen ehemaligen Piloten mit an Bord, Kapitän Niberg, der während des Fluges Erklärungen abgeben wird. Aber all diese Mühe wird natürlich zunichtegemacht, wenn vor uns eine Passagierin sitzt, die so unverantwortlich ist, ihr eingeschaltetes Handy beim Einchecken mit abzugeben. Bis zum heutigen Tage ist es verboten, Handys bei Starts und Landungen angeschaltet zu lassen. Das hat sicher seinen Grund.« Anklagend schaute die Lufthansa-Dame Sophie an. Der ehemalige Pilot rollte die Augen. So ein Theater, drückte seine Miene aus.

Die Stewardess schob sich nun eine Reihe zurück, immer eine Hand oben an der Sesselkante, so eine Art Stewardess-Moonwalk, mit dem man besonders schnell und effektiv durch den schmalen Mittelgang kam. Wie alt mochte sie sein, so um die dreißig? Die dunklen Haare streng zum Knoten zurückgebunden, Perlenohrringe, kein Ehering, die Fingernägel mit Klarlack gepflegt. Sie schaute Sophie durchdringend an. Grüne Augen, wie ungewöhnlich, dachte Sophie. Außerdem mochte sie die Art, wie das Halstuch gebunden war – ganz eng, mit einem Knoten links. Irgendwie erotisch, schoss es Sophie durch den Kopf. Ach, dieser verdammte Freud, jetzt spukte er überall herum.

»Ihr Handy liegt also im Bauch des Flugzeugs. Ist es nun an- oder ausgeschaltet?«, fragte sie streng.

»Ich vermute, es ist aus«, stammelte Sophie. Auch das noch. Was für ein Tag.

»Was ich brauche, ist eine klare Antwort: an oder aus?« Der Ton der Stewardess wurde unerbittlich. Sophie schaute auf das Namensschild: Jessica.

»Ja, Jessica, ich denke, ich habe es ausgeschaltet«, begann Sophie in dem Ton, mit dem sie sonst Assessment-Bewerbern den Weg wies, »denn ich bin eigentlich ein zuverlässiger Mensch, der ...«

»Sie wissen es also nicht genau«, fuhr Jessica dazwischen. Ein Jurist könnte nicht weniger haarspalterisch sein, dachte Sophie.

»Ist es denn wirklich so wichtig, ob es an oder aus ist? Das passiert doch bestimmt bei fast jedem Flug. Nur, normalerweise wissen Sie es nicht. Können Sie nicht das eine Mal darüber hinwegsehen?«, versuchte es Sophie nun defensiv.

Jessica antwortete nicht, sondern drehte sich ohne ein weiteres Wort ruckartig um. Sophie sah ihr nach, wie sie mit kerzengrade durchgedrücktem Rücken zur Wand vor dem Cockpit ging, das Telefon in die Hand nahm und offensichtlich kurz und wütend mit dem Kapitän sprach. Dann schaltete sie auf Mikrofon um:

»Meine Damen und Herren, wir sind nun komplett geboarded, haben die Starterlaubnis vom Tower und könnten unseren Flug nach Wien beginnen. Leider wurden wir darüber informiert, dass eine Passagierin ihr Handy womöglich angeschaltet im Gepäckraum dieser Maschine liegen hat. Laut Sicherheitsbestimmungen sind wir deshalb verpflichtet, das Gepäck sofort auszuladen, damit die Dame ihr Handy im Koffer suchen und gegebenenfalls ausschalten kann. Der Abflug wird sich also um eine weitere Stunde verzögern, wir bedauern das sehr. Leider können wir in dieser Zeit weder Snacks noch Getränke reichen – auch das wird von der Flugbehörde verboten. Ein Ausstieg aus dem Flugzeug ist aus Sicherheitsgründen nicht mehr möglich. Bitte entschuldigen Sie die Verzögerung. Könnte nun die Passagierin von der 13 E bitte nach vorne kommen, wir öffnen den Einstieg, damit Sie uns auf das Rollfeld folgen können.«

Sophie erstarrte innerlich. Wie in Trance erhob sie sich. Der Gang nach vorne kam ihr unendlich lang vor. Der Pilot öffnete die Kabinentür, um zu sehen, wer seinen Abflugplan durcheinanderbrachte. Auch er funkelte sie wütend an. Überhaupt jeder, wirklich jeder im Flugzeug starrte Sophie an. Es war still, kein Mucks zu hören. Und dann begann das Klatschen. Erst klatschte nur ein Mann, dann kamen zwei, drei weitere Passagiere dazu, und plötzlich klatschte das ganze Flugzeug. Jessica lächelte jetzt dünn und zeigte auf den Ausstieg, als sei er das Tor zur Hölle.

Fünfzig Minuten später war der Koffer gefunden. Selbst die Packer ließen keinen Zweifel daran, was sie von Sophie hielten. Sie sprachen untereinander laut über sie als »die da«, und Sophie wusste, sobald sie außer Hörweite war, würde aus »die da« etwas ganz anderes, Unflätiges werden. Unter den Augen der Packer, der Stewardess und der vielen Passagiere, die sich im Flugzeug langweilten oder ärgerten, weil sie gerade ihren Termin in Wien verpassten, und die nun wütend durch die Bullaugen starrten, öffnete Sophie auf dem warmen Teer des Rollfeldes ihren Koffer. Es war ein windiger Sommertag, ein Seidenhemdchen für die Nacht drohte wegzufliegen, im letzten Moment schnappte sie es mit der Hand. So weit durfte es nicht kommen, dass sie auf dem Rollfeld vor aller Augen ihrer Wäsche nachjagte. Da lag das Smartphone – tatsächlich eingeschaltet. Sie zog es heraus und schaltete es aus. Vollkommen undramatisch.

Als das Flugzeug dann mit fast zwei Stunden Verspätung endlich in Berlin abhob, zog die alte Dame sich eine nachtblaue Schlafbrille über das Gesicht und schlief ein. Vorher wandte sie sich lächelnd noch einmal an Sophie: »Unterschätzen Sie niemals den Doktor aus Wien, er kannte uns Menschen gut.«

# 6

Als Sophie aufwachte, roch sie als Erstes die frische Hotelbettwäsche. Blinzelnd öffnete sie die Augen – und freute sich. Sie liebte dieses schöne alte Wiener Hotel mitten in der Stadt. Es war wirklich alt, nicht wie in Berlin, wo im Adlon oder im Stadtschloss Altes nachgebaut wurde, ein Disneyland der Vergangenheit. In Wien hatte es nie den Bruch gegeben, den Berlin durch die Zerstörung im Krieg erlitten hatte. Altes war hier wirklich alt, mit Patina. Von der Decke hing ein prächtiger Kronleuchter, unten glänzte ein schöner Parkettboden, darüber lag ein üppiger Perserteppich. Selbst das Doppelbett, in dem sie lag, war antik. Zumindest der Rahmen aus dunklem Kirschholz. Sie schaute aus dem Fenster über die Dächer Wiens, diese wunderbar gewölbten, kupfernen Jugendstildächer, die dank ihres jahrhundertealten Grünspans seegrün leuchteten. Die Dächer hatten etwas Wogendes. Sophie liebte die Großzügigkeit des alten Wien, wo alles bis in die Dachspitzen durchgestaltet war. In der modernen Architektur waren die Dächer von Bürogebäuden nur noch Flächen, wo Abluftrohre diskret ihren Ausgang fanden. Dort konnte man technische Funktionen auslagern, den Rest isolierte man gut und bestreute ihn mit Kies. Warum hatten sich die früheren Wiener Architekten so viel Mühe mit Details gemacht, die doch von der Straße aus niemand entdecken konnte? Eine Weile lag sie noch mit offenen Augen da und schaute hinaus. Ein Spaghetti-Träger rutschte von der Schulter. Es war still im Raum.

Sie rollte sich zur anderen Bettseite, dorthin, wo Johann liegen sollte. Nur sein Körperabdruck war noch im Laken zu ahnen. Es überraschte sie nicht besonders, dass er schon aufgebrochen war. Arbeit, klar. Sophie ärgerte sich, obwohl sie wusste, dass das nicht fair war. Auf seinen Reisen machte Johann so viele Termine wie möglich, damit sie sich lohnten. Auch die Abende waren verplant. »Die besten Geschäfte werden beim Essen gemacht.« Deshalb hatten sie den gestrigen Abend auch nicht wie erwartet zu zweit verbracht, sondern sich in einem unverschämt teuren Restaurant mit einem Aserbaidschaner und seiner Freundin getroffen. Sophie kannte solche Orte durch Johann zur Genüge. Bei seinen Geschäften ging es um viel Geld. Johann, der studierte Ingenieur, verkaufte und verkaufte. Diesmal ging es um den großen Maschinenpark eines Autozulieferers vom Bodensee. Vor zehn Jahren hatte der Firmenchef noch einmal richtig in den Betrieb investiert und neue Technik angeschafft. Nun konnte er aus gesundheitlichen Gründen nicht weiterarbeiten, seine Kinder wollten sich aber lieber ausbezahlen lassen, als den Betrieb zu übernehmen. Alles stand zum Verkauf. Der Aserbaidschaner verhandelte als Strohmann. Er sah wirklich finster aus, seine Freundin hingegen war überirdisch schön. Hohe Wangenknochen, ein voller Mund, dazu das schwarze, zum Pagenkopf geschnittene glatte Haar. Und tiefblaue Augen. Johann wollte das Geschäft mit dem Aserbaidschaner unbedingt abschließen, denn der würde auch den überhöhten Preis, den er für den Maschinenpark angesetzt hatte, bezahlen. Deshalb sollte sich Sophie besonders um die weibliche Begleitung bemühen. Doch die schöne Aserbaidschanerin schien nicht an Konversation interessiert zu sein, sie wirkte etwas hochnäsig, außerdem sprach sie schlecht Englisch und Sophie kein Russisch. Die Frauen schauten also im Restaurant dekorativ vor sich hin, zwei wunderschön anzusehende Trophäen ihrer Männer. Der Abend zog sich in die Länge, darüber konnte auch der Fasan mit Mohnkruste nicht hinwegtäuschen. Sophie trank viel Champagner, die schöne Aserbaidschanerin auch. Nach dem Restaurantbesuch war Sophie so beschwipst, dass an ein ernstes Gespräch nicht mehr zu denken war. Johann hatte noch nichts vom Eklat im Assessment-Center, dem misslungenen Gabeltest oder von der Dame im Flugzeug nach Wien erfahren. Und jetzt war er schon wieder weg. Sophie rollte sich auf ihre Bettseite zurück. Die kühle Seide des Nachthemdchens fühlte sich gut an. Zumindest heute Nacht hatte der Champagnerrausch gute Dienste geleistet, endlich mal wieder Sex, normalen, guten, erwachsenen Sex, ohne diese ganzen Babygedanken. Sophie lächelte.

Seufzend setzte sie sich auf. Zum Glück bekam man von Champagner keine Kopfschmerzen. Auf dem Boden lag eine offene Dose Erdnüsse, auf dem Tisch der Suite knüllte sich ein Schokoriegelpapier. Reste einer geplünderten Minibar. Daneben ein Zettel, Johann musste eine

Nachricht hinterlassen haben. Sie stand auf und ging hinüber zum Schreibtisch.

»Wir treffen uns mittags um 14 Uhr in der Lobby, gehen dann weiter ins Kaffeehaus. Hawelka? Bräunerhof? Ich schalte dort das Telefon aus, versprochen. Dann können wir in Ruhe reden. In Eile, Johann

PS: Hoppla! Heute Abend füll ich dich wieder mit Champagner ab!«

Ein Blick auf die Uhr, es war erst kurz nach neun. Noch fünf Stunden bis zum Treffen. Was sollte sie bis dahin tun? Im Bett lungern, shoppen, ins Museum gehen? Die Berggasse 19 kam ihr in den Sinn. Erst mal frühstücken.

Das Frühstück in den prächtigen Räumen des alten Hotels war wunderbar. Viel frisches Obst und ein aufmerksamer Koch mit strahlend weißer Kochmütze, der die Eier frisch vor den Augen der Gäste zubereitete. Sophie saß im Speiseraum mit seinem Schachbrettboden aus weißem und rotem Marmor, trank eine gute Wiener Melange und las eine deutsche Tageszeitung. Wann hatte sie zum letzten Mal so viel Zeit für sich gehabt? Einfach nur Ruhe, keine Termine, nichts. Ihr Telefon hatte sie im Zimmer gelassen. Sie wollte nicht erreichbar sein. Aus Berlin erwartete sie ohnehin nichts Gutes, der Grotemeyer-Artikel schwebte wie ein Unheil über ihr, und wer wusste schon, ob er sie nicht obendrein anzeigen würde. Beleidigung, Körperverletzung gar. Die Ohrfeige war wirklich gepfeffert gewesen.

Verblüffend, wie leicht sie sich heute von ihrem Handy getrennt hatte. So unglücklich die Szene im Flugzeug gestern auch gewesen war, sie fühlte sich seitdem vom

Telefon abgenabelt. Nina würde sie später anrufen und ihr alles erzählen. Sophie schaute nach draußen, auf dem Platz vor der Albertina war schon viel los. Busse, Taxen, Autos und Fiaker, die berühmten Wiener Pferdekutschen, kurvten umeinander. Dazwischen irrlichternde Touristen mit aufgefalteten Gratis-Stadtplänen in der Hand. Oder solche, die auf ihr iPhone starrten, das sie durch die Stadt navigierte.

Noch vier Stunden bis zum Treffen mit Johann. Was hatte sie zu verlieren? Kurz entschlossen verließ Sophie das Hotel, ohne noch einmal hoch auf das Zimmer zu gehen. Geld hatte sie dabei, eine Jacke brauchte sie nicht an diesem schönen Tag. Vor dem Hotel stand ein Taxi, ein alter schwarzer Mercedes, der Taxilenker, wie man in Wien sagte, war mindestens so alt wie sein Fahrzeug.

»In die Berggasse Nummer 19«, sagte Sophie.

»Ach, zum Doktor«, antwortete der Taxilenker, so, als sei Freud noch in der Stadt und praktiziere.

Am berühmten Kunstmuseum vorbei ging es auf dem Ring, der mehrspurigen Prachtstraße, um Wiens Innenstadt. Sie passierten die Oper, das Parlament, die Hofburg, das gefeierte Burgtheater, die großen Museen. So viel Pracht in dieser Stadt. Am Sigmund-Freud-Park bog der Taxifahrer dann vom Ring ab. Sophie schaute fasziniert aus dem Fenster auf die neugotische Votivkirche. In dieses Gotteshaus waren die Menschen mit ihren Wünschen, Träumen und Ängsten gegangen, bevor Dr. Freud kam und alles veränderte. Dort hatten sie kleine silberne Votive abgelegt, Amulette in Form eines Herzens, eines Beines oder eines Armes, die den lieben Gott gnädig stimmen sollten, ihre Gebete zu erhören. Kinderkram nannte Sigmund Freud die Religion, nur eine infantile Hoffnung auf eine höhere Macht. Er räumte im Inneren des Menschen auf. Gab den unbeleuchteten Seelenwinkeln neue Namen: Ich, Es, Über-Ich. Seine Therapie war nicht Glauben, sondern Reden. Durch die Sprache Herr werden über die eigenen Abgründe. Sophie hatte das schon im Studium als vermessen empfunden. Nun war sie auf dem Weg zum Doktor. Was erwartete sie dort?

»Gehen Sie zu Herrn Dr. Gnoth, dem Archivar, und erzählen Sie ihm Ihre Geschichte. Lassen Sie den Namen ›Mathilde‹ fallen. Vielleicht hilft er Ihnen weiter.«

Das Taxi kam nun an einer schicken Drogerie vorbei und bog dann rechts ab in die Berggasse. Auf einem rotweißen Banner lockte der Name »FREUD« das touristische Publikum an. Das Haus, ein heller Gründerzeitbau, hätte auch in Berlin stehen können. Sophie zahlte.

»Servus«, verabschiedete sich der Taxilenker. »Grüßen S' den Herrn Doktor. Wissen S', ich träum jede Nacht, dass ich fliege. Jede Nacht!«

Himmel, diese Wiener. Sogar Taxifahrer erzählten einem hier ihre Träume. Sophie trat durch die schwere doppelte Hoftür. Die Familie hatte im ersten Stock gewohnt, dort hatte er auch praktiziert. Auf der breiten Treppe kam ihr eine kleine Gruppe ernster Japanerinnen entgegen, die sich leise unterhielten. Es war dunkel im Hausflur. Ein ziseliertes Geländer aus Metall zierte die Treppe. Oben links eine hohe braune Haustür mit Guckloch. Sophie drückte sie auf und stand in der Wohnung der Familie Freud. Genau genommen stand sie vor der Kasse.

»Acht Euro«, sagte die junge Frau hinter der Kasse. Sophie reichte ihr einen Zehneuroschein hinüber.

»Entschuldigen Sie«, sagte Sophie, nachdem sie das Wechselgeld zurückbekommen hatte, »ist Herr Dr. Gnoth heute im Haus? Ich würde ihn gerne sprechen.«

Die junge Frau schaute sie halb neugierig, halb misstrauisch an. »Haben Sie einen Termin?«, fragte sie.

»Nein, nur eine Empfehlung. Ich traf eine ältere Dame im Flugzeug auf dem Weg hierher, sie schien sich gut mit der Familie Freud und dem Museum auszukennen. Sie gab mir den Rat, Herrn Dr. Gnoth auf eine ganz konkrete Sache anzusprechen – ich glaube, sie wollte mir helfen.« Das klingt ja zu dämlich, dachte Sophie, noch während sie sprach. »Eine ganz konkrete Sache«, was sollte die Frau denn damit anfangen? Aber die schien gar nicht irritiert zu sein.

»Und wie lautet der Name der Frau aus dem Flugzeug?«, erkundigte sich die Kassiererin.

»Oh«, sagte Sophie ehrlich erstaunt, denn plötzlich wurde ihr klar, dass man sich im Flugzeug nicht vorgestellt hatte, »das weiß ich nicht. Aber ich kann die Dame beschreiben: Sie war wahrscheinlich um die siebzig Jahre, sehr gepflegt, kurze graue Haare, schlank. Sie kann gut zuhören – und man erzählt ihr plötzlich viel zu viel.«

»Von wo sind Sie abgeflogen?«, fragte die junge Frau mit einer ganz anderen Stimme. Aufregung schwang darin mit.

»Ich kam aus Berlin«, sagte Sophie.

»Etwa gestern?«, hakte die Kassiererin ehrfürchtig nach.

Sophie nickte. Da weiteten sich die Augen der Kassiererin. »Herr Dr. Gnoth ist im Haus, ich rufe ihn gleich an. Vielleicht nehmen Sie sich ein paar Minuten für die Ausstellung, er holt Sie dann ab.« Damit war Sophie entlassen. Offensichtlich standen ihre Chancen gut, bis ins Archiv vorzudringen. Wer die alte Dame aus dem Flugzeug wohl war?

Sophie betrat einen Eingangsflur, hier war eine zweite, separate Tür zu Dr. Freuds Praxis gewesen. Poliertes Parkett empfing die Patienten. Links eine Garderobe, ein Herrenhut hing hier, auch eine Schirmmütze und ein Spazierstock. Darunter stand eine lederne Reisetruhe. Alles wirkte kärglich. Überreste eines vergangenen Lebens. Dies war nicht nur ein Museum, wurde Sophie nach wenigen Räumen klar, dies war eine hastig leer geräumte Wohnung von Menschen, die außer Landes getrieben worden waren. Was die Familie Freud nach dem Einmarsch der Nazis hatte retten können, das stand nun in London; dort hatte Freud im Exil gelebt, bis er 1939 starb. Das Freud-Museum in Wien wirkte wie eine besenrein übergebene Wohnung, die Fotos und Faksimiles an den Wänden inszenierten eine Vergangenheit, die abrupt und unter brutalem Zwang zu Ende gegangen war. Hier wurde zwar dokumentiert: In diesen Räumen hat Sigmund Freud fast fünfzig Jahre praktiziert, dies ist der Geburtsort der Psychoanalyse. Doch das Leben der Familie Freud war weitergezogen, niemand aus der Familie war nach dem Krieg nach Wien zurückgekehrt. Man hatte versucht, dem toten Ort wieder Leben einzuhauchen. Es gab einen Medienraum mit alten Freud-Filmsequenzen, hier eine Vitrine mit kleinen Statuetten, dort einen Marmorkopf und wenige Möbel. Wirklich überzeugend war das nicht.

Es fehlte die Üppigkeit, die Freuds Praxisräume beherrscht hatte. Allein die berühmte Couch. Vom eigentlichen Möbel, auf das sich die Patienten für die Analyse legten, war unter den Kissenstapeln und Kelims nicht mehr viel zu sehen gewesen. Freud war ein leidenschaftlicher Sammler. Schon im Wartezimmer empfingen die Patienten antike Fundstücke, römische Tonvasen, ägyptische Gottheiten und ein hellenischer Läufer auf einem Wandteller. Sonderbar, dachte Sophie, die echte Praxis damals wirkte musealer als das leere Museum heute. Die Fotos von damals zeigten Vitrinen, gefüllt mit feinen Jade-Arbeiten aus China, eine Reliefplakette aus einem römischen Grab, archaische afrikanische Masken. Dazwischen Bilder von Landschaften, die die Familie selbst bereist hatte. Porträts geschätzter Kollegen hingen neben hoch symbolischen Kupferstichen. Dann gab es natürlich noch Bücher, viele Bücher. All diese Objekte standen inzwischen 1200 Kilometer entfernt in London, Maresfield Gardens 20. Freuds letzte Adresse. Dort konnte man bis heute fast den gesamten Besitz der Familie Freud finden, nur die Feuerzeug-Sammlung blieb spurlos verschwunden. Womöglich hatte sie Freud 1938 unter Druck verkauft, um das Geld für die Ausreise zusammenzubekommen. Oder jemand hatte sie sich beim Umzug unter den Nagel gerissen und so von der Notlage des zweiundachtzigjährigen Wissenschaftlers profitiert. Die Nazis hatten gut verdient an seinem Leid. Was für ein trauriger Ort, dachte Sophie.

Sie schlenderte durch die Räume, durchschritt die kleine Tapetentür, von der aus man diskret das Behandlungszimmer hatte verlassen können, ohne im Wartezimmer von anderen Patienten gesehen zu werden. Es war damals zwar sehr wohl en vogue gewesen, zum Herrn Doktor zu gehen, aber erwischen ließ man sich dabei nicht gern. Deshalb die Diskretion.

Sophie schaute flüchtig auf die Papiere und Fotos in den Ausstellungsvitrinen, dann auf die Uhr. Seit einer Viertelstunde wartete sie jetzt. Worauf eigentlich? Auf einen Mann, von dem sie nicht wusste, wie er ihr überhaupt weiterhelfen sollte. Sie gehörte auf keine Couch, der Ausflug hierher war Quatsch. Nur ein erneuter Besuch in der Kinderwunsch-Klinik Berlin, einem freundlich wirkenden Bau mit langen hellen Fluren, Teestationen und Gratis-Spendern für Folsäure an allen Ecken, würde ihr weiterhelfen. Dies hier war ein Irrweg, es war ein blöder Zufall, dass sie die alte Dame getroffen hatte.

»Bei den wichtigen Dingen im Leben glauben wir Psychoanalytiker nicht an den Zufall«, hörte sie die Dame auf ihre freundliche, aber sehr bestimmte Art sagen.

»Quatsch«, antwortete Sophie und merkte erschrocken, dass sie das Wort laut ausgesprochen hatte. Jetzt führe ich schon Selbstgespräche! Zeit zu gehen.

Als sie sich umdrehte, stand hinter ihr ein kleiner, interessiert dreinblickender Mann.

»Sie haben nach mir verlangt?«, erkundigte er sich höflich. Er hatte eine Halbglatze, ein dunkler Haarkranz war ihm geblieben, und er trug einen Schnurrbart. Mitte fünfzig, schätzte Sophie. Bekleidet war der schlanke Mann unspektakulär mit Jeans, einem hellblauen Herrenhemd und einem dunkelblauen Pullunder. Er musste ein starker Raucher sein, das roch man sofort.

»Hallo, ich bin Sophie Kaltenbrunn. Im Flugzeug habe ich …«, begann Sophie, doch der Archivar winkte ab. »Ich weiß, ich weiß. Kommen Sie mit. Wir müssen eine Etage höher.«

Er ging mit schnellen Schritten voraus. Für ihn war dies offensichtlich kein Museum, wo man in getragenem Tempo durch die Räume schlich, sondern sein täglicher Arbeitsplatz, so vertraut wie die eigene Wohnung. Über das dunkle Treppenhaus ging es eine Etage höher. Der Archivar schüttelte einen Schlüssel aus einem großen Schlüsselbund und schloss auf. Neben modernen Sicherheitsschlüsseln hingen auch eine Menge alter Bartschlüssel daran.

Der Geruch überwältigte Sophie. In dem Archiv roch es nicht nach Büchern, sondern nach Tabak. Sie meinte sich zu erinnern, dass Freud ein starker Zigarrenraucher gewesen war. Doch diesem abgestandenen Rauch fehlte die Zigarrenwürze, hier hing scheußlicher kalter Zigarettenrauch in der Luft.

Der Archivar führte sie in sein Büro. Papierstapel, Bücherstapel, ein Computer, der offenbar schon ein Jahrzehnt lang hier stand. Eine beige Kaffeetasse mit tiefdunklen Flecken am Rand. Der Mann trank schwarz. Daneben stand ein Aschenbecher, randvoll mit Kippen. Eine offene Packung Roth-Händle lag auf dem Tisch, eine zweite geschlossen daneben. Kein Wunder, dass es hier so roch. »Lungentorpedos« nannte ihr Vater diese filterlosen Zigaretten mit dem würzigen Tabak, die er in den Siebzigerjahren selbst gequalmt hatte.

»Setzen Sie sich«, sagte der Archivar, und als sie sich fragend zu einem mit Papier beladenen Stuhl umwandte, räumte er den Stapel schnell auf einen anderen, der neben dem Schreibtisch emporragte. Er murmelte eine Entschuldigung, die Abgabe für eine wichtige Publikation stehe unmittelbar bevor. Sophie bezweifelte allerdings, dass es in ruhigeren Zeiten hier besser aussah.

»Was kann ich für Sie tun?«, fragte der Archivar freundlich, aber zurückhaltend. Als sei er auf der Hut. »I7ch weiß ja, wen Sie auf Ihrem Flug getroffen haben«, ergänzte er noch.

Ach, wie schön, wenn ich das auch wüsste, dachte Sophie, wagte aber nicht, nach dem Namen der Dame zu fragen. In diese heilige Höhle wurde nicht jeder vorgelassen. Von heiligen Hallen konnte man bei dem Chaos nicht sprechen. Der Archivar mit seinem großen Bund war der Schlüsselhüter zur Freud-Höhle. Das hätte dem Doktor gefallen, dachte Sophie.

»Ich soll Sie grüßen und mich nach Mathilde erkundigen«, sagte Sophie.

Der Archivar griff zur Roth-Händle-Packung. »Es stört Sie doch nicht?«, fragte er, ohne auf eine Antwort zu warten. Dies war sein Reich. Allerdings waren die Zeiten, in denen man seinem Gegenüber eine Zigarette anbot, offensichtlich vorbei.

»Möchten Sie einen Kaffee?«, fragte er immerhin, doch Sophie lehnte dankend ab. Dr. Gnoth nahm einen tiefen Lungenzug und betrachtete sie nachdenklich.

»Entschuldigen Sie, wenn ich jetzt privat werde – wie alt sind Sie?«, fragte der Archivar.

»Achtunddreißig.«

»Sind Sie kinderlos?«

Sophie fühlte sich unwohl, ihre rechte Hand machte sich selbstständig, fuhr durch ihr Haar. Sie nahm das Haargummi, das sie um den Arm getragen hatte, ab und band sich die Locken zu einem lockeren Knoten.

»Ja«, antwortete sie, ohne ihr Gegenüber anzuschauen.

Der Archivar sah sie jetzt wärmer an, nicht mehr so nachdenklich. »Dann liege ich wohl nicht falsch, wenn ich vermute, dass Sie einen unerfüllten Kinderwunsch haben. Deshalb der Name Mathilde.«

Sophie musste lächeln – unerfüllter Kinderwunsch. Wie umständlich das klang. Der Arzt in der Fertilisationsklinik hatte ähnlich geredet. Sollte das Freud-Archiv doch eine Art verdeckte Kinderwunschklinik sein? Sie nickte.

»Was wissen Sie über Mathilde Freud?«, fragte der Archivar nun.

»Nicht viel. Sie war wohl die älteste Tochter von Sigmund Freud, aber viel mehr kann ich Ihnen nicht sagen. Ich habe zwar Psychologie studiert, aber mit Schwerpunkt Wirtschaftspsychologie. Das Unbewusste hat mich nie so sehr interessiert, sondern das messbare, durch Tests und Prüfungen gut einschätzbare menschliche Verhalten. Deshalb arbeite ich in einem Assessment-Center. Ich bin von der Couch und von Traumdeutung kilometerweit entfernt.«

»Trotzdem sitzen Sie hier«, sagte der Archivar freundlich.

»Ja, sonderbar.« Sophie geriet ins Stocken. »Überhaupt ist alles sonderbar in den letzten Stunden. Hätte ich nicht den Flugzeugstart verhindert …«

»Sie haben einen Flugzeugstart verhindert? Während *sie* neben Ihnen saß?«, fragte der Archivar neugierig.

»Ja, eigentlich passt das nicht zu mir. Das lag daran, dass ich mein Handy im Koffer vergessen hatte«, erzählte Sophie.

»Das kommt vermutlich selten vor, dass Sie nicht wissen, wo Ihr Handy ist?«

»Jetzt fangen Sie genauso an wie sie. Verdrängter Gegenwille und so. Aber es ist richtig, normalerweise trage ich mein Handy immer bei mir. Gestern war ich allerdings durcheinander. Meine Chefin verordnete mir Zwangsurlaub, weil sie eine Mail von mir zu lesen kriegte, in der ich offen über meinen Kinderwunsch schrieb. Zu offen. Jetzt hält sie mich nicht mehr für belastbar.«

»Sie kriegte eine Mail zu lesen, was heißt das?«, erkundigte sich der Archivar.

»Ach, ein blöder Zufall. Die Mail war natürlich nicht für die Chefin gedacht, sondern sollte an eine gute Freundin gehen. Dann habe ich sie versehentlich an mein komplettes Adressbuch geschickt, damit war auch meine Chefin kontaktiert. Moderner Irrsinn, verstehen Sie?«, sagte Sophie.

Der Archivar zog an seiner Zigarette und schaute sie prüfend an.

»Ihr Job ist Ihnen wichtig?«

»Er ist alles, was ich habe«, antwortete Sophie prompt. Dann kam ihr die Antwort aber doch zu heftig vor. »Nicht alles, ich habe einen wunderbaren Verlobten, gute Freunde, besonders Nina, ich …«

Der Archivar winkte ab. »Ich verstehe schon.« Er

drückte die Zigarette im vollen Aschenbecher aus, die alten Kippen drohten über den Rand zu fallen. Dann griff er sich eine neue Zigarette, steckte sie an, zog einmal tief daran und begann zu erzählen.

»Mathilde Freud war die älteste der sechs Freud-Kinder. Eine hübsche junge Frau, obwohl Sigmund Freud sie gleich nach der Geburt als hässlich wie alle Babys bezeichnete. Aber so war sein Humor«, begann er.

Sigmund Freud hatte also Humor, dachte Sophie, so, so … Das konnte man kaum erahnen. Auf den wenigen Fotos, die es von ihm gab, schaute er meist ernst. Aber hatte er nicht auch ein Buch über den Witz und das Unbewusste geschrieben? Sie konzentrierte sich wieder auf Dr. Gnoth.

»Als Jugendliche musste Mathilde operiert werden, der Blinddarm sollte raus. Heute ist das eine Routineoperation. Aber damals bei Mathilde ging einiges schief, die Operation ruinierte ihre Gesundheit. Sie musste immer wieder operiert werden, verbrachte viel Zeit in Sanatorien. Operationsnähte hielten nicht, Infekte quälten sie. Bei einem ihrer Kuraufenthalte lernte sie ihren späteren Mann Robert Hollitscher kennen. Niemand in der Familie rechnete damit, dass sie jemals Kinder haben würden, obwohl die beiden sich das sehnlichst wünschten. Mathilde schien zu schwach dafür. Doch zum Erstaunen der Familie wurde sie 1912 schwanger, allerdings …« Dr. Gnoth stockte, sah sie traurig an und winkte dann ab. »Das tut ja nichts zur Sache. Wichtig ist nur: Dass Mathilde überhaupt schwanger wurde, war damals eine kleine Sensation. Und es gibt eine Vermutung, warum das gelang …«

Er brach abrupt ab, zog heftig an der Zigarette. Mit einem leichten Zischen verbrannte der Tabak.

Sophie lehnte sich zu dem Archivar vor.

»Welche Vermutung?«, fragte sie leise. Der Archivar sah unruhig hin und her. Sophie war darauf trainiert, Veränderungen bei Menschen wahrzunehmen. Der Mann fühlte sich offensichtlich nicht wohl.

»Hören Sie, ich weiß ja inzwischen, trotz Ihres Psychologie-Studiums verspüren Sie wenig Nähe zur Familie Freud. Aber wir bekennenden Freudianer sind verschworen, manchmal erinnern wir an einen Geheimbund. Es gibt viele Dinge, die man intern weiß, die aber nie nach außen dringen, weil sie nicht für die Öffentlichkeit bestimmt sind. Wir verwalten das Erbe der Familie Freud, wir fühlen uns verpflichtet. Hätten Sie nicht diese besondere Begegnung im Flugzeug gehabt, ich würde sicher nicht mit Ihnen hier sitzen und so offen reden. Aber nun gut, so war es halt. Trotzdem, ich muss mich zurückhalten. Dies ist Mathildes Geschichte, wie viel ihr Vater überhaupt davon wusste, ist schwer zu sagen. Er hätte sicherlich seine Vorbehalte gehabt. Aber ich rede schon wieder zu viel. Gleich führe ich eine Gruppe Psychoanalytiker aus Chile durch das Museum. Bevor ich gehe, werde ich ein Buch herausholen, die Seite aufschlagen und den Stift an eine bestimmte Stelle legen. Ein Hinweis, mehr nicht. Das ist alles, was ich für Sie tun kann. Enträtseln müssen Sie die Stelle selber, aber einen Fund zu enträtseln steht – so viel kann ich verraten – in guter Freud-Tradition.«

Er drückte seine Zigarette im Friedhof der anderen Zigaretten aus. Erstaunlich, dass er hier einfach so rauchen durfte, umgeben von so viel wertvollem alten Papier. Dann stand er auf und ging einen Raum weiter.

Sophie hörte ihn murmelnd durch das Regal stöbern, plötzlich hielt er inne und zog offenbar ein Buch hervor. Blätternd kam er wieder ins Zimmer, schob den Aschenbecher nach hinten, legte das Buch hin und nahm einen schwarzen Füllfederhalter, den er mittig ins Buch platzierte. Danach ging er zu Sophie und gab ihr die Hand.

»Ich darf mich verabschieden. Viel Glück auf Ihrer Suche. Ich hoffe, Sie finden, wonach Sie streben.« Er schnappte sich den Schlüsselbund vom Schreibtisch und ging Richtung Tür. »Wenn Sie fertig sind, ziehen Sie einfach hinter sich zu«, rief er noch. Dann schloss er die Tür.

Sie war mutterseelenallein im Freud-Archiv. Neugierig ging sie zu dem Buch. Es war in einer ältlichen Sütterlinschrift verfasst, die Sophie jedoch keine Schwierigkeiten bereitete. Der Eintrag war aus dem Jahr 1905 und stammte von Sigmund Freud selbst. Offenbar war der Mann gerade in Südtirol im Urlaub. Er wanderte zusammen mit seinem Bruder durch die Berge.

»*Wir waren also bei schönem warmen Wetter, obwohl nebligem Himmel, sodass man die vielen schneeweißen Berge nicht von den Wolken trennen konnte, in …*« Da stand es nun, das Wort, auf das es ankam, ein anderes kam nicht infrage: *Marienbrunn*. Wo oder was sollte das sein? Die Beschreibung ging danach noch eine Weile weiter, Rast im Schatten von Vergissmeinnicht, auch Erika und Krokusse kamen vor. »*Es war eine entzückende Einsamkeit, Berg, Wald, Blumen, Wasser, Schlösser, Klöster und keine Menschen. Auf dem Rückweg begann es zu regnen, aber gnädig. Das Abendessen hat dann sehr geschmeckt*«, endete der Eintrag.

Verwundert klappte Sophie das Buch zu, nicht ohne zuerst den Stift herausgezogen zu haben, und ging zum Ausgang. Marienbrunn, sie hatte noch nie davon gehört. War das ein Dorf hoch oben in den Bergen? Ein Kloster? Eine Hütte? Und was hatte dieses Marienbrunn mit Mathildes plötzlicher Schwangerschaft zu tun? Nicht nur ein Rätsel, gleich mehrere Rätsel. Das hatte Dr. Gnoth ja schon angekündigt.

Da fing Sophie Feuer. Wie aufregend die letzten vierundzwanzig Stunden verlaufen waren – erst die Begegnung mit der Dame im Flugzeug, nun ein verschlüsselter Hinweis im Freud-Archiv. Sie würde der Sache nachgehen. Warum? Sophie wusste es selbst nicht so genau. Wie hatte Dr. Gnoth gesagt: Zum Erstaunen der Familie wurde Mathilde Freud plötzlich schwanger – »es gibt eine Vermutung, warum das gelang«. Marienbrunn! Fest entschlossen, die Lösung zu finden, verließ Sophie die Räume der Berggasse 19.

# 7

»Ich verstehe das nicht. Wieso bist du diese Mauer hochgeklettert? Was wolltest du diesem Grotemeyer damit beweisen? Du hast doch der Kletterei abgeschworen …«

Johann stand wie angewurzelt auf dem Stephansplatz, zu empört, um auch nur einen Schritt weiterzugehen, und zwang Sophie damit, auch stehen zu bleiben. Dass ihn irritierte Touristen anrempelten, die Wiens berühmtesten Platz besuchen wollten, schien Johann nicht zu stören. Er wusste, wie man stand, wie man blockte. Jahrelang hatte er Handball gespielt, ihn haute so schnell keiner um. Wie das bei Handballern so ist, war er sehr groß und hatte ein breites Kreuz. Seit einem halben Jahr trug er eine Brille, aber nicht, weil er schlecht sah – seine Dioptrienzahl war lächerlich klein –, sondern weil er versuchte, seine sportliche Statur verschwinden zu lassen. Mit dem Clark-Kent-Effekt. Wie Superman schlüpfte er – um die Superkräfte unsichtbar zu machen – in einen seriösen Straßenanzug und setzte sich eine professorale Hornbrille auf die Nase. Aus Superman wird so der weltfremde, liebenswerte, aber leicht vertrottelte Clark Kent. Mit diesem Trick arbeitete

Johann also – auch, um geschäftsmäßiger zu erscheinen, weniger körperlich. Aber spätestens jetzt lenkte die Brille nicht mehr ab; wie ein Hüne stand er da und zwang alle, ihn zu umkreisen.

Eine Frau blieb fluchend mit einer Einkaufstasche an seinem Oberschenkel hängen und schimpfte in schönstem Wienerisch.

»Lass uns weitergehen«, drängelte Sophie. Aber Johann bewegte sich keinen Schritt.

»Wieso gehst du so ein Risiko ein?«, beharrte er. »Du hast doch das Sagen im Assessment-Center, es war deine Gruppe. Warum hast du diesem Grotemeyer nicht einfach signalisiert, er sei raus?«

»Seine Überheblichkeit hat mich geärgert. Ich wollte ihm zeigen, dass ich auch klettere.«

»Aber das stimmt doch überhaupt nicht. Du hast damit aufgehört. Seit fast zwei Jahren warst du nicht mehr in den Bergen.«

Das war richtig, sie hatte tatsächlich aufgehört. Sie hatte sich immer eingebildet, das sei ihr eigener Entschluss gewesen. Das Hobby schien einfach nicht mehr in ihr Leben zu passen. Sie arbeitete inzwischen viel, begleitete manchmal Johann auf seinen Geschäftsreisen, machte mit ihm kleine Städtetrips. Wo sollte sie die Zeit hernehmen? Sie war sich so sicher gewesen, das Klettern nicht zu vermissen. Als sie allerdings in Berlin hoch über den Köpfen der anderen Gäste schwebte, verspürte sie unerwartet eine regelrechte Sehnsucht.

»Vielleicht fange ich wieder an«, sagte Sophie trotzig.

»Bist du verrückt? Warum?«

»In der Wand zu hängen und dann dieser Blick von oben …«, begann Sophie zögerlich. »Ich habe es vermisst.«

Johanns Augen wurden schmal. »Du hast den Blick von oben vermisst? Das ist alles?«

»Du kannst das nicht verstehen mit deiner Höhenangst«, sagte Sophie und wusste in dem Moment, als sie das Wort »Höhenangst« ausgesprochen hatte, dass sie einen Fehler gemacht hatte. Johanns Höhenangst war sein wunder Punkt.

Ganz am Anfang hatten sie einmal ein desaströses gemeinsames Wochenende in der Sächsischen Schweiz verbracht. Sophie hatte ihm die Kletterei nahebringen wollen, aber am Ende hing Johann, grün im Gesicht, eingeklemmt über einem Abgrund – den Rücken an der einen Wand, die Füße an der anderen. Danach schwor er, nie wieder im Leben zu klettern. Kurz danach hörte auch Sophie damit auf. Sie war noch ein oder zwei Mal allein gefahren, dann war ihr Interesse eingeschlafen.

»Nein, ich verstehe es nicht. Aber du kannst es mir ja noch mal anschaulich erklären, was so grandios daran sein soll, ganz oben zu sein.« Er nahm ihre Hand und zog sie in Richtung Stephansdom.

Warum war er bloß so wütend? Eigentlich hatte sie nur erzählen wollen, wie es zu ihrem Zwangsurlaub gekommen war. Irgendwo in einem netten Wiener Kaffeehaus. Sie waren gerade auf dem Weg zum Bräunerhof gewesen, ihrem Lieblingscafé in der Wiener Innenstadt. Kaum war der Name »Grotemeyer« gefallen, benahm sich Johann sonderbar. Dabei hatte sie aus ihrer Abneigung gegen den

Mann keinen Hehl gemacht, nannte ihn »Aufschneider« und »Großmaul«. Überhaupt sei der Kerl ein »riesengroßes Arschloch«. Und dass sie ihm in aller Öffentlichkeit eine runtergehauen habe. Allerdings erzählte sie diesen Teil zögerlicher. Denn eine Ohrfeige zwischen Mann und Frau hatte etwas Intimes – das wurde ihr leider erst in dem Moment bewusst, in dem sie es Johann erzählt hatte. Kurz danach war Johann auf dem Stephansplatz stehen geblieben.

Durch ein mächtiges Portal, das Riesentor, traten sie ein. Im Dom stauten sich die Touristen, und es roch nach Weihrauch. Sophie schaute nach oben, bis zur verzierten Decke waren es bestimmt fast dreißig Meter. Im Mittelalter musste dieser Bau eine Vision gewesen sein. Doch Johann ließ ihr keine Zeit, um innezuhalten. Er zog sie weiter zum Nordturm.

»Zwei Erwachsene«, sagte er an der Kasse.

»Wir wollen da hochfahren? Hältst du das aus – da steht ein Schild: *Besuchern mit Höhenangst (Akrophobie) raten wir …*« Aber weiter kam Sophie nicht, denn Johann unterbrach sie unwirsch.

»Natürlich kann ich auf den Turm. Ich bin doch kein Kleinkind.« Und schob sie in die offene Fahrstuhltür.

»Grüß Gott«, sagte der Fahrstuhlführer. »Ich bring Sie mal schnell nach oben.« Er drehte seinen Schlüssel in der Schaltfläche, und die Türen schlossen sich. Offenbar wollte er nun freundlich ein paar Fakten über das Bauwerk und seine Türme von sich geben – Höhe, Alter, Bauherr –, aber Johann drehte ihm den Rücken zu und redete auf Sophie ein.

»Endlich hast du mit dem Mist aufgehört. Weil du eingesehen hast, wie vollkommen überflüssig das Risiko ist. Und dann stürzt du mir fast ab, wegen so eines Typen. Ich kenne diese Kletterloser doch, das sind doch alles Hänger, die nichts auf die Reihe kriegen. Verlierertypen. Du bist schon viel zu oft auf solche Kerle reingefallen.«

»Ich bin nicht auf ihn reingefallen«, protestierte Sophie.

»So, und wer hat sich dann eingeschlichen und dich an der Nase herumgeführt? Dieser Grotemeyer, ein freier Journalist. Ein Spinner, der klettert und ab und zu mal ein Artikelchen schreibt. Hut ab, du bist wirklich eine höchst professionelle Assessment-Psychologin. Du durchschaust sie alle!« Den letzten Satz hatte er voller Hohn ausgesprochen.

»Entschuldige, dass ich nicht so professionell bin wie du. In deinem Gesicht sieht man ja keinerlei Regung, wenn du – wie gestern Abend – dem Aserbaidschaner locker hunderttausend zu viel abknöpfst. Ja, du bist professionell. Ein professioneller Lügner«, konterte Sophie. Jetzt war auch sie wütend.

»Dem Aserbaidschaner tut das nicht weh.«

»Das mag ja sein. Aber diese Kletterloser, wie du sie nennst, die haben zumindest Moral. Anders als deine kaltherzige Kaste. Selbst bei dir wäre ich mir nicht sicher, ob du nicht eines Tages …«

»Verzeihen S', die Herrschaften«, ging der Fahrstuhlführer in seinem gemütlichen Singsang dazwischen. »Aber glauben S', das ist der richtige Moment für so einen Streit? Es sind zwar nur achtundsechzig Meter, anders als der Südturm ist der Nordturm nie fertig geworden. Der Südturm ist höher, hundertsechsunddreißig Meter. Nun gut, tödlich wäre beides. Aber keine Sorge, junge Frau, es ist alles gut eingezäunt da oben. Sie san sicher.«

»Was mischen Sie sich denn da ein«, blaffte Johann ihn an, aber in dem Moment hielt der Fahrstuhl schon an, und die Türen öffneten sich. »Ah, ein kühles Lüfterl«, sagte der Fahrstuhlführer unbeeindruckt. Vor der Tür warteten schon Turmgäste, die wieder hinunterwollten. Es waren drei giggelnde junge Mädchen und ein weiteres, das blass an der Mauer lehnte. Die Tür war noch nicht ganz offen, da drängten sie hinein. »Ist ja wie in der Berliner U-Bahn«, schimpfte Johann.

»Als würdest du noch U-Bahn fahren«, fauchte Sophie hinter ihm.

»Schönen Aufenthalt. Und brechen S' sich da oben nicht das Herz«, rief der Fahrstuhlführer hinterher.

»Nein, nein«, versprach Sophie. »Bis gleich.«

»Der Kampel ist eh schon so ein Miesepeter …«, hörte sie den Fahrstuhlführer noch sagen, dann schloss sich die Tür.

Kühles Lüfterl? Ein scharfer Wind wehte hier oben. Sophies Haare flatterten wild in ihr Gesicht, und sie versuchte die Strähnen mit beiden Händen zu bändigen. Der Blick über Wien war weit, ein Dächermeer mit einigen Kirchtürmen dazwischen. Es gab kaum Hochhäuser, und am Horizont waren die Berge zu sehen. Unter ihnen lag der Stephansplatz, auf dem sich die Leute drängten. Der Fahrstuhl, stellte Sophie jetzt fest, öffnete sich nicht direkt am Turm. Eine Plattform führte hinüber zum eigentlichen Aussichtspunkt. Und nun sah Sophie auch, warum unten das warnende Schild gehangen hatte. Die Plattform bestand aus Gitterrost. Man konnte natürlich nicht hindurchfallen, aber man konnte hindurchgucken – direkt unter ihren Füßen tat sich die Tiefe auf. Für sie ein angenehmer Kitzel, nicht so für Johann.

Er war in seiner Wut schon einige Schritte vorausgegangen und hatte wohl noch nicht bemerkt, worauf er lief. Doch plötzlich sah er nach unten. Wäre die Situation nicht so heikel gewesen, Sophie hätte fast lachen müssen, denn der große Johann sackte förmlich in sich zusammen. Er kauerte sich hin und sah aus wie einer dieser riesigen Sitzbälle, aus dem die Luft entwich. Sophie eilte zu ihm und legte den Arm um ihn.

»Schatz«, sagte sie.

»Der Boden …«, stammelte er. »… das können die doch nicht machen.« Sechzig Meter unter ihm schloss gerade ein Mann ein Auto auf, das von oben wie ein Spielzeugauto aussah. Johann krallte sich mit den Fingern am Gitter fest, die Knöchel wurden weiß.

»Das Gitter ist sicher, es trägt dich«, versuchte Sophie ihn zu beruhigen. »Bitte, schau nach oben, nicht nach unten. Versuch aufzustehen. Wir gehen zurück zum Fahrstuhl.«

»Nein, nicht zurück«, schrie Johann panisch. Dann zeigte er nach vorn auf die Gitterstufen, die zur Balustrade des eigentlichen Nordturms führten. Ein Turm aus richtigen Steinen.

»Da will ich hin.«

Er brauchte dringend festen Boden unter den Füßen. Sophie stellte sich vor ihn und nahm seine beiden Hände.

»Du stehst jetzt auf, gut so. So, nun schau mir in die Augen. Vertrau mir. Wir gehen jetzt ganz langsam hinüber zum Turm. Genau, einen Schritt, noch einen Schritt. Das machst du prima.«

Johann hielt ihre Hände nicht, er zerquetschte sie regelrecht. Seine eigenen waren eiskalt und trotzdem nass geschwitzt, und sein Herz raste. Vor der ersten Gitterstufe blieb er ruckartig stehen.

»Ich kann das nicht«, flüsterte er.

»Doch, du schaffst das. Nur die drei Stufen. Es kann nichts passieren, alles ist eingezäunt.«

»Aber wenn ich ohnmächtig werde, dann rutsche ich unter der Stufe hindurch«, flüsterte Johann fast atemlos.

Sophie drehte sich um. Tatsächlich, die Stufenhöhen der Treppen lagen offen, aber kein erwachsener Mensch passte da durch. Erst recht nicht ein Hüne wie Johann.

»Vertrau mir, ich halte deine Hand. Dir kann nichts passieren.«

Eine Schulklasse drängelte sich lachend an ihnen vorbei.

»Guck mal, so ein großer Kerl und so ein Schisser«, rief einer.

»Du Opfer«, der andere.

»Hey«, mahnte der Lehrer. Aber Johann reagierte nicht, vielleicht hörte er es auch überhaupt nicht.

»Es zieht mich da runter, Sophie, etwas zieht mich da runter, was ist, wenn ich die Kontrolle über mich verliere?« Als Psychologin erkannte Sophie alle klassischen Symptome einer Höhenangst wieder. Johann hatte nicht mehr das Gefühl, er selbst zu sein. Als hätte er sein eigenes Ich nicht mehr im Griff.

»Ruhig, Johann, konzentriere dich auf deinen Atem und schau mich an, schau nicht nach unten, gut so, noch eine Stufe – so, ab hier ist wieder Stein. Es kann gar nichts mehr passieren.«

Auf der steinernen Empore angekommen, suchte Johann den Punkt, der am weitesten von der Brüstung entfernt war – die innere Turmwand, hinter der die Glocke, die Pummerin genannt, hing. Er lehnte sich gegen die Wand, rutschte in die Hocke und legte beide Hände flach auf dem steinernen Boden ab.

Dann schnaufte er durch. »Meine Höhenangst ist noch schlimmer geworden als früher«, sagte er nach einer Weile. Seine Stimme klang anders als sonst, war weniger forsch, weicher.

»Viel schlimmer.«

»Ich verstehe nicht, was man an der Höhe mögen kann. Hast du denn gar keine Angst?«

»Ich habe Respekt, aber keine Angst. Schau, der weite Blick. Das lohnt sich doch«, sagte Sophie.

Er schaute sie befremdet an, als würde er sie neu sehen. Mit Abstand. »Unüberbrückbare Differenzen«, der Ausdruck fiel Sophie in dem Moment ein. In Amerika war es der klassische Scheidungsgrund, dachte sie. Man stand sich gegenüber, getrennt von einem tiefen Graben, und fand nicht mehr zueinander. Für Scheidungsanwälte klingelte in diesem Moment die Kasse, Psychologen aber sahen das anders. Für sie bot die Distanz die Möglichkeit, sich noch einmal neu zu entdecken und wieder interessant für den anderen zu werden. Sophie sah Johann plötzlich sehr aufmerksam an, durch den Schreck war sein Panzer gefallen, und sie registrierte, wie weich seine Züge um den Mund geworden waren, die sonst oft verbissen wirkten. Neben ihr saß der Johann, den sie während des Studiums gekannt hatte. Der noch kein Geschäftsmann war, sondern einfach ein sehr begabter Maschinenbaustudent und Handballer.

»Johann«, sagte Sophie plötzlich, »ich habe die Hormonspritzen abgesetzt. Es fühlte sich einfach nicht gut an.«

»Ach.« Mehr antwortete er nicht. Aber sie hörte Erstaunen und auch ein wenig Traurigkeit in seiner Stimme. »Willst du kein Kind mehr mit mir?«

Sophie erschrak. Nein, die Botschaft hatte sie nicht aussenden wollen. Mit Johann hatte das doch nichts zu tun.

»Natürlich will ich«, rief sie, vielleicht ein bisschen zu forsch, um ihren Schreck zu überspielen. »Ich bin nur nicht mehr sicher, ob die Spritzerei der richtige Weg ist.«

»Seit wann?« Johann schaute sie an. Keine Wut war mehr bei ihm zu spüren. Wann hatten sie zuletzt so offen geredet? Er winkte ab. »Du hast sie nie genommen, oder?«

»Ich habe es wirklich versucht, aber … es ging nicht.«

Sie sah sich plötzlich wieder im Damenwaschraum ihres Büros stehen, die Bluse schon aus dem Rock gezogen, um sich diesen kleinen Stich in den Bauch zu versetzen – sie hatte nur Widerwillen gespürt. Das war der einzige Weg, um schwanger zu werden? Ihre ständigen Termine in der Klinik, das war doch krank. Warum gelang es ihnen nicht einfach auf normalem Weg? Damals hatte sie die Spritze zurück in die Handtasche gesteckt. Und nicht wieder herausgeholt.

Johann löste seine Linke zögernd vom Boden und griff nach ihrer Hand. »Du weißt, was Dr. Kemper gesagt hat.«

»Jaja: Frau Kaltenbrunn, die Hormontabletten haben bei Ihnen nicht genug Wirkung gezeigt, um eine Schwangerschaft zu ermöglichen. Also greifen wir zu einer drastischeren Maßnahme, dem Injection Pen. Durch diese Spritze, die subkutan gesetzt wird, arbeitet das Hormon deutlich effektiver. Außerdem können wir besser dosieren ...«

»So hat er nicht mit uns geredet. Das Gespräch war irgendwie persönlicher«, protestierte Johann.

Machte er sich über sie lustig? Persönlicher? Dr. Kemper hatte die Sache mehr oder weniger runtergeleiert, während er mit seinem weiß bezogenen Drehhocker durch das Behandlungszimmer schoss. Er bewegte sich fort, ohne vom Hocker aufzustehen, stieß sich schwungvoll vom Schreibtisch ab, landete beim Sideboard mit den Injection Pens, redete weiter, während er eines der Dinger auspackte, zog sich dann entlang des Sideboards hinüber zu einem Ständer mit Broschüren, griff dort die wichtigsten heraus, stieß sich wieder ab, landete schließlich am Schreibtisch, schaute auf die teure Sportuhr und sagte zufrieden: »Achtunddreißig Sekunden.«

Und Johann lachte und meinte: »Bestzeit?«

Dr. Kemper schaute etwas zerknirscht, als er antwortete: »Nein, die lag bei achtundzwanzig Sekunden. Aber da habe ich auch nichts erläutert.«

Und damit waren die beiden wieder bei sportlichen Themen, denn Dr. Kemper teilte Johanns Leidenschaft für Handball. Nachdem sie ausführlich den Tabellenstand der Vereine in der Bundesliga diskutiert hatten, reichte Dr. Kemper fast fröhlich die Hormonspritze herüber.

»Wir legen jetzt mal einen Gang zu. Das ist das Neueste vom Neuen.« Fast liebevoll betrachtete er den Stift in ihrer Hand. »Schauen Sie, hier oben stellen Sie die Dosierung ein. Einfach drehen. Dann nehmen Sie die Kappe ab und …«

»Ich will das nicht«, grätschte Sophie dazwischen. Dr. Kempers Lächeln verschwand, wich einer gewissen Ungeduld. Er schaute auf die Uhr.

»Doodle, keine Sorge, du schaffst das«, sagte Johann beruhigend, der wohl dachte, sie hätte einfach Angst. Aber es war nicht die Angst vor einem kleinen Stich. Sondern ihre Sorge, immer tiefer in den Strudel der Klinik zu geraten, erst Tabletten, dann die Spritze, dann In-vitro-Befruchtung. Was, wenn das alles zu nichts führen würde?

Sie hätte damals mit Johann reden sollen, aber sie hatte es nicht gekonnt. Sie hatten einen Vertrag mit der Klinik geschlossen, und Johann war überzeugt, dass die Klinik liefern würde. Wenn man etwas bestellte und dafür viel Geld bezahlte, dann bekam man auch, was man wollte. So lief das in seiner Dienstleistungswelt. Dr. Kemper und sein Team vermittelten ihm, dass eine geglückte Schwangerschaft nur eine Frage der richtigen Kunstgriffe sei. Als sei Sophies Körper ein Automat, an dem man nur die richtigen Schrauben drehen, den richtigen Kraftstoff nachfüllen musste. Stimmte alles, waren alle Werte auf »go«, dann würde die Klinik schon liefern. Ein Baby liefern.

In diesem Moment, als hätte er ihre Gedanken lesen können, sprach Johann sehr eindringlich: »Sophie, man hat uns doch gesagt, es läuft alles gut. Wir sind auf dem richtigen Weg. Wir sind gesund, nichts spricht dagegen, wir müssen uns nur an ihre …«, er suchte das richtige Wort, »… Vorgaben halten.«

»Ich hatte eine Fehlgeburt«, warf Sophie ein.

»Das war doch keine richtige … Ich meine, so früh … da … Dr. Kemper weiß schon …« Er verstummte.

Jetzt schloss Sophie die Augen und lehnte sich an die Wand. Sie genoss die Kühle in ihrem Rücken, während sie den Geräuschen der Stadt lauschte, die zu ihnen nach oben drangen.

»Es stimmt. Alle in der Klinik – auch Dr. Kemper – wirken trotz der Fehlgeburt sehr optimistisch. Sie machen uns Mut und erklären uns, wie gut unsere Chancen stünden. Das mag so sein, aber Zuversicht ist Teil des Geschäfts. Was ist, wenn …«

»Willst du behaupten, sie machen uns was vor?« Johann zog die Hand zurück und verschränkte die Arme vor der Brust. Dass Sophie an einem sportlichen Kerl wie Dr. Kemper zweifelte, ging ihm gegen den Strich.

»Nein, das will ich nicht sagen. Ich habe nur das Gefühl, wir sollten ihm nicht blind vertrauen. Vielleicht gibt es Alternativen.«

»Was für Alternativen?«, fragte Johann gereizt.

Und da begann Sophie von Marienbrunn zu erzählen. Von einem ehemaligen Sanatorium, das jetzt zu einem Hotel umgebaut worden war. Sie erzählte das wenige, was sie in der kurzen Zeit im Internet darüber in Erfahrung gebracht hatte. Nein, musste sie zugeben, über Kinderwunsch habe da nichts gestanden. Aber irgendetwas würde sie vor Ort schon finden. Johann wirkte nicht gerade begeistert. Doch er hörte ihr zu und stellte Fragen. Die Wut war verflogen, und zum ersten Mal seit vielen Monaten redeten sie wieder offen miteinander. Sie waren so ins Gespräch vertieft, dass Johann ohne größeres Drama an Sophies Hand über die Gitter-Plattform zurück zum Fahrstuhl gelangte. Sie würde nach Marienbrunn fahren, und Johann würde sie dort sogar besuchen. Er versprach hoch und heilig, sich ein paar Tage Urlaub zu gönnen – zum ersten Mal seit fast einem Jahr. Als sie hinunterfuhren, küssten sie sich.

»Ja, ja – Wien, Stadt der Wehmut, wo Liebe wehtut«, kommentierte der Fahrstuhlführer zufrieden.

# 8

Die Straße endete hinter einer Scheune. Auf der holprigen Wiese parkten schon viele Autos, einige davon wirkten ziemlich teuer. Zwei Jaguar und ein wunderschöner alter Porsche 911 in Orange, daneben ein Boxster in Altrosa. Wie hatten die beiden nur den unasphaltierten letzten Teil des Weges hier herauf geschafft? Sophie lenkte ihren Fiat 500 in eine Lücke zwischen einem VW Sharan und einem 6er BMW Cabrio. Der kleine italienische Mietwagen passte gerade so hinein. Er hatte sich bewährt auf dem Weg vom Flughafen Verona in die Berge. Zweihundert Kilometer hatte sie mit dem Auto zurücklegen müssen, ein von Wien aus näherer Flughafen hatte sich nicht finden lassen. In einer eisblauen Propellermaschine war sie eine Stunde lang über die Alpen geflogen, ein erhebender Anblick. Schneebedeckte Gipfel hatten sich mit tiefen Tälern abgewechselt. Eine Landschaft, so grandios, als habe Gott selbst sie geformt.

Der Fiat, den sie dann am Flughafen übernahm, entsprach ihren Erwartungen an ein italienisches Mietauto. Der Gurt klemmte, aus dem Beifahrersitz quoll der Schaumstoff, und die Scheibenwischer hatten auch schon bessere Tage gesehen. Überhaupt wirkte das Auto kaum größer als eine Seifenkiste. Das Radio allerdings funktionierte einwandfrei. Als sie dann hinter Bozen die Autostrada verließ und in die Berge abbog, zeigte das rollende Miniding, was in ihm steckte. Die steilen Haarnadelkurven nahm es wie ein Duracell-Häschen im vollen Saft. Sie war nicht umhingekommen, dem Fiat einmal anerkennend auf sein rotes Dach zu klopfen.

Im nebenan geparkten Sharan zählte Sophie nun fünf Kindersitze. Hier oben schien ja wirklich eine fruchtbare Atmosphäre zu herrschen. Wahrscheinlich hatten die Autobesitzer das Hotel fünfmal besucht, und nach jeder Reise schafften sie neun Monate später einen weiteren Kindersitz an. Sophie spürte ein leichtes Glücksgefühl, die Kindersitze kamen ihr vor wie ein gutes Omen. Sie atmete die Bergluft tief ein. Es roch nach Nadelwald und Blumenwiese, und Sophie meinte einen wilden Bach zu hören, in dem das Wasser ungezügelt wirbelte und sich gurgelnd seinen Weg zwischen den Steinen hindurch bahnte. Sie schaute sich um. Es war weit und breit niemand zu sehen.

Der große Koffer passte gerade so in das Mini-Auto, sie hatte ihn auf die Rückbank gequetscht. Nun zog sie heftig an ihm, doch er klemmte. Zum Glück trug sie bequeme Klamotten, eine lässige Hose, dazu ein enges elastisches Hightech-T-Shirt aus irgendeinem weltraumgetesteten Sportmaterial und an den Füßen flache Sandalen, die sie vor Jahren auf Ibiza gekauft hatte. Endlich war der Koffer raus. Sophie schloss das Auto ab und zog den Rollkoffer über die Holperwiese in Richtung Straße. Immer wieder drohte er umzukippen. Sie umrundete große getrocknete Kuhfladen und fragte sich, ob die Kühe wohl zwischen den Autos grasten. Man hörte nichts außer ab und zu einen Vogel, das Summen der Bienen und das Rauschen des Bachs. Die Sommerwärme schien sich besonders unten im Gras zu halten, die Hitze staute sich förmlich an ihren Füßen.

Von einem Hotel war weit und breit nichts zu sehen. Kein Mensch, kein Haus, es gab nur die Scheune, die ziemlich mitgenommen aussah. Es war kein Parkplatz, wie man ihn bei einer Nobelherberge erwartete. Das nannte man wohl Einsamkeit. Als sie ihr Handy herausholte, merkte sie, dass es keinen Empfang hatte. Klar, so hoch oben lohnten sich Sendemasten nicht. Na super, dachte Sophie. Wann wohl jemand vorbeikommt?

Im letzten kleinen Ort hatte sie kurz mit dem Hotel telefoniert und sich angekündigt. Man beschrieb ihr den Weg zu genau diesem Wiesen-Parkplatz. Dort solle sie das Auto abstellen und warten, man würde sie abholen. »Falls Sie noch irgendetwas besorgen wollen für Ihren Aufenthalt bei uns, tun Sie das am besten jetzt. Wir sind hier oben nicht so gut angebunden. Aber natürlich können wir auch später alles herbeischaffen, was Sie wünschen – fast alles«, lachte die Rezeptionistin ins Telefon.

Am Rand des Parkplatzes stellte sie den Hartschalenkoffer quer, setzte sich darauf und wartete. Sollte sie lesen? Nach dem Telefonat mit dem Hotel hatte sie sich im letzten Tante-Emma-Lädchen mit Klatschzeitungen eingedeckt. Außerdem erwarb sie noch einen Wanderführer, zwei Wanderkarten und eine Kletterkarte. Und eine Packung Tampons. Damit müsste sie gut gewappnet sein für alles, was kommen mochte.

Sophie holte die Wasserflasche aus ihrer Handtasche, trank einen Schluck und freute sich über die Sonne in ihrem Gesicht. Aus Berlin war weder gestern noch heute ein Anruf gekommen. War das nun ein gutes Zeichen? Vielleicht verzichtete Grotemeyer auf seine bescheuerte Enthüllungsgeschichte: »Der wahre Terror der Assessment-Center. Sie zwingen Kandidaten die Wände hoch.« Oder die C&O-Anwälte erwirkten einen Rückzug. Die konnten wirklich fies werden.

Mit Nina hatte sie schon von Verona aus telefoniert. Sophie liebte Italien, und Verona gefiel ihr sehr mit seinem antiken Amphitheater und dem berühmten Balkon, auf dem Julia gestanden hatte, während Romeo um sie geworben hatte. Ihr Hotel, oder zumindest die Fassade, stammte aus dem 13. Jahrhundert. Damals hatte man in Deutschland nur dicke Burgmauern und hutzlige Fachwerkhäuschen gebaut. Na gut, vielleicht auch den ein oder anderen Dom. Trotzdem, das meiste blieb derb. Wie filigran war dagegen das italienische Mittelalter. Auf der Piazza Bra hatte sie am Morgen einen Cappuccino getrunken und dazu ein Tramezzino gegessen. Wahrscheinlich wäre sie noch ein, zwei Tage in Verona geblieben, wenn sie nicht dieses Ziel hier oben vor Augen gehabt hätte.

Mathilde Freud, meine Hoffnung. Sie holte das Buch heraus, das ihr der Archivar Dr. Gnoth an der Kasse hinterlegt hatte, und begann zu blättern.

Auf den Bildern schaute Mathilde Freud meist ernst drein, nur selten sah man sie unbeschwert, und Sophie dachte, was für eine schöne Frau sie sein konnte, wenn sie einmal befreit lachte. Es gab ein Bild von ihr als junges Mädchen, sechzehn oder siebzehn war sie da gewesen und wirkte doch schon damenhaft. Im Reisekostüm aus Tweed stand sie im Fotostudio vor einem gemalten Bergpanorama, ihre Hand ruhte auf einem Holzgeländer aus dicken Ästen, das man für das perfekte Bergszenario nachgebaut hatte. Die Haltung gerade, am Hals eine weiße Blusenschleife. Ihre Haare steckte sie fast immer hoch, und auf dem Bild trug sie auch noch einen kleinen Hut auf dem Kopf, der so elegant über dem Gesicht schwebte, dass für seine Befestigung sicherlich eine Hutnadel nötig gewesen war. Sie schaute mit ihren schönen dunklen Augen direkt in die Kamera, den Mund leicht geöffnet – was für üppige Lippen sie hatte. Die Nase von Mathilde Freud war eigen, es war keine Stupsnase, was Sophie natürlich besonders schätzte. Sah sie ihrem Vater ähnlich? Schwer zu sagen – dessen Gesicht wurde ja vom Bart dominiert. Auch er war ein Mann mit klassischen Gesichtszügen. Ja, es gab eine Ähnlichkeit.

In dem Jahr, als das Foto geschossen wurde, hatte Mathildes Ausbildung zur höheren Tochter gerade begonnen. Dazu gehörten ein bisschen Kunstgeschichte, regelmäßige Theatergänge und der Besuch von Lesezirkeln. Jedes Ereignis notierte sie fein säuberlich in ihr »Merkbüchlein«, ein Dokument ihres weiblichen Ehrgeizes. Ihr Berufsziel: zur gebildeten Ehefrau heranreifen. Das hatten ihre Eltern vorgegeben, auch der Vater wusste: Schönheit allein half nicht immer weiter. »Ich ahnte längst, dass Du bei all Deiner sonstigen Vernünftigkeit Dich kränkst, nicht schön genug zu sein und darum keinem Mann zu gefallen«, schrieb Sigmund Freud 1908 seiner Tochter Mathilde in einem Brief. »Ich habe lächelnd zugeschaut, weil Du mir erstens schön genug schienst und weil ich zweitens weiß, dass in Wirklichkeit längst nicht mehr die Formenschönheit über das Schicksal des Mädchens entscheidet, sondern der Eindruck ihrer Persönlichkeit.« Gezeichnet mit: »Dein liebender Vater«.

Ein richtiges Studium, eine echte Berufsausbildung, das allerdings traute er seiner Tochter nicht zu. So war wohl die Zeit damals. Trotzdem stellte Sophie erstaunt fest, wie warmherzig der Brief des Vaters an seine Tochter geschrieben war. Sie hatte den Mann wohl falsch eingeschätzt, gedacht, Freud sei ein Patriarch gewesen, dessen Kinder nur auf Zehenspitzen durch die Wohnung schleichen durften. Doch Freud schien anders gewesen zu sein – war er nicht auch immer eng mit seinen drei Töchtern verbunden geblieben, besonders mit der jüngsten, Anna Freud?

Sophie wunderte sich über sich selbst. Dass ich plötzlich so viel über die Familie Freud nachdenke – schon sonderbar. Im Studium wäre ich lieber schreiend weggelaufen, als mich mit den Freuds zu beschäftigen. Sie steckte das Buch weg und schaute leicht ungeduldig auf die Uhr. Jetzt saß sie schon zehn Minuten auf ihrem Koffer, und niemand war zu sehen.

Vor ihr hoppelte ein Hase durch das Gras. Er ließ sich von ihr überhaupt nicht stören. Eine Wolke schob sich vor die Sonne und verschattete kurz die Wiese. Wie ging es von hier aus wohl weiter? Ein breiter Weg führte in einen dichten Tannenwald hinein. Dort stieg er weiter hinauf, dann verlor sich seine Spur. Endlich hörte Sophie Motorengeräusche. Sie kamen jedoch nicht von der Straße, sondern aus dem Tannenwald, jemand schien ihr entgegenzukommen. Zwei Minuten später wendete ein Jeep vor ihr, ein Kerl saß darin, der aussah wie der Großvater von Heidi, wie der Almöhi. Alt war er, mit einem zerfurchten Gesicht, struppigen Augenbrauen und einem großen weißen Bart. Natürlich trug er einen Trachtenhut auf dem Kopf, vermutlich war er ihm von der Tourismusbehörde verordnet worden.

Doch darin sollte Sophie sich täuschen, hier war nichts verordnet, der Kerl war echt, ein Original. Das war nicht Berlin, hier drehte sich nicht alles um die Inszenierung. Hier waren die Leute, wie sie eben waren.

Er tippte kurz zur Begrüßung an seinen Hut und murmelte etwas, das Sophie nicht verstand. Überhaupt verstand sie in den nächsten zwanzig Minuten wenig, denn der Kerl sprach einen kaum zu entschlüsselnden Dialekt. Sollte das wirklich Deutsch sein? Oder so etwas Ähnliches wie Deutsch? Das »r« rollte kräftig, und es kam häufig ein »ü« oder ein lang gezogenes »a« vor. Als er ihren Koffer auf die Ladefläche wuchtete, hörte sie ihn allerdings sehr deutlich fluchen. Das Wort »damisch« kam vor und »Weibsbilder«. Der Servicegedanke schien diesem Mann noch fremd, so einer würde es noch nicht mal als Hausmeister über die Schwelle eines Assessment-Centers schaffen. »Diese damischen Tests mit diesem damischen Weibsbild da vorn.« Sophie musste grinsen.

Der Öhi wies ihr im Auto den Platz neben sich zu, und kaum hatte sie die Jeeptür geschlossen, haute er auch schon unsanft den ersten Gang rein. Sehnsüchtig drehte sich Sophie nach ihrem kleinen Fiat 500 um. Das Gefühl, nun ihrer Eigenmächtigkeit enthoben zu sein, stieg in ihr auf. Bis hierher hatte sie am Steuer gesessen. Von nun an steuerten andere.

Sie brausten in den dunklen Wald hinein, und sofort wurde die Luft kühler und feuchter. Der Öhi sagte etwas zu ihr, Sophie verstand wieder kein Wort.

»Ich denke, ich bleibe eine Woche, vielleicht auch zwei«, antwortete sie aufs Geratewohl und lag damit wohl nicht so schlecht. Das bärtige Urviech nickte.

Der Weg wurde nun immer schwerer zu befahren, der Regen hatte ihn ausgewaschen und tiefe Furchen hinterlassen. Immer öfter stieg er an, und Sophie versuchte nicht nach rechts hinauszusehen, denn neben ihr ging es steil nach unten. Für Menschen wie Johann wäre diese Fahrt die Hölle, dachte Sophie, aber der Öhi schien den Wegverlauf blind zu kennen. Er riss das Steuer nach links und rechts, schaltete sofort in den zweiten Gang, wenn er mal wieder ein paar Meter Strecke machen konnte, und runter in den ersten, wenn der Anstieg zu heftig wurde. Der Jeep kam Sophie weniger wie ein Auto als wie ein Tier vor – Reiter und Gaul genossen diesen herausfordernden Weg nach oben. Ab und zu schielte der Öhi zu ihr hinüber und stellte wohl fest, dass sie ziemlich entspannt dasaß. Das schien ihm zu gefallen, denn er drückte auf das Gaspedal und wagte dann sogar den dritten Gang.

So schraubten sie sich nach oben, der Tannenwald hörte zwar nie ganz auf, wurde aber immer öfter von Lichtungen unterbrochen. Wie traumhaft leer es hier war. Niemand begegnete ihnen, nur auf einer Wiese sah sie eine Familie mit Kindern picknicken. Sie winkten dem Öhi zu, und der winkte zurück. Fünf Kinder zählte Sophie – genauso viele passten in die Kindersitze des Sharan. Das musste die Urlauberfamilie sein. Dann konnte das Hotel nicht mehr weit sein.

Tatsächlich endete kurz danach der Wald, sie fuhren mit dem Jeep auf eine Holzbrücke, die über eine tiefe Klamm führte. »Bis zu 3 t« stand warnend auf dem Schild, wie viel wog wohl so ein Jeep? Eher weniger, beruhigte sich Sophie, an diesem war ja nichts dran. Ein rohes Gefährt fast ohne Polster und Plastik. Keinerlei Schnickschnack. Die Brücke knarzte, als sie darüberfuhren, aber man hörte es kaum, der Bach unter ihnen toste zu laut. Sophie schaute nach links am Fahrer vorbei und sah dort einen Wasserfall herabstürzen. Jetzt spürte sie auch die Gischt im Gesicht. Nach rechts hatte sie einen wunderbaren Blick auf das Dolomitenpanorama, der berühmte Rosengarten lag in der Nachmittagssonne. Nun verließ der Jeep die Brücke wieder und nahm eine letzte starke Steigung. Der Öhi schaltete routiniert in den ersten Gang und folgte einer Haarnadelkurve nach links. Plötzlich tauchte das Hotel auf.

Was für ein prächtiges Gebäude! Ein Haupthaus mit Giebeln und Steildächern. Die hell verputzte Fassade wirkte – anders als die massiven alten Bauernhäuser aus Naturstein in dieser Gegend – elegant und leicht. Holzbalkone hingen vor jedem Zimmer, damit die Hotelgäste an die frische Luft treten und den herrlichen Blick genießen konnten. Im Parterre öffnete sich zum Garten hin eine große Veranda aus Holz. Eine hölzerne Liegehalle schloss sich rechter Hand an, von hier aus hatte man freien Blick ins Tal und auf die Dolomiten. Holzschnitzereien prägten das Bild der Fassade. Das also war das Hotel Marienbrunn. Man sah dem Gebäude seine frühere Bestimmung weiterhin an – die Liegehalle, die vielen Balkone, der große Garten. Man konnte das ehemalige Sanatorium noch erahnen, zumindest wenn man davon wusste. Allerdings lag eine angenehme, gelassene Hotelatmosphäre über dem Ganzen. Man war weit weg von allem, von Städten genauso wie vom Handynetz und Internet – man ließ sich fallen. Die Gäste in der Liegehalle ruhten bequem, die Decken lässig über die Füße gelegt, einige sonnten sich mit geschlossenen Augen, andere nahmen einen Nachmittagscocktail zu sich. Der Jeep hielt mit einem Ruck auf dem Kies vor dem Haupteingang, ein paar Gäste schauten interessiert herüber, wer der Neuankömmling war. Sophie sprang aus dem Jeep, der Almöhi war schon draußen und wuchtete ihr Gepäck von der Ladefläche.

»Wollen S' hier einziehen?«, fragte er und war plötzlich erstaunlich gut zu verstehen. Sein Ton war ein bisschen brummig, aber nicht unfreundlich.

»Nein, ein ganz normaler Urlaub«, log Sophie.

»I woas scho, warum Sie da sind. Deshalb kommen all die Weibsbilder wie Sie. Wegen des Ziggl. Ihr wollt's pluttern«, sagte der Almöhi.

Ziggl? Pluttern? Was hieß das denn nun genau? Aber bevor Sophie nachfragen konnte, saß der Kauz schon wieder im Jeep und ließ krachend den ersten Gang einrasten. Zum Abschied fasste er sich ein letztes Mal an den

Trachtenhut, kein leichtes Tippen mehr wie am Anfang, sondern ein kräftiger Griff zur Krempe. Täuschte sie sich, oder steckte hinter dem Krempengriff eine gewisse Anerkennung? Vermutlich freute er sich über Frauen, die sich während der Fahrt nicht hysterisch schreiend an ihn klammerten oder gleich verlangten auszusteigen. Kies spritzte auf, als der Jeep davonbretterte, dann war wieder Stille.

Den Koffer hinter sich herziehend, betrat sie die Lobby. Ein prächtiger hoher Raum, ausgekleidet mit ungewöhnlich hellem Holz. Die verspielte Art, wie es geschwungen war, ließ den Jugendstil erkennen. Die Farbe des Holzes war ungewöhnlich hell, wie ein Kornfeld im Sommer, schoss es ihr durch den Kopf, und sie konnte nicht anders, als die schöne Holzvertäfelung zu berühren.

»Das ist Birke«, hörte sie eine Stimme von der Rezeption her sagen. Eine junge Frau stand hinter dem Tresen, mit ihr hatte sie vermutlich telefoniert. »Birke aus Russland. Man brachte sie damals extra den weiten Weg nach Südtirol, wir haben hier nicht sehr viele Birken. Aber auch die russischen Gäste sollten sich wie zu Hause fühlen. Sie brachten dem Sanatorium viel Geld ein.« Die junge Frau grinste. »Heute auch wieder.«

»Es ist wunderschön«, sagte Sophie ergriffen.

»Ja, finde ich auch. Dieses Haus hat alle Zeiten überdauert, es ist immer sehr behutsam restauriert und modernisiert worden. Wir schätzen die Tradition, aber das werden Sie sicher noch merken. Frau Kaltenbrunn, nehme ich an.«

Sophie nickte.

»Willkommen«, sagte die Rezeptionistin nun förmlich

und schob das Anmeldeformular herüber. »Wenn Sie diesen Zettel bitte ausfüllen würden? Adresse und Geburtsdatum reichen, wir brauchen keinen Reisepass oder Personalausweis.«

Während Sophie noch schrieb, holte die Rezeptionistin einen schweren Messingschlüssel mit der Nummer 13 vom Haken.

»Ich hoffe, Sie sind nicht abergläubisch – dazu gibt es wirklich keinen Grund. Das Zimmer Nummer 13 ist eines unserer schönsten Einzelzimmer, es besteht aus einem Schlafzimmer und einem kleinen Salon, vom Balkon haben Sie den Blick auf die Dolomiten. Das Badezimmer ist neu, der Rest alt.«

Sophie musste lachen. »Haben denn schon Leute die Nummer 13 abgelehnt?«

»Oh, wenn Sie wüssten, wie häufig das vorkommt. Dabei haben sich die großen Tragödien bislang in ganz anderen Zimmern abgespielt. In der 22 beispielsweise erschoss in den Zwanzigerjahren ein Offizier den Liebhaber seiner Frau, nachdem er sie in flagranti erwischt hatte.«

»Und seine Frau ließ er leben?«, erkundigte sich Sophie erstaunt.

»Ja, und nicht nur das. Nachdem er für die Tat zwei Jahre im Zuchthaus verbüßt hatte, fanden die beiden wieder zueinander und bekamen zwei Kinder. Sie wurden Stammgäste des Hauses, mieden allerdings das Zimmer 22. Kann man ja verstehen.«

Das war ihr Stichwort.

»Das Kinderkriegen ist bestimmt ein großes Thema hier oben«, wagte Sophie einen Vorstoß.

»Wie bitte?«, sagte die Rezeptionistin und schaute sie sonderbar an. Verstand sie Sophie nicht? Oder mauerte sie?

»Gibt es vielleicht spezielle Anwendungen, die besonders anregend sind?«, wagte sich Sophie noch etwas weiter vor, obwohl sie erschrocken merkte, dass ihre Formulierung ein wenig anzüglich klang. Aber irgendetwas musste hier oben mit den Frauen ja geschehen. Mit was hatte man früher nicht alles in Sanatorien experimentiert, um Menschen gesund zu machen. Magnetfelder gegen Migräne oder fest geschnürte Leibbinden, welche die inneren Organe wieder an den richtigen Platz schieben sollten. Irgendetwas musste hier praktiziert werden, das Wirkung zeigte. Und doch so unorthodox war, dass es die moderne Medizin nicht übernahm. »Anwendung«, fand Sophie, war doch ein ganz guter Sammelbegriff für etwas, von dem sie nicht genau wusste, was es war.

Das Gesicht der Rezeptionistin erhellte sich. »Oh, die Anwendungen meinen Sie? Da haben wir verschiedene Packages anzubieten.« Sie griff nach unten, hinter ihren Tresen, und holte einen Flyer aus einem Fach, klappte ihn auf und begann zu erklären. »Einmal das *Package 1* mit Schlammbad, Hot-Stone-Entgiftung und Massage. Oder, jetzt ganz neu, unser *Package 2*, das ganz auf Ayurveda beruht. Da beginnen wir mit …« Sophie schielte auf den Flyer. Du meine Güte, acht Packages, wollte sie die jetzt alle erklären? Sie überflog das Angebot schnell. Wenn sie sich nicht täuschte, waren das alles Standard-Wellnessprogramme. Sicherlich gehoben, aber doch nicht ungewöhnlich.

»Nein, ich meine die anderen Anwendungen. Mathilde Freud«, versuchte es Sophie diesmal anders.

Die Rezeptionistin, nun in ihrem Package-Vortrag unterbrochen und damit aus dem Konzept gebracht, schaute sie fragend an.

»Mathilde Freud«, wiederholte sie verwundert, als ob sie überlegen müsste, was sie mit dem Namen anfangen könnte. »Ah«, sagte sie dann plötzlich, »ich verstehe.«

Und wandte sich dem Computer zu. »Einen Moment bitte. Mathilde mit ›h‹, ja? Und Freud wie die Freude ohne ›e‹. Wir haben sie gleich. Dann können wir schauen, welche Packages ihre Freundin gebucht hat.«

»Nein, nein«, protestierte Sophie, aber die Rezeptionistin war in ihrem Tippen nicht zu bremsen. Wenige Sekunden später trat das Vorhersehbare ein, und die Rezeptionistin schaute ein zweites Mal verwundert nach oben.

»Wir haben keinen Gast mit diesem Namen«, sagte sie.

Sophie sah, dass sie so nicht weiterkam. »Ein Missverständnis«, meinte sie leichthin, »ich gehe jetzt mal nach oben und beziehe mein Zimmer.«

»Gerne.« Die Rezeptionistin reichte ihr den Schlüssel. »Sie nehmen den Fahrstuhl in den ersten Stock. Das Zimmer befindet sich in der Mitte des Haupthauses. Bitte machen Sie nicht den Fehler, nach rechts zu gehen, sonst kommen Sie ins Nebengebäude. Dort sind die Zimmer genauso nummeriert wie im Haupthaus, allerdings sind die Schlüssel silbern, nicht golden.«

»Das heißt, es gibt zweimal die Nummer 13 im Hotel?«, erkundigte sich Sophie.

»Genau, eine Eigenart dieses Hauses. Es wurde nie geändert. Ein Beispiel für die Beständigkeit hier«, erklärte die junge Frau.

Sophie dankte ihr und begab sich zum Fahrstuhl, auch er reiner Jugendstil, ein goldenes Metallgitter, mit floralen Elementen dekorativ verziert, verschloss die Kabine aus hellem Birkenholz.

»Abendessen ist um neunzehn Uhr«, rief ihr die Rezeptionistin hinterher.

Sophie drehte sich überrascht um. »Sie meinen sicherlich ab neunzehn Uhr?«, hakte sie nach. Das war doch hier keine Jugendherberge, wo alle zur gleichen Zeit aßen.

»Nein, nein, um neunzehn Uhr. Der Gong ruft alle Gäste zum Essen. Es gibt zwei feste Menüs zur Auswahl. Das ist …«

»… eine weitere Eigenart des Hauses«, ergänzte Sophie.

Die junge Frau lächelte. »Sie haben es erfasst«, sagte sie.

# 9

Sophies Sinne waren hellwach. Sie spürte, sie sah, sie hörte, sie roch alles viel deutlicher als sonst. Das hatte der radikale Ortswechsel bewirkt, nein, nicht nur der Ortswechsel. Der unerwartete Lebensrhythmuswechsel. Plötzlich so viel Zeit zu haben, kein Handynetz, keine Assessment-Kandidaten, keine Entscheidungen, wer besser und wer schlechter abschnitt. Nur die Berge, das schöne Zimmer und sie. Das Handy hatte sie in ihrer Handtasche beerdigt, es war hier oben nutzlos.

Die Rezeptionistin hatte nicht zu viel versprochen, das Zimmer war wirklich hübsch. Sehr hell, mit schönen alten Bauernmöbeln in gebeiztem Weiß. Es wirkte viel rustikaler als die Eingangshalle, als hätte man schon damals Themenzimmer entwickelt: Thema Landleben. Gehobenes Landleben in ihrem Fall, denn ihr Hotelzimmer hatte keine Dielen, sondern ein glänzendes Fischgrätparkett wie in einer Altbauwohnung. Türen und Fenster waren groß genug, um viel Licht einzulassen. Der Hotelprospekt, den Sophie auf einem Tischchen vorfand, lieferte einen kurzen Abriss zur Geschichte des Sanatoriums. Hinter dem Gebäude, las sie, steckte eine regelrechte Philosophie.

Der Architekt strebte um 1900 hier in den Bergen eine Architektur an, die dem Städter vertraut war und ihn nicht zu sehr aus dem Rhythmus brachte. Der urbane Gast sollte nicht ganz auf das Metropolen-Flair verzichten müssen. Gleichzeitig sollten ländliche Elemente den Besucher zur Ruhe bringen, ihn erden. Deshalb die eigenwillige Mischung aus importierter Birke, die elegant in Jugendstilschwingung versetzt worden war, und einfachen geweißten Bauernmöbeln. »Bergluft für die Müden, die Abgespannten und die seelisch aus der Bahn Geworfenen der Großstädte«, so formulierte der Architekt das Motto seines »Rekonvaleszentenheims der besseren Stände«.

Ein weiß-blau geblümter Bauernschrank würde für die nächste Zeit ihre Kleidung beherbergen. Beim Auspacken wunderte sich Sophie selbst, was alles den Weg in ihren Koffer gefunden hatte. Was in aller Welt sollte sie auf fast eintausendvierhundert Metern mit dem roten Satinkleid anfangen, das sie mit Johann secondhand in New York gekauft hatte? Ein Geschenk von ihm. Der Verkäufer schwor Stein und Bein, Bianca Jagger habe dieses Kleid damals im legendären Studio 54 getragen. Und wieso fand sie zum rot-weiß gestreiften Bikini-Oberteil nur eine blau-weiß gepunktete Bikinihose? Zum Glück zog sie nach den vierzehn Zentimeter hohen Riemchen-High-Heels ihre Kletterschuhe aus dem Koffer. Denn mit den Absätzen der Pumps würde sie sich in diesem Gelände sofort die Knöchel brechen. Wer weiß, dachte Sophie, vielleicht gehe ich ein bisschen kraxeln.

Sie packte aus und versuchte, ihr Klamottenchaos thematisch zu ordnen, schnappte sich dann ihr heiß geliebtes Hemdkleid und verschwand zum Duschen ins Bad. Auch hier sollte die Frau an der Rezeption recht behalten, denn das Bad war neu und sehr schick. Ein Waschtisch aus schwarzem Granit, der Boden mit hellen, großen Fliesen. Das Wasser aus der Dusche wirkte viel erfrischender als x-mal geklärtes Großstadtwasser, es tat gut, die Reise von sich abzuwaschen. Die Erinnerung an Berlin, die unerfreuliche Szene mit Grotemeyer, die gemeinen Worte der Chefin, der Streit mit Johann auf der Fahrt hoch zum Nordturm des Stephansdoms – das alles wurde jetzt den Abfluss hinuntergespült.

Danach erst, frisch gekämmt und umgezogen, öffnete Sophie die Glasflügeltür und betrat ihren Balkon. Diesen Moment hatte sie sich aufgehoben, sie ahnte, dass es etwas Besonderes werden könnte. Und sie täuschte sich nicht. Das war kein Balkon, das war eine Loge, eine Königsloge. Vor ihr erhoben sich die Dolomiten, als seien die Berge angetreten, ihr die Aufwartung zu machen.

Wie erhaben sie dastanden, zart errötend vom beginnenden Abend. Sie spürte, wie sie ruhiger wurde. Diese Berge standen da so unabänderlich, und plötzlich erschien ihr manche Berliner Aufregung unsagbar lächerlich – warum diese Hektik, diese Dauerprüfung, dieses Immer-perfekt-sein-Wollen? Die Dolomiten zeigten ihr, dass es Dinge gab, die unverrückbar waren. Das beruhigte sie. Ob es Mathilde Freud wohl ebenso ergangen war? Die hätte mit Sophies Gefühlen sicher etwas anzufangen gewusst. Gestern im Flugzeug hatte sie im Buch von Dr. Gnoth einen Brief von Mathilde an einen Jugendfreund, einen frühen Verehrer, gelesen. »Ich bin wieder einmal ganz verzweifelt über mich und alles Mögliche«, schrieb sie da. Denn sie sei »vor Nervosität ganz verdreht«, wenn es so weitergehe, »werde ich nächstens einmal Papas Heilverfahren an mir erproben müssen«. Letzteres war wohl gewitzelt, denn anders als ihre jüngste Schwester Anna hielt sich Mathilde Freud eher von der Psychoanalyse fern. Sie ging ihrem Vater zur Hand, half bei der Korrespondenz, aber auf der Couch landete sie nie. Ob das Bergpanorama ihren Nerven gutgetan hatte? Bestimmt, dachte Sophie.

Von der Holzveranda hörte man plaudernde Stimmen. Sophie schaute auf die Uhr – es war noch fast eine Stunde bis zum Abendessen. Ihr Magen knurrte, auf der Autostrada war sie kurz in ein Rasthaus eingekehrt und hatte sich dort ein Panino mit Parmaschinken gegönnt, aber das war nun schon eine Weile her. Normalerweise hätte sie sich jetzt schon ins Restaurant gesetzt, aber das ließ die Eigenart des Hauses ja nicht zu. Also beschloss Sophie, das Hotel zu erkunden. Sie schlüpfte in die Ibiza-Sandalen, nahm den schweren goldenen Hotelzimmerschlüssel in die Hand und ging nach draußen. Auf dem Weg nach unten benutzte sie nicht den Fahrstuhl, sondern nahm die Treppe. Hier gab es keine Holzvertäfelung, nur Marmor. Ein schöner weißer Marmor, aber anders als das Birkenholz kam er nicht von weit her, sondern aus Südtirol, aus Laas im Vinschgau. So stand es auf einer kleinen Plakette. Dazwischen prangten Zierelemente aus schwarzem Granit, als hätte Coco Chanel diese Treppe entworfen. Sophies Sandalen klackerten auf dem Marmor. Die Lobby war leer, die Rezeption nicht besetzt.

Eine Tafel in der Eingangshalle erläuterte die verschiedenen Wege. Nach rechts ging es zum Spa-Bereich, zum Swimmingpool und zur Liegehalle. Nach unten zeigten Pfeile zu den Räumen »Christian Morgenstern«, »Franz Defregger« und »Sigmund Freud«. Sophie merkte, wie ihr Herz beim Lesen einen kleinen, glücklichen Sprung machte. Sollte es wirklich so einfach sein? Sie nahm die Treppe nach unten.

Das Hotel, stellte sich heraus, war am Hang erbaut worden. Dadurch hatte man eine weitere Etage, eine Art Hochparterre gewonnen. Dieser Teil war offenbar deutlich später ausgebaut worden als die Räume oben, denn die Ausstattung war hier nicht nur moderner, sondern auch sehr viel konventioneller. Statt weißem Marmor führte eine Treppe mit weinroter Hotelauslegware nach unten. Es roch wie in vielen anderen Hotels nach Putzmittel und künstlichem Lufterfrischer. Tatsächlich entdeckte sie ein Duftdepot, das automatisch alle paar Minuten seinen Wohlfühlgeruch in die Welt schickte, in einer Steckdose nahe der untersten Stufe. Dem Design nach zu urteilen, musste das Grundmotiv »Meer« sein. Ja, wirklich, es roch hier ein bisschen wie am Strand. Wie passend in den Bergen.

»Sigmund Freud« lag jetzt links. Niemand sonst lief hier unten entlang. Eine Vitrine mit hässlichem Schmuck stand an der rechten Wand, es waren grobe silberne Ketten mit Bergkristallen, die vor sich hin staubten. Natürlich samt einer Adresse, wo man den Schmuck erwerben konnte. Daneben hing ein Schild mit der Aufschrift »Sigmund Freud« an der Wand. Hinter dieser Tür musste es sein.

Sie klopfte, aber niemand antwortete. Vorsichtig drückte sie die Tür auf, die nicht verschlossen war. Was sie dahinter entdeckte, enttäuschte sie: Es war ein Konferenzraum. Mehr nicht. Er wirkte nicht so, als würde er häufig genutzt – die Luft war stickig, ein Overheadprojektor stand in der Ecke, die Tische waren U-förmig angeordnet, auf einem lag ein vergessenes Blatt. »Lernschwierigkeiten erkennen und vorbeugen – Kinder gezielt fördern« stand darauf, die Veranstaltung hatte vor fast acht Monaten stattgefunden. Seitdem schien hier niemand mehr gewesen zu sein.

»Sigmund Freud« war nur ein klangvoller Name für einen trostlosen Schulungsraum. Kein Hinweis auf Mathilde.

Der Rest der Hotelerkundung verlief ähnlich ernüchternd. Der Spa-Bereich war schön, aber nicht mehr als ein Hotel-Spa-Bereich. Es gab einen großen Außenpool und einen kleineren Pool innen, Liegestühle, zwei Saunen sowie eine klassische Schwitzhütte, und man konnte Hot-Stone-Anwendungen und Massagen buchen. Die Gäste wurden sowohl innen als auch außen direkt am Pool bedient. Auch dieser Bereich war erst später erbaut worden, er erfüllte alle Standards eines besseren Wellnesshotels, aber eine besondere Eigenart war nicht zu erkennen. Sophies Enttäuschung wuchs. Plötzlich merkte sie, wie viel Hoffnung sie in diese Reise gesteckt hatte. Sie wollte hier oben irgendeine Rettung finden – eine Alternative zu Berlin und der Hormontherapie. Bin ich ein dummes Schaf, dachte Sophie ärgerlich. Wie wenig reicht, um mich anzulocken. Eine vage Andeutung, und schon reise ich los.

Ruhig, Sophie, sagte sie sich dann, du bist eben erst angekommen, und immerhin ist es hier schön.

Wenigstens die eigenwillige alte Liegehalle hob sich ab, sie war alles andere als klassischer Hotelstandard. Ein nach vorne hin offener Bau aus Holz, in dem man, in Decken eingewickelt, auf alten Holzliegen lag und in einen Tannenwald schaute. Das Dach schützte vor Regen, die Seitenwände vor Zug, sonst lag man eingemummelt an der frischen Luft. Aber außer Liegen und Decken konnte Sophie auch dort nichts Außergewöhnliches erspähen. Machte etwa allein die gute Bergluft die Frauen schwanger? Wohl kaum.

Zurück auf ihrem Zimmer, überlegte Sophie, was sie tun sollte. Es blieb immer noch etwas Zeit bis zum Abendessen. Sich umziehen vielleicht? Oder sich einfach auf den Balkon setzen und die Landschaft genießen? Während sie noch überlegte, fiel ihr Blick durch die geöffnete Balkontür auf das Bergpanorama, nur wurde das Bild der erhabenen Dolomiten diesmal gestört – durch ein paar Beine, die davor baumelten. Frauenbeine, lang und schön gebräunt, die Füße steckten in Riemchensandalen. Wo kamen die her? Unmittelbar über ihrem Zimmer begann doch das Dach.

Neugierig ging Sophie auf ihren Balkon, hielt sich am Holzpfosten fest, lehnte sich, so weit sie konnte, über die Brüstung und schaute nach oben. Dort saß tatsächlich eine Frau im weißen Kleid und ließ die Beine über die Dachkante hängen. Völlig ungeschützt saß sie da. Ein schöner, aber etwas gefährlicher Platz, um Beine und Seele baumeln zu lassen. Die Frau entdeckte sie jetzt und lächelte zu ihr hinunter, es war ein warmes Lächeln. Wie alt mochte sie sein? Um die vierzig wahrscheinlich. Ihre Haare waren sehr dunkel, fast schwarz, sie hatte sie zu einem Kranz geflochten. Die Frisur, das weiße Kleid und die Riemchensandalen gaben der Frau etwas Mädchenhaftes.

»Hallo«, rief Sophie unsicher hinauf.

»Hallo!«, antwortete die Frau. »Sie sind also meine neue Untermieterin. Schön, Sie kennenzulernen.«

»Was machen Sie da oben?«, fragte Sophie.

»Ich genieße die Aussicht. Wissen Sie, mein Zimmer hat keinen Balkon. Das ist bei den oberen Etagen so. Wir wohnen im Zwerchhaus.«

»Zwerghaus?«, hakte Sophie nach.

Die Frau lachte. »Sie sind keine Architektin, was? Nein – Zwerchhaus. Schauen Sie, hinter mir, da liegen die Zimmer der Etage drei und vier. Als ob noch ein kleines eigenes Haus aus dem Dach wächst, nicht wahr? Oder wie eine zu groß geratene Dachgaube. Das nennt man Zwerchhaus. Meistens hat so ein Anbau ein Spitzdach, wie hier. Sehr schöne Zimmer, aber leider, leider kein Balkon. Also benutze ich den Dachvorsprung, das ist alles solide gebaut, keine Sorge. Von Statik habe ich Ahnung – ich bin Anwältin für Baurecht.«

Na, dachte Sophie, dann war der Vorsprung wohl wirklich solide. Trotzdem hatte man ihn bestimmt nicht als Aussichtspunkt für Hotelgäste gebaut, die so taten, als säßen sie im Freibad am Beckenrand und kühlten gerade ihre Beine im Wasser.

»Und die Leute vom Hotel? Was sagen die dazu? Will

keiner Sie vom Dach herunterholen? Statik hin oder her – der Platz sieht ein wenig ungesichert aus.«

»Mich hier runterzuholen ist nicht leicht. Ich schließe die Zimmertür immer vorher ab und lasse den Schlüssel von innen stecken. Die Mädchen von der Rezeption kommen deshalb nicht rein. Aber gleich …« Sie schaute auf die Uhr. »Er ist heute spät dran.«

Eine Frau, die auf der Dachkante saß und sich das Bergpanorama anschaute. Also, normale Hotelgäste benahmen sich nicht so. Sophie hatte plötzlich das Gefühl, in diesem Hotel laufe tatsächlich etwas anders. Diese etwas verrückte Frau war ein weiteres Indiz.

»Wohnen Sie schon lange hier?«, fragte Sophie.

»Ich komme jedes Jahr«, antwortete die Frau, »und bleibe mindestens einen Monat. Manchmal auch länger.«

»Und warum tauschen Sie dann das Zimmer dort oben im Zwerchhaus nicht einfach gegen ein Zimmer mit Balkon? Davon scheint es doch genug zu geben«, erkundigte sich Sophie verwundert.

»Die Nummer 25 aufgeben? *Das* Zimmer! Ich bin doch die …« Die Frau schaute Sophie entrüstet an. »Sie haben keine Ahnung, wovon ich rede, oder?« Der letzte Satz klang zwar wie eine nüchterne Feststellung, aber Sophie spürte, darin lag eine Abfuhr. Was auch immer hier vorging – sie gehörte nicht dazu. Die Frau wandte sich ab und schaute wieder auf die Berge. Als sei die Audienz nun zu Ende.

Sie wusste etwas. Etwas, das Sophie wissen musste. Dringend!

»Hallo, Sie da oben«, rief Sophie hoch. »Hallo, he!«

Doch die Frau in Weiß reagierte gar nicht. »Mist«, fluchte Sophie leise. Ob sie vielleicht … Prüfend sah sie sich ihre Balkonbrüstung, die Holzabstützung und den Übergang zum Dach an. Nicht nur das Dach, auch alles andere machte einen soliden Eindruck. Aufwendige Schnitzarbeiten zierten das Holz, was Sophie weniger ästhetisch als sportlich interessierte – Kerben, Rillen, hölzerne Leisten. Ein idealer Kletterparcours. Es wäre kein Problem, an den Stützen hochzusteigen. Saß sie erst mal neben der Frau, würde die schon mit ihr reden.

Sophie blickte hinunter in den Garten. Es war ein überschaubares Risiko, so hoch war das Hotel nun auch nicht. Unten achtete kein Mensch auf sie. Absurd, so lange war sie nicht mehr geklettert, und nun gleich zweimal hintereinander; erst im McDonald's in Berlin und nun hier im Berghotel. Offenbar kam sie wieder auf den Geschmack – trotz der Beinahe-Katastrophe im Schnellrestaurant vor wenigen Tagen. Aber sie hatte ja auch auf dem Nordturm gespürt, wie sehr ihr die Höhe gefiel.

Entschlossen zog Sophie also ihre Sandalen aus, ging hinüber zu dem verzierten Holzpfosten, stieg auf die Balkonbrüstung und kletterte von dort nach oben. Wie leicht das ging. Es gab überhaupt nur eine schwierige Stelle bei diesem Parcours, den Übergang zum Dach. Sie griff mit der linken Hand hoch, während sie sich rechts am Holz festkrallte. Die Traufe war massiv und gut zu greifen, die Regenrinne lag nur auf. An der hätte Sophie nicht gewagt, sich hochzuziehen, aber so eine gut gebaute Dachkante, die fühlte sich verlässlich an. Einen kurzen Augenblick schwang Sophie mit den Beinen durch die Luft, so, als bewältige sie im Hochgebirge einen Überhang. Dann lag schon das erste Bein auf dem flachen Vordach, sie zog ihren Oberkörper hoch, dann das zweite Bein hinterher. Geschafft!

Erstaunt schaute die Frau in Weiß zu ihr herüber. Damit hatte sie nicht gerechnet. Sophie setzte sich neben sie.

»Hallo, ich bin Sophie«, sagte sie.

Die Frau grinste sie an. »Laura«, sagte sie und gab ihr die Hand. Jetzt, wo sie so nah beieinandersaßen, sah Sophie, dass Laura eine hübsche Frau war. Sie war ein dunkler Typ, mit kleiner Nase und einem herzförmigen Mund. Vielleicht war es auch ihr Gesicht, das ihr so etwas Mädchenhaftes verlieh, es wirkte ein wenig wie das einer Puppe. Ob es ihr wohl schwerfällt, älter zu werden?, ging Sophie durch den Kopf.

Laura lehnte sich nach vorne und schaute hinunter auf Sophies Balkon. »Respekt. Das hat bislang noch keine Ihrer Vorgängerinnen gewagt. Sie können gut klettern«, sagte sie.

»Früher habe ich viel trainiert, in den Bergen, aber auch in Kletterhallen. In den letzten Jahren weniger, der Job ließ es nicht zu. Aber gelernt ist gelernt«, sagte Sophie.

»Offenbar«, antwortete Laura.

Danach schwiegen beide einen Moment und schauten sich das Dolomitenpanorama an. Die tief stehende Sonne ließ die Konturen der Felsen jetzt scharf hervortreten, Felsvorsprünge hoben sich hell ab, Risse lagen dagegen in tiefem Dunkel. Jetzt, wo die Tageshelle wich, erkannte man, wie zerklüftet das Bergmassiv war. Sophies Blick löste sich von den Bergen, sie begann die unmittelbare Hotelumgebung zu betrachten.

Den alten Sanatoriumsbau samt Anbauten umgab von allen Seiten Wiese. Kein englischer Rasen mit genormter Halmlänge, sondern eine richtige Wildwiese. Das Gras wuchs hoch, dazwischen leuchteten bunte Punkte, die weit über die Fläche gesprenkelt waren. Gelber Löwenzahn wuchs hier, rote Mohnblumen, weiße Margeriten, dunkelblauer Schusternagel und dornige Disteln. Sogar einen Frauenschuh meinte Sophie am Rand zu entdecken. Durch das Gras führten Trampelpfade zu Gartentischen, die unter großen, schattigen Kastanienbäumen standen. Sie zählte insgesamt fünf Tische, die weit auf dem Gelände verstreut lagen und mit einladenden Sitzgelegenheiten ausgestattet waren, aber vermutlich gab es noch mehr. Eine kleine Gruppe von Frauen saß unter einem Baum, ihr Lachen war bis aufs Dach zu hören. Sophie meinte, große Gläser mit Aperol Spritz auf ihrem Tisch zu erkennen, und fand das irgendwie beruhigend. Insgeheim hatte sie schon Sorge gehabt, in Marienbrunn hätten womöglich durchgeknallte Gesundheitsapostel das Sanatorium übernommen und Alkohol sei, nun ja, nicht verboten, aber zumindest verpönt. So wie es in der Berliner Fruchtbarkeitsklinik ja auch nirgends Kaffee gab, aber mehrere Teebars mit stark riechenden Kräutertees. Was immer Mathilde Freud hier oben gefunden oder zu sich genommen hatte – man durfte dabei weiterhin ein Glas Wein trinken. Und Knabberzeugs essen, denn eine der Frauen griff gerade in eine Schale und warf sich die Nüsse oder was auch immer schwungvoll in den Mund. Die drei Aperol-Frauen schauten interessiert zum Dach hinauf. Redeten sie über Laura und Sophie? Ich würde es tun, dachte Sophie.

»Und warum sind Sie hier oben?«, fragte Laura in die Stille hinein. »Ich gehe davon aus, Sie sind keine normale Urlauberin. Sonst wären Sie vermutlich nicht zu mir hier hochgeklettert.«

»Kinderwunsch«, sagte Sophie frei heraus. »Ich habe gehört …«

Doch Laura unterbrach sie und kniff aufgeregt in Sophies Unterarm, um sie auf etwas aufmerksam zu machen. Mit gestrecktem Arm zeigte sie nach unten.

»Da kommt er. Ich wusste doch, auf ihn ist Verlass.« Sie schaute auf die Uhr und sagte danach etwas vorwurfsvoll: »Aber er ist knapp dran heute. Gleich wird der Gong ertönen.«

Sophie blickte nach unten und sah, wie ein Mann mit einer sehr langen Leiter über der Schulter um die Ecke bog und auf das Haupthaus zulief. Ein Wunder, dass er das Ding allein tragen konnte, denn der Mann war eher schmal gebaut. Dennoch, er schaffte es, die Leiter gut auszubalancieren. Sollte er wirklich zu spät sein, so merkte man es ihm nicht an, denn sein Gang war ruhig und gelassen, wenn auch entschlossen. Er war eher jünger, doch so genau konnte Sophie das nicht sagen, denn eine Schirmmütze verdeckte sein Gesicht. Wer trägt denn heute noch Schirmmützen? Und dann noch als Mann, ging es Sophie durch den Kopf. Fehlten nur noch die Knickerbocker, dann wäre er Nick Knatterton. Sophie schaute auf seine Beine. Nein, er trug normale Jeans.

Der Mann hatte nun das Haupthaus erreicht und lehnte die Leiter an die Dachkante, genau zwischen Sophie und Laura.

»Er kommt jeden Abend«, sagte Laura. Ihre Stimme klang glücklich.

»Wer ist das?«, fragte Sophie zögerlich, denn etwas ließ sie ahnen, dass sie es eigentlich hätte wissen sollen.

»Haben Sie ihn noch nicht kennengelernt? Herr von Studnitz, der Hotelbesitzer. Seine Eltern haben früher das Sanatorium geführt, er hat es in ein Hotel umgewandelt ...«

Neugierig beugte sich Sophie nach vorne und beobachtete, wie der Mann langsam nach oben stieg. Auf Höhe ihres Balkons blieb er kurz stehen, registrierte wohl ihre Sandalen auf der Brüstung und die offene Balkontür und dachte sich vermutlich seinen Teil. Dann endlich tauchte sein Kopf auf, erst die Mütze, dann das Gesicht.

»Normalerweise sammle ich nur einen Gast am Abend ein. Frau Ronstedt, wen haben Sie denn heute zu sich aufs Dach eingeladen?«, sagte er und schaute Sophie an. Schwer zu sagen, ob der Hotelchef nun Sophies Kletteraktion missbilligte oder amüsant fand. Sein Gesicht verriet nichts – eine zweite Nick-Knatterton-Ähnlichkeit. Und verrückterweise fiel ihr sofort das spitze Kinn des Hotelchefs auf, es war tatsächlich ein Knatterton-Kinn. Die Schärfe des Kinns wurde durch einen gepflegten Dreitagebart abgemildert und trat so weniger hervor, aber man erkannte die markante Kontur noch. Er war ein hübscher Mann, der zart und etwas melancholisch wirkte.

Ein leichter Wind fuhr Sophie durch die Haare, und sie flogen ihr vors Gesicht. Mit beiden Händen schob sie die Locken zurück. Warum hatte sie nie ein Haargummi dabei, wenn sie eines brauchte?

»Sophie Kaltenbrunn«, stellte sie sich vor. »Ich wollte nur schauen, ob die Aussicht hier oben wirklich schöner ist als auf meinem Balkon.«

»Und? Hat sich der Aufstieg gelohnt?«, fragte der Mann in neutralem Tonfall. Man hörte einen leichten Singsang in seiner Stimme, es war kein derber Dialekt, aber eine Färbung. Er war von hier. Auch der Ausdruck in seinen Augen verriet nichts, vielleicht blickte er ein wenig interessiert, aber nur ganz verhalten. Seine Augen waren braun, nein, fast grau – dolomitenfarben.

»Beine baumeln lassen tut immer gut«, antwortete Sophie charmant und versuchte ihn entwaffnend anzulächeln. Er war der Hotelchef, mit dem stellte man sich lieber gut. Nach dieser Kletteraktion konnte ihr Aufenthalt in Marienbrunn sonst schnell zu Ende sein.

»Herr von Studnitz …«, mischte sich nun Laura ein.

»Studnitz reicht völlig«, knurrte der.

»Alles ist meine Schuld. Ich habe Sophie …«, begann Laura nun, wurde aber wieder unterbrochen.

»Hören Sie, das ist mir einerlei. Ich habe Frau Kaltenbrunn aus der Nummer 13 hochkraxeln sehen, ich denke, die weiß, was sie tut. Vonseiten des Hotels weise ich aber wie jeden Abend darauf hin, dass das Betreten des Vordaches nicht erlaubt ist und auf eigene Verantwortung hin geschieht. Wenn mir die Damen jetzt bitte die Leiter hinunter folgen würden, der Gong müsste gleich schlagen.«

Tatsächlich, da erklang er. Ein tiefer, dunkler Ton. Immer wenn er gerade verebbte, wurde er neu geschlagen. Als gäbe es ein buddhistisches Kloster hier oben. Vielleicht war das ja das Rezept für eine erfolgreiche Schwangerschaft, leben wie in einem Kloster, mit Meditation und Einkehr. Womöglich bekam sie jetzt Essen mit allerlei entschlackenden Gewürzen vorgesetzt, und dazu Reinigungskuren. Oder indisches Spargelgewächs, das hatte man ihr mal empfohlen, es sollte helfen, die unfruchtbaren Phasen zu überwinden. Doch dann fiel ihr wieder der Aperol Spritz ein. Nein, Alkohol und Ayurveda, das passte nicht zusammen. Außerdem sah der Hotelchef mit seinem Dreitagebart, seinen Dolomitenaugen und seiner Schirmmütze so geerdet aus, der zündete abends bestimmt keine Räucherkerzen an. Und das bisschen Ayurveda im Spa-Bereich, das machte heutzutage doch jeder.

»Der Gong, der Gong!«, rief Laura nun aufgeregt.

»Frau Ronstedt, ganz ruhig. Konzentrieren Sie sich. Ich stehe unter Ihnen auf der Leiter, genau, erst der rechte Fuß, dann der linke …« Fürsorglich blieb er dicht hinter ihr auf der Leiter stehen, doch sie wollte schneller hinunter als er und erwischte mit dem Fuß seine Schirmmütze, die sogleich Richtung Boden segelte. Ohne Mütze sah Nick Knatterton gleich um zehn Jahre jünger aus, fand Sophie. Die Haare leicht wellig und dicht, in einem schönen Aschblond. Auf halber Strecke angekommen, schaute er jetzt an Laura vorbei zu Sophie hinauf.

»Kommen Sie mit, oder muss ich für Sie noch mal extra hochklettern?«, fragte er. War es ironisch gemeint? War er gereizt? Schwer zu sagen, vermutlich beides.

»Komme, komme«, rief Sophie und schwang sich auf die Leiter. Laura hatte inzwischen schon das Gras erreicht und lief nun mit flatterndem weißen Kleid durch die hohe Wiese auf den Haupteingang zu. »Es ist Zeit! Der Gong«, rief sie. Nick Knatterton sah ihr hinterher und rief dann zu Sophie hoch:

»Tut mir leid, ich muss einen Gast einfangen. Sie kommen allein zurecht?«

»Kein Problem. Soll ich die Leiter irgendwo anders hinstellen?«, rief sie zurück.

»Das mache ich schon, vielen Dank. Wir sehen uns.« Dann spurtete er Laura Ronstedt hinterher. Ein erstaunlich schneller Sprint, dachte Sophie. Und ob sie wollte oder nicht, ihr fiel auf, dass der Hotelchef einen kleinen, knackigen Po hatte. Schäm dich, Sophie, dachte sie.

Herr von Studnitz holte Laura schnell ein, sie schien sich zu freuen und hakte sich sofort bei ihm unter. So gingen die beiden Arm in Arm durch den prächtigen Haupteingang. Jeder sah sofort, da war kein Prickeln zwischen den beiden, sondern reine Fürsorge, denn der Hotelbesitzer ließ Frau Ronstedt nicht aus den Augen und amüsierte sie augenscheinlich durch Small Talk, aber wohl nur, um sie einigermaßen gesittet in den Speisesaal zu lotsen und einen weiteren extrovertierten Auftritt zu vermeiden. Ein Pfleger und seine Patientin, dachte Sophie verwundert.

Von allen Seiten strömten nun Hotelgäste zum Haupthaus. Die Frauen, die eben noch beim Aperitif unter der Kastanie gesessen hatten, näherten sich mit schnellen Schritten, die Familie mit den fünf Kindern brach förmlich aus dem Wald, zwei Ehepaare kamen jeweils getrennt von unten über die Blumenwiese, und auch von links, aus der Richtung der Liegehalle, hörte sie Stimmen. Von der Holzveranda drang das Geräusch von Stühlerücken, man stand von den Tischen auf und begab sich nach drinnen.

Alles schien fest getaktet zu sein, in einem Ablauf, den Sophie nicht kannte.

Und plötzlich fand sie, dass alle hier etwas sonderbar und behandlungsbedürftig aussahen. Womöglich war das unter der Kastanie eine therapeutische Sitzung gewesen, kein Cocktailtrinken mit den Mädels. Und die Familie mit den fünf Kindern – hatte da ein Kind vielleicht eine dieser Psycho-Modekrankheiten? ADHS vielleicht? Und die beiden Ehepaare, die gerade hochgewandert waren, sahen sie nicht erschöpft aus? Mussten die sich womöglich unter einem Baum aussprechen, weil der Paartherapeut es ihnen so verordnet hatte? Und das Sonderbarste: Niemand hatte groß auf sie geachtet, weder vorhin, als sie auf das Dach geklettert war und es sich dort gemütlich gemacht hatte, noch jetzt, als sie langsam die Leiter hinabstieg. Als sei das völlig normal, auf dem Dach zu sitzen.

Wo bin ich hier bloß gelandet?, dachte sie, während sie den Fuß ins Gras setzte. Ist das wirklich ein Hotel? Oder immer noch ein Sanatorium, wie früher? Ein »Rekonvaleszentenheim«? Dies war ein eigenartiger Ort, das stand fest. Während sie sich ihre Sandalen wieder anzog, die sie beim Hinabsteigen von ihrem Balkon gepflückt hatte, spürte sie, dass sie bei Laura dem Geheimnis dicht auf der Spur war. »Der Gong! Es ist Zeit!«, hatte die freudig ausgerufen. Bei aller Liebe zu guter Küche, ihr selbst knurrte ja auch der Magen – aber normalerweise flippte man nicht regelrecht aus, wenn es Abendessen gab. Sehr verwundert betrat sie das Hotel und fragte sich erwartungsfroh und doch etwas beunruhigt: Was kommt jetzt?

# 10

Sigmund Freud war vorgegangen wie ein Detektiv. Ein scheinbar unschuldiger Versprecher seines Gegenübers oder ein Wort, das einem einfach nicht einfallen wollte – schon begann er zu ermitteln. Im Studium hatte Sophie allerlei Freud-Texte lesen müssen und war immer wieder erstaunt, wie konkret und anschaulich der Mann schrieb. Seine Fälle griff er aus dem Leben. Nicht nur, was er von seinen neurotischen Patienten auf der Couch hörte, regte ihn an, sondern auch zufällige Plaudereien im Urlaub. »Nervengesunde fremde Personen« verschafften ihm besondere Einblicke, wie der Mensch tickt. Wie grätscht das Unbewusste, das Verdrängte in den Alltag, wie bringt es alles durcheinander? Man unterhält sich angeregt, und plötzlich dringt etwas nach oben, ins Bewusstsein, an das man eigentlich nicht denken wollte – unkontrolliert fordert es sein Recht. Als Versprecher, als Aussetzer. Nun musste der Psycho-Detektiv ran, um zu entschlüsseln, was genau verdrängt wurde. Lange Wege der Assoziation wurden zurückgelegt, es ging dabei im höchsten Maße bildungsbürgerlich zu: Kirchengeschichte, Kunstgeschichte, Literatur, ein gebildetes Wort verweist auf das nächste, ein Aspekt führt zu einem anderen. Und so schaffte es Sigmund Freud, aus einem harmlosen entfallenen Pronomen in einem Vergil-Zitat herauszulesen, dass der junge Mann, dem es entfiel, sich vor der Nachricht fürchte, dass seine italienische Geliebte womöglich von ihm schwanger sei. Vom lateinischen Wort »aliquis« über liquid – flüssig – hin zu katholischen Wallfahrtskapellen, in denen sich auf wundersame Weise trockenes Blut verflüssigt, kam er fast zwangsläufig zur ausbleibenden Periode einer Dame, mit der der junge Mann ein diskretes intimes Verhältnis pflegte. Nun ängstige er sich vor einer Nachricht von ihr, »die uns beiden recht unangenehm wäre«. Auf frischer Tat ertappt! Der Mann war in Gedanken nicht bei Vergil, sondern bei der Geliebten, die er womöglich geschwängert hatte. Es war, als zaubere Freud am Ende seines Textes ein Kaninchen aus dem Hut. So vieles ließe sich assoziieren, so viele Möglichkeiten, doch er geht den einen, zielgerichteten Weg, der zum Erfolg führt. Geheimnis gelöst. So einfach.

Wie ein Detektiv, so musste sie nun auch vorgehen. Das Hotel barg ein Geheimnis, sie spürte es. Nun musste sie auf den kleinen Moment achten, in dem es sich verriet. Worin lag das Geheimnis? Warum war Mathilde Freud hier hochgekommen? Sophie versuchte analytisch und assoziativ wie Dr. Freud zu denken. Was immer es war, es musste schon vor hundert Jahren existiert haben – eine spezielle Anwendung, ein geheimer Ort oder ein besonderes Kraut. Misstrauisch blickte sie auf die Vorspeise des heutigen Tages, eine Wildkräuterconsommé, die gerade vor ihr auf den Tisch gestellt wurde. Und weil es hier ein festes Menü gab – nur beim Hauptgang konnte man zwischen zwei Gerichten wählen –, aß auch jeder genau diese Suppe als Vorspeise, es gab keine Alternativen. Das könnte es doch sein, ein ganz besonderes Kraut in der Suppe, eine Bergpflanze, die fruchtbar macht.

»Entschuldigen Sie«, fragte sie die junge Kellnerin, die, wie alle Angestellten hier, in einem hübschen Dirndl bediente, »wird diese Wildkräutersuppe jeden Abend serviert?«

Die Kellnerin, die ihr eben schon den dunklen Lagrein und das Wasser gebracht hatte, schaute sie verwundert an.

»Nein, natürlich nicht. Unsere Vorspeisen wechseln täglich. Aber ich weiß schon, diese Wildkräuterconsommé schmeckt hervorragend. Wenn Sie die öfter auf dem Speiseplan sehen möchten, kann ich sicher mit dem Koch reden.«

Das war ja wieder nichts, genau wie zuvor an der Rezeption.

»Sie verstehen mich falsch. Ich wollte nur wissen, ob es vielleicht bestimmte Kräuter gibt, die jeden Abend ins Essen kommen. *Das Kraut …*«

Die Kellnerin dachte sichtlich angestrengt nach. Dann sagte sie sehr höflich: »Ich denke, Petersilie ist in vielen Gerichten drin. Ja, ich vermute sogar, Petersilie gibt es jeden Abend.« Und weg war sie, wohl um zu verhindern, dass Sophie noch eine weitere blöde Frage hinterherschicken konnte.

Super. Petersilie. Niemand wurde von Petersilie schwanger, so viel war sicher. Selbst die schlimmsten Esoterik-Seiten im Netz, die die skurrilsten Tipps für eine erfolgreiche Schwangerschaft gaben – den »Kindlein-Komm-Tee« oder nach dem Sex die Beine zur Kerze in die Höhe –, nannten niemals Petersilie. Sie schielte zu dem großen Tisch der Familie mit den fünf Kindern hinüber. Was wussten die, was sie nicht wusste? Und wo war eigentlich diese Laura geblieben? Sie schaute sich um.

Es gab mehrere Speisesäle, sie saß im größten, der »Blaue Raum« genannt. Man musste nicht rätseln, warum er so hieß. Es sah hier aus, als seien die Schlümpfe zum Streichen vorbeigekommen. Allerdings schon vor hundert Jahren. Die alte Stofftapete leuchtete königsblau, und das Leuchten verstärkte sich noch, weil man die Tapete regelrecht lackiert hatte. Überhaupt forderte dieser Speisesaal das Auge heraus – auf den Boden hatte man mit Fliesen aus der Gründerzeit ein verschlungenes Ornament gelegt. Sophie, die mit großem Appetit ihre Wildkräuter löffelte, durchfuhr plötzlich der absurde Gedanke, man müsse womöglich eine bestimmte Kachel drücken, nein, nicht nur eine – eine ganze Abfolge von Kacheln. Und dann öffnete sich eine Luke im Boden, die zu einem Geheimgang führte, einem archaischen Schrein unter der Erde, wo man zu den kommenden Babys betete. Das wäre ja wie in einem Gruselfilm. Die unheimlichen Babykatakomben von Marienbrunn.

Sophie musste grinsen und griff beherzt in den Brotkorb. Das Brot kam frisch aus dem Ofen, es roch würzig und war noch warm. Dazu gute, leicht gesalzene Butter oder selbst gemachter Schmand. Wie gut hier alles schmeckte. Während Sophie kaute, überlegte sie kurz, ob

Brot womöglich eine fruchtbarkeitssteigernde Wirkung haben könnte. Nein, davon hatte sie auch noch nie gehört.

Sie goss sich noch etwas Wasser ein. Wie liebevoll hier alles serviert wurde – das alte Silberbesteck, matt gegriffen von Generationen von Gästen. Das schöne schwere Porzellan. Und als Höhepunkt das Wasser in einer geschliffenen Glaskaraffe. So ein schönes Glasgefäß wurde heute sicher nicht mehr hergestellt, sogar ein bisschen Blattgold war als Ornament aufgetragen worden. Auch das Weinglas war ausgesprochen schön, sehr dünnwandig – ein Wunder, dass es die vielen Jahre des Sanatoriums- und Hotelbetriebs überlebt hatte. Der Lagrein schmeckte samtig und voll, tiefrot schwang er im Glas. Diese Trauben hatten eine Menge Sonne gesehen. Nein, sie vermisste Berlin kein bisschen.

Käme sie bloß mit der Lösung des Rätsels weiter. Nach dem Essen würde sie diese Laura aufsuchen und sie nochmals befragen. Ganz direkt, ohne langes Geplänkel. Ihre Zeit war begrenzt, sie konnte den Urlaub nicht allzu lange ausdehnen. Die leeren Suppenterrinen wurden nun abgetragen, und Sophie schaute ins Menü, wie es weiterging. Als Hauptgang offerierte man Lamm mit Spinatknödeln oder Bachsaibling auf Weinkraut an. Die Entscheidung fiel ihr nicht schwer, zu einem gut gebratenen Lamm konnte sie nicht Nein sagen. Als Zwischengang bot man für alle ein Salatbuffet. Sophie blickte sich suchend um, hier war nirgends ein Buffet aufgebaut. Das musste in einem der anderen Räume stehen.

Die ersten Gäste schoben die Stühle nach hinten, standen auf und gingen in den benachbarten Raum. Sophie beschloss, es ihnen gleichzutun; ein Speisesaal-Kollektiv irrte schließlich nicht. Einige Paare liefen vor ihr her, meist mittelalte Edel-Touristen, Typ nachhaltiges Reisen. Die Ehefrauen waren entschieden zu alt, um noch schwanger zu werden. Wahrscheinlich wohnten die Kinder längst außer Haus, studierten, womöglich waren schon Enkelkinder im Anmarsch. Das Publikum enttäuschte sie ein wenig, es war so normal. Laura auf dem Dach, die wirkte wie ein Hinweis auf ein Geheimnis. Aber halbglatzige Herren in Bundfaltenhose, begleitet von ihren Ehefrauen in weiten Strickkombinationen? Die Familie mit den fünf Kindern drängte sich nun dazwischen, sie pressten sich alle durch die breite Tür zum nächsten Raum. Sophie fiel auf, dass die Eltern nicht miteinander redeten. Schon am Tisch saßen sie am entgegengesetzten Ende, die Frau permanent mit dem Nachwuchs beschäftigt, während der Mann lustlos in einer Zeitung blätterte. Wahrscheinlich hätte er normalerweise in seinem Handy gesurft, aber hier oben war ja kein Empfang. Wohin ging man wohl zum Telefonieren? Spätestens morgen musste sie sich erkundigen.

Passend zum Salatbuffet war der nächste Raum in einem heftigen Grün gehalten. Es wirkte ein wenig, als seien die Wände mit Grünkohlblättern tapeziert. Ein schöner, großer Raum. Und voller – Frauen. Da waren sie! Die meisten waren in ihrem Alter, Männer saßen hier nur vereinzelt. Hier war es deutlich lauter als im blauen Speisesaal nebenan. Es wurde geredet, gelacht und gerufen. Sie fühlte sich sofort zu Hause. Im Job hatte sie überwiegend mit Männern zu tun. Wann hatte sie zuletzt so viele Frauen auf einem Haufen gesehen? Bei Bauch-Beine-Po, der Problemzonengymnastik, ein schreckliches Wort. Hier oben fanden sich auch Frauen mit Problemzonen zusammen, nur war die Stimmung deutlich entspannter.

Am Salatbuffet staute es sich schon. Man stand hintereinander, dicht an dicht. In Sophie kam die Erinnerung an das »All-inklusive-Gefühl« eines Ferienressorts auf, dieses ungeduldige Vorbeischielen am Vordermann auf das, was wohl heute Abend auf dem Buffet angeboten wurde und wie schnell es sich leerte. Bei einem Salatbuffet war die Ungeduld nicht ganz so groß. Dabei konnte es sich wirklich sehen lassen. Ungewöhnliches Grünzeug wurde hier aufgetischt, ein schöner Eichblattsalat mit gebratenen Pilzen, Rote Bete mit Parmesan und eine Platte mit Rohkost. Dazu etwas, das bulgurartig aussah, aß man so etwas in Südtirol? Dicke Bohnen mit Zwiebeln, ein verführerischer Tomatensalat, dazu selbst gemachte Croûtons und allerlei Kerne sowie Kresse und mehrere Salatsoßen in Kannen.

Leider ging es nur langsam voran, weil die Kinder am Buffet standen und in einen erbitterten Streit mit ihrer Mutter darüber ausbrachen, was genau auf ihren Tellern landen sollte. Wäre es nach ihnen gegangen, hätte sich das ein oder andere Salatblatt auf den Teller verloren, bedeckt von ganz, ganz vielen Croûtons. »Ihr nehmt bitte auch Tomatensalat«, mahnte die Mutter streng. Der Vater fühlte sich offenbar nicht zuständig und verließ mit einem gut gefüllten Salatteller den Raum. Was die Kindererziehung anging, überarbeitete der sich nicht gerade.

Sophie schaute sich im Raum um. Ganz in der Nähe des Buffets saßen die drei Frauen, die vorhin unter dem Baum gehockt und etwas getrunken hatten. Von Nahem sahen sie nett aus. Ob sie sich schon lange kannten? Oder erst hier oben kennengelernt hatten? Wie schön es wäre, sich jetzt zu ihnen setzen zu können und ein bisschen zu plaudern. Aber sie beachteten Sophie nicht, sondern schielten auf jemanden hinter ihr in der Schlange.

»Wusste nicht, dass die Dauerwelle wieder in Mode ist«, drang plötzlich von hinten die Stimme einer Frau an ihr Ohr. Die Frau versuchte, ihren Ton zu dämpfen, aber es fiel ihr schwer. Vermutlich war sie es gewohnt, laut zu reden.

»Der Friseur scheint mir allerdings komplett aus der Übung gewesen zu sein. Oder auf Speed«, flüsterte eine andere, die wirklich flüstern konnte. Sophie musste sich anstrengen, um sie zu verstehen. Ihre ganze Konzentration gehörte nun diesen Frauen.

»Wieso?«, fragte die erste, schon vertraute Stimme lachend. Die Häme steckte schon in der Frage.

»Na, schau dir mal die Locken an. Viel zu heftig.«

»7 Millimeter Kaltwellwickler«, warf nun eine Dritte leise ein, offenbar war sie vom Fach.

»Haare wie ein Königspudel …«, wisperte nun eine – welche es war, die erste oder die zweite, war schwer zu sagen. Sophie erstarrte. Diese Frauen mussten unmittelbar hinter ihr in der Schlange stehen. Redeten die etwa über sie? Vor ihr wartete ein Glatzkopf mit seinem Teller in der Hand, auch sonst entdeckte sie weit und breit keinen Lockenkopf. Außer ihrem.

Plötzlich fühlte sich Sophie in Schulzeiten zurückversetzt, als die Mädchen genauso bitterböse übereinander herzogen. Was hatte sie sich alles anhören müssen. Atze-Schröder-Fanfrisur. Albino-Afro. Steckdosen-Krause. Kein Wunder, dass sie nach der neunten Klasse die Haare kaum mehr offen getragen hatte. Sie hatte gedacht, diese traumatischen Tage seien längst überwunden. Aber jetzt wollte sie sich genauso in einem Mauseloch verkriechen wie damals. Eigentlich müsste sie sich jetzt umdrehen und streng schauen, aber sie schaffte es nicht.

Die reden bestimmt über jemand anderen, beruhigte sie sich. So dreist benahm man sich doch nicht.

Zum Glück erreichte sie in diesem Moment die erste Salatschüssel. Sie nahm sich einen tiefen Teller und begann, die dicken Bohnen daraufzulöffeln, die sie so mochte.

»Klar, dass die beim Salatbuffet reinhaut. Ändert eh nichts mehr. Locken machen nämlich dick«, meldete sich jetzt wieder die erste zu Wort. Diesmal gab sie sich nicht viel Mühe, ihre Stimme zu dämpfen.

»Echt?«, fragte die andere.

»Wir beim Fernsehen wissen: Mindestens drei Kilo nimmst du optisch zu mit so einer Frisur. Deshalb gibt es auch keine lockigen Moderatorinnen. Außer die NDR-Tante, aber das ist ja öffentlich-rechtlich. Bei den GEZ-Weibern kann man froh sein, wenn die sich vor Sendebeginn überhaupt die Haare gekämmt haben. Diese Schnalle von den Tagesthemen, die sieht immer aus, als sei sie eben erst aus dem Bett gestiegen.«

»Du meinst die …?«

»Genau.«

Offenbar schaute eine der Zuhörerinnen verwirrt, denn die andere meinte überheblich:

»Fernsehen. Ist nicht deine Welt ...«

»Also, mit solchen Haaren würde ich mich ja beim Essen total zurückhalten. Aber vermutlich ist der alles egal.«

»Nicht so laut, die hört uns noch.«

»Ach Quatsch. Die hat im Moment nur dicke Bohnen im Kopf. Wetten wir, die hat als Hauptgericht das Lamm bestellt?«

So, jetzt reichte es. Wütend ließ Sophie das Besteck aus dem Bohnensalat los, drehte sich um – und erschrak. Hinter ihr standen vier Figuren wie aus einem Horrorfilm. Der Titel: *Die Nacht der lebenden Mumien*. Zwei hatten bandagierte Nasen und blaue Augen wie nach einer Kneipenschlägerei. Eine trug eine Bandage wie ein Haarband. Zwei hielten kleine Schwimmringe in der Hand. Sophie hatte so etwas schon einmal gesehen, man konnte sie als Sitzkissen nutzen, wenn der Po schmerzte. Vermutlich waren ihre Beine bandagiert, denn sie trugen weite Röcke, und man erkannte ihre angeschwollenen Knöchel. Alle waren offenbar gut mit leuchtend blauen Kühlpads ausgestattet, die sie bei sich trugen.

»Horror – was ist das denn?«, rief Sophie aus.

Jetzt erst bemerkte sie, dass die eine mit dem Nasenverband ihr bekannt vorkam. Die war doch eine Fernsehfrau. Sie hatte in Berlin einmal ziemlich überdreht eine Charity-Sause moderiert, bei der Johann und sie eingeladen waren. Eigentlich eine schöne Frau, zumindest ohne Verband. Nur sehr, sehr dünn. Genau wie die anderen.

»Ihr seht ja zum Heulen aus«, rutschte es Sophie raus. In dem Moment zog jemand sie sanft weg. Es war die Blonde vom Tisch der drei sympathischen Frauen. Sie lächelte Sophie an: »Mein Tipp: Leg dich nicht mit denen an. Sie sind zwar etwas lädiert, aber ihre Boshaftigkeit ist ungebrochen.«

»Nach ungebrochen sehen die nicht gerade aus«, gab Sophie zu bedenken und zeigte auf den Nasenverband.

»Hey«, rief nun die Moderatorin aggressiv und gestikulierte affektiert. Durch den Verband und die blauen Augen war die Wirkung einmalig.

Die Blonde drehte sich um und zischte ihr zu: *»Exorcizamus te, omnis immunde spiritus …«*

Irritiert wandte sich die Moderatorin an ihre Freundin, die unter ihrem Nasenverband nicht weniger moderatorenhaft und zickig aussah.

»Was sagt die?«

»Ach, die Exorzismus-Formel. Kenne ich aus der Serie *Supernatural*. Damit treibt man den Teufel aus.«

Es dauerte einen Moment, dann schaute die Moderatorin ernsthaft empört. »Bitch!«, schrie sie der Blondine hinterher. Um sich dann zu verbessern: »Bitches.« Damit war wohl auch Sophie gemeint. Die musste lachen, genauso wie ihre Retterin.

»Setz dich doch zu uns«, schlug die vor. »Ich bin Julia. Das ist Zoe …«, sie zeigte auf die schmale, sehr hübsche, aber etwas blasse Rothaarige, »und das Katalin«, sie nickte in Richtung der Dunkelhaarigen mit dem Pagenschnitt.

»Sophie«, sagte Sophie und grinste. »Manche nennen mich auch Doodle. Wegen der Haare.«

»Sophie ist besser«, meinte Zoe.

»Also Sophie«, sagte Katalin. »Willkommen in Marienbrunn. Du hast ja gleich am ersten Tag den Zorn der

Furien auf dich gezogen. Ein gutes Zeichen. Das machen sie nur bei ernster Konkurrenz.«

»Welche Konkurrenz?«, fragte Sophie

»Nur Naturschönheiten erwecken ihren Zorn. Sie mussten sich ja alle für ihr Aussehen unter das Messer legen. Schönheits-OP. Sehr schmerzhaft.« Julia zog die Weinflasche zu sich, schnappte sich ein leeres Glas und füllte es für Sophie. »Darf ich?« Sophie nickte dankbar. Ein Wasserglas wurde gefüllt, neues Besteck eingedeckt.

»Was? Werden hier im Haus etwa OPs gemacht?«, fragte Sophie erschrocken.

Katalin, die Dunkelhaarige mit dem Pagenkopf, lachte laut auf. »Nein, nein, keine Sorge. Die Klinik liegt in Bozen. Aber dann kommen sie hier hoch, um sich zu regenerieren. Kein Ort in der Nähe, keine Autos, keine Presse, keine Fans – alles schön abgelegen. Und von Bozen ist es nicht weit hierher.«

»Man kennt halt diesen Ort auch in der Schönheits-OP-Szene. Es heißt, der Aufenthalt hier oben hilft gegen Frauenleiden. Frauenleiden – das ist ein großer Begriff. Zu den modernen Frauenleiden gehören inzwischen wohl auch die Schmerzen nach solchen kosmetischen Eingriffen«, sagte nun die zarte rothaarige Zoe.

»Es kommen aber auch traditionelle Fälle, wie …«

Ein gellender Schrei unterbrach Julia. Eine Frau am Nebentisch sprang von ihrem Stuhl auf, der krachend nach hinten fiel. Sie riss die Arme hoch und japste nach Luft. »Eine Schnecke«, schrie sie, »eine Schnecke in meinem Salat! Eine widerliche Nacktschnecke! Sie kriecht durch meinen Salat. Sie kriecht!« Das letzte Wort war in höchstem Tremolo gesprochen, so hoch, dass die Mutter der fünf Kinder, die immer noch mit ihrer letzten, sehr halsstarrigen Tochter am Salatbuffet verhandelte, dem Mädchen die Ohren zuhielt. Zwei Dirndlkellnerinnen stürzten herbei. Die eine legte beruhigend den Arm um die Frau, die andere nahm sich sofort den beanstandeten Salat vor. Der komplette Speisesaal starrte hinüber, die Frau selbst saß an einem Tisch mit vier weiteren Damen. Entsetzt hielten die sich die Serviette vor den Mund und schoben ihre eigenen Salatteller weit von sich.

»Beruhigen Sie sich, Frau Petersen. Die Anja schaut schon im Salat nach …«, sagte eine Kellnerin, während sich Frau Petersen an ihr festkrallte.

»Eine Schnecke«, wimmerte die nur noch.

»Aha«, rief die Kellnerin aus, nahm sich eine Gabel und pikste unter dem entsetzten Aufschrei der anderen Frauen schwungvoll in den Salat. Triumphierend hielt sie ein größeres, braunes, etwas glibberig aussehendes Objekt hoch. Sophie kniff leicht die Augen zusammen, um das Ding zu fixieren – ja, es sah ein bisschen aus wie eine Schnecke, allerdings, wo genau war der Kopf?

»Meine Herrschaften, darf ich vorstellen: ein Schwammerl«, sagte die Kellnerin triumphierend.

»Ein was?« Die Petersen schluchzte nun fast. »Welches widerliche Tier verbirgt sich hinter dem Namen?«

Die andere Kellnerin musste sich das Lachen verkneifen. »Ein Schwammerl ist ein Pilz, liebe Gäste. In diesem Fall ein gebratener Steinpilz. Wir haben die Pilze gestern selbst gesammelt, die Wälder sind voll davon. Der Schwammerl sieht tatsächlich ein bisschen aus wie eine

Nacktschnecke, aber keine Sorge, der kriecht Ihnen nicht durch den Salat. Wir haben die Salate wirklich gründlich gewaschen, Sie können in Ruhe weiteressen.«

Frau Petersen, statt nun erleichtert zu sein und sich zu entschuldigen, begann wieder zu japsen. »Das ist eine bodenlose Frechheit, bringen Sie gefälligst Ihren Salat in Ordnung, bevor Sie ihn servieren. So etwas muss einem doch gesagt werden! Diese Pilze sollte man markieren. Ich werde mich bei Herrn von Studnitz über das Küchenteam beschweren. Und über Sie auch, Sie grinsen auch noch unverschämt!« Sie zeigte mit einem zitternden Finger auf die Kellnerin, rauschte dann aus dem grünen Speisesaal und ließ die Tür krachend hinter sich zufallen.

Sofort setzte Gemurmel im Raum ein, man wandte sich wieder dem Essen zu, nur an Frau Petersens Tisch verschmähte man den Salat ab jetzt.

»Unter klassische Frauenleiden fällt unüberhörbar auch die Hysterie. Hysterikerinnen, Überspannte und Hyperaktive mit Burn-out«, setzte Julia wieder ein und musste lachen. »Sie hoffen, hier oben Heilung zu finden. Genauso wie wir. Man muss sie meiden, sonst wird es anstrengend …«

»Aber ich glaube, das müssen wir dir nicht mehr sagen«, meinte Zoe grinsend. Dann stießen sie an.

In diesem Moment wurde der Hauptgang aufgetragen – dreimal das Lamm, einmal der Bachsaibling. Alles war wunderbar angerichtet, das Lamm rosa gebraten, die Spinatknödel saftig und nicht zu groß. Auch der Bachsaibling auf dem Weinkraut machte einen guten Eindruck, die Sahne nahm sicherlich einen Teil der Säuerlichkeit. Man wünschte sich guten Appetit, und Sophie, die trotz Suppe und Salat noch hungrig von der Reise war, nahm zufrieden ihren ersten Bissen. Mmh, wirklich zart, auch hier hatte der Koch mit Kräutern gearbeitet. Ein Gedicht.

Ja, gemeinsam essen veränderte, es brachte alle näher zusammen. Man plauderte, erzählte, lachte, öffnete sich. Und so traute sich Sophie, nachdem die Teller zur Seite geschoben waren und alle entspannt dasaßen, eine sehr direkte Frage zu stellen.

»Warum seid ihr hier?«

Kaum war der Satz ausgesprochen, empfand sie ihn aber doch als etwas zu fordernd. Sie wollte etwas so Privates wissen und gab nichts dafür her. Also ergänzte sie: »Bei mir klappt es nicht … Wir wollen ein Baby, aber …« Verdammt, warum stammelte sie? »Unerfüllter Kinderwunsch, deshalb bin ich hier hochgekommen. Geht es euch auch so?«

Sie nickten. Alle drei.

Und plötzlich war es, als sei eine Last von ihr genommen. Sie hatte gar nicht gemerkt, wie einsam sie in den letzten Monaten gewesen war. Ihre Freundin Nina konnte ihr nicht wirklich helfen, bei ihr hatte ja alles problemlos geklappt. Sophie hatte bald gemerkt, dass sie nur zwei Typen von Frauen kannte: die, die unkompliziert Mutter geworden waren. Oder die, die keine werden wollten. Aber sie wollte und konnte nicht. Manchmal hatte sie sich wie ein Krüppel gefühlt. Aber diese drei waren in der gleichen Lage wie sie. Sie mussten die gleiche Demütigung durchleben, aber sie wirkten nicht gebrochen, sie waren witzig, angenehm, charmant. Schon das Gefühl, nicht mehr allein zu sein, stimmte Sophie heiter.

»Wie schön, euch zu treffen«, sagte sie also – als lerne sie die drei Frauen ein zweites Mal kennen. »Wollen wir noch mal anstoßen?«

Das taten sie dann auch. Der Nachtisch, eine Bayerische Creme mit Früchten, wurde serviert.

»Sagt mal«, fragte Sophie zwischen zwei Löffeln, »eine dringende Frage habe ich noch – was genau ist das Geheimnis von Marienbrunn? Ich meine, was muss man tun, um leichter schwanger zu werden?«

Sie griff zur Karaffe und füllte ihr Glas zum wiederholten Mal mit Wasser. Die Fahrt, überhaupt der ganze Tag hatte sie durstig gemacht. Wenn sie den Durst nur mit Wein löschte, wäre sie trotz des guten Essens in einer Stunde volltrunken. Das ging natürlich nicht.

Die anderen schauten sie ungläubig an.

»Du weißt es nicht?«, fragte Zoe erstaunt.

»Nein, leider nicht. Ich habe nur einen mehr als vagen Hinweis bekommen, dass hier oben irgendetwas ist, was mir weiterhilft. Was das ist – keine Ahnung. Etwas zu essen? Eine Anwendung? Ein bestimmtes Zimmer? Was?« Jetzt trank sie das Wasserglas mit einem Schwung leer.

Julia brach als Erste in Lachen aus, danach konnten sich auch Zoe und Katalin nicht mehr halten. Die drei lachten fast eine Minute, und Sophie merkte, wie ihre Laune wieder schlechter wurde. Was, verflucht, war an ihrer Frage so lustig?

»Du hast es doch längst entdeckt, du dumme Nuss«, sagte Zoe.

»Du kriegst doch nicht genug davon.«

»O ja, die Bergluft. Oder nein – die Bayerische Creme. Schwanger und zwanzig Kilo schwerer dank Bayerischer Creme! Ich glaube kaum, dass die überdrehten Fernsehhysterikerinnen das mitmachen.« Sophie versuchte ihre Ungeduld hinter Spott zu verbergen.

Katalin griff beruhigend nach ihrer Hand. »Es ist das Wasser. Das Wasser ist das Geheimnis von Marienbrunn. Es macht unfruchtbare Frauen fruchtbar. Und hilft auch sonst gegen allerlei Frauenleiden.«

Wieder gellte ein hysterischer Schrei durch den Speisesaal. »In meinem Fisch ist ein Wurm!«, hörte man eine Frau panisch rufen.

»Meistens jedenfalls«, schränkte Julia ein.

# 11

Am nächsten Morgen hielt es Sophie nicht lange im Bett. Sie fühlte sich so kraftvoll, all die Reisemüdigkeit, all der Berliner Frust schien sich in der klaren Bergluft aufgelöst zu haben. Sie sprang förmlich aus dem Bett, stellte sich einmal kurz auf den Balkon, atmete tief die kühle, feuchte Morgenluft ein und genoss das Bergpanorama, das um diese frühe Stunde in weiche Pastelltöne getaucht war. Der Tag versprach warm zu werden, also wählte sie eine kurze Jeans, ein Top mit Spaghettiträgern und eine ärmellose Bluse. Wann hatte sie sich zuletzt so frei kleiden können, so lässig? Das war noch zu Studienzeiten gewesen. Keine Kundentreffen, bei denen man eitle Konzernkräfte von seinen Fähigkeiten überzeugen musste. Keine Kandidaten, die jede Nachlässigkeit registrierten und die Prüfungen dann nicht mehr ernst nahmen. Keine Chefin, die mit einem kontrollierenden Blick nach dem Rechten sah. »Na, der Rock ist aber mehr für die Freizeit gedacht.« Oder: »Sophie, ich kenne eine tolle Schneiderin. Die Adresse gebe ich Ihnen gerne. Da können Sie mit dem kaputten Saum ruhig mal vorbeigehen, die repariert auch solche Kleinigkeiten. Oder Sie kaufen sich gleich eine neue

Bluse.« Die Frau bemerkte alles. Vorbei, vorbei – hier war sie völlig frei, konnte tun und lassen, was sie wollte. Vorsichtshalber zog sie sich noch eine Fleecejacke über, es war morgens doch noch kühl.

Jetzt wollte sie unbedingt die wundersame Quelle sehen, noch vor dem Frühstück. Hunger plagte sie nach dem opulenten Abendessen ohnehin nicht. Sonderbarerweise quälte sie auch kein Kaffeedurst wie sonst morgens vor der Arbeit in Berlin. Also ließ sie den Frühstücksraum in dieser Herrgottsfrühe links liegen. Die Rezeption lag verwaist da, aber das machte nichts, denn Sophie wusste in etwa, wohin sie gehen musste. Die anderen hatten ihr gestern Abend berichtet. »Einfach um das Hotel herum, du kannst es nicht verfehlen. Jetzt ist es sowieso zu dunkel.« Sie trat aus dem Hotel.

Der Kies der Einfahrt knirschte unter ihren Sandalen, und einige Steinchen fanden den Weg zwischen ihre Zehen und bildeten einen hübschen Kontrast zu ihrem zarten minzfarbenen Nagellack. Schnell flüchtete sie auf das Gras. Da kitzelten nur die Halme. Sie folgte einem kleinen Trampelpfad, immer dicht am Hotel entlang. Gleich würde er um die Ecke führen. Was lag wohl hinter dem Hotel? Irgendwie war sie aufgeregt. Sie kannte nur den Blick von ihrem Balkon, das prächtige Bergpanorama. Hoffentlich erwartete sie nicht zu viel und würde enttäuscht sein. Auf der Rückseite eines Hotels fand man meist nur die Anlieferzone, vielleicht lag dort auch das Hotelschwimmbad. Nun hatte sie die Ecke erreicht. Mit fast kindlicher Neugier bog Sophie um sie herum.

Vor ihr standen drei kleine Kirchen. Geschrumpfte Kirchen, eher drei Kapellen. Allerdings hatte jede ihren eigenen stolzen Kirchturm, der in die Höhe ragte. Sie standen sehr eng beisammen, und unvermittelt musste Sophie an drei runde, dicke Bauersfrauen denken, die mit gesenkten Köpfen in ein wisperndes Gespräch vertieft waren und einen kleinen, unzugänglichen Kreis bildeten. Wie anders wirkte dieses Ensemble als das benachbarte elegante Gründerzeit-Sanatorium mit seinem Stuck und seinen schwungvollen Holzeinfassungen. Die Kapellen mit ihren unebenen, groben Wänden aus Naturstein waren dagegen archaisch. Eine völlig andere Welt. Lediglich ein schmaler Wanderweg trennte das ehemalige Sanatorium von den Kirchen.

Wie alt mochten sie wohl sein?

Mittelalter, schätzte Sophie und fand sich schnell bestätigt. Im Sockel war die Zahl »1237« in Stein gemeißelt. Die Tür der einen Kapelle lag genau vor ihr. Neugierig ging sie hin, fand sie aber verschlossen. Ein Guckloch in der Holztür ließ zumindest einen Blick nach innen zu. Es war so dunkel drinnen, dass nur wenig zu erkennen war. Lediglich auf ein Fresko nahe dem Fenster fiel ein wenig Morgenlicht. Maria mit ihrem Jesus. Was für ein lebendiges Kind er dort war. Er kraxelte förmlich auf seiner Mutter herum, statt einem Heiligenschein tauchte hinter ihr sein runder Kinderkopf auf, mit einer Hand krallte er sich in ihrem Haar fest, die andere stützte sich auf ihre Schulter. Jesus wirkte hier wie ein normales Kleinkind – er spielte, wie alle anderen Kinder auf der Welt. Nur die Kerze in rotem Plastik, die ewige Flamme, gab dem Bild etwas Andächtiges.

Maria. Marienbrunn. Deshalb der Name.

Auch die zweite Kapelle war geschlossen. In sie konnte man noch nicht einmal hineinschauen. Aber wo war jetzt die Quelle? Sophie lauschte, eine Quelle musste man doch hören. Tatsächlich, es plätscherte – aber das Geräusch drang nicht aus einer der beiden Kapellen. Man hörte es am besten, wenn man zwischen ihnen stand, dort, wo ein sehr schmaler Weg, der eher an eine Abflussrinne erinnerte, zwischen den Mauern hindurchführte. Die Kirchen standen so dicht, dass Sophie kaum hindurchpasste. War dieser Weg für Menschen gedacht? Wohl kaum. Eine braun-weiße Katze, die sich gemütlich in der Rinne zusammengerollt hatte, hörte Sophie kommen, sprang erschrocken auf und flitzte weg. Das Plätschern wurde mit jedem Schritt lauter. Dann endete die Rinne – und zu ihrer Überraschung stand sie in einem Innenhof.

Damit hatte Sophie nicht gerechnet. Die drei Kirchen standen tatsächlich so schützend zusammen wie die Bauersfrauen in ihrer Fantasie – um ein viertes Häuschen in ihrer Mitte herum … Es war ganz schlicht, ohne Kreuz, ohne christliche Symbolik, aber aus dem gleichen Naturstein wie die Kirchen. Ein einfaches Häuschen mit einem sehr steilen Dach. Von dort kam das Rauschen. Sophie eilte hin, das musste das Quellhäuschen sein.

Tatsächlich. Sophie konnte die Quelle sehen. Allerdings kam sie nicht heran, denn eine Eisengittertür verschloss den Zugang. Sophie starrte auf die Natursteinwand, aus der ein einfaches Eisenrohr ragte. Das Wasser plätscherte durch das Rohr und sammelte sich in einem grob gehauenen Steinbecken. Wohin das Wasser wohl verschwand? Vermutlich lief es unterirdisch ab.

Da stand sie nun vor dem großen Geheimnis: Die Quelle, die unfruchtbare Frauen fruchtbar machte. Eine Art Heiligtum. Doch besonders spektakulär wirkten weder die Quelle noch das Quellhaus. Auch nicht besonders wundertätig. Würden sich bei einer Wunderquelle nicht Zeichen der Dankbarkeit finden? Blumen, Kerzen, kleine Zettel, aufeinandergestapelte Kiesel – irgendeine Form des Andenkens? Dieser Ort war rein funktional und steinern, das hatte sie sich anders vorgestellt. Nur die drei Kirchen drum herum gaben ihm seine Erhabenheit. Aber gehörten Quelle und Kirchen überhaupt zusammen?

Ernüchtert setzte sich Sophie auf eine schlichte Holzbank, die neben dem Quellhäuschen stand. Eine Bank, wie man sie in den Bergen findet, ein halbierter Holzstamm auf zwei Klötzen. Sophie zog den Reißverschluss ihrer Fleecejacke zu und legte sich darauf. Nun merkte sie, wie früh es noch war, erst kurz vor sieben. Vielleicht fehlte ihr doch der Kaffee. Oder es war die Müdigkeit nach dem Erreichen des Ziels – um diese Quelle drehte sich alles, an dieser Quelle hing jetzt all ihre Hoffnung. Der Himmel über ihr war leuchtend blau, es würde ein schöner, warmer Tag werden. Aber noch lag alles im Schatten. Sophie schloss die Augen und ließ sich vom Plätschern berieseln. Ein so regelmäßiges Geräusch und doch wiederholte es sich nicht – mal schien das Wasser so, mal so aufzukommen, der Klang veränderte sich, doch er riss nie ab. Sie spürte das kühle Holz im Rücken, Müdigkeit übermannte sie. Ihre Gedanken drifteten ab und trieben schließlich auf einen ganz bestimmten Punkt zu. Sie verhinderte es zum ersten Mal seit vielen Monaten nicht.

»So fühlt sich also ein Schicksalsschlag an.« Das war ihr allererster Gedanke gewesen, als sie aus der Narkose erwacht war. Plötzlich waren all die verdrängten Details wieder da. Sie war auf der Aufwachstation nicht langsam zu sich gekommen, sondern schlagartig aufgewacht. Mit offenen Augen lag sie auf der Liege und starrte die Klinikdecke an. Nicht Trauer oder Verzweiflung waren das alles bestimmende Gefühl, sondern eine tiefe Mattigkeit. Ihre Gefühle wirkten gedämpft, wie in Watte verpackt. Alles war pappig. Sogar der Geschmack im Mund.

Irgendwann machte sie eine Bewegung. Als Erstes hob sie die linke Hand und entdeckte die Kanüle für das Betäubungsmittel, die noch darin steckte, »gleich wird es kalt«, hatte sie den Anästhesisten vor der OP noch sagen hören, bevor alles schlagartig schwarz geworden war. Eine Weile starrte sie nun die Kanüle an, dann zwang sie sich, sich aufzusetzen. Das Liegen missfiel ihr. Liegend kam sie sich hilflos vor. Aber sie war nicht hilflos, sie war keine kranke Frau. Ja, sie hatte sehr früh ein Kind verloren, aber sie war nicht krank. Sitzend fühlte sie sich besser, der Situation gewachsener. Nicht, dass jemand davon Notiz nahm. Wie auch? Vorhänge an drei Seiten trennten ihre Liege vom Rest der Aufwachstation, an der vierten Seite befand sich eine Wand. Sie lehnte sich mit dem Kopf daran, der Stein kühlte angenehm. Es dauerte eine Weile, bis ihr aufging, dass das orange Muster auf den Vorhängen kein abstraktes war. Sie war von einem Wald aus Korallen umgeben. Sie griff nach dem Stoff, der sich teuer anfühlte. Alles in dieser Fruchtbarkeits-Klinik wirkte teuer, hier machte man Geld.

Warum, hatte sie damals gerätselt, ausgerechnet Korallen? Sicher wollte man den Frauen, die hier lagen, Hoffnung machen. Fahr weit weg, lautete die Botschaft, erhol dich von diesem Stress in einem karibischen Paradies, wo der Himmel immer blau ist und die Sonne immer scheint. Man kann es ja noch einmal versuchen. Beim nächsten Mal ... Hier in der Klinik machten sie einem ständig Hoffnung, dass es ein nächstes Mal gab. Wir haben noch viele Optionen, Frau Kaltenbrunn: Wir erhöhen die Dosis, verändern das Hormon, verabreichen es anders, starten einen In-vitro-Versuch.

Dann hatte sie das Quietschen von Gummisohlen auf Linoleum gehört, die raschen, energischen Schritte einer Schwester. Mit einem Ruck war der Korallenvorhang aufgerissen worden.

»Na, Frau Kaltenbrunn, wir sind ja schon wach«, hatte die Schwester gesagt.

»Von *wir* kann ja nun nicht mehr die Rede sein ...«, hatte Sophie daraufhin gemurmelt, was ihr einen missbilligenden Blick der Schwester eingetragen hatte.

Sophie öffnete die Augen. Das Quietschen der Gummisohlen, das war doch nicht nur Erinnerung gewesen. Sie hörte wirklich ein Quietschen. Und Schritte. Schnell setzte sie sich auf. Es war genau wie damals.

»Was sind Sie nur für ein sonderbarer Gast?«, sagte Nick Knatterton, und wieder konnte Sophie nicht ausmachen, ob er amüsiert oder verärgert war. Der Kerl verschanzte sich regelrecht hinter seinem Dreitagebart. Das

Quietschen konnte sie sich nun erklären, er schob nämlich eine Schubkarre vor sich her. Darin zählte Sophie zehn leere, große Wasserkanister. Knatterton stellte nun die Schubkarre ab und begann, die Kanister vor das Gitter zu stellen. Gleichzeitig redete er weiter: »Ich finde Sie an den unmöglichsten Stellen wieder. Haben Sie hier etwa übernachtet?« Meckerte er, oder machte er sich über sie lustig?

»Guten Morgen, Herr von Studnitz«, antwortete Sophie, nahm die Beine von der Bank und setzte sich normal hin. »Natürlich habe ich nicht hier geschlafen. Übernachtet habe ich brav in meinem Zimmer, der Nummer 13.«

»Dann ist es ja gut«, sagte er. Als er mit dem Ausladen fertig war, zog er einen Schlüsselbund aus der Tasche. »Und Studnitz reicht völlig.«

»Also, wenn ich einen Adelstitel hätte ...«, begann Sophie. Herr von Studnitz winkte ab.

»Der interessiert mich nicht.«

So ein Kauz, dachte Sophie. Jetzt steckte er in einem dicken groben Pullover und wieder einer Jeans. Während sie ihn so von hinten sah, wie er am Schloss herumnestelte, musste sie zum zweiten Mal zugeben, dass er wirklich einen knackigen Po in der Hose hatte. Überhaupt war dieser von Studnitz ein ganz gut aussehender Kerl, zumindest, wenn man auf zartere Männer stand – einer wie Johann würde ihn allerdings gnadenlos überrennen. Wie alt er wohl war? Schon über vierzig oder noch darunter? Schwer zu sagen, der Bart ließ ihn so zeitlos aussehen. Die Gittertür zum Quellhaus schwang nun auf, Herr von Studnitz griff sich die ersten beiden Wasserkanister und trat ein.

»Darf ich Ihnen helfen?«, fragte Sophie. Er drehte sich um und musterte sie.

»Sie können einfach reinkommen. Dafür müssen Sie nichts tun. Das ist Teil unserer Gästebetreuung.«

»Ich gehe Ihnen gerne zur Hand, wirklich. Meine Eltern haben einen Garten«, sagte Sophie und musste selbst lachen. Was für eine dämliche Antwort.

»Oh, ein Reihenhauskind. Dann wissen Sie ja, was Arbeit heißt«, erwiderte von Studnitz in ironischem Ton. Sophie nahm das als »ja«, griff sich zwei Kanister und trat ein.

»Das ist also das Quellhäuschen«, sagte sie und schaute sich um.

»Die Brunnenstube«, verbesserte Herr von Studnitz.

»Wieso, hier ist doch gar kein Brunnen«, kommentierte Sophie erstaunt.

»Keine Ahnung, es heißt halt so. Dies hier ist die Brunnenstube.« Er reichte ihr den ersten mit Quellwasser gefüllten Wasserkanister und nahm ihr einen leeren ab. Sophie verschraubte ihn und brachte ihn zur Schubkarre.

Die Luft in der Brunnenstube war anders als draußen, deutlich feuchter – und das, obwohl dank der Eisengittertür immer frische Luft hereinkam. Wieder zurück, betrachtete sie wartend die Umgebung. Gab es denn gar nichts zu entdecken? Eine Inschrift oder zumindest ein Zeichen, irgendein Symbol? Verstohlen schaute sie sich um. Nein, nichts. Die plätschernde Quelle, das steinerne Becken, links eine kleine Treppe, die zu einer groben hölzernen Tür führte.

»Was liegt dahinter?«, fragte Sophie.

»Geräte«, sagte von Studnitz. Sophie schaute ihn fragend an.

»Gartengeräte. Rasenmäher, Harke, weitere Schubkarren, Wasserschläuche zum Rasensprengen. Die letzten Sommer waren sehr trocken hier oben.«

Wieder nichts. Unwillkürlich griff Sophie an die Wand, als wollte sie spüren, ob der Stein nicht doch etwas zu erzählen hatte. Ganz glatt fühlte er sich an, fast speckig.

»Wollen Sie mir nun helfen oder hier nur rumstehen?«, raunzte Herr von Studnitz sie an. Er drückte ihr einen weiteren gefüllten Kanister in die Hand. Eilig reichte sie ihm einen leeren, schraubte die beiden anderen zu und trug sie zur Schubkarre. Man merkte, dass die Sonne höher stieg, eine Ecke des Quellhofes lag nun schon im Sonnenlicht.

Als sie zurückkam, fragte von Studnitz: »Na, haben Sie es gespürt?«

»Was gespürt?«, erwiderte Sophie vorsichtig, denn sie wusste nicht, worauf er hinauswollte. Und sie hatte keine Lust, wieder angemeckert zu werden.

»Den speckigen Stein. Alle Frauen tun das, was Sie gerade getan haben – sie fassen die Wand an. Seit Jahrhunderten schon. Weil sie etwas spüren wollen von der Kraft des Wassers.« Studnitz reichte ihr den nächsten Kanister.

Erst jetzt fiel Sophie auf, dass der Stein tatsächlich an manchen Stellen hell und speckig war und an anderen dunkel und grob. Wo hatte sie das schon einmal gesehen? In einem Freizeitpark, erinnerte sie sich, als Kind, vor der beliebten Wildwasserbahn. Dort hatte man immer lange anstehen müssen. Die vielen menschlichen Hände hatten den Stein über die Jahre hinweg regelrecht poliert.

Plötzlich erkannte sie, dass auch dieses Brunnenhäuschen voller menschlicher Spuren war. Man betastete, was man nicht begreifen konnte.

»Ist das denn eine christliche Sache hier? Ich meine, wegen der drei Kapellen und der Maria. Es wundert mich, denn die Frau, deren Geschichte mich hier hochgelockt hat, war eine österreichische Jüdin. Die hätte niemals an einer Marien-Wallfahrt oder so etwas Ähnlichem teilgenommen«, sagte Sophie. Ihren gleichfalls jüdischen Mann Robert Hollitscher hatte Mathilde damals selbstverständlich in einer Synagoge geheiratet. Dabei war ihr Vater Sigmund Freud ein bekennender Atheist, der jüdische Bräuche, zum Leidwesen seiner gläubigen Frau, zu Hause nicht feiern wollte. Doch trotz aller Assimilation und Glaubensferne, auch Sigmund Freud hätte seine jüdische Herkunft nie verleugnet. Mathilde Freud in einer katholischen Kapelle, das schien Sophie ein Ding der Unmöglichkeit.

Endlich machte Nick Knatterton eine Pause und setzte den halb vollen Kanister ab.

»Die Quelle ist viel älter als das Christentum. Man wusste schon immer um ihre Heilkraft. Dass es hierher Marienwallfahrten gibt, liegt einfach daran, dass dem Wasser eine wundersame Kraft zugeschrieben wird. Wunder und Christentum, das verträgt sich gut. Die Katholiken haben sich den Ort früh zu eigen gemacht, sie haben sich sozusagen draufgesetzt – mir soll es egal sein. Den meisten Frauen, die hier hochkommen, scheint es auch egal zu sein. Für andere verstärkt es dagegen den Glauben in die Heilkraft noch. Jede, wie sie will, ich bin da ganz liberal.« So viel hat Herr von Studnitz ja noch nie geredet, dachte Sophie erstaunt. Jetzt drehte er sich wieder um und füllte weiter seine Kanister.

Na, wenn er um diese Zeit so redselig war, würde sie das nutzen.

»Warum«, fragte Sophie weiter, »wirbt das Hotel nicht mit dem Wasser? Ich konnte nirgends einen Hinweis finden – weder im Internet noch im hauseigenen Prospekt. Und an der Rezeption tat man auch so, als ob man nicht wüsste, wovon ich spreche.«

»Das würde nur Ärger geben«, antwortete von Studnitz, ohne sich umzudrehen. »Gesundheitsamt, irgendwelche Prüfbehörden, am Ende noch die Krankenkassen. Wozu die ganze Aufregung? Uns geht es ganz gut so – wir haben normale Gäste und Gäste wie Sie, die Frauen kommen immer nach. Die Flüsterpropaganda hält sich. Wenn ich einen Hinweis im Internet finde, dann lösche ich ihn.« Er reichte ihr, ohne sich umzudrehen, den vollen Kanister. Sie gab ihm einen leeren.

»Löschen? Geht das denn?«, fragte Sophie erstaunt.

»Ich habe da so meine Tricks. Die wirklich wichtigen Dinge stehen nicht im Internet. Auch nicht die wirklich wichtigen Personen – sehr reiche Leute beispielsweise, die kein Interesse an öffentlicher Präsenz haben. Googeln Sie mal den Namen eines reichen Drahtziehers, so jemand, dessen Namen man nur hinter den gepolsterten Türen der Bankhäuser in Frankfurt oder in Zürich kennt. Sie werden kaum Einträge finden. Schon mal versucht?«

Wieder kam ein voller Kanister zurück, und Sophie nahm ihn entgegen. Dann trug sie die beiden vollen Kanister zur Schubkarre. Die Sonnenecke war deutlich gewachsen, wie schnell das um diese Tageszeit ging. Als sie wiederkam, sah sie, wie von Studnitz seine Hände zur Schale faltete und Wasser aus der Quelle trank. Sehr geübt, der Mann war ein richtiger Naturbursche.

»Möchten Sie auch?«, fragte er grinsend.

Sophie, die auch schon daran gedacht hatte, aber sich nicht getraut hatte, weil sie nicht sicher gewesen war, ob man sich bei einem Wunderwasser nicht anders benehmen musste als bei einer einfachen Bergquelle, stellte sich dankbar an den Beckenrand und trank. Eiskalt kam das Wasser aus der Wand, es schmeckte frisch und wunderbar. Ein echter Kaffee-Ersatz.

»Und, was meinen Sie, hilft das Wasser wirklich? Ich meine, bei einem Kinderwunsch?« Sophie schraubte gerade den nächsten gefüllten Kanister zu.

Herr von Studnitz musste lachen. »Ich bin hier aufgewachsen und kenne das Hotel noch als Sanatorium, es gehörte schon immer unserer Familie. Meine Mutter hat das Wasser täglich getrunken, und sie war sehr katholisch. Fragen Sie mich doch mal, wie viele Geschwister ich habe.«

»Und?«, fragte Sophie brav.

»Acht«, sagte Nick Knatterton trocken.

»Das lässt ja hoffen«, kommentierte Sophie und band sich ihre Locken mit einem Haargummi zusammen, damit sie ihr nicht ins Gesicht hingen. Dann schickte sie sich an, die nächsten zwei Kanister herauszutragen. Sie schlugen gegen ihre nackten Beine. Hätte sie gewusst, dass sie schleppen würde, hätte sie sich lange Hosen angezogen.

»Sie wissen allerdings schon, dass nur Wasser allein nicht reicht«, sagte Nick Knatterton in ihrem Rücken. »Sie brauchen auch einen Mann.«

Sophie drehte sich um. Lächelte er sie an?

»Einen Mann habe ich, vielen Dank. Wir sind sogar verlobt.«

»Ja«, sagte Herr von Studnitz gedehnt, »aber die große Frage ist: Ist Ihr Verlobter auch der passende Mann, um schwanger zu werden?« Sein breites Grinsen war trotz des Tarnbartes unverkennbar.

Verflucht, dachte Sophie, er macht sich über mich lustig. Und mit einem Krachen ließ sie die vollen Kanister in die Schubkarre fallen.

# 12

Bald musste die Wiese kommen. Vorbei an dem Kruzifix, dann weiter auf dem Wanderweg 8, dem mit dem halb schwarzen, halb weißen Quadrat als Symbol. Sophie schaute auf ihr Handy, nein, es hatte noch immer keinen Empfang. Aber die Rezeptionistin hatte sie schon gewarnt, dass es hier in den Bergen oft um wenige Meter ging, die darüber entschieden, ob das Smartphone Kontakt zur Welt herstellen konnte. »Sie müssen durch das Gatter und auf die Weide gehen. Lassen Sie sich von den Schafen nicht beirren. Aber bitte, bitte schließen Sie das Gatter hinter sich. Und ...«, ihre Stimme senkte sich, »passen Sie bloß auf, wo Sie hintreten.«

Noch bevor sie die Weide erreichte, hörte sie schon ein tiefes, sattes Blöken, wie nur Schafe es hinbekommen. Sie bog um die Kurve und entdeckte mehr als zwanzig grasende Tiere auf der Wiese. Mit so vielen Schafen hatte sie nicht gerechnet. Egal, munterte sie sich auf, das sind ja friedliche Tiere. Aber lieb war ihr diese Nähe zu den Viechern nicht. Was Tiere anging, war Sophie durch und durch ein Stadtmensch. Die vielen Hunde auf Berlins Straßen reichten ihr schon, mehr Bedürfnis nach Vierbeinern verspürte sie nicht. Deshalb hatte sie an der Rezeption auch extra nachgehakt.

»Gibt es nicht einen schaffreien Platz mit Handyempfang?« Die Antwort war deutlich gewesen: Sie müsse entweder den ganzen Weg zum Auto hinunterlaufen und dann in das kleine Dorf fahren, wo sie vor Tagen die Zeitungen gekauft hatte – oder sehr weit bis auf irgendeine Alm hochsteigen. Die Schafswiese sei der allernächste Platz, bis dahin laufe man lediglich eine Viertelstunde.

»Und wieso gibt es ausgerechnet dort Empfang?«, fragte Sophie.

»Weil der Franzl, der Schäfer, auf dem Dach seiner Hütte eine Antenne für Mobilfunk installiert hat. Die Stille hier oben konnte der nie gut ertragen. Und die Hütte ist oberhalb der Wiese.«

Alles klar.

Das Gatter war mit einem einfachen Holzriegel verschlossen, Sophie öffnete es. Sofort reagierten die Schafe, sammelten sich zur Herde und blökten aufgeregt. Es war schwer zu sagen, ob sie ihr Eindringen nun erfreulich oder bedrohlich fanden. Sophie fluchte. Sie hatte es doch geahnt, wahrscheinlich war es eine Herde importierter asiatischer Kampfschafe. Aber sie wusste sich zu wehren. Sie brachte eine ganz eigene Waffe mit: klein geschnittene Mohrrüben. Damit würde sie die Viecher ablenken. Während die Schafe bedrohlich näher kamen und sie in ihrer Handtasche kramte, merkte sie, dass ihr Handy nun Empfang hatte. Es piepte. Für jede neue Nachricht und jeden neuen Anruf einmal.

Piep, piep, piep.

Das dreisteste Schaf kam nun auf sie zu, es hatte die Mohrrübe in ihrer Hand entdeckt. Vermutlich war es der Gangsterboss.

Piep, piep, piep, piep.

Nun setzten sich die anderen noch schneller in Bewegung, deren Leitung wohl etwas länger war. Das dreiste Schaf legte einen weiteren Schritt zu, mochte seinen Spitzenplatz nicht verlieren, die anderen erhöhten nun auch das Tempo, alle wollten an die Karotten. Eine Wasserpistole wäre mir jetzt lieber als Rohkost, dachte Sophie. So eine, mit der man extrem weit schießen konnte – eine Super-Soaker-Tornado-Strike, die fast ein kleiner Wasserwerfer war. Damit könnte sie die Schafe zurückdrängen.

Piep, piep, piep, piep.

Das Piepen hörte überhaupt nicht auf. Irgendwer versuchte wirklich dringend, sie zu erreichen. Kein gutes Zeichen. Am liebsten hätte Sophie das Teil wieder ausgestellt, denn plötzlich wurde ihr bewusst, dass es eine Welt da draußen gab, die Berlin hieß – und zu ihr gehörten ihre Arbeit, ihr Verlobter und der Ärger mit einem arroganten Journalisten. All das hatte sie ziemlich abrupt hinter sich gelassen, doch im Moment häuften sich eine ganze Menge Probleme in ihrem Leben.

Plötzlich spürte sie einen feuchten, warmen Lappen an ihrer Hand. Sophie schaute erschrocken hinunter. Das dreiste Schaf sabberte sie mit seinen großen Lippen an, während es versuchte, ihr die Mohrrübe aus der Hand – ja, was tat es da gerade? – wegzuschlabbern. Wie ein fieser, feuchter Knutschfleckkuss. Ein Spuckefaden hing von ihrem Finger. Jetzt spürte sie auch noch die harten, sehr gelben Zähne des Schafs, das dringend einmal eine Zahnreinigung gebraucht hätte. Ein Raucherschaf? Angewidert von so viel Natur warf sie die Mohrrübenstücke in hohem Bogen in die Luft, was zu großer Verwirrung unter allen Schafen führte, die nun auseinanderstoben und sich im Gras auf die Suche machten. Jetzt waren sie beschäftigt. Sophie wischte ihre Hand im Gras ab und sah sich um. Am Rand der Wiese lag ein großer Stein, ein Findling, der sich ideal als Sitzgelegenheit eignete. Sie ging hinüber. Zumindest war das Handy endlich zur Ruhe gekommen.

Dreiunddreißig Anrufe und Nachrichten. Schnell überflog sie die Liste – die Chefin, danach fünfzehn Mal die Assistentin der Chefin, Johann, am nächsten Tag wieder die Chefin, Johann, zweimal Nina und wieder die Assistentin. Oh, oh. Machte Grotemeyer seine Drohung mit dem Artikel etwa wahr? Sie ließ sich auf dem Stein nieder, der glatt war wie ein Stuhl. Sehr praktisch.

Ein Blick auf die Uhr sagte ihr, es war kurz nach elf Uhr an einem Wochentag. Es gab keine Entschuldigung, sie musste jetzt gleich in Berlin anrufen. Sophie drückte die Nummer der Assistentin – es war immer besser, sich verbinden zu lassen. Das Gerät wählte eine Weile stumm vor sich hin.

Mit den Füßen schabte Sophie in der staubigen Erde vor ihr. Hier, direkt am Stein, wuchs kein Gras. Offenbar weil hier häufig jemand saß. Überall lagen Zigarettenkippen herum, sogar ein Kaugummi klebte am Findling. Eine Tankstellenrechnung lag auf dem Boden, auf die Rückseite hatte jemand eilig eine Nummer gekritzelt. Ein bisschen weiter weg versteckte sich eine Visitenkarte im Gras. Dies schien die Freiluft-Telefonzelle des Hotels zu sein, alle Gäste kamen hierher, wenn sie eine Funkverbindung brauchten, und meistens setzten sie sich dann auf diesen Stein. Was war das Braune da im Gras? Ein dicker fetter Schafshaufen. Na super. »Beschissene Telefonzelle« kriegte hier eine ganz reelle Bedeutung. In dem Moment klingelte es am anderen Ende, aber nur einmal, denn das Gespräch wurde sofort angenommen.

»Sophie, endlich«, keuchte die Assistentin ins Telefon. »Das wurde auch wirklich Zeit, dass du anrufst, sie dreht bald durch. Ich meine wirklich durchdrehen, nicht der Alltagsamok, den wir sonst kennen. Versprich mir, dass du ab jetzt jeden Tag mindestens einmal erreichbar bist. Jeden Tag! Versprichst du mir das?«

»Auch sonntags?«, fragte Sophie, überrumpelt von so viel Heftigkeit.

»Jeden Tag!« Die Assistentin schrie jetzt fast.

»Alles klar, ich verspreche es. Ist sie denn …«, aber weiter kam sie nicht, denn sie hörte, wie sie gleich, ohne jede Verabschiedung, verbunden wurde. Da schien ja wirklich die Luft zu brennen.

Auf der Wiese war alles ruhig. Die Tiere hatten sich von ihr abgewendet und grasten vor sich hin. Nur das Leitschaf erwartete mehr Karotten. Es wirkte ungehalten. Blökend beschimpfte es Sophie und kam wieder näher.

»Hallo?«, hörte Sophie im Hörer. Das Schaf hatte nun Sophie erreicht und drückte mit seinem kräftigen schmalen Kopf, der sich sonderbar elegant gegen den sonst plumpen Körper ausnahm, gegen Sophies Knie. Super, gleich habe ich noch Sabber am Bein. Sie drehte sich weg, versuchte auszuweichen. Das schien das Schaf noch mehr zu provozieren.

»Mähähä«, machte es wütend. Sophies eigenes »Hallo« ging regelrecht unter.

»Ist da wer?«, hörte Sophie, die tapfer weiter versuchte, das Schaf abzuwehren. Danach drehte sich die Chefin vom Hörer weg und blaffte wütend in Richtung des Büros ihrer Assistentin: »Mara, sind Sie sicher, dass Sie mich mit Sophie Kaltenbrunn und nicht mit einer Tierhandlung verbunden haben?«

»Ich bin hier«, rief Sophie, die froh war, dass das Schaf sie gerade mal nicht übertönte, eilig ins Telefon, »einen Moment, ich muss nur das aufdringliche Schaf weglocken.« Aber was sollte sie tun? Die Mohrrüben waren alle. Sie kramte in ihrer Handtasche und fand einen weiteren asiatischen Glückskeks. Was soll's, dachte sie. Getreide, Zucker, Wasser und ein bisschen Papier mit einer Botschaft in der Mitte. Alles gut verdaulich für die vier Mägen eines Schafes. Sie riss schnell die Verpackung auf und warf den Keks weit weg. Ob das Schaf so schlau war wie ein Hund? Tatsächlich, dieses Schaf war nicht doof, es trottete nun in Richtung Keks.

»So, jetzt kann ich reden, ich bin allein.«

»Allein? Sie meinen, ohne Schaf«, erkundigte sich ihre Chefin seltsam freundlich – zu freundlich. Oh, den Ton kannte sie. Die stand kurz vor der Explosion.

»Genau«, hielt Sophie deshalb ihre Antwort knapp. Und tatsächlich, die Chefin hielt nun nicht mehr an sich. Mit schneidend scharfer Stimme stieß sie ins Telefon:

»Wo genau stecken Sie, Sophie? Ich habe Sie in den

Urlaub geschickt, das heißt aber nicht, dass Sie von der Landkarte verschwinden sollen. Hatten Sie etwa Ihr Handy ausgestellt?«

»Nein, hier ist kein Netz«, antwortete Sophie.

»Kein Netz in Wien? Machen Sie sich über mich lustig?«, fragte die Chefin noch schärfer.

Das Schaf hatte nun den Keks gefunden und kaute darauf herum. Welche Botschaft wohl gerade in seinem Bauch landete? »Danke für all die Kratzepullover«, vielleicht?

»Ich bin in Marienbrunn«, sagte Sophie schlicht.

»Im Zoo von Wien? Ach, deshalb das Schaf. Sind Sie etwa im Streichelgehege des Kinderzoos? Sophie, jetzt übertreiben Sie aber wirklich mit Ihrem latenten Kinderwunsch. Beobachten Sie dort etwa andere Mütter mit kleinen Kindern? Locken Sie die unschuldigen Zwerge mit diesem ekligen Tierfutter aus dem Automaten an? Sophie, Sie gehen dort jetzt sofort raus, hören Sie auf mich! Das ist krank, was Sie da veranstalten. Dafür kann man sich schnell eine Anzeige einfangen, wegen …« Sie suchte wohl selbst den Paragrafen. Verschärfter Kinderbeobachtung? »… Stalking.«

»Schönbrunn. Der Zoo von Wien heißt Schönbrunn. Nein, Marienbrunn ist ein kleiner Ort in Südtirol. Ort ist wohl zu viel gesagt. Ein Hotel, mehr nicht. Wunderschön und alt, ordentlicher Spa-Bereich. Sie können es gerne googeln. Ich sollte mich doch erholen. Nur Handyempfang gibt es im Hotel nicht. Dafür muss man auf diese Schafswiese gehen, die liegt eine Viertelstunde entfernt.«

Zurückrudern fiel der Chefin schwer, aber einen richtigen Grund, sich aufzuregen, fand sie nun nicht mehr. Also wechselte sie in einen nöligen Tonfall.

»Wir haben Sie händeringend gesucht«, klang es beleidigt aus dem Telefon, »es geht um Grotemeyer. Er will wissen, wo Sie stecken.«

»Warum denn das?«, fragte Sophie erschrocken.

»Er will Ihnen irgendetwas schicken.«

»Was? Eine Bombe?«

Die Chefin seufzte. »Ich denke, eher Blumen. Was immer Sie getan haben, es hat gewirkt. Er zieht den Artikel zurück. Und er scheint vom schlechten Gewissen geplagt. Ich habe ihm gesagt, Sie seien in den Urlaub gefahren; jetzt will er unbedingt Ihre Adresse, um Ihnen – wie er sich ausdrückte – etwas zu schicken.«

Jetzt wurde Sophies Stimme scharf. »Sie geben die Adresse nicht raus. Ich will keine Blumen von dem Kerl. Keinen Brief, kein Geschenk, nix. Ich will nur eines: nie wieder von ihm hören! Das können Sie ihm so ausrichten.«

»Sophie«, jetzt versuchte die Chefin, Wärme in die Stimme zu legen, »lassen Sie den armen Mann doch seinen Strauß oder was auch immer losschicken. Sie können die Blumen ja gleich auf den Kompost werfen.«

Wieder blökte eines der Schafe.

»Oder an die Schafe verfüttern«, schlug sie jetzt vor. »Aber für C&O ist es eminent wichtig, dass dieser Grotemeyer kriegt, was er will, damit der Artikel nicht erscheint. Sie, Sophie«, jetzt bekam die Stimme die alte Schärfe zurück, »haben es verbockt. Sie müssen es jetzt auch ausbaden. Geben Sie mir also die Erlaubnis, Grotemeyer zu sagen, wo Sie stecken.«

»Nein, niemals«, beharrte Sophie.

»Dann mahne ich Sie ab«, schnappte die Chefin zurück.

»Damit kommen Sie rechtlich nicht durch. Sie können mich nicht zwingen, einem Assessment-Kandidaten meinen privaten Aufenthaltsort zu verraten.«

Danach war Stille in der Leitung. Es war überhaupt plötzlich sehr still, selbst die Schafe machten keinen Mucks. Ein leichter Wind fuhr durch die Bäume, aber man hörte nur wenige Blätter rascheln, da überwiegend Nadelbäume um die Wiese standen. Die Welt hielt den Atem an. Sophie und die Schafe auch.

»Das hat ein Nachspiel«, hörte sie ihre Chefin sagen, die danach grußlos auflegte.

Sophie blieb allein auf dem Stein zurück.

Sie horchte in sich hinein. War sie bedrückt? Nein, im Gegenteil. Erleichtert. Sie war hart geblieben, hatte nicht klein beigegeben. Trotzdem war sie ein bisschen erschüttert. Jetzt eine Zigarette. War nicht eine in der Handtasche gewesen? Sophie begann zu suchen und fand schließlich die halb angebrochene Packung und zum Glück auch ein Feuerzeug. Der erste Zug tat gut, er beruhigte. Sie schaute auf die vielen Zigarettenkippen, die um den Stein herumlagen. Bald würde eine weitere dazukommen.

Zeit, Johann anzurufen. Er hatte ihr mehrere Nachrichten hinterlassen, aber sie verspürte keine Lust, sie abzuhören. Lieber wollte sie direkt mit ihm sprechen. Ob er in Berlin war? Oder wieder auf Reisen?

Das Telefon wählte sich umständlich ein. Vom Weg waren plötzlich Stimmen zu hören, Kinderstimmen und die Stimme einer Frau. Jetzt sah sie die siebenköpfige Familie kommen, der Vater hatte sein Handy gezückt, hielt es in die Luft und schüttelte verärgert den Kopf. Tja, mein Lieber, dachte sie, du musst auf die Wiese zu den Schafen. Die Kinder hüpften schon ungeduldig vor dem Gatter hin und her. Der Mann sah zu Sophie herüber, merkte, dass der Stein schon besetzt war, und wirkte noch verärgerter. Es gab ein kurzes, vorwurfsvolles Hin und Her mit seiner Frau, bis die resigniert mit den Schultern zuckte. Trug der etwa einen Wollschal um den Hals? Tatsächlich, einen dicken, gestrickten Wollschal, wie er letzten Winter in Mode gewesen war. Aber jetzt, im Sommer? Als sie vom Hotel losgegangen war, hatte das Thermometer schon achtundzwanzig Grad gezeigt. Womöglich plagten den Mann Halsschmerzen.

Johlend liefen die Kinder auf die Wiese. Die Schafe flüchteten verschreckt, und Sophie musste grinsen. Das war viel besser als eine Hochdruck-Wasserpistole.

Die Verbindung stand. Es klingelte. Einmal, zweimal, dreimal. Gleich würde der Anrufbeantworter rangehen. Sophie zog an der Zigarette, weil sie spürte, wie der Ärger in ihr hochstieg. Geh ran, Johann, dachte sie. Er war diesen ganzen AB-Mist so gewohnt, man hinterließ sich Nachrichten und rief dann einfach eine halbe Stunde später zurück. Aber hier oben ging das nicht. Sie würde nicht den ganzen Tag auf diesem Stein hocken und darauf lauern, dass ihr Verlobter so freundlich war, sich bei ihr zurückzumelden. Dies war seine Chance. Entweder er ging jetzt ran oder …

Das Gespräch wurde angenommen. »Endlich«, hörte sie Johann sagen. Sie merkte gleich, dass er vorwurfsvoll klang. Schon der zweite Vorwurfsanruf heute. Schnell trat

Sophie die Zigarette aus, denn Johann mochte es nicht, wenn sie rauchte. Natürlich konnte er nicht hören, ob sie eine Zigarette in der Hand hielt. Aber so ganz sicher war sie sich nicht.

»Hier oben habe ich keinen Empfang. Zumindest nicht im Hotel. Ich hocke im Moment auf einem Stein auf einer Schafswiese …«, legte Sophie los und klang dabei defensiv. Diese Scheiß-Zigarette. Immer plagte sie danach ein schlechtes Gewissen.

»Schafswiese?«, unterbrach Johann sie. Kindergejohle lag über der Wiese, von der Herde hörte man nichts. Die drängte sich weit oben am Hang eingeschüchtert in eine Ecke, während die Kinder ungestüm um sie herumtobten. Die Mutter versuchte mit großer Gestik, ihre Kinder zu beruhigen. Und der Vater, was machte der? Sophie schaute hinüber und glaubte kaum, was sie sah. Wie ein gewaltbereiter Autonomer, der nicht von der Polizei erkannt werden will, hatte er sich den Schal um den Kopf gewickelt. Was zum Teufel …? »Ich sehe gerade etwas sehr Unheimliches …«, setzte Sophie neu an und wollte von dem Vater unter dem Schal erzählen, aber wieder wurde sie von Johann unterbrochen.

»Gestern habe ich mit Dr. Kemper telefoniert«, sagte er in eindringlichem Ton. »Er hält es für einen riesigen Fehler, was du da gerade veranstaltest. Frauen wie du seien anfällig für unseriöse Methoden, weil sie Hoffnung wecken. Aber das sei nur vergeudete Zeit. Dr. Kemper betonte mehrmals, dies seien deine letzten guten Jahre. Noch bist du nicht vierzig. Auf die Hormontherapie hättest du wirklich gut angesprochen, deine Werte seien immer besser geworden. Er meinte, du solltest dir die Fehlgeburt nicht so zu Herzen nehmen; das Kind habe nie richtig gelebt. Er rät dir dringend, nach Berlin zurückzukehren und seine Klinik aufzusuchen, damit wir alle Behandlungen wieder aufnehmen können. Die Hormontherapie oder die In-vitro-Methode seien die einzigen Wege, die Erfolg versprächen. Alles andere sei Scharlatanerie.«

Er machte eine Pause und atmete durch. Sophie hatte die Wiese, die Kinder, den Schalvater und die Schafe völlig vergessen. Sie saß auf ihrem Stein, schaute nach unten und malte mit dem großen Zeh, der aus ihrer Sandale schaute, Kringel in den staubigen Boden.

»Komm zurück nach Berlin«, sagte Johann. Er sagte nicht: Komm zurück zu mir.

Sie hörte die Worte, doch sie berührten sie nicht. Johann schien so weit weg, Berlin noch weiter. Sie spürte, wie ihre Schultern sich versteiften, als trüge sie einen Panzer.

»Es ist das Wasser«, sagte Sophie nur.

»Hä, welches Wasser?«, fragte Johann irritiert.

»Hier oben entspringt eine Quelle. Und es heißt, das Wasser mache unfruchtbare Frauen fruchtbar. Davon hatte Mathilde Freud getrunken, deshalb wurde sie 1912 unerwartet schwanger. Wie viele Frauen vor und nach ihr. Du solltest das Brunnenhäuschen sehen – die Wände sind schon speckig, so viele Frauen haben sie berührt. Und die Mutter von Herrn von Studnitz, das ist der Hotelbesitzer, die hat acht Kinder hier oben geboren. Weil sie täglich von dem Wasser getrunken hat. Und weil sie katholisch war.«

»Das sind doch Ammenmärchen«, muffelte Johann in den Hörer.

»Und was uns Dr. Kemper erzählt, hat Hand und Fuß? Seit anderthalb Jahren sind wir dort in Behandlung. Hat es etwas gebracht? Ich will eine Pause von der Klinik einlegen, Johann. Mir geht es gut hier oben. Lass mich doch das Wasser trinken. Es wird sicherlich nicht schaden.«

»Das ist ein Fehler! Vertane, wertvolle Zeit. Dein Hormonpegel sinkt wieder komplett, meint Dr. Kemper, und der Eisprung …« Beim Wort »Hormonpegel« musste Sophie an die schwarz-weißen Pegelanzeiger an Flüssen denken. Dieser Dr. Kemper durchmaß sie komplett. Durchleuchtete sie. Durchdrang sie bis in die letzte Zelle.

»Hormonpegel und Eisprung – ich kann den Mist nicht mehr hören. Ich bleibe hier. Und zwar solange ich will!«, rief Sophie erregt dazwischen. Die Mutter der Kinder drehte sich interessiert um. Den Ausbruch hatte man vermutlich bis zu ihr gehört.

Es folgte eine Pause am Telefon. Sophie und Johann stritten sich nicht oft, sie waren etwas ungeübt darin. Man sah sich viel zu kurz, um sich zu streiten.

Johann meldete sich wieder zu Wort, gefährlich leise.

»Was ist dieses Marienbrunn? So eine Art psychoanalytische Sekte? Wie viel kostet dich so ein Liter Wasser – hundert Euro? Oder mehr? Dieser Studnitz, ist das ein Guru? Dein Guru?«, fragte er atemlos ins Telefon.

»Nein, ein ganz normales Hotel. Also fast normal. Ein bisschen schräg vielleicht«, verteidigte sich Sophie.

»Im Netz kann ich nichts von Fruchtbarkeits-Wasser und Marienbrunn finden. Diese Sache stinkt doch. Mischen sie euch etwas ins Essen? Nimmst du an Schulungen teil? Hast du irgendetwas unterschrieben, Sophie?« Jetzt redete er sehr eindringlich und versuchte, die Panik in seiner Stimme zu überspielen.

»Unterschrieben – o Gott, ja«, rief Sophie ins Telefon.

»Was?«, bellte Johann erschrocken zurück. Jetzt wurde die Panik in seiner Stimme überdeutlich.

»Das Check-in-Formular. War das schlimm?« Der Spott in ihrer Stimme war ebenso deutlich.

»Mach dich nur über mich lustig, Sophie. Sobald ich kann, komme ich zu dir. Ich hole dich da raus. Versprochen! Deine Widerrede will ich jetzt nicht hören, du bist nicht mehr du selbst. Ich lege jetzt auf. Ich liebe dich, Sophie. Also, zumindest liebe ich die alte Sophie.«

Tatsächlich drückte er die Austaste und war weg. Früher konnte man wenigstens noch den Hörer aufknallen, jetzt drückte man einfach weg. Wie unpathetisch. Sophie wusste nicht, ob sie lachen oder weinen sollte.

»Sobald ich kann, komme ich zu dir.« Wenn er sich solche Sorgen um sie machte, was konnte dann wichtiger sein? Wahrscheinlich irgendein Geschäftsdeal. »Schatz, ich hänge hier an einer Steilklippe, könntest du mich bitte retten?« – »Klar, Baby. Lass mich noch zwei, drei Kundengespräche führen, dann bin ich für dich da.« Nein, sie wollte sich jetzt nicht ärgern. Irgendwann würde er schon hier oben auftauchen. Denn der gute Herr von Studnitz hatte ja recht, das Wasser allein reichte nicht. Sie brauchte auch Johann. Nicht sofort, aber bald.

Ob das Wunderwasser überhaupt wirkte?

Als Sophie vom Stein aufstand, merkte sie erst, wie verkrampft sie dort gesessen hatte. Zweimal telefoniert, zweimal Vorwürfe, zweimal hatte das Gegenüber das Telefonat grußlos beendet. Kein Wunder, dass ihr alles wehtat. Heute Nachmittag würde sie sich eine Massage gönnen; im Hotel-Angebot stand etwas von einer ayurvedischen Nacken- und Rückenmassage. Genau so etwas brauchte sie jetzt. Sie nahm ihre Handtasche vom Stein und ließ das Handy hineingleiten. Dann ging sie die Wiese hinunter in Richtung Gatter.

Als der vermummte Vater sah, dass der Stein frei wurde, hetzte er hin. Der Platz war so schnell wieder besetzt wie eine begehrte Parklücke in der Innenstadt. Der Typ telefonierte unter seinem Schal. Jetzt hörte sie, was er redete.

»Unter zwei Millionen Euro läuft da gar nichts. Der Mann hat einen Vertrag unterschrieben. Wenn er ihn bricht, dann verklagen wir den Kerl bis zum Ende seiner Tage! Der hat sich daran zu halten. Sonst ist er in der Branche ein toter Mann!«

Unten am Gatter traf Sophie mit seiner Frau zusammen, die gerade einem der kleineren Jungs beim Pinkeln geholfen hatte. »Das hat doch prima geklappt mit deinem kleinen Feuerwehrschlauch«, hörte sie die Mutter noch sagen, die ihrem Sohn gerade den Reißverschluss der kurzen Hose hochgezogen hatte. Aber der Kleine hörte schon nicht mehr hin und rannte zurück zu den anderen.

»Kinder«, sagte die Frau und lächelte Sophie an. Wie müde sie aussah. Vermutlich sind wir im gleichen Alter, dachte Sophie.

»Sie haben eine süße Familie«, antwortete Sophie, was stimmte, alle fünf Kinder waren ausgesprochen niedlich anzusehen.

Die Frau strahlte und sah gleich viel weniger müde aus.

»Ja, finde ich auch. Sie sind alle süß. Außer dem da ...« Sie zeigte mit dem Daumen in Richtung ihres vermummten Mannes, der nun auf dem Stein saß. »Das kann jetzt dauern. Wahrscheinlich sind wir die nächste Stunde auf der Schafswiese, vielleicht sogar zwei. So geht es jeden Tag. Zum Glück lieben die Kinder die Schafe.«

»Warum so lange?«, fragte Sophie neugierig.

»Er macht Geschäfte, erledigt Meetings. Deshalb trägt er auch den dämlichen Schal um den Kopf – damit die Vorstandskollegen das Blöken der Schafe und die Kinder nicht hören. Der Schal dämpft alle Außengeräusche. Es sieht wirklich verboten aus.«

Deshalb lief der Kerl also so sonderbar herum – er arbeitete im Urlaub. Und die arme Frau musste ihn mit den fünf Kindern zur telefonischen Arbeitssitzung begleiten. Eins der Kinder rannte nun auf den Vater zu. Er sah es kommen und versuchte mit hektischen Bewegungen, das Mädchen zur Umkehr zu bewegen. Doch es hatte irgendetwas in der Hand, das dringend vorgeführt werden musste. Unwirsch machte er seiner Frau ein Handzeichen: Regle du das. Dann drehte er dem Kind den Rücken zu. Das bremste enttäuscht ab.

»Es tut mir leid, ich muss los. Meinen Mann vor seinen Kindern retten«, sagte sie zu Sophie. »Es war nett, Sie kennengelernt zu haben.«

»Fand ich auch«, rief Sophie ihr hinterher, denn die Frau rannte schon über die Wiese. Nun hatte sie das Mädchen erreicht, nahm es sanft am Arm und hielt es zurück, kniete dann nieder und sprach auf es ein. Kurz schmiegte sich die Tochter in ihr Haar, wollte sie weinen? Nein. Sie hielt die Hand ganz nah vor das Gesicht der Mutter und öffnete sie langsam. Ein Schmetterling flog heraus und stieg schnell in die Luft, flatterte noch eine Weile und entschwand. Mutter und Tochter schauten begeistert hinterher. Sophie musste lächeln.

Ob der Vater die hübsche Szene mitbekommen hatte? Sie schaute zu ihm hinüber. Nein, auf keinen Fall. Er saß mit dem Rücken zu den Kindern, den Schal noch fester um den Kopf gezogen und sprach eindringlich ins Telefon. Sein Rücken sah wichtig aus. Wahrscheinlich ging es schon längst nicht mehr um zwei, sondern um acht oder zehn Millionen. Vielleicht sogar um die Weltherrschaft.

# 13

Da saßen sie, zu viert nebeneinander, alle die Augen hinter den Sonnenbrillen geschlossen, die Füße auf dem Geländer, und ließen sich von der Sonne bescheinen. So weit oben, in über zweitausend Metern Höhe, war das Licht besonders intensiv. Dass die Holzbank hart war, störte sie nicht. Nach der kleinen Wanderung zum kristallklaren Bergsee waren alle erschöpft. Nun hatten sie etwas gegessen, einen Kaffee getrunken und ruhten sich aus. Wie still es war so hoch oben in den Bergen. Die Baumgrenze lag weit unter ihnen, alles war kahl, es gab nur Himmel und Steine. Sophie öffnete die Augen, blinzelte und blickte auf die anderen Berge, die zu ihren Füßen lagen.

Ein vom Hotel organisierter Ausflug erinnerte immer an einen Klassenausflug. Gerade weil es in Marienbrunn nichts anderes gab als das Hotel selbst, kannte Sophie nach wenigen Tagen schon die meisten Gäste, zumindest vom Sehen. Und sie kannte ihre Macken.

Das Hotelleben ließ einen schnell privat werden. Besonders, wenn man, wie hier oben, gemeinsam an einem abgelegenen Ort festsaß. Allein die Tatsache, dass man sich morgens noch ziemlich verschlafen im Frühstücksraum gegenübersaß, schaffte schon Vertrautheit. Vor wenigen Stunden war man noch gut gekleidet und geschminkt – zumindest die Damen – beim mehrgängigen Abend-Menü im Restaurant beisammengesessen. Der gute Wein hatte die Wangen gerötet, ein Teppich aus Stimmen und Gesprächsfetzen den Raum erfüllt. Nun, am Morgen danach, stand man stumm nebeneinander am Frühstücksbuffet und versuchte sich zu konzentrieren, damit man endlich die schwer zu fassende Lachsscheibe mit der Vorlegegabel aufgepikst bekam, während der Hintermann schon ungeduldig schnaufte. Der Frühstücksraum lag morgens fast stumm da, gesprochen wurde allenfalls leise, flüsternd. Ab und zu raschelte eine Zeitung, oder man hörte das satte Geräusch nachgegossenen Kaffees. Klopf, knirsch, ein Ei wurde geköpft. Dieselben Menschen wie am Abend zuvor, und doch war alles anders. Die weinselige Leichtigkeit war dahin, und Morgenmuffligkeit erfüllte den Raum.

So war es in Hotels – man lernte die anderen kennen, ob sie einen interessierten oder nicht. Zoe, Julia und Katalin waren jedoch ein großer Gewinn für Sophie.

Am vergangenen Morgen hatte eine Tafel in der Lobby gestanden: »Tagesausflug zur Boulez-Hütte«, und Sophie und ihre neuen Freundinnen trugen sich sofort ein. Es hieß, die Hütte sei auch im Besitz der Familie von Studnitz, man habe sie lediglich verpachtet. Der Blick, sagte man ihnen, sei atemberaubend und schon die Gondelfahrt wegen der wunderschönen Umgebung ein Erlebnis.

All das stimmte.

Aber plötzlich verfinsterte sich die Sonne. Sophie richtete sich ein wenig auf und blinzelte dösig. Zwischen Sonne und Bank hatte sich die Fernseh-Moderatorin mit ihrer Gang geschoben. Sie sah deutlich besser aus als noch vor einigen Tagen, nur ein kleiner Verband klebte noch auf ihrer Nase, die Schwellung um die Augen war fast komplett zurückgegangen. Auch die Narben der anderen Frauen verheilten gut. Offenbar zeigte das Wasser bei ihnen schnell Wirkung. Sie tranken genauso eifrig davon wie Sophie und ihre Freundinnen. Wie viel hatte Sophie in den letzten Tagen wohl getrunken? Bestimmt drei Liter pro Tag. Egal, was ihr dieser Aufenthalt in Marienbrunn am Ende brachte – entschlackt war sie auf jeden Fall. Allein das war schon mal nicht schlecht.

»Was soll das?«, raunzte Julia. »Geht aus der Sonne.«

Die Moderatorin zeigte mit großer Geste auf die Umgebung. Sophie schaute sie giftig an. In den letzten Tagen hatte sich eine gepflegte Feindschaft zwischen ihnen entwickelt. Aber während Sophie die Moderatorin links liegen ließ, konnte die nicht aufhören, Sophie und die anderen zu piesacken.

»Na?«, sagte die nun also. »Schaut euch mal um. Was seht ihr?«

Was sah man? Sophie guckte an der Moderatorin und ihren Begleiterinnen vorbei. Eine typische hochalpine Landschaft. Hier oben war alles Stein, Geröll, Felswand. Grau in Hunderten Schattierungen.

»Steine?«, antwortete Sophie fragend.

»Steinerne Ödnis«, brachte die Moderatorin es auf den Punkt. »Karg und unbelebt wie auf dem Mond.«

»Was quatschst du da?«, fragte Julia ruppig und wollte schon aufstehen. Doch Sophie hielt sie zurück.

»Lass sie doch. Die ist schon wieder unterzuckert. Ich habe doch gesehen, wie sie eben den Kaiserschmarrn in sich hineingeschaufelt hat. Klar, Höhenluft macht hungrig. Leider musste er sie dann schnell wieder verlassen – ihr wisst schon, die Kalorien. Wäre schön, wenn du dein Essen mal bei dir behalten würdest.«

»Ah, der Königspudel spricht«, spottete die Moderatorin.

»So eine Super-Bitch«, sekundierte ihre Nachbarin. Sie trug immer noch das Schwimmreif-Sitzkissen mit sich.

»Und warum erzählst du uns das alles? Das mit der Ödnis?«, fragte nun Zoe, ehrlich neugierig. Sophie verdrehte die Augen. Zoe lieferte der blöden Kuh auch noch eine Steilvorlage. Irgendetwas wollte die doch ganz dringend loswerden. Tatsächlich, die Moderatorin zögerte nicht lange und ergriff ihre Chance.

»Diese steinerne Ödnis ist ein Sinnbild eurer Fruchtbarkeit. Ihr könnt so viel Wasser trinken, wie ihr wollt, bei euch wächst nichts mehr. Weil ihr alt seid.« Triumphierend funkelte die Moderatorin die vier an.

Sophie atmete laut aus, was für ein Schlag unter die Gürtellinie. Auch die anderen wirkten benommen.

»Wie alt ist *sie* denn?«, flüsterte Sophie den anderen zu.

»Ende zwanzig«, flüsterte Zoe sehr leise zurück. Doch die Gegnerinnen hatten es gehört.

»Autsch«, sagte nun eine aus der Clique der Moderatorin und wedelte mit den Fingern, als hätte sie sich verbrannt.

»Der Verband lässt sie zehn Jahre älter wirken«, sagte nun Katalin in normalem Ton.

»Die neue Nase acht.« Das war Zoe.

»Autsch«, machte nun Sophie.

Julia war derweil aufgestanden und beugte sich weit über die Brüstung.

»Na ja«, sagte sie, »ganz so karg ist es nicht …« Sie kam wieder hoch und winkte den anderen. »Kommt mal her, da unten, seht ihr, am Rand der Hütte …«

Sie lehnten sich jetzt alle nach vorn – tatsächlich, dicht an die Hüttenwand geschmiegt standen lauter kleine schöne Blümchen mit lila Kelchen und harrten aus.

»Glockenblumen«, stellte Sophie erstaunt fest.

»Lässt euch das nicht hoffen? Sogar auf so einem kargen Gelände kann etwas wachsen. Dann wird es bei uns auch noch klappen.« Julia lehnte sich weit vor, pflückte eine Blüte und hielt sie der Moderatorin hin.

»Für dich. Als Zeichen unserer Hoffnung.« Doch die drehte sich wütend um und rauschte mit ihrer Entourage ab. Sophie schaute ihr nachdenklich hinterher.

»Na ja«, sagte sie, »machen wir uns nichts vor – das Alter ist ein Problem.«

»Wenigstens sind wir alle in festen Händen«, meinte daraufhin Julia und griff nach Sophies linker Hand, an der sich ein zarter Ring befand. Das schöne Schmuckstück war nicht zu übersehen – es war nicht der klassische Ein- oder Mehrkaräter mit dem dicken Diamanten in der Fassung, sondern ein Ring aus vielen kleinen, schillernden Brillanten, die zart in Weißgold eingefasst waren. Ein Ring, so elegant und schmal, dass er regelrecht nach seinem Gegenpart verlangte – dem klassischen Ehering, den man nach der Trauung darüber trug.

»Täusche ich mich, oder ist das ein Verlobungsring?«, fragte Julia.

Trotz seiner pathetischen Ankündigung, sie »rauszuholen«, war Johann auch nach einer Woche noch nicht in Marienbrunn aufgetaucht. Sie hatten noch mehrmals telefoniert, und Johann hatte sich jedes Mal mehr aufgeregt. Er rief sogar ihre Chefin an, um sich bei ihr auszuheulen – über Marienbrunn und den »ganzen Esoterik-Quatsch«. Aber einfach mal aus Berlin losfahren? Das tat er nicht. Julias Mann war dagegen kurz zu Besuch gewesen, musste aber bald wieder abreisen. Katalins Freund wollte nächste Woche kommen. Und Zoe? Die sprach nicht gern über das Thema. Vielleicht kriselte es gerade. Aber es gab wohl jemanden.

Nein, für Sophie ließ sich niemand blicken. Ein großer Blumenstrauß war allerdings aus Berlin eingetroffen. Groß? Riesig. Sie kannte den Absender. Die Blumen warf Sophie in hohem Bogen auf die Wiese der Schafe, sehr zum Bedauern des Hotelchefs von Studnitz, der den Strauß liebend gerne am Empfang aufgestellt hätte. Den Umschlag pfefferte sie gleich hinterher. Wenn die Schafe Glückskekse samt Botschaften auffraßen, dann sicher auch Briefe in Luftpolstertaschen von dreisten Journalisten. Was darin geschrieben stand, war ihr vollkommen gleichgültig, Grotemeyer konnte sie mal.

Sophie schaute auf ihre Hand und nickte. Ja, das war ein Verlobungsring.

»Und, wann wird geheiratet?«

Schulterzucken. »Irgendwann, ich weiß nicht …«, sagte Sophie ausweichend.

»Wie lange seid ihr denn schon verlobt?«, erkundigte sich nun Zoe.

»Anderthalb Jahre«, erklärte Sophie.

»So lange? Und worauf wartet ihr noch?«, fragte Katalin erstaunt.

»Keine Ahnung. Wahrscheinlich darauf, dass ich schwanger werde. Wir dachten ja immer, es ginge schnell. Im Moment gibt es keinen richtigen Grund zu heiraten.«

»Liebe?«, murmelte Julia. Aber nur ganz leise. Sie war verheiratet. Und das schon seit Jahren.

»Liebe braucht kein Papier«, legte die trauscheinlose Katalin los, aber Julia gähnte sie nur provozierend an. »Ja, ja«, sagte sie dann. »Ich kenne das ganze Gerede: Wenn es echt ist, dann hält es auch so. Manche Leute sind verheiratet, aber die Liebe ist längst weg. Und so weiter und so fort. Klar, geht beides. Aber wenn man es ankündigt, wie bei Sophie, und es dann anderthalb Jahre nicht tut, dann ist es doch …«, Julia zögerte, »… sonderbar.«

Sophie musste lachen.

»Warum lachst du?«, fragte Zoe.

»Weil Julia sich Mühe gegeben hat, einen Gang runterzuschalten und sich diplomatischer auszudrücken.«

Dann hielt sie inne. Vielleicht war es die Höhenluft, die Sophie plötzlich die Dinge ganz klar sehen ließ. Vielleicht lag es auch daran, dass die drei Frauen, die ihr zuhörten, bis vor Kurzem noch Fremde gewesen waren. Und nach diesem Urlaub wieder Fremde sein würden. Ihrer Freundin Nina gegenüber hatte sie keinen auch nur annährend so ehrlichen Gedanken zum Thema Johann geäußert. Zu ihrem eigenen Erstaunen sagte sie:

»Wisst ihr, was das Tragische ist? Je länger diese Verlobung dauert, desto abhängiger werde ich von Johann. Also nicht finanziell, da ist alles klar. Auch nicht emotional. Aber biografisch. Ich bin jetzt achtunddreißig Jahre – ich kann es mir überhaupt nicht leisten, mich neu zu verlieben. Denn welcher Mann würde dann sofort sagen: O.k., du bist meine Traumfrau, also machen wir gleich Kinder. Mit achtunddreißig Jahren ein Single mit Kinderwunsch zu sein, das ist eine ganz beschissene Lage. Und Johann ist ein guter Kerl, er wird bestimmt ein verlässlicher Vater und Ehemann.«

»Klingt irgendwie gruselig«, meinte Katalin. »Abhängig zu sein.« Damit schien die weitere Richtung der Diskussion klar. Sophie hatte sich vorgewagt, etwas ausgesprochen, nun bekam sie die Quittung. Gruselig.

Doch ganz unerwartet sprang ihr Julia zur Seite. »Ich finde das überhaupt nicht gruselig – Sophie spricht doch nur aus, wie es ist. Das geht uns doch allen so, dir, Katalin, und Zoe auch. Mark und ich, sind wir das perfekte Paar? Nein. Aber wenn ich mich jetzt von ihm trennen würde, dann würde ich einen viel höheren Preis zahlen als er. Weil Mark in zehn Jahren immer noch Vater werden kann – sollte er eine jüngere Frau finden. Für mich dagegen ist der Zug dann abgefahren. Ich finde es gut, dass Sophie so ehrlich ist, sich das einzugestehen. Manchmal ist man abhängig – na und? Wer ist denn schon rund um die Uhr unabhängig? Ich kenne niemanden – ihr vielleicht? Dieses Getue, dass man ständig frei sei und alles ausschließlich so entscheiden kann, wie es einem selbst passt, das ist doch …« Julia suchte das passende Wort.

»… Selbstbetrug?«, schlug Sophie vor.

»Genau!«, rief Julia.

Wind kam nun auf und pfiff durch die steinerne Schlucht. Jetzt wurde noch deutlicher, wie unwirtlich diese Gegend war.

»Aber was ist«, sagte Zoe leise, »wenn wir alle auf den falschen Mann setzen? In diesen letzten Jahren. Auf einen, mit dem es mit dem Kinderkriegen nicht klappen kann.«

»Das ist Pech«, sagte Katalin.

»Das ist mehr als Pech. Das ist das Ende«, meinte Zoe mit düsterer Stimme. Das war kein Scherz mehr.

Sophie musste trotzdem grinsen und zog ihr Buch aus der Tasche, das sie mit heraufgebracht hatte. »Wisst ihr was – Sigmund Freud hat sich auch solche Gedanken gemacht. Ihm gefiel beispielsweise der Verlobte seiner Tochter Mathilde anfangs nicht. Warum? Weil er einen schlechten Charakter hatte? Nein. Weil er ihn zu schwächlich fand. Er meinte, er sei ›der Schonung bedürftig‹ und ›für den Kampf ums Dasein nicht geeignet‹.«

»Warum in aller Welt musste denn der Mann seiner Tochter für den Kampf um das Dasein geeignet sein?«, fragte nun Katalin.

»Weil seine Tochter schon immer sehr kränklich war. Der Schwiegersohn sollte das wohl ausgleichen – ich glaube, ganz im biologistischen Sinne. Durch gute Gene. Damals, Anfang des letzten Jahrhunderts, kamen solche Gedanken groß in Mode. Für ihn war die Ehe ein Kraftakt. Ich lese euch mal was vor …« Sophie öffnete das Buch und blätterte eine Weile. »Ah, da ist die Stelle. Als seine noch sehr junge Tochter Mathilde ihrem Vater mitteilt, sie wolle sich mit Robert Hollitscher verloben, schreibt er ihr: ›Du weißt, ich habe mir immer vorgenommen, Dich wenigstens bis zum 24. Jahr im Hause zu behalten, bis Du für die Aufgaben der Ehe und vielleicht des Kinderhabens ganz erstarkt bist und die Schwächungen repariert hast, die die drei großen lebensgefährlichen Erkrankungen während Deines jungen Lebens Dir hinterlassen haben.‹«

»Für die Aufgaben der Ehe und des Kinderhabens erstarkt – oha, das klingt ja bedrohlich. Eine glückliche Ehe ist doch auch ohne Kinder möglich. Oder sah das der Doktor anders?«, fragte nun Zoe vorsichtig.

»Die Antwort wird dir nicht gefallen«, meinte Sophie.

»Lass hören«, meinte Julia.

Sophie blätterte schon wieder, um die richtige Stelle zu finden. »Ah, hier. Was ich jetzt vorlese, galt übrigens ausdrücklich für die Ehefrau, nicht für den Ehemann. Also Freud meinte: ›Im Falle der Kinderlosigkeit entfällt so eine der besten Möglichkeiten, die für die eigene Ehe erforderliche Resignation zu ertragen.‹ Alles klar?«

Julia stöhnte auf. »Um das zu verstehen, muss man studiert haben.«

»Ist doch ganz einfach: Die vom Ehemann frustrierte Ehefrau erträgt die langjährige Ehehölle am leichtesten, wenn sie auf die Kinder ausweichen kann. Von denen kriegt sie wenigstens etwas zurück«, sagte Zoe.

Alle vier schwiegen. Jede hing so ihren Gedanken nach.

»Na ja, es ist schon eine Weile her, dass Freud das geschrieben hat. Über hundert Jahre«, gab Sophie zu bedenken.

»Stimmt – heute kann man den Ehefrust ganz anders

kompensieren: Yoga, Urlaub auf den Seychellen, gutes Essen, eine Affäre, Abo in der städtischen Oper …«, begann Katalin.

»Nicht zu vergessen: Scheidung«, fügte Zoe hinzu.

»Auch eine prima Art, die Resignation zu beenden«, bestätigte Katalin.

»Aber wenn Scheidung der Preis ist, dann kann ich das Heiraten doch gleich lassen«, sagte nun Zoe leise.

In diesem Moment trat die Familie mit den fünf Kindern auf die Terrasse. Die Kids hatten auf ihrer Wanderung allerlei gesammelt – Stöcke, Steine, offenbar auch das Horn eines Tieres. Glücklich sprangen sie umher und zeigten alles ihren Eltern. Die Mutter schaute genau hin, während der Vater nur an seinem Organizer herumfummelte.

»Mensch, der kümmert sich ja wirklich überhaupt nicht um seinen Nachwuchs«, schimpfte Julia.

»Ja, sie macht alles allein«, meinte Katalin.

»Bitter für die Frau«, ergänzte Sophie.

Eine kurze Pause entstand. Dann sagte Zoe in die Stille: »Aber habt ihr schon einmal darüber nachgedacht, was für eine Durchschlagskraft sein Sperma hat? Fünf Kinder. Das liest sich doch wie ein Empfehlungsschreiben.«

Die anderen drei schauten sie mit großen Augen an.

»Du würdest doch nicht …«, begann Julia.

Zoe schüttelte heftig den Kopf. »Nein, nein, keine Sorge. So tief würde ich niemals sinken.«

# 14

Und dann geschah etwas.

Sophie lungerte am Tag nach ihrer Wanderung am Außenpool herum – die Sonne schien warm, sie suchte sich einen Liegestuhl mit Blick auf den Rosengarten, das berühmte, zerfurchte Dolomiten-Massiv, und bestellte sich einen Prosecco auf Eis mit einem Schuss Holundersirup und einem Spritzer Zitronensaft. Es ging ihr gut. Bald gesellten sich Julia und Katalin dazu, sie rückten die Liegen aneinander und flachsten locker herum. Heute drehte sich alles um ihre Berufe. Es stellte sich heraus, dass Julia im richtigen Leben als Zugchefin bei der Deutschen Bahn arbeitete – »Nein, ich bin keine Schaffnerin! Ich bin so etwas wie der Kapitän des Schnellzuges. Außerdem achte ich darauf, dass du in der 1. Klasse immer schön deinen Kaffee serviert kriegst.« Sie konnte viele lustige Geschichten erzählen, besonders aus ihrer Zeit als Schlafwagenschaffnerin. »Da war ich noch jung und wollte Europa sehen. Als vermutlich einzige blonde Schlafwagenschaffnerin bekam ich mehr zu sehen, als mir lieb war.« Katalin schuftete als Ärztin in einem Uni-Klinikum, und wenn sie loslegte und von ihren Sechsunddreißig-Stunden-Schichten berichtete, dann überlegte man sich gut, ob eine Eigentherapie nicht manchmal sicherer war als eine Behandlung in der Klinik. Natürlich löcherten sie auch Sophie, wie es sich so lebe als Assessment-Psychologin. Von diesem Beruf hatten beide schon gehört, vor allem Schreckensgeschichten, natürlich. Eine Anekdote folgte der nächsten. So giggelte man sich durch den Nachmittag.

Derart schnell und gedrängt lernte man sich nur im Urlaub kennen. Man hatte viel Zeit zu plaudern, fühlte sich schnell vertraut und glaubte am Ende tatsächlich, sich gut zu kennen. Doch Sophie machte sich nicht allzu viel vor. Am Ende blieben es doch Hotelbekanntschaften, es war ein vorübergehender Pakt. Vierzehn-Tage-Freundschaft-all-inclusive. War der Urlaub vorbei, blieb nicht viel. Womöglich traf man sich noch ein oder zwei Mal zu Hause, aber die kribbelnde Leichtigkeit der Urlaubstage war dahin.

So schien es auch mit Julia, Katalin und Zoe zu werden. Nach wenigen Tagen glaubten sie, schon alles voneinander zu wissen, und wussten doch kaum etwas. Aber alle fühlten sich wohl, und es ging ihnen gut – und genau dazu war ja ein Urlaub da. Während Sophie ihren Holunder-Prosecco trank, übermannte sie plötzlich das Gefühl, Marienbrunn sei einfach ein schönes, altes Hotel irgendwo in den Bergen. Und hier lägen im Moment drei ganz normale Frauen am Pool, die ausspannen wollten. Einen Weibersommer genießen. Sie überließ sich diesem Tagtraum nur zu gern.

Julia schaute auf die Uhr.

»Es ist ja erst kurz nach vier. Wie langsam die Zeit hier

oben vergeht – noch drei Stunden bis zum Abendessen. Was meint ihr, wollen wir einen kleinen Spaziergang machen? Dann entkommen wir auch den OP-Furien. Schaut mal, die nähern sich schon wieder.«

Katalin, die einen schwarzen Bikini trug, der farblich zu ihrem Pagenkopf passte, und deren Arm mit der sportlichen Uhr faul von der Liege hing, während der Rest des durchtrainierten Körpers völlig entspannt dalag, nickte nur. »Bloß weg hier.«

Sophie setzte sich auf, trank den letzten Schluck Holunder-Prosecco, schnappte sich ihr Sommerkleid mit dem bunten Blumenmuster, schlüpfte in die Sandalen und verkündete: »Ich bin dabei.«

Die anderen beiden zogen sich ebenfalls schnell an. Die Bikinis waren getrocknet, sie zogen die Kleidung einfach darüber. Wie unkompliziert alles war.

»Lasst uns noch schnell bei Zoe vorbeigehen und sie fragen, ob sie mitkommen will«, sagte Julia und ging, ohne eine Antwort abzuwarten, voran ins Hotelgebäude. Die anderen folgten ihr.

»Wo wohnt sie denn?«, fragte Sophie im Fahrstuhl.

»Ganz oben, Nummer 26«, antwortete Katalin.

»Ah, im Zwerchhaus. Neben Laura«, kommentierte Sophie.

»Laura?«, erkundigte sich Katalin verwundert.

»Die Verrückte, die immer am Dachrand sitzt«, erklärte Julia.

»Pst«, machte Sophie und hielt den Zeigefinger vor die Lippen, weil sie gerade an Zimmer 25 vorbeiliefen. Vier Zimmer gab es hier oben im Zwerchhaus, zwei nach vorne mit Gebirgspanorama, zwei nach hinten, in Richtung der drei Kapellen und des Quellhauses.

Sanft klopfte Katalin an Zoes Tür. Niemand antwortete.

»Hast du sie heute schon gesehen?« Katalin drehte sich zu Julia um.

»Nur beim Frühstück. Danach nicht mehr.« Jetzt klopfte Julia, aber schärfer. Tack – tack, tack, tack. Wie eine Schlafwagenschaffnerin eben klopft, wenn der Zug morgens um 5.43 Uhr ankommen soll und es um kurz nach fünf Frühstück gibt. Erst war wieder nichts zu hören, doch dann drang ein Geräusch nach außen – ein Seufzen, ein leichtes Stöhnen.

»Ich glaube, sie ist nicht allein«, sagte Katalin grinsend und wollte schon gehen, doch Julia schüttelte den Kopf. Man sah ihr an, dass sie besorgt war; all die Jahre im Zug, all die Begegnungen mit Menschen hatten ihren Instinkt geschult. Und auch Sophie packte plötzlich ein mulmiges Gefühl. Diesmal klopfte sie kurz und drückte dann sanft die Türklinke hinunter.

Der Raum lag dämmrig da, weil Zoe die Vorhänge zugezogen hatte. Sophies Augen brauchten eine Weile, um sich an das Dämmerlicht zu gewöhnen. Wieder stöhnte Zoe. Sie lag auf dem Bett. Schlief sie schlecht? »Ich werde die Vorhänge ein wenig öffnen«, schlug Sophie leise vor und ging in Richtung der Balkonfenster. Mit den Sandalen trat sie dabei auf etwas, uneben und aus Plastik. Sie schaute hinunter und bemerkte im Halbdunkel die Tablettenpackungen auf dem Boden. Wie viele waren es? Allein vier lagen um ihre Füße herum. Die anderen beiden Frauen waren zu Zoe ans Bett getreten – auch sie mussten die Tablettenpackungen gesehen haben, denn sie hörte, wie Julia Katalin atemlos fragte: »Was hat sie geschluckt?« Und Katalin, die schnell eine Nachttischlampe angemacht hatte, antwortete mit Blick auf eine leere Tablettenschachtel: »Schlaftabletten, aber zumindest die hier sind rezeptfrei, damit kann man sich heute nicht mehr umbringen. Diese Packung Schmerzmittel allerdings …«

Jetzt klang Katalin wirklich alarmiert. Sie legte die Hand an Zoes Hals, um ihren Puls zu fühlen. Sophie riss die Vorhänge auf und ließ die Nachmittagssonne herein. Wie unwirklich alles auf einmal war, eben lagen sie noch alle am Pool, jetzt bangten sie um Zoes Leben. Katalin schaute auf die Uhr.

»Der Puls ist niedrig, aber noch o. k. Es kann noch nicht lang her sein, dass sie die Tabletten geschluckt hat. Das Zeug muss sofort raus aus dem Magen. Wir können einen Krankenwagen rufen, aber bis der hier oben ist …«

»Kannst du es nicht irgendwie aus ihr herausholen?«, fragte Sophie.

»Also, auf der Station sind dafür die Schwestern zuständig«, druckste Katalin herum, »aber ich kann versuchen …«

»Ich mach das«, sagte Julia entschieden. »Es ist nicht das erste Mal. Ich kriege das schon hin.«

Sophie und Katalin hoben Zoe, deren rote Haare verschwitzt am Kopf klebten, aus dem Bett. Sie war halb bei Bewusstsein, versuchte den beiden zu helfen und mitzulaufen, aber ihre Beine schienen kraftlos, sodass man sie mehr oder weniger ins Bad schleifen musste. Julia hatte dort schon alles vorbereitet, Handtücher auf dem Boden ausgelegt und den Klodeckel hochgeklappt.

Nach wenigen Minuten war das Schlimmste überstanden. Mit einem Waschlappen wusch Sophie Zoes verschwitztes Gesicht. Ihre Augen waren nun offen, zwar auf halbmast, aber offen. Sie versuchte, Sophie anzulächeln. Was für eine hübsche, zarte Frau, dachte Sophie. Und schon wieder grüne Augen. Sophie lächelte zurück.

Dann schafften sie sie wieder ins Bett.

Katalin, die nun wieder den Puls maß und ganz zufrieden aussah, ordnete an: »Jetzt muss sie trinken, trinken, trinken.«

Sophie zeigte auf die Wasserkaraffe, die auf dem Tischchen vor dem Balkon stand.

»Geht das Wunderwasser?«, fragte sie.

»Jedes Wasser. Wunder oder aus der Leitung.«

Zoe bemühte sich mitzuhelfen, trank tatsächlich ein Glas Wasser, was ihr nicht leichtfiel, und sank dann erschöpft zurück in die Kissen. Sophie riss derweil das große Fenster auf und ließ frische Bergluft herein. Von hier oben war der Blick noch schöner als aus ihrem Zimmer – man thronte regelrecht auf dem Dach des Hotels. Nebenan bei Laura war alles still. Sie schien nicht da zu sein.

»Was machen wir jetzt?«, fragte sie die anderen.

»Wir können nicht viel machen, sie muss eine Weile schlafen. Eine von uns sollte die nächsten vierundzwanzig Stunden immer hier sein, wir können uns ja abwechseln. Wir müssen allerdings den Blutdruck messen …«, meinte Katalin.

»Blutdruck messen kriegen wir hin«, meinte Julia.

»Du veränderst mein ganzes Bild von der Deutschen Bahn«, sagte Sophie und lächelte sie an. »Patent« hätte ihre Großmutter Julia genannt. Julia grinste zurück, und erst jetzt bemerkte Sophie ganz deutlich ihre Zahnlücke. Eine Blondine mit Zahnlücke – das war irgendwie wild. Alle waren erleichtert, dass die unmittelbare Gefahr für Zoe vorbei war. Das war sie doch, oder?

»Kann es für sie jetzt noch gefährlich werden?«, fragte Sophie jetzt Katalin.

»Nein, ich denke nicht. Diese Tabletten lösen sich zwar sehr schnell auf, aber ich glaube nicht, dass der Zeitpunkt der Einnahme allzu lange her ist. Dafür ist ihr Blutdruck zu stabil. Hätten wir allerdings nicht versucht, sie zum Spaziergang abzuholen … Ich weiß es nicht. Die meisten Schlaftabletten, die sie eingenommen hat, sind eher harmlos. Dieses Präparat allerdings…«, Katalin hielt eine Verpackung hoch, »… ich bin aber nicht sicher, ob die Menge schon für einen Suizid reicht. Vermutlich nicht.«

Jede hatte sich einen Platz gesucht, Sophie den kleinen Sessel gleich am Fenster, Julia, die kurz ins Bad entschwunden war, um sich gründlich die Hände zu waschen, setzte sich auf die freie Seite des Doppelbettes. Katalin hatte sich einen Stuhl neben Zoe gestellt, beobachtete, wie ihr Atem gleichmäßig ging, und strich ihr ab und zu sanft eine Haarsträhne aus dem Gesicht, wenn sie sich wieder unruhig wälzte. Lange war es still im Raum, von draußen hörte man die Vögel singen, jemand rief etwas über die Hotelwiese, aus der Küche drang Geschirrgeklapper. Der Hotelalltag ging ungestört weiter, niemand ahnte, welches Drama sich hier eben abgespielt hatte. Inzwischen war es schon kurz nach halb sechs, und die ersten Gäste fanden sich zum Aperitif auf der Terrasse ein.

Auf Zoes Kommode standen verschiedene Geräte, und Sophie begann neugierig, sie zu inspizieren. Als Erstes nahm sie einen kleinen Apparat in die Hand, der aussah wie ein modernes Blutzuckermessgerät. Nur, dass darauf der Name einer bekannten Marke für Schwangerschaftstests stand.

»Das ist ein Fertilitätsmonitor«, sagte Katalin in ihren Rücken.

»Damit kriegst du raus, an welchen Tagen du fruchtbar bist«, ergänzte Julia.

»Ich glaube, den wollte mir Johann zum letzten Geburtstag schenken. Ich habe ihm gesagt, wenn er das tut, löse ich die Verlobung.« Sophie betrachtete den kleinen Monitor eingehend, dann stellte sie den Schalter auf »an«. Der Apparat piepte.

»Und was hast du von ihm gekriegt?«, fragte Julia.

»Einen Schnellkochtopf«, antwortete Sophie. Beide schauten sie entrüstet an. »Nein, war ein Witz. Ehrlich gesagt, weiß ich nicht mehr genau, was er mir geschenkt hat. Ich habe es vergessen.« Nachdenklich stellte sie den Monitor wieder aus. »An das Ding hätte ich mich vermutlich erinnert.« Sie zeigte auf den restlichen Kram – Teststreifen, eine Lösung, eine Art Petrischale.

»Und was ist das?«, fragte sie die beiden. »Sieht gefährlich aus.«

Katalin lachte trocken. »Zoe traut den Teststäbchen und dem Fertilitätsmonitor nicht und will ganz genau wissen, wie es um ihren Zyklus steht. Außerdem kann sie so eine mögliche Schwangerschaft extrem früh nachweisen. Sie scheint etwas getrieben von dem Thema und muss anscheinend immer für alles bereit sein.«

»Geht uns das nicht allen so? Deshalb hocken wir doch hier oben«, kommentierte Julia trocken.

Katalin sah die schlafende Zoe warmherzig an. »Ja, aber sie hat es ganz besonders erwischt.«

Erstaunt drehte sich Sophie wieder der Kommode zu. Zoe hatte alles Wichtige hier, fast wie in einer gynäkologischen Praxis. Da lag sogar ein Blutdruckmessgerät. Getrieben war wohl der richtige Ausdruck. Dieser Kinderwunsch machte sie richtiggehend manisch.

Sophie betrachtete die schlafende Zoe, sie trug eine cremefarbene Bluse und schmale Jeans. Zum ersten Mal seit Langem fühlte sich Sophie verpflichtet zu helfen. Ja, sie war Psychologin. Eine ausgebildete Händchenhalterin, auch wenn sie diesen Weg bislang nie beschritten hatte.

»Vielleicht wäre es gut, wenn ich mal mit ihr rede, wenn sie aufwacht. Nicht nur als Freundin, auch als Psychologin. Damit wir wissen, wie stabil sie ist.«

Katalin nickte. »Das wäre gut. Hier ist alles o.k. Dann werden Julia und ich jetzt gehen. Wir duschen, ziehen uns um und gehen hinunter ins Restaurant. Danach lösen wir dich ab und übernehmen die Nachtschicht. Ist das ein guter Plan?«

»Bringt vorher noch etwas zu essen und zu trinken hoch. Falls Zoe aufwacht.«

Katalin nickte, während Julia im Bad verschwand und alle Handtücher zusammenraffte. »Die werfe ich gleich mal in die Kammer mit der dreckigen Wäsche«, sagte sie. Beide strichen Zoe noch einmal sanft über den Kopf, dann waren sie weg.

Sophie sammelte die leeren Tablettenverpackungen und Schachteln vom Boden auf, stopfte alles in eine herumliegende Plastiktüte und knotete sie zu. Die würde sie später in den Müllcontainer des Hotels stecken. Musste ja keiner mitkriegen, dass hier im Zimmer 26 ein Selbstmordversuch stattgefunden hatte. Dann setzte sie sich auf den Stuhl neben Zoe, auf dem eben noch Katalin gesessen hatte. Sie hörte ihren regelmäßigen Atem.

Die Sonne sank langsam tiefer, die Schatten wurden länger. Es versprach, ein farbenreicher Sonnenuntergang zu werden.

Katalin klopfte einmal kurz und reichte ein Tablett mit Essen und Getränken herein. Eine warme Suppe in einer Thermoskanne und eine Kanne mit sehr süßem Tee. Dazu Brote und ein Stück Apfelstrudel. Sophie stellte alles auf dem Tisch ab. Durch das offene Fenster hörte sie, dass es auf die Abendessenszeit zuging. Und Laura? Die öffnete erwartungsgemäß das Fenster nebenan und kraxelte hinaus auf das Vordach. Sophie blieb neben Zoe am Bett sitzen und wartete.

Es war fünf vor sieben, wo blieb von Studnitz mit der Leiter? Gleich müsste der Gong erklingen. Tatsächlich, mit einem dumpfen Geräusch wurde die Holzleiter gegen das Dach gelehnt, und die übliche Routine des Abends nahm ihren Lauf. Was für ein komisches Paar, dieser von Studnitz und Laura. Zwei Verrückte, so ähnlich wie Miss Sophie und ihr Butler beim geisterhaften Silvester-Dinner. »Na, heute Abend wieder allein?«, hörte Sophie den Hotelchef sagen. »Wenn Sie wüssten, was sich nebenan abgespielt hat. Also …«, legte Laura los. »Frau Ronstedt, konzentrieren Sie sich bitte auf die Sprossen der Leiter, ja … ganz vorsichtig … sehr gut … unten können wir reden …« Die Stimme entfernte sich langsam. Nun ertönte wieder mehrmals hintereinander der tiefe, satte Klang des Gongs. Wie vertraut ihr diese Welt inzwischen war, dachte Sophie. Neugierig trat sie ans Fenster, um zu beobachten, ob Laura Ronstedt wieder wie ein junges Reh Richtung Speisesaal hüpfte und dabei »Der Gong, der Gong« rief. Nein, heute stand sie mit von Studnitz am Fuße der Leiter beisammen, ins Gespräch vertieft. Plötzlich schaute er hoch zu Zimmer 26, Sophie erschrak, denn es kam unerwartet. Einen Moment lang sahen sie sich in die Augen, dann zog Sophie sich vom Fenster zurück.

Zoe war wach geworden. Als Sophie zum Bett zurückkehrte, lag sie mit offenen Augen da. Nichts war darin zu lesen – weder Freude noch Trauer. Sie sahen sonderbar leblos aus.

»Hey«, sagte sie sanft und setzte sich auf den Stuhl.

Zoe versuchte ein Lächeln. Sophie hielt ihr ein gefülltes Wasserglas hin.

»Hier, du musst viel trinken.« Zoe setzte sich mit Sophies Hilfe mühsam auf. Das Glas war schnell leer, offenbar hatte sie Durst.

»Julia und Katalin sind unten beim Essen, aber Katalin hat noch schnell eine Thermoskanne mit süßem Tee vorbeigebracht. Möchtest du eine Tasse?«

Zoe nickte.

»Ich auch«, sagte Sophie, stand auf und füllte zwei Becher mit dampfendem Tee.

Die beiden hielten sich an den wärmenden Tassen fest und schwiegen.

»Warum?«, fragte Sophie nach einer Weile. Manchmal waren die einfachen Fragen die besten.

Mit einer Kopfbewegung zeigte Zoe in Richtung Kommode, wo die Apparate und Gerätschaften standen.

»Hast du so was schon gesehen? Dieser Kinderwunsch lässt mich fast durchdrehen. Seit Jahren versuche ich es schon, fünf verschiedene Kliniken habe ich durch und jede Behandlung, die du dir vorstellen kannst«, begann Zoe.

»Auch in vitro?«, fragte Sophie. Zoe winkte nur ab. Natürlich auch in vitro.

»Jetzt hocke ich hier oben, trinke dieses Wasser, und plötzlich kommt mir alles so sinnlos vor. Ich bin jetzt vierundvierzig Jahre alt …«

»Im Ernst? Das sieht man dir aber nicht an«, rief Sophie ehrlich erstaunt. Zoe lächelte dankbar.

»Mag sein, dass ich jünger aussehe«, sagte sie, »aber mein Hormonspiegel sinkt erbarmungslos. Und dann die letzte Fehlgeburt …« Sie brach im Satz ab.

»Ja, das haut einen um«, begann Sophie vorsichtig. »Ich hatte auch eine.«

»Bei mir war es die elfte«, sagte Zoe mit tonloser Stimme. Sophie glaubte ihren Ohren nicht zu trauen.

»Elf Fehlgeburten?«, wiederholte sie ungläubig.

Zoe umfasste den Becher noch enger, umkrampfte ihn regelrecht. Sie trank einen Schluck und entspannte sich dann etwas.

»Die Ärzte in den Kliniken sprechen es nie offen aus, aber es gibt immer mal Frauen wie mich, die durch die Fruchtbarkeitstherapie eine Fehlgeburt nach der anderen erleiden. Bei mir kam das Ende oft früh. Man hofft einige Wochen, und dann kommt eine Blutung, und das war es dann wieder. O Gott, ich bin schon so routiniert zu den Ausschabungen gegangen, ein T-Shirt und Strümpfe lagen immer frisch bereit, meist noch in der Original-Tüte. Ich habe nie ein T-Shirt aus der Klinik mit nach Hause zurückgenommen, sondern sie immer weggeworfen. Elf T-Shirts.« Und endlich begann sie zu weinen. Ihre Augen füllten sich mit Tränen, es dauerte einen Moment, dann rollte die erste Träne an der Nase vorbei, über die Wange, in Richtung Mundwinkel. Sophie stellte ihren Becher weg und nahm Zoe den Tee vorsichtig aus der Hand. Dann nahm sie sie in den Arm – und ein Sturm von Tränen brach aus Zoe heraus. Sie schluchzte und schluchzte, während Sophie sie festhielt und ihr beruhigend übers Haar strich. Sie wusste instinktiv, was hier geschah; dies war tatsächlich weniger ein Selbstmordversuch gewesen als vielmehr ein radikaler Abschied von einem großen Lebenstraum – Zoe wollte diesen Wahnsinn irgendwie beenden. Einen Schlussstrich ziehen. Die Ärzte hielten sie hin, sie versprachen, lockten, wie Sirenen. Elf Fehlgeburten, wer konnte so etwas ertragen? Warum hatten die Ärzte Zoe immer weitermachen lassen? Anstatt ehrlich zu sagen: Es ist vorbei.

»Ein Klacks, Frau Kaltenbrunn. Das kriegen wir im Nu hin.« Das waren Dr. Kempers Worte bei einer der ersten Sitzungen gewesen, sie hatte sie noch im Ohr. Und was hatte er ihr jetzt über Johann ausrichten lassen: Sie solle sich die frühe Fehlgeburt nicht so zu Herzen nehmen. Wie oft hatte sich Zoe solche Sprüche anhören müssen?

Wut stieg in ihr hoch. Nein, sie wollte Ärzten wie Dr. Kemper nicht unterstellen, dass sie nur aus Gier die Hoffnung am Leben hielten. Womöglich hatte in Zoes Fall der ein oder andere Arzt versucht, die Reißleine zu ziehen – der fünffache Klinikwechsel sprach dafür. Aber immer fand sich irgendwo ein anderer, der skrupellos genug war, Zoe vorzumachen, es sei alles kein Problem, alles sei machbar. Egal, wie alt sie sei. Egal, wie schlecht die Chancen stünden. Egal, ob die Psyche mitmache. Ach, Zoe.

Sie schälte sich langsam aus Sophies Umarmung. Ihr Gesicht war verquollen vom Weinen, aber sie hatte sich beruhigt.

»Ich sehe bestimmt schlimm aus«, sagte sie und lächelte schief.

Sophie grinste. »Zum Glück musst du nicht zum Abendessen runter. Hast du ein bisschen Hunger? Essen wäre jetzt gut, damit dein Körper wieder Kraft kriegt. Und wenn es nur eine Suppe ist. Die Küche hat dir ein paar Kleinigkeiten zusammengestellt.« Sie half Zoe beim Aufstehen, packte sie in eine warme Decke, und die beiden setzten sich an den Tisch vor das offene Fenster. Die kühle Abendluft tat gut. Langsam wurde es dämmrig, und der Abendstern stand am Himmel.

Sophie zeigte auf die Apparate auf der Kommode.

»Soll ich die wegpacken? Ich stelle die Sachen in mein Zimmer, in Ordnung? Ich glaube, es ist gut, wenn du mal einen Moment Pause machst und einfach zur Ruhe kommst und den Urlaub hier genießt. Ist das o.k.?«

Zoe nickte und zeigte Sophie den Karton, in den sie alles einpacken konnte. Die Kommode sah gut aus, so ganz ohne Petrischalen und Apparate. Ein richtig schönes altes Bauernschränkchen.

Nachdem Zoe einen Teller Suppe gelöffelt hatte, kehrte Farbe in ihr Gesicht zurück. Dann aß sie noch ein Brot und sogar den halben Apfelstrudel. »Danke«, sagte sie am Schluss. Die beiden Frauen lächelten sich an.

»Ich verstehe«, sagte Sophie, »warum dich das Thema an den Rand der Verzweiflung bringt. Das ist offensichtlich. Aber sag mir eines: warum gerade heute? Was war der Auslöser, gerade jetzt die Tabletten zu schlucken?«

Zoe schaute weg, als sie antwortete. »Weil ich mich schäme«, murmelte sie.

»Du musst dich doch nicht schämen, wir sind hier oben doch alle in der gleichen Lage – keine von uns wird schwanger. Deshalb sind wir ja hier. Du bist unter Gleichen.«

Energisch schüttelte Zoe den Kopf. »Nein, nicht deshalb schäme ich mich. Ich habe …«

Sophie beugte sich ein wenig vor, um sie besser verstehen zu können. Zoe sprach jetzt sehr leise.

»… doch mit ihm geschlafen. Gestern Abend.«

Sophie schaute sie fragend an.

»Hier. In meinem Zimmer.«

Geschlafen? Mit wem?

»Mit dem Vater«, sagte Zoe jetzt atemlos.

Der Vater? Welcher Vater? Dann fiel Sophie die Szene auf der Hütte ein. Der Vater also. Der schalumwickelte Dauertelefonierer, der fünf Kinder in die Welt gesetzt hatte. Der Mann mit der durchschlagenden Fruchtbarkeit, wie sie alle gemutmaßt hatten.

Zoe schaute wirklich gequält. »Sag bitte nichts, ich weiß, das war das Allerletzte. Er ist im Familienurlaub, seine Frau wohnt hier mit seinen fünf süßen Kindern. Aber ich konnte nicht anders. Ich dachte, Zoe, nutze die Chance – der Kerl hat schon fünf Mal seine Frau befruchtet, dann gelingt es bei dir bestimmt auch. Wir hatten ja noch alle darüber gewitzelt, aber der Gedanke ging mir nicht mehr aus dem Kopf. Meine Werte waren so perfekt. Es war die Nacht der Nächte – also vom Eisprung her gesehen. Mein Mann Paul unterstützt mich nicht mehr wirklich. Er hat die Nase voll vom Thema Kinderkriegen. Und dieser Kerl flirtete offen mit mir, seine Frau war längst mit den Kindern ins Bett gegangen. Nachdem wir uns unten in der Lobby verabschiedet hatten, stolperte er wenig später in mein Zimmer. ›Verzeihung, wir haben die gleiche Zimmernummer‹, murmelte er. Du weißt schon, die silbernen und die goldenen Hotelschlüssel. Diese Zimmerverwechslung, die konnte doch kein Zufall sein. Es schien mir wie ein Wink des Schicksals. Also habe ich es getan. Aber es war eklig, ich fühle mich wie eine echte Schlampe. Das war der absolute Tiefpunkt. Der letzte Dreck. Da habe ich die Tabletten genommen.«

Sophie dachte an den Wollschal und wie der Mann voll vermummt über die Wiese gelaufen war. Das Bild ging ihr nicht aus dem Kopf. Zoe war so eine hübsche Frau, normalerweise hätte er niemals bei ihr landen können. Plötzlich musste sie lachen.

»Da hat er aber Glück gehabt – als ich ihn auf der Telefonwiese gesehen habe, lief er herum wie ein Irrer.« Und sie erzählte Zoe von der Szene auf der Schafswiese. »Sehr attraktiv wirkte er allerdings auch ohne Schal nicht.«

»Er ist ein totaler Idiot!«, brauste Zoe auf. »Und ein beschissener Liebhaber.«

Sie nahmen beide einen Schluck aus ihren Teetassen. Sophie sah die Frau des Familienvaters vor sich, hatte plötzlich wieder im Ohr, wie sie abfällig über ihren Mann redete.

»Also, falls es dich beruhigt – du bist mit deiner Meinung nicht allein. Seine Frau spricht auch nicht gut über ihn. Besonders glücklich wirkt die Ehe nicht.«

»Aber die Kinder …«, jammerte Zoe.

»Na, denen wirst du ja hoffentlich nichts erzählen.«

Zoe nahm Sophies Hand und drückte sie. »Danke«, sagte sie. »Ich denke, ab jetzt versuche ich einfach mal, ein bisschen Urlaub zu machen.«

»Und keine weiteren Familienväter angraben«, sagte Sophie streng.

»Versprochen«, antwortete Zoe.

# 15

Als sie drei Stunden später in ihr Zimmer zurückkehrte, sah Sophie, dass die Leiter noch immer am Haus angelehnt war. Von Studnitz hatte wohl vergessen, sie nach seiner abendlichen Rettungstour für Laura Ronstedt wegzuräumen. Sophie warf den schweren Schlüssel auf die Kommode und trat ins Freie. Was tun? Die Leiter führte direkt an ihrem Balkon vorbei. Einfach stehen lassen und ins Bett gehen? Was sollte hier schon groß passieren? Sie war mitten in den Bergen. Hier tummelten sich keine Verbrecher. Zu Hause in Berlin würde niemand ernsthaft erwägen, mit einer Leiter vor dem Balkon einzuschlafen. Das wäre ja irre. Aber hier? Nein, Sophie, entspann dich. Dieser Tag war schon aufregend genug.

Sie schleppte sich ins Bad. Sie fühlte sich geschafft. Eigentlich wäre jetzt duschen und eincremen dran gewesen, aber dazu fehlte ihr die Kraft. Müde putzte sie sich die Zähne, dabei fiel ihr Blick in den Spiegel. Wie erholt ich aussehe, dachte sie überrascht, trotz der Müdigkeit. Ein bisschen verwildert vielleicht, aber gut. Sehr braun, die Locken türmten sich ungestüm. Aber es lag noch etwas anderes in ihrem Gesicht, ein Strahlen, das sie noch nicht kannte. Und dann kam ihr ein Gedanke. Sie hatte zum ersten Mal seit Langem jemandem bewusst geholfen. Im Assessment-Center benutzte sie ihr Einfühlungsvermögen hauptsächlich dafür, Menschen schneller und besser zu durchschauen. Rein taktisch. Heute war der einzige Zweck gewesen zu helfen. Das Ergebnis fühlte sich erstaunlich gut an.

Trotzdem war es anstrengend gewesen. Ausgelaugt streifte sie ihr Blumenkleid und die Sandalen ab und legte sich im Bikini auf das Bett. Jetzt bin ich wirklich urlaubsreif, dachte sie und musste leise lachen. Zum Glück hatte es im Restaurant noch etwas zu essen gegeben. Man hatte ihr ein Menü aufgewärmt und war dabei auffallend freundlich gewesen. Ob man unten etwas mitbekommen hatte?

Auf dem Bett liegend, schaute Sophie nach draußen, sah den klaren Sternenhimmel und konnte die Berge erahnen. Nur ihr Umriss war zu erkennen, das Massiv selbst stockdunkel. Eine Bergstation hoch oben auf einem Gipfel leuchtete mit einem roten und einem weißen Licht in die Nacht. Ein Tier schrie laut, vielleicht ein Igel? Igel konnten unglaublich schreien. Oder Füchse. Wenn die nachts durch die Straßen Berlins streiften, dann weckten sie manchmal ganze Wohnanlagen durch ihre Schreie. Aber vielleicht klangen solche Tiere nur in einer Großstadt so dramatisch, weil man dort keine echten Naturgeräusche erwartete; auf Autohupen oder die Sirenen der Krankenwagen war das großstädtische Ohr längst eingestellt.

Schreie. Krankenwagen. Plötzlich fiel ihr wieder die alte Geschichte aus Zimmer 22 ein, der Ehemann, der den Liebhaber seiner Frau erschossen hatte. Von wegen, hier kam es zu keinen Verbrechen. In ihrer Fantasie startete nun eine Aktenzeichen XY-Sendung, moderiert von Rudi Cerne: »Im Urlaub verdrängt man ja gerne das Risiko. Ihre Leichtsinnigkeit wurde einer deutschen Touristin in Südtirol zum Verhängnis – sie ließ eine Leiter zu ihrem Hotelzimmer stehen. Im Bikini lag sie auf dem Bett, als der …« Sophie machte die Nachttischlampe an und sprang aus dem Bett. Schluss, aus, die Leiter musste weg. Sie zog sich schnell das Sommerkleid wieder an, schlüpfte in ihre Turnschuhe, schob geistesgegenwärtig den Zimmerschlüssel in die Tasche ihres Kleides und kletterte über die Brüstung. Die Nachttischlampe aus ihrem Hotelzimmer spendete genug Licht, um Balkonkante und Leiter gut zu erkennen. Außerhalb des Zimmers merkte man schnell, wie dunkel hier die Nacht werden konnte. Im Wald, der das Hotel umgab, hockte und brütete die Finsternis. Nirgends eine Straßenlaterne, nirgendwo schnitt ein Autoscheinwerfer durch die Nacht und kein Nachbarhaus weit und breit. Nur tief unten im Tal sah man Lichter, aber die zwinkerten von weit her und erhellten hier oben nichts.

Die Leiter stand gut verankert, Sophie merkte es gleich, als sie auf die Sprossen trat. Sie wollte sich gerade nach unten begeben, da erschien über ihr ein helles Gesicht. Die langen schwarzen Haare wurden von der Dunkelheit förmlich verschluckt, ganz anders als das weiße Nachthemd.

»Hey, Sophie«, rief Laura, die sich weit aus dem Fenster lehnte, mit gedämpfter Stimme. Um diese Zeit setzte sie sich wohl nicht gern auf die Dachkante. Zu dunkel, zu gefährlich. »Komm mal zu mir.«

Sophie änderte ihre Richtung und kletterte nach oben.

»Ich wollte gerade runter und die Leiter irgendwo ins Gras legen. Mit so einem Teil vor dem Balkon schlafe ich nicht so gut. Mir fallen dann lauter Horrorgeschichten ein.«

Laura kicherte.

»Studnitz hat wohl in der Aufregung vergessen, die Leiter abzuholen. Sonst macht er das immer nach dem Abendessen. Aber die Sache mit Zoe hat ihn doch mitgenommen.«

»Woher wusste er davon?«, fragte Sophie irritiert. Hatten Katalin und Julia mit ihm darüber gesprochen?

»Von mir. Die Wände sind dünn hier. Man kriegt eine Menge mit. Armes Ding. Geht es ihr besser?«

Sophie schaute zum benachbarten Fenster hinüber. Alles dunkel und still. Vermutlich schlief Zoe. Und eine der Freundinnen wachte über ihren Schlaf.

»Ich denke, ja. Es besteht keine Gefahr mehr. Sagt zumindest Katalin – und sie ist Ärztin«, antwortete Sophie.

Laura schaute sie nachdenklich an, betrachtete sie regelrecht, so als sehe sie Sophie zum ersten Mal. Und als müsse sie eine Entscheidung treffen.

»Einen Moment«, sagte Laura, »geh nicht weg – ich bin gleich wieder da.« Dann verschwand sie in ihrem Zimmer.

Geh nicht weg, dachte Sophie belustigt. Als ob ich jetzt so einfach wegschlendern könnte; ich stehe mitten in der Nacht in – sie schaute nach unten, um die Höhe abzuschätzen – also, acht Meter lagen bestimmt unter ihr. So hohe Leitern durften in Baumärkten gar nicht mehr verkauft werden, aber diese Leiter hier stammte noch aus einer Zeit vor TÜV und DIN-Norm. Trotz der schwindelerregenden Höhe fühlte sie sich ganz wohl auf ihrem Platz.

Jetzt tauchte Laura mit einer Laterne in der Hand wieder auf. Sophie musste zweimal hinschauen. Tatsächlich, eine Laterne. So ein Ding, wie die sieben Zwerge es immer dabeihaben, kein dekoratives Windlicht für den picknickdeckengroßen Ziergarten des Reihenhauses, nein, eine richtige Laterne mit einer Kerze in der Mitte, die allerdings nicht brannte. Laura reichte die Laterne runter.

»Die Streichhölzer liegen drinnen. Am besten, du zündest die Kerze erst an, wenn du hinter das Hotel gelangt bist«, begann Laura.

»Wenn ich hinter das Hotel gelangt bin?«, echote Sophie verwundert.

»Ich denke, du hast das Recht, etwas zu erfahren. Heute hat sich gezeigt, dass du eine von uns bist.«

»Eine von uns?«, hakte Sophie nach und klang etwas unsicher – sollte Johanns Ahnung doch richtig sein? Gab es hier oben so etwas wie einen Geheimbund, eine verrückte esoterische Loge?

»Es gibt einen Ort in Marienbrunn, den du noch nicht kennst. Die meisten Frauen im Hotel kennen ihn nicht. Ich habe den Schlüssel zu diesem Ort, ich entscheide, wer ihn zu sehen kriegt. Nenn mich ruhig die Schlüsselhüterin – das klingt zwar mittelalterlich, aber es trifft zu.«

Sophie rieb sich die Augen. War sie hier in die Twilight-Zone geraten? »Ich verstehe kein Wort.«

»Du weißt doch, seit Jahrhunderten kommen Frauen hier hoch, weil sie Hilfe erwarten. Die meisten von ihnen plagt die Kinderlosigkeit. Das war schon immer so. Manchmal hilft das Wasser, manchmal – wie im Fall von Zoe – leider nicht. Aber egal, wie es ausgeht: Wir alle stehen in einer langen Tradition. Das sollst du begreifen. Deshalb gebe ich dir jetzt den Schlüssel für heute Nacht.«

»Und diese Schlüsselübergabe ist etwas Besonderes? Den kriegt nicht jede?«

Der Gesichtsausdruck von Laura veränderte sich, sie sah plötzlich traurig aus. Auch älter, nicht mehr so mädchenhaft.

»In den letzten Jahren kommen andere Frauen hier hoch, mit ganz anderen Problemen. Diese OP-Damen beispielsweise. Ihnen fehlt …«, Laura suchte nach dem richtigen Wort, »… die Demut, so ein Geheimnis zu wahren. Vielleicht fehlt mir auch nur das richtige Gespür. Aber diese jungen Frauen sind wirklich aufdringlich, regelmäßig filmt mich eine mit ihrer Handykamera auf der Dachkante und stellt es nach dem Aufenthalt in Marienbrunn auf YouTube. Vielleicht haben sie einfach keine Ahnung vom Schicksal. Ist es Schicksal, mit einer niedlichen Höckernase geboren zu werden und sie sich dann zur Stupsnase umoperieren zu lassen? Ich denke kaum. Was Zoe allerdings durchmacht …« Sie zeigte nach links.

»Kennen die drei anderen den Ort?«, fragte Sophie.

»Noch nicht. Aber ich denke, sie kommen auch bald dran. Zoe braucht vielleicht noch ein paar Tage. So, hier ist der Schlüsselbund. Damit gehst du zum Brunnenhaus. Keine Sorge, um diese Zeit ist niemand mehr unterwegs. Die Kerze in der Laterne leuchtet dir den Weg. Du schließt mit diesem kleinen Schlüssel das Eisengitter an der Quelle auf und gehst dann zur Holztür neben dem Becken. Hast du sie schon bemerkt?«

Diese unscheinbare Tür, von der von Studnitz behauptet hatte, es sei der Eingang zum Geräteschuppen? So ein Fuchs, er hatte sie belogen. Sophie nickte.

»Das Schloss der Holztür lässt sich mit dem Bartschlüssel öffnen. Wenn du reinkommst, ist gleich rechts ein Drehschalter für das Licht; vergiss bitte nicht, den Schalter später beim Hinausgehen wieder auszudrehen. Lass dir so viel Zeit, wie du willst. Wenn du fertig bist, verriegelst du wieder alles und schiebst am Ende die beiden Schlüssel unter meiner Zimmertür hindurch. Spätestens morgen früh möchte ich den Bund wiederhaben.« Und sie übergab Sophie einen großen, schweren Bartschlüssel, ein grobes Teil, vermutlich aus Eisen. Dazu noch einen kleinen, modernen Schlüssel.

Bin ich hier im falschen Film?, dachte Sophie. Sie wollte sich doch eigentlich nur schlafen legen nach dem anstrengenden Tag. Jetzt stand sie hier in der Nacht auf einer Leiter und bekam obskure Anweisungen.

»Warum jetzt?«, flüsterte sie empört. »Kann ich da nicht tagsüber hin? Muss es ausgerechnet mitten in der Nacht sein?«

»Nein, tagsüber geht es nicht. Es sind zu viele normale Hotelgäste unterwegs, zu viele Wanderer. Die Gefahr, dass es auffliegt, wäre zu groß. Es gibt bislang kein Bild davon in irgendeinem Reiseführer und auch keinerlei Hinweise in volkskundlichen Büchern, nirgends taucht etwas auf. Das soll so bleiben. Deshalb geht es nur um diese Zeit. Jetzt los, trau dich«, ermunterte Laura sie.

»Ehrlich gesagt, finde ich das etwas unheimlich, nachts allein zu den Kapellen zu gehen«, maulte Sophie.

»Vertrau mir. Ich will dir nichts Böses. Glaube mir, du willst es gesehen haben. Du wirst Marienbrunn danach besser verstehen.«

»Na gut«, murmelte Sophie, nahm die Lampe und kletterte leise murrend die Leiter hinunter. Sie sah auf die Uhr, es war kurz vor Mitternacht. Na super. Das wurde ja immer besser. Unten angekommen, kämpfte sie mit der überlangen Leiter. Einen Moment lang fürchtete sie die Balance zu verlieren und dachte, das Leiterende werde gleich eine der Scheiben des Speisesaals durchschlagen. Aber dann bekam sie das Schwanken unter Kontrolle. Im Gras vor dem Hotel lag die Leiter gut, da konnte sie bis morgen bleiben, Auftrag erfüllt.

Unschlüssig stand sie mit der dunklen Laterne in der Hand im Gras. Sie spürte jetzt, wie kühl es geworden war. Sollte sie nicht einfach ins Bett gehen? Niemand würde es merken, denn ein Blick nach oben verriet, dass auch Laura wieder ins Zimmer zurückgekehrt war. Das ganze Hotel lag dunkel da, nur im Erdgeschoss brannte noch ein dämmriges Licht, falls ein Gast sich nach unten verirrte. Wie früh sich hier alle schlafen legten. In Berlin zog man um diese Zeit gerade los. Und genau dieser Gedanke stachelte sie nun an. Na gut, dann werfe ich eben einen Blick in dieses Quellhaus. Vielleicht erfuhr sie sogar etwas Neues über Mathilde Freud. Denn eigentlich, das musste sie sich eingestehen, war ihre Kenntnis über deren Aufenthalt hier oben bislang mehr als dürftig – Gerüchte, mehr nicht.

Also lief sie los, einmal auf dem Trampelpfad um das

Hotel herum, den Weg kannte sie ja schon. Schlagartig wurde es dunkler, nur aus einer gläsernen Seitentür, die zu einem der langen Hotelflure führte, drang noch Licht. Dorthin stellte sich Sophie und zündete die Kerze der Laterne an. Erst brannte der Docht ganz zart, dann erreichte die Flamme das Wachs und stabilisierte sich zu einem kleinen, kräftigen Flackern. Laterne voran, marschierte sie in Richtung der Kapellen, die duster und stumm vor ihr standen.

Kein Licht drang aus den kleinen Kirchen, die finsteren Türmchen ragten steil auf, drei pechschwarze Gestalten in der dunklen Nacht. Das Mondlicht ließ zu wünschen übrig, und auch das Flämmchen erhellte nur eine Armlänge weit. Überhaupt machte das unruhige Flackern des Lichts die Sache nicht angenehmer. Alles wirkte plötzlich bedrohlich, und die unebenen Felssteinwände der Kirchen warfen wilde Schatten. Sophie mied den Anblick und konzentrierte sich lieber auf den Trampelpfad, der um die drei Kirchen herumführte. Dieses Gässchen, das in den Innenhof mündete, war sehr schmal gewesen. Wie sollte sie es jetzt finden? Mit der Hand fuhr Sophie die Wand entlang. Plötzlich wurde die Dunkelheit noch schwärzer, und das Gässchen öffnete sich vor ihr. Sophie hätte ebenso gut in ein schwarzes Loch hineinlaufen können. Sie klammerte sich fest an die Laterne, hielt diese mit weit ausgestrecktem Arm vor sich und bog in die enge Gasse ein. Atmen, Sophie, immer atmen. Konzentriere dich, gleich hast du es geschafft. Plötzlich blieb ihr fast das Herz stehen, denn etwas Weiches, Warmes streifte ihr Bein. Sophie schrie kurz auf, aber sie beruhigte sich schnell; das musste die Katze gewesen sein, die wieder die Flucht vor ihr ergriffen hatte. Tatsächlich, nun hörte man in einiger Entfernung ein Maunzen. Irgendwie beruhigend, nicht ganz allein zu sein.

Das Plätschern der Quelle wurde mit jedem Schritt lauter. Und plötzlich sah sie über sich wieder Himmel, der nicht mehr von den überhängenden Dächern der Kirchen verdeckt wurde. Der Himmel, der ihr eben noch pechschwarz vorgekommen war, wirkte nun deutlich heller, ja, man sah sogar Wolken, und ab und zu drang der Mond hindurch. Sie schloss die Gittertür zur Quelle auf, die sich leicht öffnen ließ.

Die Quelle plätscherte laut und unermüdlich vor sich hin. Dort war die Holztür – eine kleine Treppe mit vier Stufen führte hinauf. Kein Wunder, dass sie die Tür zwar gesehen, ihr aber nicht viel Bedeutung beigemessen hatte, so unscheinbar, wie sie aussah. Sie bestand aus fünf Bohlen und wurde durch Metallbeschläge grob zusammengehalten. Nichts an ihr wirkte verheißungsvoll. Sie hatte sich von ihrer Einfachheit und von der Aussage des Hotelchefs täuschen lassen.

Es dauerte einen Moment, bis der Bartschlüssel griff. Ihr Herz pumpte schnell.

Als Erstes bemerkte sie den starken Geruch, der ihr entgegenschlug. Was war das – Weihrauch? Nein, eher Kräuter. Und Blumen. Sophie hielt die Laterne in den Raum, doch die half hier nicht, die Kerze war viel zu schwach. Sie konnte hoch oben an der hinteren Wand ein großes rundes Fenster erahnen, denn dort war es weniger dunkel als im Rest des Raumes. Doch das Mondlicht drang nicht herein, es musste sich eine Wolke davorgeschoben haben.

Sophie tastete mit der rechten Hand im Halbdunkel nach dem Lichtschalter. Tatsächlich, da war etwas, sie fand einen alten Drehschalter aus Bakelit. Ein Dreh, und der Raum war ... nun ja, hell war er nicht gerade. Das konnte nicht mehr als eine 25-Watt-Birne sein, die den Raum jetzt schwach erleuchtete, aber immerhin konnte man etwas erkennen. Sophie trat ein und staunte.

Der Raum war nicht groß, aber dafür umso voller. Die Wände waren über und über mit den verschiedensten Dingen bedeckt. Dort hingen Bilder, beschriebene Tafeln, kleine Objekte aus Silber oder aus Ton, Sträuße getrockneter Blumen und Kräuter und viele Fotos von Frauen. Es gab alte Schwarz-Weiß-Bilder auf dickem Karton, Polaroids und Farbfotos. Dann entdeckte Sophie auch einige Ultraschallbilder. Jeder Zentimeter Wandfläche schien bedeckt zu sein, die Bilder und Objekte zogen sich vom Boden bis unter die Decke. Sophie hielt die Laterne auf Augenhöhe und ging nun die eine Wand entlang.

»Danke für die Hilfe!« stand dort oder »Herzlichen Dank, Marienbrunn, unser Kind wurde am 3.12.1968 geboren« oder in einer schönen alten Sütterlinschrift »Vergelts Gott! S.v.H., 1863« oder einfach schlicht »Merci«. Auf manchen Tafeln stand auch nicht mehr als die Initialen: »A.S., 1837« stand neben »P.v.B., 1922«, darunter in wunderbar schnörkliger Schrift »St.H., 1772« und »K.L., 1983«. Dazwischen hingen selbst gemalte Bilder, häufig waren die Quelle, eine der Glaskaraffen oder gefüllte Gläser darauf zu sehen. Manchmal tauchten im Bild auch die drei Kapellen auf, oder es wurden ganze Szenen dargestellt: eine Frau im wallenden Kleid, die das Sanatorium erreichte – wann war das wohl gewesen? Im frühen 20. Jahrhundert vielleicht. »Ohne Hoffnung kam ich an, in guter Hoffnung fahre ich.« Aber am sonderbarsten waren die Kröten.

Das Krötenmotiv kehrte immer wieder, auf den Bildern genauso wie als kleine Figur. Es gab kleine Kröten aus gestanztem Silber, Kröten aus Ton, Kröten aus zartem Porzellan. Manche Kröten sahen auch widerlich hautfarben aus, und Sophie schrak davor zurück, bis sie merkte, dass sie aus Wachs geformt waren. Keine der Wachskröten war größer als ein kindlicher Handteller, aber es war unverkennbar dieses Tier.

Und dann entdeckte sie die größte Kröte im Raum: eine Skulptur aus Stein. Sie war in die Rückwand eingesetzt worden. Und aus ihrem Maul sprudelte das Quellwasser!

Der vordere Raum mit dem einfachen Eisenrohr diente als Tarnung, es war eine Fassade, mehr nicht. Die wirkliche Quelle befand sich hinter der einfachen Holztür in diesem Raum. Hier war der mythische Ort, in dem das Wunderwasser aus der Erde sprang. Es rann aus dem Maul einer steinernen Kröte und plätscherte in ein kleines Becken. Wie ging es dann weiter?

Sophie kniete sich auf den Boden und hielt das Ohr an die Steine. Tatsächlich, es rauschte. Das Wasser lief unter den Steinplatten entlang, und dank des Gefälles schoss es danach im vorderen Raum wieder heraus.

Aber warum ausgerechnet eine Kröte? Das war nun wirklich kein schönes Tier. Es hockte auf der Erde, braun und warzig, und beobachtete mit seinen schnellen Augen die Welt. Eine Kröte hatte etwas Lauerndes. Niemand mochte sie anfassen, sie war schleimig, urwüchsig und unheimlich. Warum huldigten die Frauen ihr regelrecht? Sophie lief auf der Suche nach einem Hinweis die linke Wand ab. Der Raum erinnerte sie an eine Wallfahrtskapelle. Nur wurde hier nicht Maria gedankt, der Mutter Gottes, sondern einer großen Kröte.

Ihr wurde kühl, das runde Fensterloch in der Rückwand lag direkt über der großen steinernen Kröte und schien offen zu sein. Es gab keine Scheibe zwischen diesem Raum und der Außenwelt, auch das wirkte archaisch.

Sie kam sich vor wie in einer anderen Welt und hätte sich nicht gewundert, stünde sie jetzt in Indien oder in Mittelamerika. Auf ihrer Reise durch Chiapas in Mexiko hatte sie Unglaubliches gesehen: Hühner, die im Altarraum geschlachtet worden waren. Coca-Cola-Flaschen und Sponge-Bob-Figuren als Opfergaben vor dem christlichen Altar. Aber dies war Südtirol, Mitteleuropa. Hier gab es doch so etwas Urtümliches nicht, oder?

Und während sie so vor den Wänden stand und rätselte, bemerkte sie plötzlich im Augenwinkel eine Bewegung. Erschrocken drehte sie sich um – das Plätschern der Quelle übertönte jedes Geräusch, aber tatsächlich, die Tür ging langsam auf. Nur ein einziger Mensch wusste, dass sie gerade hier war.

»Laura?«, rief Sophie laut und versuchte, nicht allzu verängstigt zu klingen.

Auf dem Boden sah man nun den Schein einer Taschenlampe. Dann einen Fuß, einen Männerschuh …

»Herr von Studnitz«, sagte Sophie erleichtert.

»Studnitz«, knurrte der. Sonderbar, dass so ein zarter Mann so knurren konnte. Er machte die Taschenlampe aus und schaute Sophie durchdringend an. Vielleicht diente sein Bart auch nur dazu, den Blick des Gegenübers von seinen Augen abzulenken. Er hatte eindrucksvolle Augen.

Es war nun schon fast halb eins, aber Sophie rätselte keinen Moment, warum der Mann um diese Zeit hier aufkreuzte. Von Studnitz war so etwas wie der Herbergsvater, die tauchten immer, überall und zu jeder möglichen Uhrzeit auf. Das gehörte zu ihrem Job. Und auch von Studnitz sah nicht besonders überrascht aus, denn Sophie gehörte wohl zu der Sorte Gäste, die zu jeder möglichen Uhrzeit an den unmöglichsten Orten aufzufinden waren.

»Laura hat Ihnen also den Schlüssel gegeben. Beim ersten Aufenthalt. Das ist früh«, sagte er knapp. Wie immer konnte sie ihn schwer einschätzen.

»Ich glaube, das hat mit Zoe zu tun, mit ihrem …«, begann Sophie.

»Natürlich hat es mit ihr zu tun. Ich habe Sie heute bei Zoe Hoffstedt auf dem Balkon gesehen, ich weiß, Sie waren da und haben ihr geholfen. Dafür wollte ich mich bei Ihnen bedanken.«

Sophie winkte ab. »Das war ja nicht nur ich allein – Katalin und Julia haben viel mehr getan. Zoe packt das schon. Es war sehr ernst, aber nicht so bedrohlich, wie es zunächst aussah.«

»Es ist immer ernst. Hier oben ist es immer ernst«, sagte er. Er zeigte auf ein einfaches Bild, auf dem das Hotel zu sehen war und unter dem stand: »Dank des Wassers habe ich überlebt. Danke!« Daneben hing ein Bild in düsteren Farben. »Es half nicht. S.E. 1972«, stand dort nur. Darüber eine Tafel, auf der eine kleine Hand ihren Abdruck hinterlassen hatte. »Mein Leonhard«, stand dabei.

»Ich kenne jedes Bild im Raum, schon als Kind war ich gerne hier«, sagte von Studnitz.

»Wo genau sind wir hier?«, fragte Sophie.

»Dies ist eine Art Votivraum – hier danken die Frauen für das, was ihnen hier oben Gutes widerfahren ist. Das machen sie schon seit Jahrhunderten so. Allerdings danken sie nicht dem lieben Gott oder Maria voll der Gnaden. Sondern sie danken ihr.« Er zeigte auf die große Kröte, die Wasser spie.

»Also, ich kann mich nicht erinnern, dass die Kröte in meinem Konfirmationsunterricht oder in der Bibel eine besonders große Rolle gespielt hätte«, gab Sophie zu bedenken.

Studnitz musste grinsen. »Nein, da haben Sie recht. Das Krötensymbol ist noch älter, es stammt aus der Antike. Schon mal etwas von der Gebärmutterkröte gehört?«

»Gebärmutterkröte – das klingt widerlich«, rief Sophie wirklich empört aus. »Also, ich habe keine Kröte, damit das klar ist.«

Jetzt lachte von Studnitz, was richtig nett aussah. »Ja, es ist immer ein Schock für Neulinge.« Er stutzte kurz und schaute sie freundlich fragend an. »Haben Sie Lust, so spät noch ein Glas Wein mit mir zu trinken?«, sagte er. »Dann erkläre ich Ihnen das mit der Kröte. Oder sind Sie zu müde?«

Sophie schaute auf die Uhr, es war Viertel vor eins. Eben

war sie noch völlig geschafft gewesen, doch jetzt schien alle Müdigkeit verflogen.

»Klar, trinken wir noch ein Glas. Gerne«, sagte sie also leichthin.

»Gut, dann gehen wir aber woanders hin. Dort, wo uns Madame nicht beobachtet.« Er tätschelte der Steinkröte den Kopf und ging dann zum Ausgang. Sophie schnappte sich ihre Laterne und lief hinterher. Von Studnitz drehte das Licht aus, plötzlich erleuchteten nur die Laterne und die Taschenlampe den Raum. Er wirkte jetzt sehr feierlich.

»Schließen Sie ab?«

Sie gingen andersherum zurück, als Sophie zuvor gekommen war, und kamen erst am Außenpool, dann an der Liegehalle vorbei. Dort blieb von Studnitz stehen und räumte dann die Holzgitter, die den Weg zur Liegehalle versperrten, weg. »Wegen der Tiere zäunen wir jeden Abend ab. Sonst würden Füchse, Katzen und Kaninchen in den Decken übernachten.« Er schob zwei Liegen nebeneinander und sagte zu Sophie: »Machen Sie es sich gemütlich und nehmen Sie sich so viele Decken, wie Sie wollen. Ich bin gleich wieder da.«

Die Laterne tauchte die hölzerne Liegehalle in ein sanftes Licht, und da nur eine schmale Wiese zwischen ihr und dem Wald lag, roch es würzig nach Tannen. Sophie lehnte sich nach hinten in eine Decke, schlang eine andere um ihre Beine und spürte, wie aufgewühlt sie war. Der Krötenraum ging ihr ebenso nach wie die Sache mit Zoe. Sie hatte immer gedacht, sie lebe ein aufregendes Leben in Berlin. Aber wie aufregend war es wirklich? Was war aufregend daran, ein In-Lokal zu besuchen und dort zu speisen, um vielleicht irgendeinen Promi aus der Nähe zu sehen und ein paar Worte mit ihm zu wechseln? Hier oben lebte sie auf, mitten in der Natur, an einem Ort, der ernste Geheimnisse barg. Und einen geheimnisvollen Chef mit Bart gab es auch. Der kam nun mit einem Tablett zurück – darauf eine Flasche Wein, zwei Gläser und eine Flasche Schnaps mit zwei kleinen, dickwandigen Schnapsgläsern. Aus der Hosentasche holte er einen Korkenzieher, man sah, wie geübt er war. Hotelier und Gastronom. Der Korken löste sich mit einem leichten Plopp. Von Studnitz roch kurz daran und nickte zufrieden.

Während er den Wein einschenkte, band Sophie sich die Locken mit einem Haargummi zusammen. Sie spürte, wie er sie dabei beobachtete, und musste lächeln.

»Wofür ist denn der Schnaps da? Wollen Sie mich betrunken machen?«, fragte sie leichthin.

»Nein, Betrunkenmachen gehört nicht zu unserer Gästebetreuung. Trotzdem habe ich das Gefühl, Sie könnten vielleicht gleich einen Schnaps brauchen. Das ist ein guter Obstler aus Himbeeren, den Schnapsbrenner kenne ich persönlich, und die Himbeeren dafür habe ich selbst gepflückt.« Er grinste breit und reichte ihr ein Glas Wein.

»Was ist denn nun mit dieser schrecklichen Kröte?«, fragte Sophie nach dem ersten Schluck.

Wieder lachte von Studnitz. »Nun ja«, begann er, »Männer rätseln ja schon seit vielen Jahrhunderten über die Macht der Frauen. Genau genommen über die Macht, die Frauen auf Männer ausüben.«

»Oha«, kommentierte Sophie, »was kommt denn jetzt? Da bin ich ja mal neugierig.«

»Der Philosoph Plato ...«

»Das ist jetzt aber wirklich lange her«, sagte Sophie.

»Ja, der hat so etwa 400 v. Chr. gelebt. Auf jeden Fall, Plato behauptete – Sie müssen jetzt sehr stark sein, vielleicht gieße ich Ihnen vorsichtshalber einen Obstler ein. Ich darf doch ...« Er füllte Sophies Schnapsglas, reichte es ihr aber nicht, sondern ließ es vor ihr stehen. Sich selbst goss er auch einen ein. »Also, Plato behauptete, dass jede Frau ein Tier zwischen den Beinen trage, das befruchtet werden wolle. Das Uterustier. Irgendwann wurde dann aus diesem mysteriösen Uterustier eine Kröte.«

»Ich soll also eine Kröte zwischen den Beinen tragen?«, fragte Sophie spöttisch.

»Tja«, kommentierte von Studnitz trocken und griff nach seinem Schnapsglas, »gewissermaßen.«

Sophie saß nun aufrecht in ihrem Liegestuhl. »Das ist ja eine wirklich widerliche Vorstellung!« Sie packte sich nun auch ihren Obstler, stieß mit von Studnitz an und sagte: »Danke, den brauche ich jetzt.«

»Sag ich doch.«

Der Obstler roch scharf und mild zugleich. Er brannte nicht sofort, nein, es war ein Nachbrenner, die Wärme kam von tief unten und breitete sich angenehm im ganzen Körper aus. Was für ein sanfter Schnaps. Gefährlich! Denn wenn Sophie betrunken war, dann ...

»Dieser Krötenglaube hielt sich noch lange, bis in die Neuzeit. Die Bauern hier in der Gegend glaubten fest an das Tier in der Frau. An den Wousnhottl, wie man hier oben sagt.«

»Wusenhotel«, wiederholte Sophie fassungslos.

»An Ihrem Dialekt sollten Sie noch arbeiten«, kommentierte Studnitz. »Auf jeden Fall wurde die Kröte zum Symbol für Fruchtbarkeit und Kinderwunsch. Deshalb die vielen Kröten in dem Votivraum hinter der Quelle. Und deshalb kommt das Wunderwasser aus dem Maul der Kröte.«

Sophies Gesicht gab zu erkennen, dass ihr diese Vorstellung immer noch unangenehm war.

»Wenn es Sie beruhigt, die Wissenschaft hat ja mit dem Krötenglauben gründlich aufgeräumt«, beschwichtigte er.

»Die Wissenschaft, die Wissenschaft«, äffte Sophie ihn nach. »Trotz der tollen Wissenschaft sitze ich hier oben in den Bergen und trinke täglich Krötenwasser. Wie in einem Märchen.« Sie zeigte auf die Obstlerflasche. »Einen brauche ich noch auf den Schreck.«

»Kommt sofort«, meinte von Studnitz und goss nach – zweimal, für sie und für ihn. Sie tranken die Gläser in einem Zug aus.

Wieder schwiegen sie eine Weile. Wie angenehm man neben diesem Mann schweigen konnte. Keine Anspannung lag darin, keine Erwartung, nur Ruhe. Die Minuten vergingen, sie schlenderten dahin, und der Alkohol begann sanft zu wirken. Und plötzlich wurde aus der Ruhe eine prickelnde Unruhe. Es lag Spannung in der Luft. Prickelnde Unruhe? Bei dem sonderbaren Kerl? Sie schielte zu ihm hinüber. Trank sie sich von Studnitz womöglich gerade schön? Er war doch nun wirklich nicht ihr Typ. Intelligentes Gesicht, aber er war ihr zu schmächtig. Sie war ja sonst eher der Jane-sucht-Tarzan-Typ. Und von Studnitz – der war definitiv kein Tarzan. Mit seiner dürftigen Muskelmasse an den Armen würde er sicherlich nie einen Wagenheber ersetzen, und er gehörte auch nicht zu den Typen, die man nachts bei einem Spaziergang durch die Berliner Hasenheide zum Schutz an der Seite haben wollte. Dann doch lieber einen Elektroschocker. Aber er war süß. Wie zartfühlend er ihr diesen Plato-Kram nähergebracht hatte – außerdem hatte er einen knackigen Po.

Oh, oh. Bin ich betrunken?

Jetzt griff er in seine Hemdtasche und zog eine Packung Zigaretten heraus. Das machte ihn noch attraktiver. »Kleine Beilage zum Schnaps?«, fragte er und klang ein bisschen so, als sei er selbst ein Hasenheiden-Dealer. Sophie musste grinsen und nahm das Angebot dankend an. Nach Mitternacht im Freien Schnaps trinken und dabei Zigaretten rauchen – wann hatte sie das zuletzt getan? Mit Johann ging sie zwar viel aus, aber meist sehr gesittet; oft waren ja Geschäftspartner dabei, da ging es gediegen zu. Johann achtete außerdem sehr auf seine Linie, mied das Weißbrot auf dem Tisch genauso wie Bier und Schnaps. Zu viele Kalorien. Und Zigaretten? Ging gar nicht. Rauchen gehörte in der Wirtschaftswelt inzwischen zu den No-Gos. Es war eine sterile Welt. Ganz anders als die Krötenwelt hier oben.

Höflich hielt er ihr das Feuer hin, und als der Tabak knisternd mit der Flamme zusammentraf, begegneten sich ihre Augen. Sein Blick überraschte sie. Sophie wurde schlagartig klar, dass er ganz bei sich war und dass er gleichzeitig um sie warb. Er wollte etwas von ihr und war doch zurückhaltend, fast schüchtern. Was für eine verwirrende Mischung, besonders nach zwei Obstlern.

Schweigend rauchten sie ihre Zigaretten. Einen kurzen Moment erwischte sich Sophie bei dem Gedanken, ihn jetzt berühren zu wollen. Sie erschrak. Welchen Weg schlug sie da gerade ein? Sie drückte ihre Zigarette aus. Bloß wieder reden.

»Glauben Sie eigentlich an dieses Wasser?«, begann sie. »Ich meine, glauben Sie, dass es wirkt? Und ich will jetzt nicht die Geschichte Ihrer Mutter hören, sondern wie es den Tausenden anderen Frauen erging, die hier hochkamen«, unterbrach Sophie die Stille. Niemand kannte die Quelle so gut wie von Studnitz, der hier aufgewachsen war.

»Schwer zu sagen«, antwortete er, »manchmal scheint das Wasser tatsächlich zu helfen, aber manchmal auch nicht. Es gibt keine Garantie. Ich weiß nicht, was wichtiger ist – die Quelle oder dass manche Frauen hier oben einfach loslassen und zu sich kommen. Viele Jahre habe ich das Sanatorium völlig abgelehnt, sehr zum Verdruss meiner Eltern. Ich bin durch die Welt gezogen, habe etwas ganz anderes studiert. Aber dann kam ich für einen Sommer zurück und begriff endlich, was für ein Geschenk dieser Ort ist. Wo findet man noch mal so etwas auf der Welt? Als meine Eltern dann kurz hintereinander starben und keines meiner Geschwister das Sanatorium übernehmen wollte, bin ich eingestiegen und habe ein Hotel daraus gemacht. Ich habe das Wasser nie untersuchen lassen, ich will es nicht so genau wissen; es scheint nicht zu schaden, das reicht mir. Vielen Frauen hat die Quelle langersehntes Glück gebracht. Was mir allerdings Sorgen macht, sind Frauen wie Zoe …«

»Frauen wie Zoe?«, hakte Sophie erstaunt nach.

»Sie haben doch das kleine Labor in ihrem Zimmer gesehen. Zoe kommt jetzt schon das dritte Jahr. Die Zimmermädchen berichteten mir anfangs erschrocken von den Geräten. Inzwischen erleben wir das immer öfter – Frauen, die regelrecht getrieben sind von ihrem Kinderwunsch. Die wie besessen daran festhalten, egal, wie schlecht die Prognosen stehen. Es hat zu allen Zeiten Frauen gegeben, die nicht schwanger wurden. Als Kind habe ich öfter Frauen erlebt, die dieses Schicksal angenommen haben, so schwer es ihnen auch fiel. Heute denken alle, man könne noch etwas machen. Irgendein Experte wird es schon richten. Sie wollen das Schicksal regelrecht einklagen. Aber manche Dinge lassen sich einfach nicht hinbiegen, die kann man nur akzeptieren, so schwer es auch fällt. Ich weiß, ich habe als Mann gut reden. Trotzdem, es ist, als hätten diese Frauen den inneren Kompass verloren. Dann tun sie solche verzweifelten Dinge wie Zoe Hoffstedt heute.«

Sophie griff sich die Obstlerflasche, entkorkte sie und goss ihnen beiden nach.

»Und …«, fragte sie, als sie die Flasche wieder zukorkte, »… wie steht es um meinen inneren Kompass?«

Sie prosteten sich kurz zu und tranken.

»Der ist schon in Ordnung, da bin ich mir sicher. Vielleicht solltest du dir nur einen anderen Magneten suchen«, antwortete er leise. Ganz selbstverständlich war er zum Du übergegangen. Überhaupt wirkte die Umgebung plötzlich so, als habe jemand den Dimmer betätigt – schummriger, intimer. Die Waldluft roch würziger, die Sterne funkelten plastischer, und sogar die Wolldecke fühlte sich mit einem Mal weicher an.

Einen anderen Magneten. Der Obstler machte sie mutig, sie fühlte sich verwegen. Wie damals, als sie noch geklettert war. Abends saß man am Lagerfeuer zusammen, es wurde kühl, und plötzlich kam man sich näher. Das war eine wilde Zeit gewesen. Wie sehr sie sie manchmal vermisste.

Zoe hatte ihr heute gezeigt, wie schnell alles vorbei sein konnte. Dann blickte man zurück, alles Geschehene lief an einem vorbei, und man dachte: War es das? War das *mein* Leben? War das alles?

Und aus einer Laune heraus zog Sophie den Kopf des Hotelchefs zu sich heran und küsste ihn sanft. Der Impuls war aus dem Nichts gekommen, sie war selbst von sich überrascht. Auch von Studnitz schien verblüfft zu sein und erwiderte den Kuss zögerlich. Wie aufregend andere Lippen waren, diese fühlten sich gut an, o Gott, was mache ich hier, schoss ihr durch den Kopf, er ist doch gar nicht mein Typ, und ich bin verlobt. Jetzt spürte sie seine Hand auf ihrem Rücken, nicht so zart wie erwartet, sondern unverkennbar männlich, sie suchte langsam den Weg nach oben. Nun war er bei ihrem Nacken angekommen und griff in ihr Haar; das Haargummi löste sich, er zog sie zu sich herüber und küsste sie – diesmal entschlossener.

Oh, oh, dachte Sophie wieder. Was mache ich hier? Und doch wollte sie nicht, dass es aufhörte, oder besser gesagt: dass er aufhörte, denn sie fühlte sich plötzlich so lebendig. Das war ihr lange nicht mehr passiert.

Ein Vogel schrie im Wald, sie hörten es beide. »Eine

Eule«, murmelte von Studnitz. Zum ersten Mal konnte sie sein Gesicht trotz des Bartes lesen. Er sah glücklich aus, wirkte regelrecht befreit.

Vergiss Berlin. Vergiss alle Probleme. Vergiss Johann.

Sie konnte es nicht.

Also hielt Sophie inne. Sie löste sich aus der Umarmung.

»Was ist?«, fragte er besorgt. »Fühlst du dich unwohl?« Kein Draufgänger. Er schien sofort bereit, sich zurückzuziehen – zurück in sein Schneckenhaus, in seine spröde Nick-Knatterton-Schale.

Sophie lachte. »Nein, nein. Vielleicht habe ich ein bisschen Hemmungen; ich gehe eigentlich nicht fremd. Überhaupt – sollte ich nicht zumindest deinen Vornamen kennen, bevor wir richtig knutschen? Oder gar …«

Von Studnitz grinste. »Intim werden?«

»Gott bewahre«, rief Sophie lachend aus.

»Philipp«, antwortete nun von Studnitz.

»Sophie«, sagte Sophie daraufhin.

»Ich weiß«, murmelte er, »ich lese immer die Anmelde-Formulare.«

»Jetzt, nachdem wir uns duzen, stoßen wir doch noch einmal an. Was meinst du?«, schlug Sophie vor und hob die Obstlerflasche hoch.

»Ich weiß nicht, Sophie, ob das so eine gute Idee ist«, versuchte von Studnitz sie zu bremsen.

»Papperlapapp. Einer geht noch.« Jetzt goss sie ein, beide Gläser waren randvoll.

»Auf ex«, befahl Sophie aufgedreht – und er gehorchte. Sie stießen an und tranken schwungvoll. Sie fühlte sich frei und lebenshungrig. Sie war achtunddreißig und hatte viel zu lange nicht mehr wild geknutscht. Sie hatte Johann nie betrogen, doch sie wollte etwas erleben. Der Raum hinter der Quelle, die Kröten, der Sternenhimmel, der zurückhaltende Mann, der so verhalten um sie warb, das alles machte sie auf die schönste Art verrückt.

Aber weil sie ein anständiges Mädchen war, nahm sie den Verlobungsring ab. Das gehörte sich einfach nicht. Gleich morgen, dachte sie grinsend, berichte ich Zoe, dass sie nicht die einzige Schlampe im Hotel ist. Das wird sie beruhigen.

Dann ließ sie sich fallen.

# 16

Wenn man älter wird, verhält sich der Kater tückisch. Er schleicht sich erst im Laufe des nächsten Tages an. Denn als Sophie sehr früh am Morgen auf der Liege erwachte, ging es ihr blendend. Sie schaute auf die Uhr, es war erst kurz nach fünf. Die Sonne musste gerade aufgegangen sein, und die Vögel zwitscherten enervierend laut. Der Platz neben ihr war frei, dort lag niemand, und kurz überlegte Sophie, ob sie alles nur geträumt hatte. Fanden sich irgendwo noch Spuren? Die Gläser waren weggeräumt, auch die Flasche Wein und der Obstler waren verschwunden. Sie lag zugedeckt auf der Liege. War sie etwa nackt? Nein, das Kleid war noch an, der Bikini auch. Gut, das Bikini-Oberteil war zwar etwas verrutscht, aber das sah doch noch ganz sittsam aus. Wie beruhigend.

Nach hinten blickend, entdeckte sie etwas Neues auf dem Tischchen: eine Karaffe Wasser, ein Glas und Kopfschmerztabletten. Wie fürsorglich! Sophie nahm zwei Tabletten aus der Packung und spülte sie schnell mit dem Wasser hinunter. Eigentlich total überflüssig, dachte sie noch, ich habe ja keinen Kater. Egal.

Schnell legte sie die Decke zusammen, griff nach der Laterne und eilte aus der Liegehalle. Das euphorische Gefühl der Nacht war einer gewissen morgendlichen Ernüchterung gewichen. Was war denn bloß mit ihr los gewesen? So enthemmt kannte sie sich gar nicht. Es musste der Krötenraum mit den vielen anrührenden Bildern gewesen sein. All das hatte sie gefühlig gemacht, nur so ließ sich der Ausrutscher gestern erklären.

Um diese frühe Stunde war noch niemand im Hotel unterwegs, noch nicht einmal die Mitarbeiter. Mit der Laterne in der Hand lief sie nach oben. Im Treppenhaus griff sie in die Tasche ihres Kleides, um ihren Zimmerschlüssel zu suchen. Dabei fand sie den Schlüsselbund des Brunnenhäuschens. Den musste sie dringend zurückbringen. Also lief Sophie ein weiteres Stockwerk nach oben und schob den Schlüssel wie versprochen unter Lauras Tür durch. Die Laterne stelle sie davor. Dann legte sie kurz das Ohr an Zoes Tür, hörte aber nichts.

Ihr eigenes Zimmer duftete, als sie eintrat. Ein Blumenstrauß, dem man ansah, dass er selbst gepflückt war, stand auf dem Tisch. Er war sehr bunt und sehr durcheinander. Sie war sich nicht sicher – hatte der gestern Abend schon hier gestanden? Oder war er neu? Hatte sich Philipp von Studnitz womöglich in ihr Zimmer geschlichen und ihr den Strauß hinterlassen – er besaß schließlich einen Generalschlüssel. Das wäre allerdings … Hoffentlich hatte er sich nicht in sie verliebt, es war doch nur ein nächtlicher Urlaubsspaß gewesen. Die Müdigkeit verdrängte alle weiteren Überlegungen. Sophie zog die Vorhänge zu und legte sich ins Bett.

Sie schlief sofort wieder ein und träumte vom Raum

hinter der Quelle. Die Bilder an den Wänden wurden lebendig, sie bewegten sich wie Comicstrips, aber sie blieben in ihren Rahmen. Plötzlich entdeckte sie eine Frau in der Ecke. Sie trug ein weißes Spitzenkleid, das an der Taille mit einem blauen Band eng zusammengehalten wurde. Ihre Schuhe, fiel Sophie im Traum auf, waren moderne Turnschuhe, wohingegen das Kleid altmodisch wirkte. Die Frau schaute Sophie freundlich an, die üppigen schwarzen Haare hatte sie links und rechts hochgesteckt. Das musste Mathilde Freud sein. Sophie trat an die Frau heran, öffnete den Mund, um etwas zu sagen, aber es kamen keine Worte aus ihr heraus. Die Figuren auf den Bildern tanzten nun immer wilder, wie in einem alten Comicfilm, der zu schnell abgespielt wird. Plötzlich hockte sich die Frau hin, raffte das Kleid etwas, und Sophie dachte im Traum noch erschrocken, die wird doch nicht … Da kroch eine Kröte unter dem Rock hervor.

Sophie schrie im Traum.

Da stand Mathilde Freud auf, hob die Hand und begann sanft über ihre Wange zu streichen und hörte nicht auf, sie zu liebkosen.

Langsam kam Sophie zu sich, und der Traum zog sich zurück. Der Schreck ließ nach, die Bilder begannen sich aufzulösen, und sie roch nun wieder das Hotelzimmer mit seinem starken Blumenduft. Dann spürte sie, wie echte Finger über ihre Wange strichen – sie kannte diese Finger, es waren die eines Mannes, und plötzlich war die letzte Nacht wieder da, diese unerwartet intime Begegnung mit Philipp. Wie weit waren sie gegangen? So ganz genau wusste sie es nicht mehr, es war wohl doch ein Schnaps zu viel gewesen. Offenbar weit genug, dass von Studnitz sich in sie verliebt hatte. Erst Blumen, und nun saß er an ihrem Bett und umgarnte sie. Das nahm alles eine falsche Richtung.

Mit geschlossenen Augen griff sie also seine Hand, die ihr schon so sonderbar vertraut vorkam, und flüsterte ganz leise: »Ach, Philipp.« Sie sprach den Namen schonend aus, sie würde mit ihm reden, ihn ernüchtern müssen. Dabei mochte sie ihn. Nur eben nicht so. Es war sonderbar, sie fühlte sich durch die letzte Nacht mit Philipp verbunden. Wild herumzuknutschen war eine sehr westliche Art des Freundschafsbeginns zwischen Mann und Frau, aber manchmal funktionierte diese Art tatsächlich.

»Wer ist denn bitte Philipp?«, antwortete Johann empört.

Sophie riss die Augen auf. Tatsächlich – niemand anders als Johann saß auf ihrer Bettkante. Sie schoss erschrocken hoch und spürte sofort einen furchtbaren Schmerz im Kopf, so als sei sie gegen ein Brett gerannt.

»Au!«, jaulte sie, ließ sich sofort wieder zurückfallen und massierte sich die Schläfen. Der Kater war da.

»Machst du hier oben wirklich eine Wasserkur? Oder unterziehst du dich einer intensiven Martini-Cocktail-Behandlung? Ich gehe mal zu deinen Gunsten davon aus, dass Philipp der Barmixer ist.«

»Genau, der Barmixer«, sagte Sophie matt. Sie versuchte die Augen zu öffnen, kam jedoch über ein bloßes Blinzeln nicht hinaus. »Wo kommst du so plötzlich her?« Sie rollte sich zur Seite und schob sich das Kissen so unter den Kopf, dass es den Schmerz ein wenig abpufferte. Dann öffnete sie vorsichtig die Augen. Tatsächlich – dort saß Johann. Er sah aus wie immer, die Haare gescheitelt und gegelt, das teure Sakko knitterfrei. Er trug keine Krawatte heute, sein Hemd war offen. Sollte wohl ein legerer Tag werden.

»Ich habe doch angekündigt, dass ich bald komme. Es gab noch einiges zu erledigen. Aber jetzt bin ich die Nacht durchgefahren ... Was ist das für eine elende Bauernwiese, auf der man parken muss? Die hätte mich fast den Unterboden gekostet. Und dann holt mich noch so ein bärtiger Kauz ab, so ein Typ aus dem Gruselkabinett. Und als ich mich beschwere, nennt er meinen Sportwagen ein ›aufgetakeltes Scheißhaisl‹. Gut, Schwamm drüber. Ich bin ja jetzt hier.«

Er hielt jetzt ein paar Blätter in der Hand, Ausdrucke aus dem Internet, und wedelte damit vor Sophies Nase herum.

»Diese Sache mit dem Wunderwasser ist reiner Humbug. Studien besagen ...«

Sophie hob die Hand und ließ ihn verstummen. Sie hatte ihm ohnehin nur halb zugehört – autsch, ihr Kopf dröhnte. »Keine Vorträge jetzt.« Langsam, ganz langsam versuchte Sophie sich aufzusetzen. Der Kopf rebellierte. Der Magen fühlte sich auch nicht gut an. Dieser verdammte Obstler. Statt Euphorie über ihr wildes Leben nur Übelkeit.

»Wie viel Uhr ist es?«, erkundigte sie sich.

»Kurz nach halb elf«, antwortete Johann.

»Ich brauche unbedingt etwas Herzhaftes zu essen«, flehte Sophie. »Lass mich schnell duschen, und wir treffen uns gleich unten im Speisesaal. Bestell mir doch schon ein Rührei mit ganz viel Tiroler Speck. Wirklich viel!«

»Du hast einen Kater«, diagnostizierte Johann.

»Ach, wirklich?«, kommentierte Sophie sarkastisch und hielt sich die Schläfen. Das Kopfdröhnen übertönte alles. Auch ihr schlechtes Gewissen. Sie hatte mit einem anderen Mann rumgemacht. Böses Mädchen.

Böses Mädchen? Ein Schreck durchfuhr sie. Der Verlobungsring! Sie trug keinen Verlobungsring am Finger, den hatte sie ja extra abgelegt.

Unauffällig zog sie die linke Hand von der Schläfe und schielte darauf. Nein, der Finger war blank. Er ist bestimmt nicht weg, beruhigte sie sich. Vielleicht lag er neben den Blumen, die Philipp ihr heute Morgen hingestellt hatte. Oder standen die doch gestern schon da?

Sophie seufzte tief.

»Ist irgendetwas?«, fragte Johann. »Du wirkst nicht gerade begeistert, mich zu sehen.«

Schnell ließ Sophie die linke Hand unter der Bettdecke verschwinden.

»Die Übelkeit«, meinte sie ausweichend. Langsam, ganz langsam erhob sie sich. Der Schmerz war bösartig.

Ein paar Minuten später stand sie unter der Dusche, Johann war murrend nach unten abgezogen. Ihr Kopf klarte auf. Der gute Doktor Freud hatte doch auch einmal Probleme mit seinem Verlobungsring gehabt, fiel Sophie ein. Freuds Verlobungsring zerbrach nach einer Operation – der Schmerz nach dem Eingriff war wohl so groß gewesen, dass der junge Freud vor Wut mit der Faust auf den Tisch gehauen hatte. Dabei war der Ring in zwei Teile zersprungen. Freud wäre nicht Freud gewesen, wenn ihn die Symbolik eines zerbrochenen Verlobungsrings nicht beschäftigt hätte. Ein Bild wie aus einem Traum. Seine Verlobte Martha Bernays – die zukünftige Frau Freud – wurde mit Fragen bombardiert. Ob sie ihn wirklich liebe? Ob es einen anderen gebe? Ob sich etwas zwischen ihnen verändert habe? Er quälte und plagte sich und seine Verlobte. Die hielt den Fragen stand. Nein, untreu sei sie nie gewesen. So kaufte Freud irgendwann einen neuen Ring, man heiratete nach vier Jahren, und die Ehe hielt bis zum Lebensende. Ob sie wirklich glücklich und ob Freud treu gewesen war? Darüber rätselten die Forscher bis heute.

Wäre Sophie ehrlicher mit sich selbst gewesen, dann hätte sie sich eingestanden, wie froh sie war, dass der Verlust des Verlobungsrings sie von anderen Dingen ablenkte. So musste sie nicht darüber nachdenken, was der Abend mit von Studnitz bedeutete. Es war nichts Ernstes gewesen, aber es hatte Spaß gemacht. Und sie vermied die Frage, warum bei der plötzlichen Ankunft von Johann keine rechte Freude bei ihr aufkommen wollte. Wie sollte man sich aber auch mit einem solchen Brummschädel freuen?

Neben der Blumenvase lag auch kein Ring.

Auf dem Weg zum Speisesaal machte sie bei der Rezeption halt. Womöglich hatte jemand das Schmuckstück gefunden und abgegeben? »Nein.« Die junge Frau schüttelte bedauernd den Kopf. »Wir hätten einen Badeanzug, einen Regenschirm und die Hülle eines Smartphones. Aber keinen Verlobungsring, tut mir leid.«

Als sie den Speisesaal betrat, musste sie Johann nicht lange suchen. Es saß an einem der besonders großen

Fenstertische, einem der Plätze mit dem schönsten Blick. Das war sein Ausdruck von Fürsorge – den Platz in der ersten Reihe des Theaters zu besorgen oder den Sitz mit der größten Beinfreiheit im Flugzeug zu buchen, weil der Transatlantikflug elend lang war. Johann mochte in wilder Natur verloren sein, im Dschungel der Dienstleistungsgesellschaft fand er sich instinktiv zurecht. Er kannte die geheimsten Konsum-Schleichpfade, wusste, wo die Upgrade-Stiegen nach oben führten, fand Schutz in den Komfort-Höhlen der schönsten Spas der Welt. Er bewegte sich sicher im urbanen Leben. Deshalb saß er genau an diesem Tisch – und an keinem anderen. Sophie allerdings war alles egal. Kaffee und ein herzhaftes Frühstück hätte sie auch in einer Besenkammer eingenommen. Auch die Berge da draußen waren ihr im Moment vollkommen gleichgültig.

Johann wirkte kurz enttäuscht, machte dann aber der Kellnerin ein diskretes Zeichen. Er hatte also schon für sie vorbestellt. Bald darauf standen ein dampfendes Rührei mit viel Speck, ein Cappuccino und ein frisch gepresster Orangensaft vor Sophie. Dazu die übliche Karaffe Wasser.

Mit jedem Bissen und jedem Schluck stabilisierte sich ihr Magen. Die Kopfschmerzen waren zwar immer noch bohrend, aber sie zogen sich in die linke vordere Hälfte des Schädels zurück. Das machte sie zumindest lokalisierbar. Sie trank ein Glas Wasser.

»Ah, das berühmte Wunderwasser.« Aus Johanns Stimme hörte man die Ironie unschwer heraus.

»Es ist normales Wasser, du kannst es auch trinken«, sagte Sophie müde.

»Werde ich dann schwanger?«, erkundigte sich Johann.

»Ha, ha. Wenn das so wäre, hätte dein Sportsfreund Dr. Kemper die Quelle sicherlich schon gekauft«, antwortete Sophie.

Das war wohl das Stichwort. Denn erfreut zog Johann sein iPad hervor.

»Gut, dass wir darüber sprechen. Dr. Kemper …«, sagte er, »… hat mir etwas für dich mitgegeben, eine Botschaft.« Er schaltete das iPad an.

Genervt rieb sich Sophie die Stirn. Eine Botschaft von Dr. Kemper, dem Herrscher der Hormone. Das war noch unangenehmer und bohrender als der Kater.

»Ich will nichts hören«, protestierte sie schwach, aber davon ließ sich Johann natürlich nicht beirren. »Wo ist eigentlich dein Verlobungsring?«, fragte er ganz nebenbei, während er mit der Technik hantierte. »Am Finger jedenfalls nicht, das sehe ich.«

Die Ausrede, sie habe den Ring im Wellnessbereich verloren, klang ziemlich lahm. Sophie faselte irgendetwas von Sauna mit Aromatherapie, dicken Fingern und wie sie ihn abgelegt hatte, aber Johann schien ohnehin abgelenkt. Er starrte fassungslos auf den Bildschirm. »Tatsächlich, kein Internetempfang hier oben. Ich frage mich, wie so ein Hotel überhaupt in der modernen Welt existieren kann. Wir sind hier doch nicht in …«, er suchte das richtige Wort, »… Pakistan.«

In diesem Moment traten Julia, Katalin und Zoe aus dem grünen Raum, wo sie gefrühstückt hatten. Zoe sah erholt aus, sie war zwar immer noch etwas matt, wirkte aber insgesamt kraftvoller. Wie jemand, der eine lange, schwere Nacht hinter sich hatte und dabei zu einer Entscheidung gekommen war. Die Traurigkeit umgab sie zwar noch, aber wie konnte das anders sein? Sie hatte sich eingestehen müssen, dass ihr Lebenstraum unerfüllt bleiben würde.

Sophie winkte den dreien zu, die sofort neugierig auf ihren Tisch zusteuerten. Sie trugen Badetaschen in der Hand – offenbar wollten sie gerade weiter zum Swimmingpool schlendern.

»Wer ist das?«, fragte Johann.

»Freundinnen«, antwortete Sophie.

Johann betrachtete die drei Frauen, die eine attraktive Runde bildeten. »Freundinnen«, sagte er leise. »Und, glauben die auch an diesen Wasserkram?«

Sophie nickte.

»Ein Haufen sonderbarer Esoterikerinnen«, hörte sie ihn murmeln. Aber Johann blieb höflich. Er stand auf und verbeugte sich leicht: »Darf ich mich vorstellen, ich bin Johann, Sophies Verlobter. Zumindest dachte ich bis heute Morgen, ich wäre es. Jetzt finde ich sie allerdings ohne Verlobungsring vor. Und sie wacht morgens mit dem Namen eines fremden Mannes auf den Lippen auf.«

Das Dröhnen im Kopf wurde wieder stärker. Das Gute am Schmerz war allerdings, dass er alle anderen Gefühle dämpfte. Auch die Scham.

»Oh, das ist interessant. Welchen Namen nannte sie denn?«, fragte Julia, die wirklich schnell im Kopf war, interessiert.

»Philipp«, sagte Johann. »Können Sie mit dem Namen etwas anfangen?«

Die Freundinnen wichen Johanns Blick aus. Unter ihrem dunklen Pony schaute Katalin Sophie überrascht an. »Studnitz?«, formte sie mit den Lippen hinter Johanns Rücken. Sophie massierte sich die Schläfen, ja, keine Frage, der Schmerz war wieder da.

»Setzen Sie sich doch zu uns«, bot Johann jetzt an. »Ich wollte Sophie etwas vorspielen, was womöglich auch Sie drei interessieren könnte. Sie scheinen ja alle in einer ähnlichen Lage zu sein.«

Sofort schnappte sich jede von ihnen einen Stuhl, offenbar toppte Johann den Gang zum Pool. Na, zumindest war der große Tisch jetzt gut besetzt. Mit einer kurzen Handbewegung bestellte Johann drei weitere Cappuccini. Ja, er war ein Dirigent in der schönen neuen Servicewelt.

»Du siehst müde aus«, sagte Katalin mitfühlend zu Sophie, »konntest du nach der Sache gestern Abend nicht gut schlafen?«

»Tatsächlich«, bestätigte Julia, »du hast Augenringe.«

»Brauchst du irgendetwas? Ich habe Migränetabletten, da ist besonders viel Ascorbinsäure drin«, schlug Zoe vor und wühlte in ihrer Handtasche.

Na super, dachte Sophie. Nach vier Obstlern sehe ich sogar schlechter aus als eine Frau, die vor vierundzwanzig Stunden einen Selbstmordversuch unternommen hat. Zoe reichte ihr die Tabletten rüber.

»So, so, ein ganz normales Medikament vom Pharmakonzern. Ich dachte, hier oben braut man nur Tees und tanzt im Kreis herum«, witzelte Johann. Die drei Freundinnen schauten ihn irritiert an.

Sophie beobachtete mit Erleichterung, wie sich die Tablette sprudelnd im Wasser auflöste. Hilfe war nah! »Er denkt«, sagte sie, während sie das Glas nicht aus den Augen ließ, »das hier sei kein normales Hotel, sondern ein Esoterikzentrum.«

»Das habe ich nicht gesagt«, protestierte Johann. »Allerdings, ja, ich gebe zu, ich habe meine Vorbehalte. Dieser Ort wirkt …«, offenbar suchte er jetzt vorsichtig die richtigen Worte, »… etwas aus der Zeit gefallen. Alles ist schon nachgedunkelt, die Tapeten, das Holz. Bisschen oll, die Bude.«

»Und dann noch das ›Wunderwasser‹, wie Johann es ironisch nennt«, warf Sophie nun ein.

Katalin schaute ihn neugierig an. »Was hast du gegen das Wasser?«, fragte sie.

Julia zeigte auf sie. »Sie ist nämlich Ärztin.«

»Eine richtige Ärztin?«, fragte Johann erstaunt.

»Wieso, was ist denn eine falsche Ärztin?«, erkundigte sich Katalin.

»Homöopathin, Naturheilkundlerin, Ernährungsspezialistin, Psychologin …«, begann Johann.

»Sophie ist doch Psychologin«, warf Zoe ein.

»Ja, aber zumindest Wirtschaftspsychologin. Das ist nicht nur Blabla. Bei ihr sind die Ergebnisse zumindest messbar – da gibt es Tests, standardisierte Auswertungen. Ich meine mehr diesen Couch-Kram.«

»Keine Sorge, ich bin eine richtige Ärztin. Ich arbeite im Uniklinikum Erlangen. In leitender Position.«

Man sah Johann an, dass er jetzt gerne nachgehakt hätte, warum jemand wie Katalin, die es doch besser wissen müsste, hier oben hockte und dieses sonderbare Wasser trank, aber er hielt sich Sophie zuliebe zurück. Er würde nie verstehen, was hier lief, aber er gab sich sichtlich Mühe, nicht sofort anzuecken. Schließlich war er nicht mit leeren Händen gekommen, sondern hatte einen Plan. Er wandte sich wieder dem iPad zu, sein Finger glitt über die Touchscreen-Oberfläche. Nun erschien Dr. Kempers Gesicht mit einem großen Pfeil auf der Nase. Sophie seufzte. »Darf ich vorstellen: mein Berliner Fruchtbarkeitsguru, Dr. Dr. Homunculus.«

»Dr. Christian Kemper«, sagte Johann, nun doch langsam verärgert. Er drückte dem Mann auf die Nase und setzte so die Videosequenz in Gang.

Dr. Kemper schaute sehr ernst. Er saß in seinem Sprechzimmer, Sophie erkannte es an der Posterreproduktion eines Kandinsky mit seinen vielen stechenden Linien.

»Liebe Frau Kaltenbrunn«, begann er, »Ihr Verlobter hat mir erzählt, was Sie gerade treiben. Ein ganz besonderes Wasser …«, hier brach er ab und hüstelte, vermutlich, um sein Lachen zu überspielen, »… aus meiner Praxis weiß ich: Alle meine Patientinnen möchten auf natürlichem Wege schwanger werden. Diese Sehnsucht nach einer Spontanschwangerschaft ist ganz normal. Sehr menschlich und verständlich. Aber – ich muss jetzt leider Klartext reden. Jeder Tag, den Sie an diese naive Hoffnung vergeuden, ist ein verlorener Tag. Denn, es tut mir leid, das sagen zu müssen: Sie werden älter.« Nun beugte er sich ein wenig vor und starrte eindringlich in die Kamera. »Entschuldigen Sie meine Schonungslosigkeit, Frau Kaltenbrunn, aber Ihre Fruchtbarkeit nimmt dramatisch ab. Als Vierzigjährige haben Sie lediglich eine zehnprozentige Chance, während eines normalen Zyklus schwanger zu werden. Ab dreiundvierzig, vierundvierzig läuft ohne Unterstützung gar nichts mehr. Und leider, leider steigt auch das Risiko von Fehlgeburten mit jedem weiteren Lebensjahr. Lassen Sie mich ein drastisches Bild wählen: Ihre Fruchtbarkeit befindet sich im Vorruhestand. Verstehen Sie mich nicht falsch: Das ist völlig unabhängig von Ihnen und von Ihrem Äußeren. Aber Sie müssen sich klarmachen, dass eine Frau – nach ihrer Geschlechtsreife – nur im ersten Abschnitt ihrer Lebenszeit fähig ist, Kinder zu gebären. Deshalb müssen wir Ihren Eiern auf die Sprünge helfen.«

Das schräge Wortspiel fiel ihm überhaupt nicht auf. Er lachte nicht, grinste noch nicht einmal.

»Bitte verlieren Sie keine Zeit mehr. Kommen Sie zurück nach Berlin. Das Zeitfenster, in dem wir uns bewegen, ist klein. Schluss mit der Esoterik!« Er hob eine Spritze von seinem Schreibtisch hoch und hielt sie ins Bild. Sophie stöhnte auf. Aber nicht nur sie. Auch Zoe und Julia. »Diese Injection Pens sind auf dem neuesten Stand der Wissenschaft. Schauen Sie, eine ganz feine Nadel. Auch das Hormon ist viel besser verträglich als früher. Spielen Sie dort in den Bergen nicht weiter mit Ihrer Zukunft – und mit der Zukunft Ihres ungeborenen Kindes. Ihre Chancen stehen gut. Über Ihren Ausflug werden wir kein Wort verlieren, versprochen. Wir machen einfach weiter wie bisher.«

Das Bild wurde schwarz.

Alle schauten betreten in verschiedene Richtungen, und jede der vier Frauen war auf ihre Art betroffen. Sie alle hatten den vierzigsten Geburtstag in Sichtweite, nur Zoe nicht, die hatte ihn schon hinter sich gebracht. Waren das Tränen in ihren Augen? Sophie wagte gar nicht, genau hinzusehen. Johann nestelte dagegen schon wieder an dem Gerät herum, befriedigt, einen Punktsieg errungen zu haben. Er wollte wohl gerade ansetzen, etwas zu sagen, da durchschnitt von Studnitz' Stimme die Stille.

»Oft liegt es ja an den Männern.«

»Wie bitte?« Ruckartig schnellte Johann herum. Philipp von Studnitz stand direkt hinter ihm.

Er zeigte mit einer lässigen Handbewegung auf das iPad. »Viele Ärzte wollen es nicht zugeben, aber ich erlebe das hier oben immer wieder. Paare versuchen und versuchen es, aber es klappt einfach nicht. Und dann lacht sie sich im Urlaub einen anderen an, einen Kurschatten und ...«, er klatschte lustvoll in die Hände, »... voilà. Es klappt. Ein Partnerwechsel bringt meist mehr als eine Hormontherapie.«

Die drei Freundinnen lachten laut auf. Auch Zoe. Sophie war kreidebleich. Das sah nach Ärger aus. Was trieb Studnitz da? Wollte er sie etwa verraten? Johann alles erzählen? Das konnte doch nicht sein.

Jetzt stand Johann vom Stuhl auf und baute sich vor dem Hotelchef auf. Als alter Handballer wusste er genau, wie das ging, das lernte man als Abwehrspieler vor dem Torraum. Tatsächlich war von Studnitz deutlich kleiner, aber nicht weniger präsent. Er wich nicht von der Stelle.

»Und Sie sind?«, begann Johann in scharfem Ton.

»Philipp von Studnitz. Mir gehört das Haus«, sagte der schlicht.

»Philipp?«, echote Johann ungläubig. Das war offenbar nicht der Mann, den er sich zu dem Namen vorgestellt hatte. Johann kämpfte mit sich und musterte von Studnitz kritisch. Ein Mann, so groß wie Sophie selbst und eher schmächtig. Seiner Reaktion nach traute er Sophie grundsätzlich eine Affäre zu. Aber es müsste dann schon ein Cool-Water-Typ sein, eine auch optisch ernst zu nehmende Konkurrenz.

Wie eng Johann das Leben sah. Eng? Er würde es anders ausdrücken. Fokussiert. Fokussiert zu sein, wiederholte Johann oft, sei der Schlüssel zum Erfolg.

Nun blickte Johann zu Sophie und erwartete offenbar eine Erklärung. Warum wachst du mit seinem Namen auf den Lippen auf? Eine berechtigte Frage.

Sophie schwieg, und Johann winkte schließlich ab. Mit diesem Philipp ließ er sich auf keinen Hahnenkampf ein, sollte die Geste wohl heißen.

»Sie sind also der Hotelmanager hier? Die Sache mit dem Wasser – ist das Ihr Ernst? Das ist doch nur eine Masche, um Frauen das Geld aus der Tasche zu ziehen. Sie beuten das Leid dieser Frauen aus.«

Betont locker setzte sich Johann jetzt hin und ließ Philipp wie einen Lakaien stehen. Er hatte ihn gerade vom Hotelbesitzer zum obersten Hotelangestellten degradiert. Die Aggression im Raum war jetzt mit Händen zu greifen.

»Ich beute Frauen aus?«, sagte von Studnitz scharf.

»Wie viel nehmen Sie denn für den Liter Wasser? Was steht am Ende auf der Hotelrechnung? Zwanzig Euro, dreißig Euro pro Liter?« Johann schaute ihn provozierend an.

Jeder im Hotel wusste, dass das Quellwasser kostenlos war. Trotzdem schien etwas an diesem Vorwurf Philipp von Studnitz maßlos zu ärgern. Als hätte Johann einen Nerv getroffen. Vielleicht den Nerv, dass Philipp kein richtiger Geschäftsmann war. Das merkte man im Hotel an allen Ecken und Enden. Das üppige, liebevolle Essen, die schönen Details, die frischen Blumen, die gestärkten Dirndl. Auch wenn Sophie keine geborene Geschäftsfrau war, wusste sie, dass Philipp mit diesem Hotelkonzept niemals reich werden würde. Einer wie Johann nähme natürlich Geld für das Wasser, Philipp würde das nie tun.

Wütend griff von Studnitz in die Tasche seines karierten Hemdes und holte den verlorenen Verlobungsring heraus. Er überreichte ihn Sophie, doch sein Blick war dabei auf Johann geheftet.

»Du hast gestern Nacht so glücklich ausgesehen. Aber den hast du vergessen. Kein Zufall, denke ich.«

Jetzt sprang Johann wieder auf. »Wollen Sie etwa sagen …«, ging er von Studnitz heftig an.

Philipp von Studnitz trat einen Schritt zurück und schaffte so Abstand. Er schaute Sophie an und lächelte. Noch bevor er sprach, wusste sie, er würde sie nicht verraten. Von ihm würde Johann niemals etwas erfahren. »Wir haben gestern für die Gäste eine Mitternachtssauna angeboten. Danach konnte man im Bademantel unter dem Sternenhimmel spazieren – ein schönes Bild. Sophie, also Frau Kaltenbrunn, hatte den Ring vorher abgelegt und dann vergessen. Eine Mitarbeiterin überreichte ihn mir heute Morgen. Alles in bester Ordnung.«

»Echt? Es gibt eine Mitternachtssauna?«, flüsterte Zoe.

»Davon wusste ich …« Julia trat ihr gegen das Schienbein, und sie verstummte.

Da Johann sowieso kaum an eine Affäre zwischen dem Hotelchef und Sophie glauben wollte, schluckte er die Erklärung. Mehr oder weniger, denn die Wut war nach wie vor da.

»Nichts ist in bester Ordnung! Hier oben ist doch etwas faul. Dieser Humbug mit dem Wasser, vielleicht sollte man es mal untersuchen lassen. Proben nehmen, das Gesundheitsamt einschalten. Ich kenne da Leute«, drohte Johann.

»In Südtirol? Das glaube ich kaum«, grinste ihn von Studnitz frech an, wahrte dann aber schnell wieder die Form. »Dies ist ein ganz normales Hotel«, sagte er.

»Normales Hotel? Wie sagte es Sophie am Telefon: ›Hier werden unfruchtbare Frauen fruchtbar.‹ Das soll normal sein?« Von Studnitz zuckte desinteressiert mit den Schultern. Denk doch, was du willst, schien die Geste zu sagen. Seine Gleichgültigkeit machte Johann noch wütender. »Wollen Sie mich nicht irgendwie vom Gegenteil überzeugen?«, fragte er verärgert.

Nun hatte von Studnitz genug.

»Ich soll Sie überzeugen? Überzeugen Sie sich doch selbst. Von mir aus können Sie überall in diesem Hotel Ihre Nase reinstecken – in die Küche, in die Wäschekammer, wo auch immer, um nachzuprüfen, ob hier alles normal läuft. Ist mir völlig egal, was Sie tun.«

Er wollte sich schon umdrehen und weggehen, da hielt er noch einmal inne. Er zeigte auf Sophie.

»Oder reden Sie doch einfach mal mit Ihrer Verlobten, einer wirklich wunderbaren Frau. Führen Sie ein Gespräch mit ihr, vertrauen Sie ihr einfach. Sie weiß alles, was man hier oben wissen muss. Ach nein, Sie stellen ja keine Fragen, Sie stecken ja voller Antworten. Kein Wunder, dass sie beide nicht besonders viel miteinander zu reden scheinen. Sophie, womöglich bin ich nicht der Richtige. Aber der ist bestimmt nicht dein Magnet.«

»Sie sind ein komischer Kauz, Herr Studnitz«, sagte Johann – und er klang dabei zutiefst irritiert.

»Für Sie immer noch von Studnitz«, knurrte der Hotelchef. Dann war er weg.

# 17

Nein, Johann gefiel es hier oben in den Bergen nicht. Die meiste Zeit saß er wütend auf dem Balkon und starrte das Bergpanorama mit finsterer Miene an, als versuche er, mit seinem Blick die Dolomiten wegzulasern. Alle Versuche Sophies, ihn vom Balkon zu locken, scheiterten. Ein Spaziergang durch die Wälder? »Langweilig.« Ein Sprung ins Schwimmbad? »Hab keine Badehose dabei.« Ausruhen in der Liegehalle, die Sophie allerdings aus schlechtem Gewissen eher mied? »Bin ich ein Kleinkind?« Dann blickte er zum wiederholten Mal vorwurfsvoll auf ihre linke Hand. Das mit dem Verlobungsring nahm er ihr übel.

Dabei wusste er nichts von ihrem Seitensprung. Von Studnitz hielt dicht. Nur einmal konnte sie ohne Johanns Anwesenheit kurz mit ihm sprechen – sie hatte den Speisesaal unter dem Vorwand verlassen, etwas im Zimmer vergessen zu haben, und war im Hotelflur mit ihm zusammengetroffen. »Es war ein Ausrutscher, Philipp, obwohl ich dich wirklich gern mag. Aber ich bin verlobt«, sagte sie zu ihm. Von Studnitz hatte ganz gelassen reagiert. »Verlobt oder nicht – du bist auf dem Absprung. Wer als

Mann einigermaßen ein Auge dafür hat, der spürt das. Bei mir bist du schon mal losgefedert, aber die Anziehungskraft reichte wohl nicht. Schade. Aber keine Sorge, bereuen werde ich die Nacht bestimmt nicht …« Dabei grinste er sie breit an. Und liebevoll. Ja, sie waren Freunde geworden. Verrückt.

Nein, Johann ahnte nichts. Ihn ärgerte lediglich die Tatsache, dass sie ihren Ring überhaupt verlegt hatte. Und dass sie nicht auf ihn hörte und mit ihm zurück nach Berlin fuhr.

Es stand so viel Ungesagtes zwischen ihnen, zwischen Johann und ihr. Als Psychologin hätte Sophie ein paar Tricks gewusst, um wieder ins Gespräch zu kommen. Aber was hatten ihre Professoren immer warnend gesagt: Wer Psychologie studiert, weil er glaubt, danach sein eigenes Leben besser in den Griff zu bekommen, der hat den Beruf verfehlt. In ihrem eigenen Leben scheiterten Therapeuten genauso wie andere Menschen auch. Sophie saß da und wusste einfach nicht weiter.

Sie war überfordert. Es war einfach alles zu viel auf einmal – die Entdeckung des Krötenraums in der Nacht, dann das Besäufnis mit von Studnitz, das in dieser fatalen Liebesnacht endete. Sie kannte sich selbst nicht mehr. Und dann tauchte plötzlich auch noch Johann auf, mit einem großen Sack voll schlechter Laune und Vorwürfen im Gepäck.

Der wiederholte gebetsmühlenartig nur eine Forderung: »Pack deine Sachen und komm mit mir nach Berlin.« Je öfter er das verlangte, desto sturer reagierte Sophie. Sie konnte gar nicht anders, ihr ganzer Körper verkrampfte sich.

Also versuchte sie es mit Sex. Aber auch das lockerte die Stimmung nicht auf. Dabei funktionierte es sonst immer. Es war wie verhext. Während Johann sie pflichtschuldig küsste, musste sie an die wilde Knutscherei mit von Studnitz denken, die dagegen deutlich prickelnder gewesen war. Und das, obwohl der Hotelchef nicht ihr Typ war. Sich daran zu erinnern machte ihr wiederum ein schlechtes Gewissen und hemmte sie. Irgendwie brachten sie es dann trotzdem zu Ende, aber gleich danach rollte sich Johann zur Seite, drehte ihr den Rücken zu und spottete: »So, und jetzt schön ab in die Kerze.«

Wie oft hatten sie im letzten Jahr allein zu dem Zweck miteinander geschlafen, ein Baby zu zeugen? Viel zu oft. Aber nie war Johann hämisch geworden wie heute. Das traf Sophie schmerzhaft. Ja, zugegeben, der Sex war berechnend gewesen. Aber doch nur, um seine Laune zu heben.

Sie setzte sich auf. »Ich verstehe nicht, warum dich ein bisschen harmloses Wasser so aufregt. Was stört dich so wahnsinnig daran, dass ich hier oben bin?«

Johann sah sie nicht an, setzte sich auf die Bettkante und zog seine Boxershorts an.

»Was mich stört? Ich weiß nicht, was als Nächstes kommt. Astro-Kanal in der Dauerschleife? Oder stapeln sich in unserem Loft Esoterik-Magazine, der Duft von Räucherkerzen durchzieht die Räume und setzt sich in meinen Anzügen fest, während du am Wochenende unterwegs bist, um deine Chakren zu suchen? Das hier oben ist Mittelalter, Sophie, finsteres Mittelalter. Wasser trinken, um fruchtbar zu werden – lächerlich! Die Frau, mit der ich verlobt bin, tickt nicht so. Doodle tickt nicht so. Wir haben in Berlin die beste Klinik ausgesucht, sind beim besten Arzt. Alles lief gut.«

Jetzt stand auch Sophie auf und zog sich wütend an. So wütend, dass sie mit ihrem Fuß am Slip hängen blieb und auf einem Bein hüpfend durch das Zimmer stolperte. Johann lachte nicht. Als sie dann endlich das T-Shirt übergezogen hatte, drehte sie sich zu Johann um. Als sei ihr jetzt erst klar geworden, was er gerade gesagt hatte.

»Alles lief gut?«, wiederholte sie. »Weißt du, was du da redest? Bist du noch bei Trost?«

Johann, der sich gerade seinen Pullover mit V-Ausschnitt über sein Poloshirt zog, winkte ab.

»Ja, ja, ich weiß schon, jetzt kommt die Fehlgeburt. Sophie, das Kind hat noch nicht mal richtig gelebt, es war so früh, das war mehr ein ... ein Ding. Linsengroß, nicht mehr. Kein Herzschlag. Dr. Kemper sagt, die meisten Frauen stecken so eine frühe Fehlgeburt locker weg. Das passiert halt, ist Pech, aber mehr auch nicht. Kein Grund, so auszuflippen, wie du das jetzt tust.«

Johann holte tief Luft und atmete dann laut aus.

»Du enttäuschst mich, Doodle.«

Ein Paartherapeut hätte Sophie jetzt womöglich ermutigt, Johann von ihrer Erfahrung zu erzählen, von ihren Ängsten, dass diese frühe Fehlgeburt nur die erste in einer langen Reihe werden könnte. Dass es ihr erginge wie Zoe oder den vielen anderen Frauen, die sie in der Klinik erlebt hatte und die ein ums andere Mal scheiterten.

Das hätte sie Johann erzählen sollen. Aber stattdessen sagte Sophie: »Ich muss hier raus.«

»Dann bring mich zur Schafswiese, wo man Handyempfang hat. Ich muss dringend ein paar Telefonate machen. Das Leben da draußen geht weiter, Sophie. Wir können nicht alle auf dem Zauberberg sitzen, Däumchen drehen und Wasser trinken. Ich muss Geld verdienen.«

Vorher aber bestand er noch darauf, am Brunnenhaus vorbeizugehen, um einen Blick hineinzuwerfen. Tatsächlich war das Gitter heute abgeschlossen, aber das hielt Johann nicht davon ab, seine Hand durch die Gitterstäbe zu stecken und wie wild zu fotografieren. Als sei das Quellhäuschen ein Tatort. Dazwischen stellte er Fragen: »Wer hat den Schlüssel zu dieser Gittertür?«, »Wo kommt das Wasser her?«, »Wer füllt es ab?« Missbilligend nahm er zur Kenntnis, dass von Studnitz den Schlüssel besaß und das Wasser abfüllte. »Käme ich an den Schlüssel, könnte ich eine Probe von dem Wasser nehmen, wie es direkt aus dem Rohr fließt. Und es mit einer weiteren Probe des Wassers vergleichen, das man euch serviert. Vielleicht panscht Studnitz das Wasser mit einem Hormon oder einem Psychopharmakon.«

»Spinner«, murmelte Sophie.

»Du bist so naiv, Doodle. So naiv.« Zum wiederholten Mal ging er an den Gitterstäben entlang, dann blieb er plötzlich stehen. »Da ist ja eine Tür. Schau, da, neben der Quelle. Was ist dahinter?«, fragte er aufgeregt.

Der Krötenraum.

Sophie, die auf der Holzbank saß, versuchte gleichmütig dreinzuschauen.

»Welche Tür?«, fragte sie und bemühte sich, keinerlei Interesse in ihre Stimme zu legen.

Aufgeregt zeigte Johann zwischen die Stäbe.

Sophie zuckte mit den Schultern. »Keine Ahnung. Vielleicht Gartengeräte – ein Rasenmäher oder so?«

Misstrauisch schaute Johann sie an: »Weißt du etwas, Sophie?«

Da half nur Ablenkung. Sophie schaute auf die Uhr und sagte leichthin: »In Peking wird es langsam spät, wenn du noch telefonieren willst …«

Das überzeugte. Johann, der noch einige Telefonate nach Asien führen wollte und dem die Zeitverschiebung im Nacken saß, ließ vom Quellhäuschen ab und sich den Ort zeigen, an dem er Empfang hatte.

Zehn Minuten später standen sie auf der Wiese. Johann strahlte vor Glück, als sein Handy wieder Empfang hatte. Es war zwar nur ein kurzes Strahlen, aber es war das erste Mal seit achtundvierzig Stunden, dass Sophie ihren Verlobten glücklich sah. Sein Handy vibrierte heftig, Nachricht folgte auf Nachricht – vermutlich war das blöde Ding noch nie so lange offline gewesen.

Er legte gleich mit dem ersten Telefonat los. Allerdings musste er sich mit dem rechten Teil der Wiese begnügen, da links schon der in seinen Wollschal gewickelte Familienvater hockte. Er hatte sich einen kleinen Beistelltisch aus dem Hotel besorgt und auf die Wiese gestellt. Den Stein als Stuhl, davor der Tisch – ein richtiges kleines Bergwiesenbüro. Sein Organizer lag vor ihm, und er tippte hektisch darauf herum, während seine Frau und die Kinder wie immer oben mit den Schafen spielten. Ein Kind kreischte vor Freude.

Johann machte Sophie unwirsch Zeichen. Die Kinder

sollten still sein, signalisierte er mit den Händen. Kann nichts machen, funkte Sophie zurück. Und zeigte mit einer Wickelgeste auf den Familienvater. Johann kapierte sofort. Im Nu band er sich seinen lila Kaschmirpullover um den Kopf. Jetzt telefonierten zwei vermummte Kerle auf der Wiese.

Sophie lehnte sich mit dem Rücken zu ihnen an einen Pfosten des Holzzauns und begann, Gänseblümchen zu pflücken. Wie früher schlitzte sie mit dem Fingernagel ein längliches Loch in den Stiel und bildete so eine Blumenkette. Vielleicht würde sie den Blumenkranz einem der Mädchen schenken, die gerade auf der Wiese herumtollten. Ihr eigenes Handy hatte sie im Hotelzimmer gelassen, sie verspürte keine Lust auf Anrufe. Seit Tagen lebte sie ihr Leben offline.

Die Sonne, die frische Luft, der leichte Wind, das alles tat gut. Sie genoss es, endlich raus aus dem Zimmer zu sein, das zunehmend stickig geworden war, so viel Ungesagtes staute sich darin. Und da näherte sich auch noch willkommene Ablenkung. Mit dem Picknickkorb in der Hand kamen Zoe, Julia und Katalin den Weg entlanggeschlendert. Sophie grinste sie an.

»Na, welcher ist deiner?«, fragte Julia, als sie bei Sophie angekommen war, und zeigte auf die Wiese.

Sophie drehte sich um und betrachtete die beiden vermummten Männer. »Ich glaube, der Rechte. Die Figur ist besser. Aber so ganz genau kann man das nicht sagen.«

»Und – wie lange hockst du schon hier rum?«, erkundigte sich Katalin mitfühlend.

»Eine halbe Stunde auf jeden Fall. Vielleicht auch eine

Dreiviertelstunde.« So konnte man seine Tage auch verbringen.

»Willst du uns nicht zum Picknick begleiten? Dein Johann kann sicherlich auch allein telefonieren. Und wie es aussieht, dauert das noch eine Weile.«

Zoe sagte nichts. Sie wirkte wieder sehr blass, schaute unruhig zur Wiese hinauf und sah dann wieder gehetzt weg – dort stand die Frau, deren Mann sie sich für eine Nacht ins Bett geholt hatte. Keine Frage, sie wollte nicht hier sein.

Kurz entschlossen nickte Sophie. Zoe brauchte schnell Erlösung. Außerdem konnte sie dann vorsichtig vom Krötenraum erzählen. Ob die anderen inzwischen drinnen gewesen waren? »Klar komme ich mit!« Behutsam hängte sie ihre Gänseblümchenkette an den Zaunpfosten. Danach signalisierte sie Johann, dass sie gehen würde. Er reagierte kaum, ob er sie verstanden hatte? Egal. Auf ging's. Der Picknickkorb schwang in Julias Hand, Zoe klemmte sich die Decke unter den Arm, und Sophie nahm den Flaschenkühler, während Katalin den gekühlten Crémant trug. Vier hübsche, sommerlich gekleidete Frauen auf dem Weg zu einem schönen Sonnenfleck irgendwo auf einer Waldlichtung in den Bergen.

Doch sie kamen nicht weit. Denn nur wenige Meter vor ihnen lehnte die Ehefrau und Mutter am Zaun und betrachtete die vier spöttisch.

»Na, ein weiterer glücklicher Tag im Paradies der ungebundenen Frauen? Ein bisschen liiert, ein bisschen Single, das Beste aus beiden Welten, nicht wahr? Man nimmt mit, was man kann. So wie in dieser US-Serie mit den vier

Frauen, da ging es ja auch immer um Sex. Versuchen Sie, Szenen daraus nachzuspielen?«

Wie zornig sie war. Da stand sie nun in ihrem teuren Poloshirt in dezentem Rosa, dazu ein praktischer kakifarbener Rock, der sicherlich gut verarbeitet war, an den Füßen superflache Damenmokassins. Die Haare waren zu einer praktischen Kurzhaarfrisur geschnitten, sie trug wenig Schmuck neben Ehe- und Verlobungsring, die hintereinander steckten, nur kleine Perlenohrringe und eine dezente Perlenkette. Sie war keine schlecht aussehende Frau, nach der Geburt von fünf Kindern hatte sie immer noch eine ordentliche Figur, aber ihr zartrosa-cremefarbener Auftritt machte sie fast unsichtbar. Die vier Kinderlosen waren dagegen ein Hingucker.

»Verzeihung?«, sagte Katalin irritiert.

»Was ist denn Ihr Problem, Lady?«, fügte Julia etwas direkter hinzu.

Die Ehefrau zeigte auf Zoe, die sich hinter Sophies Rücken verschanzt hatte.

»Ich denke, sie weiß genau, was mein Problem ist. Nicht wahr, meine Liebe? Ich habe Bilder von Ihnen im Handy meines Mannes gefunden. Nackt in einem Bett.« Sie griff in eine der vielen Taschen ihres Kakirocks und holte ihr eigenes Handy raus. »Ich kann die Bilder auch gerne an Sie weiterleiten, falls Sie darauf Wert legen.«

Tatsächlich, da lag Zoe nackt im Bett – im weiß lasierten Holzbett des Hotels. Am Nachttisch erkannte man, dass es Zoes Zimmer war, der blöde Fruchtbarkeitscomputer stand da, daneben eine Flasche Wein und zwei halb volle Gläser. Fruchtbarkeitscomputer und Wein, sehr romantisch! Ihr schöner, zarter Körper war komplett zu sehen, denn die Decke war weggezogen. Zoe selbst schlief.

»Das Schwein«, murmelte sie wütend.

»Mein Mann ist das Schwein?«, empörte sich die Ehefrau nun. »Das ist ja wohl eher Ihre Rolle. Für ein bisschen Spaß dringen Sie in das Leben einer Familie ein, die gerade mit ihren fünf Kindern hier oben Urlaub macht. Ohne jedes Schamgefühl. Was wollen Sie? Etwa den da ...« Sie drehte sich um und zeigte verächtlich auf ihren Mann, der gerade im Profil zum Zaun stand, was seinen Bauchansatz besonders schön im Gegenlicht erscheinen ließ. »Kein Adonis, wie Sie alle sehen. Und hätte er nicht den Schal um den Kopf gewickelt, wüssten Sie, dass die Haare auf dem Kopf auch immer lichter werden.«

Zoe sackte bei der Strafpredigt förmlich in sich zusammen. Katalin eilte zu ihr und stützte sie.

»Glauben Sie mir, es tut ihr wirklich leid. Sie ...«, begann Katalin. Aber Sophie und Julia schüttelten heftig die Köpfe. Bloß nichts von dem Selbstmordversuch erzählen, das machte es auch nicht besser. Im Gegenteil. Katalin verstand. »Es tut ihr leid«, wiederholte sie also lahm.

»So, so, sie bedauert die Affäre mit meinem Mann«, höhnte nun die Ehefrau. »Hinterher. Nachdem sie ihren Spaß gehabt hat.«

»Es war kein Spaß«, murmelte Zoe nun leise. »Wirklich nicht. An diese Nacht mag ich überhaupt nicht mehr denken. Danach habe ich mich förmlich mit dem Wein ins Koma getrunken. Schauen Sie doch das Bild an, da bin ich schon weg. Eine schlafende Frau hinterher zu fotografieren, als Trophäe, das ist widerlich. Als hätte er mich erlegt.

Dabei ist Ihr Mann wahrlich keine Granate im Bett. Eher ein Blindgänger.«

Ihre Stimme war mit jedem Satz kräftiger geworden. Oh, oh, dachte Sophie – Zoe, was machst du? Ist das hier ein zweiter, erweiterter Suizidversuch? Einer Ehefrau und Mutter von fünf Kindern den Ehemann durch Betrug wegzuschnappen war schon schlimm genug. Aber ihn danach als Blindgänger im Bett zu bezeichnen war Kamikaze. Sophie machte sich noch breiter, um Zoe vor dem Gegenangriff, der nun folgen würde, zu schützen.

Doch zum Erstaunen aller begann die Ehefrau herzhaft zu lachen. Es klang frisch und befreit.

»Eher ein Blindgänger? Ha, Sie ahnen ja nicht, wie richtig Sie mit Ihrer Einschätzung liegen. Mein Mann ist tatsächlich ein Blindgänger. Was Sie da sagen, ist viel wahrer, als Sie glauben. Tja, meine Liebe, der ganze trostlose Fick war umsonst.«

Die eher bieder aussehende Frau ein solch rabiates Wort aussprechen zu hören verblüffte die vier. Spätestens jetzt spürten sie, dass sie diese Frau unterschätzt hatten. Sie mochte sich durchschnittlich anziehen, aber sie war wach. Hellwach.

»Was meinen Sie?«, fragte Julia verwundert. »Was ahnen wir nicht?« Sie zeigte auf den telefonierenden Mann, der sich überhaupt nicht um die Frauengruppe kümmerte. Die Kinder streichelten glücklich die Schafe, das jüngste allerdings saß inzwischen im Gras und spielte mit etwas, von dem Sophie nicht so genau wissen wollte, was es war.

»Sie haben es auf sein Sperma abgesehen, denke ich. Deshalb sind Sie mit ihm ins Bett. Fünf Kinder – das ist ja ein Empfehlungsschreiben. Wir waren schon öfter hier oben, ich weiß das längst mit dem Wasser. Frauen wie Sie …«, sie zeigte großzügig in die Runde, damit klar war, dass diese Rede an alle vier gerichtet war, »… plagt eine riesige Sehnsucht nach eigenen Kindern. Und dann haben Sie meinen Deppengatten ins Visier genommen und gedacht, da kann nichts schiefgehen.«

»Die Kinder sind ja auch wirklich süß. Und mir bleibt nicht viel Zeit«, rechtfertigte sich Zoe schwach.

»Tja, meine Damen«, sagte die Ehefrau nun genüsslich. »Keines der Kinder stammt von ihm.«

»Nicht?«, sagte Sophie erstaunt.

»Keines?«, echote Zoe perplex.

»Wie bitte?«, rief Julia aus.

»Gehen Sie etwa auch fremd?«, stammelte Zoe überrascht. »Aber mit wem denn? Die Kinder sehen sich doch alle ähnlich.«

»Ich habe ja auch immer den gleichen Spender. R2-D2. Laut Profil zur Zeit der Spermaspende ein junger, attraktiver, hochintelligenter Mann. Das ist zwar schon ein paar Jahre her, aber das Sperma hält ja eingefroren ewig. Wie Tiefkühlkost. Die Befruchtung lasse ich jedes Mal in einer privaten Klinik in Prag vornehmen. Gerne können Sie von mir die Adresse haben. Kostet allerdings einiges.«

»R2-D2 heißt doch der kleine Roboter aus Star Wars«, warf Sophie misstrauisch ein.

Die Frau winkte ab. »Egal, irgendeine Nummer hat er halt.«

Julia zeigte auf den Ehemann. »Aber warum? Läuft es mit ihm nicht?«

»Sein Sperma bewegt sich im Tempo der Kontinentaldrift. Mit dem werden Sie in hunderttausend Jahren nicht schwanger. Sorry«, sagte sie hämisch zu Zoe.

»Und er weiß das?«, fragte Zoe empört.

»Klar weiß er es. Er begleitet mich jedes Mal nach Prag, schaut sich dann die Stadt an, die Burg, das Nationalmuseum. Obwohl, meistens steht er auf dem Gang und telefoniert. Er telefoniert fast immer.«

»Mir hat er Hoffnung gemacht ...«, begann Zoe.

Nachdenklich betrachtete die Ehefrau ihren Mann, der inzwischen wild gestikulierend über den linken Teil der Wiese schritt. Offenbar regte ihn etwas auf, was am anderen Ende der Leitung gesagt wurde.

»Das scheint seine Masche zu sein. Jetzt wird mir auch klar, warum er mit uns immer hier Urlaub machen will. Die Berge interessieren ihn überhaupt nicht. Ständig steht er hier auf der Wiese und macht Geschäfte. Trotzdem will er Jahr für Jahr wieder hierher. Wir sind schon das vierte Mal in Folge in Marienbrunn. Letztes Jahr kam es zu einigen sonderbaren Szenen mit anderen Frauen, die ich mir nicht erklären konnte. Seit ich das Foto gefunden habe schon. Übrigens nicht nur Ihres, auch andere, immer in den Betten von Marienbrunn ...«

»Der Drecksack«, murmelte Zoe.

»Der Drecksack«, wiederholte die Ehefrau.

Zoe, die zarte, kleine Zoe, bebte vor Zorn. »Ich würde jetzt gerne einiges mit Ihrem Mann klären. Haben Sie etwas dagegen, wenn ich an Ihren Gatten ein zweites Mal Hand anlege?«, fragte sie die Ehefrau höflich.

Die Ehefrau verstand sofort. Sie lächelte Zoe freundlich

an. »Bitte, fühlen Sie sich frei. Ich habe nichts mehr mit ihm vor. Ich denke, es läuft auf Scheidung hinaus.«

Schnell kletterte Zoe über den Zaun und lief geradewegs auf den telefonierenden Ehemann zu. Der sah sie nicht kommen, da er sich weggedreht hatte. Sie suchte sich eine gute Position im Gras, auf der sie stabil stehen konnte, und klopfte dem Umwickelten von hinten auf die Schulter.

Ungehalten drehte der sich um und schob den Schal ein wenig nach hinten, um besser sehen zu können. Wahrscheinlich erwartete er seine Frau, die ihn mit einem Kinderproblem belästigte. »Mehr als 180000 sind einfach nicht drin …«, hörte man ihn noch sagen. Dann schnellte Zoes Knie nach oben und traf ihn mitten in seine Weichteile. Mit einem kurzen Aufschrei ging er zu Boden und krümmte sich. Das Wimmern danach wurde aber von seinem Schal gedämmt. Die Kinder bekamen zum Glück nichts davon mit, weil sie gerade juchzend einem blökenden Schaf hinterherrannten.

»Das war gut«, sagte die Ehefrau, sichtbar einverstanden. »Aber ich hoffe doch, er kommt wieder hoch. Bis zum Scheidungsprozess muss er wieder fit sein. Es geht um viel Geld.«

»Keine Sorge, Zoe hat jahrelanges Jiu-Jitsu-Training hinter sich. Die hat ihre Kraft gut im Griff.«

In diesem Moment kam Johann atemlos angerannt. »Was war das denn für eine Nummer?«, rief er schon von Weitem. »Ist deine Freundin verrückt geworden? Mit so einem Tritt kann man einen Mann umbringen.«

Das schmerzerfüllte Stöhnen des Ehemanns war weiterhin gut zu hören.

»Danach sieht es nicht aus. Wer jammert, der lebt noch – alte Ärzteweisheit. Trotzdem gehe ich vorsichtshalber mal hin und messe seinen Puls. Nicht, dass er noch kollabiert«, meinte Katalin.

»Ich assistiere«, sagte Julia und eilte Katalin hinterher.

»Und ich lenke die Kinder ab. Den Vater so am Boden zu sehen ist ja kein schöner Anblick. Wir wollen doch kein frühkindliches Trauma.«

Alle eilten davon, nur Johann und Sophie blieben am Zaun stehen. Johann schaute noch ganz verdutzt. »Kann mir mal einer erklären …«, begann er, aber dazu hatte Sophie keine Lust. Sie versuchte, interessiert hinter Johanns Rücken zu schauen, er hielt doch etwas in der Hand.

»Was hast du da?«, fragte sie neugierig.

Er brauchte einen Moment, sich von der Szene auf der Wiese loszureißen. Der Tritt hatte gesessen, auch bei ihm. Regelrecht zerstreut sagte er: »Ach, das hier. Ich habe einen Umschlag auf der Wiese gefunden, zwischen lauter abgekauten Blumen. Er war noch verschlossen. Die Anschrift ist schon ziemlich verwischt, aber man kann deinen Namen noch entziffern. Jetzt dachte ich, ich mach ihn mal auf.«

Sophies Herz setzte förmlich aus. Die Blumen, der Brief, Paul Grotemeyer. Schafe fraßen wohl doch nicht alles.

»Und, was habe ich gefunden?«, fragte Johann. Er klang wie ein Zauberer, der gleich das Kaninchen aus dem Hut zog. Doch stattdessen kam ein kleines Aufnahmegerät zum Vorschein. Ein altes, mit kleiner Kassette. Er überreichte es Sophie.

»Was soll das?«, fragte Sophie erstaunt.

»Offenbar sollst du es abspielen«, antwortete Johann.

»Kein Brief, kein Zettel – nichts?« Sophie hörte selbst mit Erstaunen, dass Enttäuschung in ihrer Stimme lag. Sie hatte den blöden Umschlag doch ungeöffnet weggeworfen, ihn niemals öffnen wollen. Und jetzt erwartete sie ... was eigentlich? Eine kitschige Entschuldigung von Grotemeyer?

»Doch«, sagte Johann und schaute sie prüfend an. »Da scheint noch etwas zu sein.« Er zog ein zusammengefaltetes Blatt heraus. »Vermutlich ein Erpresserbrief«, witzelte Johann noch, doch dann verstummte er. Sophie schluckte.

Alles war wieder da. Jemand hatte sie damals im Schnellrestaurant fotografiert, als sie die Wand hochgeklettert war. Sie erinnerte sich wieder an die vielen auf sie gerichteten Handys. Wahrscheinlich fand man ihre Kletterei längst auf YouTube. Natürlich, ihr Aufstieg zur Empore war ein kleines Ereignis gewesen und komplett von den anderen Gästen dokumentiert worden. Das Foto zeigte den letzten, den kritischen Moment: der Augenblick, als sie in der Wand feststeckte, kurz vor der Empore. Der gefährlichste Augenblick. Paul Grotemeyer griff nach ihr. Und sie griff nach ihm. Allein die Geste rührte.

Am meisten erstaunte sie aber der Ausdruck auf ihrem eigenen Gesicht. Von der Wut, die sich wenig später heftig entladen würde, war noch nichts zu sehen. Vom Schmerz über seine Worte sonderbarerweise auch nichts. Nicht in diesem Moment. Sophie, die Augen halb geschlossen, fasste seinen Arm und schien sich im gleichen Moment fallen zu lassen. Und Paul Grotemeyer? Er fixierte sie so fest, so wild entschlossen, wie etwas, das man nie wieder verlieren will.

Jeder, der dieses Bild sah, verstand die Botschaft. Es war ein Moment totaler Hingabe.

# 18

Zwanzig Minuten, vielleicht dreißig. Mehr blieben ihr nicht. »Ich muss diesen einen Anruf noch machen – sonst platzt das Geschäft«, hatte Johann aus sich herausgepresst. »Danach sprechen wir!« Aber sie konnte nicht mit ihm reden, noch nicht. Sie musste erst hören, was sich auf dem Rekorder befand – nur, wo konnte sie das ungestört? Ihr erster Impuls war gewesen, zurück ins Hotel zu laufen. Nun saß Sophie auf dem Bett ihres Zimmers und dachte fieberhaft nach. Wie viel Zeit blieb ihr hier? Nicht viel. Klar, sie konnte die Zimmertür abschließen, aber dann würde Johann von draußen dagegenhämmern. Säße sie auf dem Dach, würde er vom Balkon hochrufen. Sie konnte sich natürlich unten in den Konferenzräumen verstecken, aber der Ort war so tot und öde, da wollte sie sich nicht freiwillig aufhalten. Durch den Wald zum Auto rennen und wegfahren? Der Weg kreuzte sich mit dem Rückweg von der Telefonwiese, die Gefahr, auf Johann zu treffen, war zu groß. Sie brauchte einen ruhigen Ort, an dem sie sich sicher fühlte.

Egal, was sie auf dem Aufnahmegerät vorfinden würde, es war aus mit Johann. Daran gab es keinen Zweifel, sie spürte es. Spätestens das Foto von ihr und Grotemeyer hatte ihr klargemacht, was in ihrer Beziehung fehlte – Vertrauen, Verständnis und Liebe. Diese Hingabe wie auf dem Foto, ruhig und wild zugleich. Sophie zog den Verlobungsring vom Finger und legte ihn gut sichtbar auf Johanns Nachttisch. Dann nahm sie den Block mit dem Aufdruck »Marienbrunn. Sommerfrische« und schrieb darauf: »Johann! Es ist aus.«

In diesem Moment kam ihr die rettende Idee. Sie trat hinaus auf den Balkon. »Laura«, rief sie hoch. »Laura, bist du da?« Keine Antwort. Also zog Sophie die Schuhe aus, nahm den Weg über den geschnitzten Holzpfosten und schwang sich auf die Dachkante. Das Fenster stand zum Glück offen. »Laura?«, rief sie noch einmal. Sophie kletterte hinein.

Das Zimmer war komplett violett. Alles Ton in Ton. Die Stofftapete war in der warmen, ungewöhnlichen Farbe gehalten, ebenso wie die Bettwäsche und die Fliesen im Bad. Sophie erinnerte sich an ein Seminar über Hysterikerinnen. Vor hundert Jahren glaubte man, die Farbe Lila wirke beruhigend auf die betroffenen Frauen.

Aber Sophie war nicht hier, um sich mit der Geschichte der Psychoanalyse und ihrer Farbenlehre zu beschäftigen. Sie suchte den Schlüssel zum Krötenraum.

Wo konnte er sein? Sie sah sich im Zimmer um und entdeckte ein altes Holzkästchen auf dem Tisch. Sophie öffnete es. Die Innenwände waren üppig mit gepolstertem Stoff ausgelegt, darin lag der Schlüsselbund samt Bartschlüssel. »Entschuldige, Laura. Ein Notfall«, murmelte Sophie und steckte den Schlüssel ein. Zu ihrer Überraschung war Lauras Zimmertür unabgeschlossen. Das war gut, dann musste sie nicht zurück in ihr eigenes Zimmer, denn Johann war bestimmt schon auf dem Weg ins Hotel. Neben der Tür stand ein Paar weißer Segel-Schuhe, die Sophie sich von Laura ausborgte. Die Größe stimmte.

Über die Seitentreppe gelangte Sophie zur Liegehalle. Sie schnappte sich zwei Wolldecken, denn dort, wo sie jetzt hinwollte, war der Boden kühl und steinern, und sie hatte nur T-Shirt und kurze Hose an. Niemand achtete auf sie. Zügig eilte sie am Außenpool vorbei, dann stand sie auch schon vor den Kirchen. Sie tauchte zwischen den Mauern ein und stellte erleichtert fest, dass sich niemand am Brunnenhäuschen aufhielt. Die Gittertür zum ersten Raum stand offen, rechts in der Ecke lagen drei Wasserkanister – vermutlich sollten sie für das Abendessen gefüllt werden. Ohne zu zögern zog Sophie den Bartschlüssel hervor und schloss die unscheinbare Holztür auf. Wieder schlug ihr sofort der würzige Geruch von getrockneten Kräutern entgegen. Die Nachmittagssonne schien fahl durch das Ochsenauge unter dem Giebel, und zum ersten Mal sah sie den Raum bei Tageslicht. Er wirkte dadurch weniger unheimlich, harmloser. Die Kröten an den Wänden sahen plötzlich pittoresk aus und erinnerten sie an niedliches Kunsthandwerk. Aber dann fiel ihr eines der Bilder ins Auge. Es war in dunklen Tönen gehalten und mit kräftigen Strichen gemalt. Sophie spürte wieder, wie viel Hoffnung, Erwartung und auch Bitterkeit hier dicht an dicht im Raum hing. Keine Frage, dies war ein kraftvoller Ort. Schnell schloss sie die Tür hinter sich, dann drehte sie den Schlüssel um. Niemand hatte sie gesehen.

Obwohl sie sich tagsüber eingeschlichen hatte, würde sie unentdeckt bleiben. Nun konnte sie in Ruhe hören, was auf dem Rekorder aufgenommen war.

Der Krötenraum war jetzt ihr Raum.

Sie ging zu der dicken steinernen Wasserkröte, die genau unterhalb des Ochsenauges stand, und strich ihr sanft über den Kopf. »Da bin ich wieder.« Dann faltete sie die Hände zum Gefäß, hielt sie unter das Maul und trank einen Schluck Wasser. Es war kalt, frisch und belebend. Sie suchte sich eine Stelle im Raum, die ihr besonders gut gefiel. Unter dem schön gemalten Votiv »Die heilende Kraft des Wassers«, mehreren einfachen Kröten aus Ton und zwei Sträußen wilden Thymians breitete sie die Decken aus und setzte sich hin. Dieser Raum war ihr vertraut, hier fühlte sie sich sicher. Das rechte steinerne Auge der großen Kröte betrachtete sie wohlwollend. Nein, sie war kein Eindringling, sie gehörte dazu.

Sophie lehnte sich mit dem Rücken an die kühle Wand und merkte, wie sie sich entspannte und zugleich aufgeregter wurde. Ihr Herz klopfte. Sie zog das Aufnahmegerät aus der Tasche und drückte auf »Play«. Das Display zeigte eine Sprachaufnahme von dreiunddreißig Minuten und einunddreißig Sekunden an. Und dann hörte sie Paul Grotemeyers Stimme zum ersten Mal seit zwei Wochen wieder.

Sofort war sein Geruch wieder da. Der Geruch eines Menschen, der viel Zeit draußen verbrachte. Erstaunlich, was der Klang einer Stimme auslösen konnte. Noch viel mehr als ein Bild regte eine Tonaufnahme die Fantasie an und fütterte die Erinnerung. Deshalb war der vergessene

Geruch wieder da, nur ganz flüchtig, im nächsten Moment war er schon wieder weg. Bei Sophie krampfte sich innerlich alles auf die allerschönste Art zusammen.

»Es tut mir leid, Sophie«, begann Paul nun, »ich kann es nur immer wieder sagen, es tut mir wahnsinnig leid, und wenn ich ungeschehen machen könnte, was ich damals bei McDonald's gesagt habe, ich würde es tun. Aber so läuft es nicht. Bist du noch da, Sophie? Ich hoffe, du hast mich nicht jetzt schon wütend abgestellt, und solltest du gerade nach dem Gerät greifen, bitte Sophie, nicht ... hör mich an.«

Sophie musste grinsen. Er kämpfte um ihr Gehör. Dann drückte sie tatsächlich kurz die Stopp-Taste, um durchzuatmen. Zu viele Gefühle auf einmal, Sophie wurde regelrecht überwältigt. Seine Stimme – sie berührte sie. Hatte sie Paul Grotemeyer etwa unbewusst vermisst? Das konnte doch nicht sein. Sie hatte doch alles wütend weggestoßen, was von ihm kam. Wo war ihre Wut hin? Seine Stimme war da, sie umfing Sophie. Ihr schien, sie spräche so nur zu ihr, zu niemandem sonst auf der Welt. Und obwohl sie Paul Grotemeyer nur einmal gesehen hatte, erinnerte sie sich plötzlich wieder an viele kleine Details. Als habe sich die Begegnung eingebrannt.

Sie schloss die Augen und sah sich nun selbst an der Natursteinwand hängen, sah den Moment des Loslassens und wie Paul nach ihr griff. Ein kurzer, schmerzhafter und doch glücklicher Moment. Das alles war zwei Wochen lang unter ihrer Wut begraben gewesen. Jetzt waren die Bilder, waren die Gefühle wieder da; unübersehbar und stark.

Mal sehen, was er dazu sagte. Sie stellte den Rekorder wieder an.

»Ich fühlte mich so von dir vorgeführt, als du da hochgeklettert bist, vorgeführt als Vollidiot, der ich ja auch war. Aber Sophie, du musst verstehen, ich hatte mich als Journalist ins Assessment-Center eingeschleust, um eure Methode zu entlarven. Um dich zu entlarven. Denn noch heute ist mir diese Art, Menschen psychologisch zu durchleuchten, zutiefst suspekt. Suspekt? Auf Deutsch gesagt finde ich, das ist zum Kotzen. Aber dann traf ich dich – und du ... du, du warst so anders als erwartet. Viel wärmer, zweifelnder, wilder.« Er musste lachen. »Du siehst wirklich toll aus, wenn du kletterst. Das brachte mich völlig durcheinander. Und plötzlich war ich wütend auf mich, auf dich sowieso, aber gleichzeitig ...«

Er brach ab, sammelte sich wohl. Im Raum war es deutlich dunkler geworden, die Sonne sank, und Sophie meinte sogar den Essens-Gong zu hören. Sie verspürte keinen Hunger, es war ihr auch egal, ob jemand nach ihr suchte. Jemand? Johann. Es war ihr egal.

»Dieses seichte Gerede hinterher ist schrecklich. Es ging schief, ich habe mich eklig benommen, und es tut mir leid. Aber weil ich weiß, wie billig eine Entschuldigung ist, habe ich gedacht, ich mache was für dich. Helfe dir. Deine Chefin hat mir ja verraten, wo du gerade bist: Marienbrunn in Südtirol. Die Frau ist ja wirklich eine hohle Nuss ...«, er lachte, und auch Sophie musste lachen, »... ich bin mir sicher, da sind wir uns einig. Die hat mir alles über dich haarklein berichtet, ich weiß inzwischen mehr über Hormontherapien, als mir lieb ist. Mitarbeiter-Denunziation ist ihr Sport. Sie war noch ganz aufgebracht, hatte kurz zuvor mit deinem ...«, jetzt stockte er, suchte das richtige Wort, »... Kerl telefoniert ...«, offenbar brachte er das Wort »Verlobten« nicht über die Lippen, »... der genauso aufgebracht schien. Mensch, Sophie, du bringst alle durcheinander. Auf jeden Fall hat sie mir sofort von dem Wasser erzählt, dich eine Spinnerin genannt, und irgendwann fiel der Name Mathilde Freud. Da wurde ich hellhörig.« Er machte eine kurze Pause. »Ich habe keine Ahnung, wie viel du über sie erfahren hast; vielleicht weißt du noch nicht alles. Also dachte ich, ich schenke dir eine Recherche.«

Stille. Eine Recherche? Das war nun doch irgendwie – ernüchternd.

»Ich kann halt nicht viel anderes. Ich bin Journalist.«

Stille.

»Eine Recherche zu schenken klingt ziemlich bescheuert, jetzt wo ich es sage, deshalb schicke ich Blumen mit. Damit die Recherche nicht so spröde und nackt dasteht. Ach, und das Aufnahmegerät darfst du auch behalten. Ein praktisches Teil. Sie wurden in unserer Redaktion gerade ausgemustert und gegen digitale Technik ersetzt. Aber ich schwöre auf diese alten Teile, die halten wirklich was aus.« Sophie musste grinsen, weil sie daran dachte, dass das Aufnahmegerät fast eine Woche lang auf einer Schafswiese überlebt hatte. Angeknabbert von den Viechern, Morgentau und Abendnebel trotzend. Nein, allzu empfindlich war es ganz offensichtlich nicht. Zum Glück hatte es nicht geregnet.

»Doch vielleicht hast du mich ja auch längst ausgeschaltet – was kann ich tun? Ich bin dir ausgeliefert und mache jetzt einfach weiter.«

Sie hörte Papierrascheln. Was genau hieß das, eine Recherche schenken? Sophie merkte, wie ihre Anspannung wieder stieg.

»Also: Mathilde Freud ...«, begann er, unterbrach sich aber wieder, weil er offenbar ein Blatt suchte. »Ich bin leider kein sehr aufgeräumter Typ«, murmelte er ins Mikro, »... außer bei meinen Klettersachen, ich meine, das kennst du ja, die müssen in Ordnung sein, denn da draußen in den Bergen bist du nur für dich selbst verantwortlich. Aber wenn es nicht gerade um Leben und Tod geht, neige ich zu leichtem Chaos ... ah ... jetzt habe ich es ...«

Sophie musste lachen. Wo hatte er wohl gesessen? Im Büro? Zu Hause?

Es war, als ob er Gedanken lesen könnte. »Falls du dich wunderst, ich sitze übrigens zu Hause in meiner Berliner Wohnung – die Balkontür steht offen, warte mal, ich halte das Gerät mal raus ...«

Sophie hörte vertraute Stadtgeräusche, Autos fuhren an, ein Fahrradfahrer klingelte hektisch, jemand brüllte »Hau ab, du Penner«, nun rumpelte eine Straßenbahn vorbei.

»Du hörst, Innenstadtlage. Und als Berlinerin weißt du ja, in welchem Teil der Stadt die Straßenbahn fährt. Da wohne ich. Übrigens allein. Ungebunden. Wollte ich nur mal erwähnen. So nebenbei. Ich weiß ja, du bist verlobt. Aber ...« Er musste lachen.

»Ich trage mal lieber weiter meine Rechercheergebnisse vor. Um es gleich vorwegzunehmen: Ich kann dir nicht sagen, ob Mathilde Freud wirklich jemals dort oben war, wo du jetzt bist. Es gibt vage Hinweise, mehr nicht. Die Familie Freud kannte Südtirol gut, sie hat dort viele Urlaube verbracht, Sigmund Freud war ein leidenschaftlicher Spaziergänger und Pilzsucher. Es gibt Bilder von seiner jüngsten Tochter Anna im Dirndl und von seinen drei Jungs Oliver, Martin und Ernst in Lederhose, Trachtenjanker und Hut, mit Spielzeuggewehren in der Hand. Und deine schöne Mathilde vor dem gemalten Bergpanorama beim Fotografen. Alle waren Gebirgsfans, nicht ungewöhnlich, wenn man in Wien wohnt. Und ja – im Sommer 1910 fragte sich Vater Sigmund irritiert, wo eigentlich seine älteste Tochter abgeblieben sei. ›Von Mathilde haben wir ewig lange nichts mehr gehört‹, schrieb er in diesem Jahr in einem Brief aus Holland, wo der ganze Rest der Familie zusammen Urlaub machte. In diesem Sommer war Mathilde ganz sicher in Südtirol zur Kur, nur zwanzig Kilometer entfernt von Marienbrunn. Das zumindest ist belegt – ihr Mann Robert Hollitscher begleitete sie, musste aber immer wieder für ein, zwei Wochen abreisen, um zu arbeiten. Das Alleinsein störte Mathilde nicht. Wie man kurte, das wusste sie schon früh: ›Ich treibe fleißig Kur mit Trinken, Baden, Essen, Faulenzen, liege den ganzen Tag wie ein Eidechs an der Sonne und fühle mich unbeschreiblich wohl.‹ Vielleicht hat sie mal eine Weile das Sanatorium gewechselt, das kann gut sein. Niemand hätte es mitgekriegt. Marienbrunn lag so nah. Auf jeden Fall, als sie nach diesem ausgedehnten Kuraufenthalt nach Wien zurückkehrte, ging es ihr blendend. Besser als nach irgendeiner Kur zuvor. Sie war gesund! Wir schreiben das

Jahr 1910. Ihr Vater sprach von den nächsten beiden Jahren als eine ›*excellent time*‹ für seine Tochter, so hat er es ausgedrückt. Ein wenig Englisch war damals sehr en vogue. Im Sommer 1912 war sie dann definitiv schwanger. Kommst du noch mit?«

Unmerklich nickte Sophie. Ja, sie kam noch mit. Ein einziger Kuraufenthalt hatte Mathilde Freud verändert, einer, der ganz anders verlief als die unzähligen Kuraufenthalte zuvor. Marienbrunn! Es war möglich. Während er sprach, war sie aufgestanden, um das Licht anzudrehen. Das Ochsenauge über der Kröte wurde immer mehr zu einem dunklen Punkt in der Wand. Noch war der Himmel dahinter dämmrig grau, aber bald würde nur noch ein schwarzes Loch zu sehen sein. Ein Seelenloch, fiel Sophie plötzlich wieder ein – die hatte man in Großsteingräbern der Steinzeit gefunden. Ein kreisrundes Loch am unteren Rand der Steinplatte, damit die Seele, die den Körper verließ, ins Freie fliehen konnte. Gruselig. Dankbar schaute Sophie die kleine elektrische Birne an und war froh darüber, ein bisschen Licht im Raum zu haben. Es wurde kühler. Wie gut, dass sie die Decken mitgenommen hatte.

Weil ihre Gedanken sie so abgelenkt hatten, verlor sie den Anschluss an Pauls Ausführungen. Sie hielt das Gerät kurz an und spulte zurück.

»… 1912 war sie definitiv schwanger. Kommst du noch mit?«

Eine kurze Pause entstand jetzt. Paul holte Luft. Paul – wie selbstverständlich sie jetzt seinen Namen dachte.

»Sophie, ich habe keine Ahnung, ob du das weißt, aber: Das Kind hat Mathilde nie bekommen. Heute wäre das sicher anders gelaufen, aber damals, 1912, das war eine andere Zeit. Man hatte das Antibiotikum noch nicht entdeckt. Die Schwangerschaft war wohl doch zu viel für Mathilde, das Fieber setzte unerwartet ein. Sie fieberte über Wochen, vorbei war es mit der ›excellent time‹, sie wurde schwächer und schwächer. Du musst wissen, Mathilde hatte als junge Frau immer mit Entzündungen zu kämpfen: Blinddarmentzündung, Bauchraumentzündung, entzündete Narben. Irgendwo in ihrem Körper wütete wohl wieder ein Entzündungsherd. Also riet ihr Arzt zum Schwangerschaftsabbruch. Das kam damals offensichtlich vor – ein Abbruch aus medizinischen Gründen, auch wenn Abtreibung eigentlich streng verboten war. Aber manche Ärzte hatten offenbar ein Einsehen. Weil damals die Gefahr, dass eine Frau eine Geburt nicht überlebte, wirklich sehr groß war. Also beendete der Arzt Mathildes Schwangerschaft im Herbst 1912 – mit ihrem Einverständnis. Die ganze Familie wusste davon. Ihr Vater sagte extra eine berufliche Reise nach England ab, um ihr zur Seite zu stehen. Der Eingriff verlief alles andere als professionell, der Arzt pfuschte. Danach war klar, Mathilde würde niemals mehr Kinder kriegen können. Das Kapitel war beendet.«

Sophie schaltete die Aufnahme aus, sie musste sich an der Wand abstützen. Auf die Idee war sie niemals gekommen – Mathilde Freud war zwar schwanger geworden, aber das Kind hatte sie nie bekommen. Das Wasser hatte ihr zwar geholfen, aber ihre Kraft hatte nicht ausgereicht, um das Kind auszutragen. Niemand hatte das bislang erwähnt – und nun erinnerte sie sich wieder, wie der Archivar Dr. Gnoth ihr am Ende ausgewichen war. »Allerdings hat Mathilde nie … Egal, sie wurde schwanger, und allein das war eine kleine Sensation.« So ähnlich hatte er es damals formuliert und dann mitten im Satz abgebrochen. Er hatte ihr nicht erzählen wollen, dass es nicht gereicht hatte. Warum? Um ihr nicht den Mut zu nehmen? Sie lebte doch in einer ganz anderen Zeit. Heute hätte Mathilde Freud das Kind sicher austragen können. Dieser Raum hier war doch ein Beweis dafür. So viel Glück hing hier.

Sie ging an den Tafeln und Kröten vorbei, und der sonderbare heidnische Raum erfasste sie regelrecht. »Danke«, immer wieder »Danke«. Viele heitere Bilder waren zu sehen, helle Himmel, Berge, Wasser, Frauen mit Babys in den Armen und Babys allein. Aber eben nicht nur. Manche Bilder wirkten düster. Sie blieb vor einem sehr groben Ultraschallbild stehen. »Abort 8/8/84« stand darauf. Mehr nicht.

Philipp von Studnitz hatte sie gewarnt, dass hier nicht nur glückliche Schicksale hingen. Da wurde Sophie plötzlich klar, dass die Schwangerschaft – neben schweren Krankheiten und dem Tod – eine der wenigen existenziellen Erfahrungen war, die man auch als moderne Großstadtfrau in der westlichen Welt durchlebte. Es gab keine Garantie, dass es gut ging. Eine gelungene Schwangerschaft konnte man nicht kaufen, man konnte sie nicht einklagen, man konnte sie sich noch nicht einmal durch ein gesundes und sportliches Leben verdienen. Klar, man konnte versuchen, alles zu optimieren; deshalb war sie ja in die Klinik gegangen. Aber ob es am Ende wirklich reichte? Das stand in den Sternen.

Sie war bei der steinernen Kröte angekommen. Eine Kröte, ein Frosch. Es war wie im Märchen. Manchmal küsste man sie, und es wurde ein kleiner Prinz daraus, eine kleine Prinzessin. Aber manchmal blieb es nur eine Kröte, ein träge lauernde Kröte in der Gebärmutter.

Manchen Frauen war ein Kind einfach nicht vergönnt. Das war die Wahrheit.

Ihr wurde übel.

Sie, die kinderlose Frau, war einer anderen kinderlosen Frau auf der Suche nach einer Lösung, einer Erlösung hinterhergereist. Was für ein tieftrauriger Witz. Machte das Schicksal sich über sie lustig?

Die Kälte kroch aus den Wänden und in ihren Körper. Sophie begann zu zittern. In diesem Raum, wo sich so viel Glück versammelte, so viel Dankbarkeit und Heiterkeit, gehörte sie zu der dunklen Minderheit, der die Erlösung nicht vergönnt war. Der Weg hier hoch endete in einer Sackgasse; genauso wie der Gang in die Klinik. Sie griff sich die wärmende Wolldecke aus der Liegehalle und zog sie eng um den Körper, um das Zittern zu dämpfen. Das dämmrige Elektrolicht machte ihr plötzlich zu schaffen, und die Gewürze rochen so penetrant, so bedrängend. Schwitzte sie? Während sie tief in die Decke kroch, fiel das Aufnahmegerät klackernd auf den Steinboden.

Noch über elf Minuten, zeigte das Display an. Offenbar war Paul Grotemeyer mit seiner Erzählung noch nicht fertig. Wie auch? 1912, bei der Abtreibung, war Mathilde fünfundzwanzig Jahre alt gewesen. Ihr Leben war ja danach noch lange nicht zu Ende. Mit geschlossenen Augen sah Sophie ein Foto von Mathilde als ältere Dame vor sich, ihre grauen Haare waren sanft gewellt und nach hinten gesteckt. Sie stand in London neben ihrem Vater, den sie stützend umarmte. Die Freuds waren ins Exil geflohen, um nicht deportiert zu werden wie später die vier Schwestern von Sigmund Freud. Sophie, die sonst gut rechnen konnte, machte es jetzt unendliche Mühe zu errechnen, wie alt Mathilde Freud wohl auf dem Foto von 1938 gewesen war. Sie sah schon so unbestimmbar ältlich aus. Die regelmäßigen Punkte auf ihrem Kleid schoben sich immer wieder zwischen die Rechnung. Einundfünfzig, dämmerte es Sophie, einundfünfzig Punkte? Nein, Sophies Stirn brannte jetzt, einundfünfzig Jahre. Da fing Mathildes zweites Leben in London an. Die Einundfünfzig tanzte durch den Raum. Sie tanzte zum Klang des plätschernden Quellwassers. Es hörte nicht auf zu plätschern. Wie ein Bandwurm fraß sich das Geräusch in ihr Hirn.

Sie öffnete leicht die Augen, die Lider waren nun heiß und schwer. Sie blickte sich Hilfe suchend nach dem Gerät um. Es lag in Reichweite, aber es wieder anzustellen fiel ihr nicht leicht. Ihre Finger waren zittrig und verschwitzt, zweimal rutschte sie von dem kleinen Knopf ab. Sie wollte Pauls Stimme hören – da war sie wieder.

Dem Gesagten wirklich zu folgen war ihr nicht mehr möglich. Pauls Monolog riss in Fetzen. Sie musste an die Berge im Regen denken, wenn die Wolken ganz tief hingen und nur ab und zu einen Blick auf die Landschaft freigaben. Eine Lücke riss auf, man sah Fels, einen Wasserfall, einen Acker, einen Gletscher, eine Almhütte. Dann schloss sich alles wieder in dichtem Wolkennebel. So ging es ihr mit Pauls Worten. Von seiner Schwester redete er nun, sie schienen sich sehr nahezustehen. Sie hatte ihn wohl nach der Szene im McDonald's beschimpft. Sophie musste lächeln. »Superbeknackter Bruder«, blieb bei ihr hängen. Hatte die Schwester auch mit ihrer Schwangerschaft zu kämpfen gehabt? Ja, so war es wohl gewesen. Sie kam nicht mehr mit. Wie schnell das Fieber gestiegen war.

Wieder nickte sie kurz weg und hörte dann: »Mathilde Freud wurde Modedesignerin, sie hatte schon in Wien Kleidung designt. Feine Abendroben für den Wiener Opernball. In London machte sie damit weiter und eröffnete zusammen mit einem Geschäftspartner einen Laden in der Baker Street. Kennst du die von Sherlock Holmes? Da soll der Meisterdetektiv laut Roman wohnen. Fünfundzwanzig Jahre lang leitete sie das Geschäft. Ihre Spezialität: Brautmoden.«

Aufs Neue begann ihr fiebriges Hirn zu arbeiten, setzte die Worte in Bilder um. Sonderbares füllte ihre Träume, Sigmund Freud heiratete, ganz in Weiß, Sherlock Holmes im schwarzen Frack, der eine hatte die Zigarre, der andere die Pfeife im Mund. Dazwischen sprangen Kröten auf dem Boden herum. Und nicht nur einmal stand das Paar da, sondern in hundertfacher Kopie, als sei es eine Hochzeit der Moon-Sekte. Sophie schrie erschrocken auf und schoss schweißgebadet nach oben. Von Paul war nichts mehr zu hören, die Aufnahme war wohl zu Ende. Was hatte er noch gesagt? Sie hatte keine Ahnung, sie spürte kaum noch etwas, alles war so unwirklich in Watte gepackt, das dämmrige Licht der Lampe tat ein Übriges. War es Tag oder Nacht? Sie wusste es nicht. Auf die Idee, auf die Uhr zu schauen, kam sie nicht. Ihr Körper glühte, das T-Shirt war durchgeschwitzt. Durst plagte sie, großer Durst.

Gebeugt schleppte sie sich in Richtung der Krötenquelle. Als sie den Raum halb durchquert hatte, wusste sie kaum, wie sie das erste Stück hinter sich gebracht hatte. Der Duft der Gewürze hing im Raum, immer wieder durchschritt sie regelrechte Duftfelder. Die Decke blieb um ihren Körper gewickelt, und sie war froh, dass sie sie dabeihatte. Als sie das Wasser erreichte, trank sie direkt mit dem Mund. Vom Krötenmund in ihren Mund, dachte ihr benebeltes Hirn. Sie schluckte gierig, ihre Lippen waren ganz ausgetrocknet, sie war ausgetrocknet. Um das Gleichgewicht nicht zu verlieren, hielt sie sich am Steinrand des Beckens fest. An ihrer Hand fehlte der Verlobungsring, schon wieder. Einen Moment lang musste Sophie überlegen, warum. Ihr Leben war in Aufruhr. Johann fand den Ring sicher gerade im Hotelzimmer – war er wütend? Suchte er sie? Oder reiste er einfach ab? Es war ihr gleichgültig. Sie wusste, diesen Ring würde sie nie wieder tragen. Egal was kam, es war vorbei mit Johann.

Das Seelenloch über ihr war jetzt pechschwarz.

Sie hielt ihre heiße Stirn unters Wasser und wurde sofort von Schüttelfrost gepackt. Weg hier, nur weg vom kalten Wasser. Sie wollte schlafen. Aber sie konnte nicht, sie suchte etwas. Wo war das Aufnahmegerät? Paul, sie wollte Paul. Nicht allein sein jetzt. Wenigstens seine Stimme in der Hand halten. Sie versuchte, etwas zu sehen, aber es fiel ihr schwer, also kniff sie die Augen zusammen. Wo hatte sie gelegen, das musste doch rechts gewesen sein. Fast begann sie zu schluchzen, so verzweifelt fühlte sie sich. Unschlüssig schwankte sie ein paar Schritte in den Raum. Die vielen Bilder, Votive und Kröten drangen auf sie ein. Allein würde sie das hier nicht durchstehen. Was vor einer Stunde noch schützend und heimelig gewirkt hatte, erschien ihr plötzlich bedrohlich. Schwindelig drehte sie sich um die eigene Achse, dabei stieß ihr Fuß an Metall. Der Rekorder! Sie ließ sich fallen und nahm ihn zu sich, mit unter ihre Wolldecke. Dann rollte sie sich mit der schützenden Wand im Rücken in die Decke ein, über sich eine wunderschön gestanzte Kröte aus Silber. Ihre Finger fanden schließlich die Tasten, Pauls Stimme erklang wieder, irgendwo mitten im Satz, »... ich will ...«. Sie entspannte sich und glitt im Klang seiner Worte in angenehmere Träume. »Ich will«, echote ihr Hirn. Dann schlief sie erschöpft ein.

# 19

Die Fieberträume kamen und gingen. Sophie lag in embryonaler Haltung zusammengekrümmt auf dem Boden und wusste kaum mehr, ob sie schlief oder wach war. Sie starrte auf die gegenüberliegende Wand mit den Votivbildern und Kröten und versuchte verzweifelt, eine Ordnung hineinzubringen. Die glücklichen Bilder nach links, die traurigen nach rechts, und dazwischen die Kröten. Aber die Bilder rutschten immer wieder zurück, wirbelten durcheinander, sie bekam sie einfach nicht geordnet. Träumte sie jetzt? Oder bewegte sich die Wand wirklich? Ihr Mund war wieder so trocken, sie hätte gerne Wasser getrunken, aber der Weg dorthin war zu weit. Sophie schaute zur Kröte, die Kröte blickte steinern zurück.

Wie lange lag sie nun schon so da? Sophie wusste es nicht, sie hatte jedes Zeitgefühl verloren. Durch das Ochsenauge drang gleißendes Licht, demnach war es jetzt Tag.

Es hämmerte in ihrem Kopf.

Ein Seil schob sich nun die Wand herunter, ein dickes Bergsteigerseil, und sein Ende plumpste schließlich auf den Kopf der Kröte, mit einem hörbaren kleinen Plopp. Wie echt diese Träume sich anfühlten. Sophie wunderte sich über gar nichts mehr, dafür war sie viel zu matt. Ein Bein schob sich durch das Ochsenauge, nun noch eines, und es hätte sie kaum erstaunt, wenn noch ein drittes Bein hinzugekommen wäre. Aber nein, es blieb bei zwei Beinen in einer hellen Hose mit Seitentaschen. Nun erschien ein Oberkörper in einem grob karierten Flanellhemd. Sophie betrachtete ihren Traum wie aus großer Ferne und beinahe teilnahmslos. Dann brach er ab.

Sie träumte weiter und fühlte den weichen, warmen Stoff des karierten Flanellhemdes. Überhaupt war ihr viel wärmer, sie fühlte sich wie in Daunen gebettet, denn ihr Kopf lag plötzlich so weich, so geschützt. Und langsam dämmerte ihr, dass sie von jemandem gehalten wurde. Sonderbarerweise erschrak sie nicht, sie wollte aber auch nicht die Augen öffnen, um zu sehen, wer sie da hielt, und so tastete sie sich mit ihrer Hand vorwärts und traf schließlich auf den Unterarm eines Mannes. Dass der Arm einem Mann gehörte, spürte sie sofort, er war muskulös, mit einer großen Uhr am Handgelenk. Dann kam die Hand – nein, dies war nicht Johann, das hätte sie gemerkt, auch nicht von Studnitz, dafür war der Arm zu trainiert. Sie kannte den Arm, kannte die Finger, die sich einmal, ein einziges Mal, gefunden hatten. Wie lange war das her?

Paul.

»Du bist da. Endlich«, murmelte sie nur.

»Ich pass auf dich auf, schlaf dich gesund«, murmelte es zurück.

Dann schlief Sophie wieder ein. Tief, fest und traumlos.

Irgendwann wachte sie auf und dachte, es sei Nacht. Eine Laterne leuchtete in ihrer Nähe und warf ihr flackerndes Licht in den Raum. Die elektrische Birne dagegen war aus. Aber als sie, in der Erwartung, dort ein pechschwarzes Loch vorzufinden, zum Ochsenauge sah, schimmerte es dunkelgrau. Es war laut im Raum, viel lauter als sonst. Das Rauschen der Quelle hatte enorm zugenommen.

»Was ist los?«, fragte Sophie.

»Es regnet draußen«, antwortete Paul, auf dessen Bein ihr Kopf ruhte. »Dann führt die Quelle mehr Wasser.«

Er hielt ihre Hand. Sophie setzte sich auf. Sie spürte, wie die Kleidung an ihrem Körper klebte.

»Ich bin total verschwitzt«, sagte sie.

»Ja, du hattest hohes Fieber, als ich heute Mittag kam. Ich denke, jetzt ist es gesunken. Möchtest du einen Tee?« Er griff in einen Korb und zog eine Thermoskanne hervor.

Sophie musste lachen. »Was ist das? Ein Picknickkorb?«, fragte sie erstaunt.

»Ja, wir werden hier rundum versorgt. Dein Freund Philipp nennt es seinen ganz besonderen Room Service.« Er goss den Tee in eine Tasse. Sophie trank einen Schluck, es tat ihr gut.

Picknickkorb? Room Service? Sie war noch viel zu matt, um nachzufragen. Sie legte sich wieder auf Pauls Bein und zog den Schlafsack, den sie zu ihrem Erstaunen entdeckt hatte, eng um sich; der hatte sie also die ganze Zeit so gewärmt. Unter ihr lagen die Wolldecken aus der Liegehalle. Ein richtiges Bett hatte er ihr gebaut, ein Krankenlager.

Sanft strich er die Locken aus ihrem Gesicht.

»Ich habe mir wirklich Sorgen gemacht, als ich dich so

fiebernd vorgefunden habe«, murmelte er leise. »Aber Katalin hat mich beruhigt. Ich habe sie kurz reingelassen. Sie meinte, es sei keine richtige Krankheit. Mehr ein Kampf mit alten Dämonen.« Man hörte ihm die Erleichterung an. Es war ausgestanden.

Sophie lag auf seinem Bein und blickte in den Raum. Bei Kerzenschein sah alles noch viel unheimlicher aus als bei elektrischem Licht. Bei Tageslicht verlor sich der Eindruck fast ganz. Plötzlich verstand sie, warum Dinge, die vor Jahrhunderten eine starke Aura besessen hatten, in Museen so harmlos aussahen. Klinisch ausgeleuchtet, in einer sterilen Vitrine, verloren sie ihre Kraft.

»Hast du dich hier umgeschaut? Hast du so einen Raum schon einmal gesehen?«

»Nein, noch nie. Wusste gar nicht, dass so etwas in Mitteleuropa überhaupt existiert. Es ist so ...«, er suchte nach den richtigen Worten, »... heidnisch. Kröten! Ein Wunder, dass das Geheimnis bis heute gewahrt blieb.«

»Und, du als Journalist – wirst du es ausplaudern? Das gehört doch zu deinem Beruf«, fragte Sophie freundlich, aber auch leicht spöttisch.

»Na, hör mal. Ich kann schweigen. Vergiss bitte nicht, ich habe dich nicht an den medialen Pranger gestellt. Obwohl damals die Aktion mit der Luger und dem – wie hieß er noch mal...?«

»Heinlein«, half Sophie aus.

»Genau, Heinlein. Das wäre ein perfekter Anfang für eine preiswürdige Reportage gewesen. Aber ich habe es gelassen – nicht wegen deiner Chefin. Wegen dir. Ich bin ein diskreter Journalist, manchmal zumindest. Dieser

Raum hier wird bei mir nie auftauchen. Ich zerstöre doch nicht ein so altes Geheimnis für ein bisschen Aufmerksamkeit.«

Sophie legte sich auf den Rücken, sodass sie Paul zum ersten Mal richtig ansehen konnte. Ja, da war er wieder – der Paul aus dem Assessment-Center. Nur sah er ohne Anzug noch besser aus. Sie roch seinen herben, frischen Duft, der ihr von Anfang an gefallen hatte. Paul betrachtete sie genauso neugierig wie sie ihn, es war ein zweites Kennenlernen, ohne Worte. Sie hielten sich an den Händen, mehr nicht. Als wüssten sie beide, dass ihnen noch viel, viel Zeit bliebe. Sie hatten sich füreinander entschieden, ohne es aussprechen zu müssen. Sophie war sich sicher, sie täuschte sich nicht. Also schlief sie beruhigt wieder ein.

Als sie aufwachte, hatte es aufgehört zu regnen. Das Seelenloch war nun pechschwarz und führte ins Nirgendwo.

»Hast du Hunger?«, fragte Paul, der offenbar nie schlief. Sophie nickte.

Beim Essen betrachtete sie Paul verstohlen. Er hatte blaugraue Augen. Die Husky-Augen. Seine Haare waren dunkelblond, und da er sie etwas länger trug, sah man, dass er ganz leichte Locken hatte. Ihre Locken, seine Locken, was würde das nur für Superdoodles geben, wenn …

Schluss!

Das ewige Thema war wieder da. Es grätschte ihr ständig in ihre Gedanken. Sie fühlte sich wie besessen davon. Sollte sie mit Paul den Weg weitergehen, den sie mit Johann eingeschlagen hatte? Diese ständige Frustration, dass es nicht klappte, die verzweifelte Suche nach Lösungen? Das konnte keine Liebe aushalten, und eine frische sowieso nicht. Sie musste es ansprechen, und zwar schnell, ohne langes Zögern. Er wusste schließlich, warum sie hier oben war; es würde ihn also nicht erstaunen.

Sie drehte sich weg und blickte in den Raum hinein. Ihm dabei in die Augen zu sehen wäre ihr schwergefallen. Sie wollte nicht zu jämmerlich wirken.

»Was du hier siehst ...«, begann sie zögernd, »... es kann sein, dass es bei mir nie klappt ... ich weiß nicht, ob ich jemals ...«

Sie brach ab.

Paul sagte eine Weile nichts. Ich habe es vermasselt, dachte Sophie im Stillen und merkte, wie alles in ihr gefror. Wir haben uns noch nicht mal geküsst – und ich spreche schon über Kinder. Was bin ich nur für eine Besessene! Wir kennen uns doch gar nicht. Der hält mich jetzt für total meschugge. Ich bin ein Psycho. Ich bin durchgeknallt, getrieben von diesem Thema, und behellige alle damit. Mit Johann ist es zu Ende, mit Paul wird es nie beginnen. Das Schweigen hielt an. Gut, dachte sie jetzt, dann steht eben meine Arbeit im Zentrum. Ich verdiene gutes Geld, ich werde viel reisen, vielleicht kann ich ja ehrenamtlich bei irgendeinem Sozialprojekt helfen. Lesepatin in Neukölln. Oder Psychotante für Teenie-Mütter in Marzahn. Es gibt doch so viele Kinder auf der Welt, die Hilfe brauchen. Ein neues Hobby wäre auch nicht schlecht. Zumba? Urban Golf? Snowboarding?

Sie spürte, wie Paul sich ihr zuwandte. »Schau mich an«, sagte er, sein Ton war sehr ernst.

»Sophie, ich will dich. So, wie du bist. Du hast mich

umgehauen – seit diesem Tag im McDonald's ist mein Leben nicht mehr wie vorher. Keine Ahnung, was kommen wird, aber eines weiß ich – dich möchte ich nicht missen. Nicht noch einmal verlieren, zwei Wochen waren genug. Das ist mehr, als ich jemals zuvor für eine Frau gespürt habe. Für mich reicht das.«

»Aber wenn du eines Tages doch ein Kind willst? Ich meine, Männer haben ja viel länger die Möglichkeit.«

Paul zuckte mit den Schultern.

»Es gibt viele kinderlose Paare, tolle kinderlose Paare – deine Mathilde Freud war doch auch so eine mit ihrem Robert. Warum wir nicht? Ich mache mir keine Sorgen, dass uns die Ideen ausgehen, was wir mit unserer gemeinsamen Zeit anfangen. Und ja, wir Männer können noch im Luis-Trenker-Alter Vater werden – dann ist man bei der Einschulung des Kindes taufrische neunzig Jahre. Und vielleicht setzt irgendwann im hohen Alter noch so ein darwinistischer Drang bei mir ein, dass meine Gene unbedingt auf der Erde verstreut werden müssen. Aber bislang sehe ich das ganz gelassen.«

Er streichelte ihre Wange.

»Hör auf, so viel nachzudenken. Du kannst nicht alle Gefahren und Tücken vorher ausschließen, so ist das Leben nicht. Aber was hast du zu verlieren? Nichts! Vertrau mir – so wie du mir an der Wand vertraut hast.«

Ja, das stimmte. Sie hatte ihm an der Wand vertraut, daran hätte sie eigentlich die ganze Zeit schon denken können. Wenn sie sich damals nicht auf seinen festen Griff verlassen hätte, wäre sie hinabgestürzt. Man muss sich auch retten lassen wollen. Sie hatte es gewollt.

Und ja, er hatte recht. Sie konnte nicht alles vorher abklären. Er wusste von ihrer Lage, das war nun ausgesprochen. Sie hatte ihn gewarnt, was nun kam, konnte sie nicht planen oder beherrschen. Und wenn er ihr eines Tages das Herz brach, vielleicht sogar schon morgen oder nächste Woche, weil er sich für ein anderes Leben entschied, dann war das eben so. Das war Teil des Risikos, wenn man sich verliebte.

Sie legte ihre Hand um Pauls Kopf, zog ihn zu sich herunter und küsste ihn. Und er küsste sie. Beide spürten, nun gab es kein Halten mehr. Sie waren keine fünfzehn mehr, sondern erwachsene Menschen, die einander begehrten und keine Spielchen spielen wollten. Weil sie sich füreinander entschieden hatten. Und so schien es das Natürlichste der Welt, an diesem Ort miteinander zu schlafen. Alle Mattheit fiel von Sophie ab, und beim ersten Mal taten sie es so hungrig miteinander, so ausgezehrt und wild, als hätten sie eine lange, lange Durststrecke hinter sich. Beim zweiten Mal, etwas später, ließen sie sich Zeit, und tief vergraben in ihren Daunenschlafsäcken genossen sie es, den fremden Körper zu erkunden – für Momente so von Glück durchtränkt, dass es wehtat. Sophie und Paul schauten sich an und spürten, wie aufgewühlt der andere war. Wann habe ich zuletzt so etwas Heftiges gefühlt?, dachte Sophie. Als Kind vielleicht. Aber dann, ganz plötzlich, brannten sie wieder füreinander, wie beim ersten Mal. Sein Körper, seine Küsse und das Rauschen der Quelle jagten Sophies Puls hoch. Sie rollten aus dem Schlafsackberg hinaus, rollten über den kalten Steinboden und konnten nicht voneinander lassen, bis Sophie in dem halb dämmrigen Raum die Orientierung verlor. Offenbar ging draußen langsam die Sonne auf, denn das Ochsenauge war nun nicht mehr schwarz, sondern verhangen grau. Die schaurigen Konturen verloren sich, und die Kröten wirkten nicht mehr unheimlich, sondern zunehmend pittoresk. Nur die Steinkröte blieb so steinern und ungerührt wie eh und je. Sophies Hand hing nun am Rand des steinernen Beckens, mitten im Quellstrom der Kröte. Das eiskalte Wasser floss über ihre Hand, während Paul immer tiefer in sie drang – nein, sie hatten nichts zu verlieren. Alles war möglich mit ihm. Sie gaben sich beide hin, schutzlos.

»Das ist wirklich ein wunderbarer Ort«, sagte Sophie, als sie dann, an die Kröte gelehnt, in seinen Armen lag.

»Das ist jetzt auch unser Ort«, antwortete er. So empfand sie es auch. Dieser Ort war jetzt ein Teil von ihnen.

Als ihnen schließlich kalt wurde, zogen sie sich etwas über und krochen zurück in ihr Bettenlager. Eine Weile plauderten sie noch und tranken Tee, dann schlief Sophie wieder ein. Sie lächelte im Schlaf.

Der Gesang weckte sie Stunden später.

»Halleluja«, erklang es. »Halleluja. Halleluja.«

Sophie schoss hoch. »Was ist das?«

Paul lachte. »Es ist Sonntag, da wird die heilige Messe gefeiert. Du bist wohl nicht katholisch.«

»Protestantisch«, antwortete Sophie, die nun begriff, dass der Gottesdienst in einer der drei Kirchen abgehalten wurde. Sie sah Paul an. »Eine Warnung: Wenn mein Blutzucker unten ist, werde ich unausstehlich. Ich habe einen Riesenfrühstückshunger!«

»Das nehme ich als Zeichen der Genesung. Komm, wir packen schnell zusammen und verschwinden. Wir waren jetzt lange genug hier drinnen, die da draußen machen sich bestimmt schon Sorgen. Aber erst …« Er küsste sie lange. »Guten Morgen«, murmelte er.

»O nein«, Sophie rückte ab, »nein, nicht noch einmal. Nicht ohne Frühstück!«

Er lachte. »War ja nur ein Versuch.«

Sie zogen sich an, packten ihre Sachen zusammen, stopften die beiden Schlafsäcke und die Wolldecken in den Rucksack, der Rest kam in den Picknickkorb. Sophie wurde jetzt von Unruhe erfasst, sie wusste, sie sollten um diese Zeit nicht hier sein – sonntagmorgens, wenn die Kirchgänger unmittelbar in der Nähe sangen. Sie griff nach dem Picknickkorb und ging mit schnellen Schritten zur Tür, den Schlüssel schon in der Hand.

»Wo willst du hin? Hier geht's lang. Zeit zu klettern.« Mit dem Kletterseil schon in der Hand stand Paul unter dem Ochsenauge an der Steinwand. Woher kam das Seil? Sophie begriff, dass sie sich das Hämmern nicht eingebildet hatte – Paul hatte einen Felshaken in die Außenwand gehauen. »Draußen steht die Leiter. Wir müssen ohnehin das Seil abbauen und den Haken rausziehen.« Er trat ans Seil und begann ohne große Mühe, die Wand hochzuklettern. Dafür brauchte man nicht viel Technik.

Gut, dachte Sophie. Wenn sie dort hinauskletterten, würde sie keiner sehen. Das barg weniger Gefahr als die Eingangstür. Paul verschwand schon durch das Ochsenauge und stellte sich auf die Leiter. Nun schaute sein Gesicht durch das offene Fenster herein.

»Du bist dran«, grinste er. Das Wetter war besser geworden, das Sonnenlicht umspielte seine hellen Locken. Es hätte auch eine engelsgleiche Glasmalerei sein können. Sophie musste lachen.

»Was lachst du?«, fragte Paul von oben.

»Süß«, antwortete Sophie nur. Dann schnappte sie sich das Seil. Es hing doppelt, damit man es besser greifen konnte. In Windeseile kletterte sie hoch. Den Raum aus Höhe des Fensters zu sehen eröffnete einen völlig neuen Blick, die Vogelperspektive, die sie so liebte. Die Dinge sahen von oben klein und harmlos aus, wie Spielzeug. Von hier oben, kurz unter dem Ochsenauge, hatte sie den ganzen Raum im Blick, alle Schicksale, alle Dankesgaben. Und das war ein königliches Gefühl.

»Gott ist kein Mensch, er kann nicht lügen, sein Wort der Wahrheit kann nicht trügen ...«, sang der Chor in der benachbarten Kirche, als sie durch das Ochsenauge kletterte. Ein sonderbares Gefühl, wieder draußen zu sein. Nach so vielen Stunden.

»Hol das Seil ein«, rief Paul von unten. Auf der Leiter stehend, zog Sophie es hoch und ließ es durch die Öse gleiten.

»Gott macht den liebsten Sohn zum Bürgen, er lässt ihn martern und erwürgen, Gott ist getreu«, sang die Gemeinde.

Das Seil fiel zu Boden. Sophie schaute ein letztes Mal nach drinnen. Alle Spuren der letzten beiden Nächte waren verwischt. Es war, als hätten sie den Krötenraum nie betreten. Sie mussten nur noch die Leiter fortbringen. Sophie nahm sie vorne, Paul hinten. Vorsichtig lavierte Sophie um die Ecke und versuchte, nicht an die Kirchenmauern zu stoßen.

»Er reinigt mich von allen Sünden, er lässt mich Ruh in Christus finden. Gott ist getreu.«

»Mein Lied«, murmelte Sophie.

# 20

Die Leiter wog schwer. Gemeinsam bogen Sophie und Paul um die Ecke und traten auf die Wiese vor dem Quellhaus, die schon in der Sonne lag. Fast hätte Sophie die Leiter fallen lassen. Denn zu ihrem Erstaunen stand dort auf der Wiese Johann. Aber er war nicht allein. Er sprach zu einer größeren Gruppe Menschen. Die meisten kamen Sophie seltsam vertraut vor, obwohl sie sie noch nie im Leben gesehen hatte. Ein Ehepaar in Lodentracht, ein Mittvierziger mit Hornbrille, eine ältere, gut angezogene Dame, ein entspannt aussehender Kerl mit längeren Haaren – und Philipp von Studnitz. Er war bleich. Plötzlich sah Sophie, warum ihr ein Teil der Menschen so bekannt vorkam. Sie alle hatten dieses markante Nick-Knatterton-Kinn. Es mussten Mitglieder der Familie von Studnitz sein, vermutlich die Geschwister.

Und dann war da noch eine wunderschöne, große Frau mit langen dunklen Haaren und einer tadellosen Figur. Sie trug ein tief ausgeschnittenes rotes Kleid. Sophie rieb sich die Augen. Sah sie schlecht? Nein, sie kannte das Kleid. Es war ihr Kleid – das Studio-54-Kleid aus New York. Jetzt erkannte sie auch die Frau. Verband und Pflaster waren ab, und die neue Nase sah ausgesprochen hübsch zu den hohen Wangenknochen und den vollen Lippen aus. Jetzt entdeckte sie Sophie, grinste sie höhnisch an und strich das Kleid glatt, sodass ihre schmale Taille und die langen Beine noch besser zur Geltung kamen.

»Ist das nicht diese Fernsehtante? Die vom Privatfernsehen. Sie sieht irgendwie anders aus als sonst. Ich mag sie nicht besonders. Aber Respekt – heißes Kleid«, sagte Paul leise hinter ihr.

»Das ist eigentlich mein Kleid«, antwortete Sophie, ohne die Moderatorin aus den Augen zu lassen, die ihr gerade diskret den Stinkefinger zeigte.

»Verstehe. Mieser Charakter«, schlussfolgerte Paul.

Johann schenkte den beiden Neuankömmlingen keinerlei Beachtung. Er hielt gerade ein silbernes Messer und eine silberne Gabel hoch.

»Versilbertes Essbesteck, noch aus der Zeit der Hotelgründung, sehen Sie, dieses eigenwillige florale Jugendstilmotiv. Unser kurzfristig angereister Kunstexperte Herr Brüggemann ...«, Johann zeigte auf einen jüngeren Mann in Anzug mit Weste, Krawatte und dazu passendem Einstecktuch, »... betont den hohen Grad der Versilberung. Dieser hat allerdings dazu geführt, dass die Oberflächen des Besteckes sehr zerkratzt sind, sehen Sie hier, sogar Kerben. Hundert Jahre Nutzung hinterlassen eben ihre Spuren. Deshalb würden wir dieses Besteck nachgießen, allerdings in Cromargan – eine hoteltaugliche Edelstahlmischung aus Chrom und Nickel. Sie sehen an diesem Detail, das Design bleibt, aber wir bringen das Hotel damit auf den neuesten Stand: Das Besteck ist dann kratzfest, spülmaschinentauglich und …« – Johann grinste vertraulich in die Runde – »… nebenbei gesagt, auch vor Diebstahl geschützt.«

Er übergab das Besteck der Moderatorin, die nun wie eine Assistentin in einer Gameshow wirkte. Sie lächelte ihr reizendes Fernsehlächeln. Sophie musste zugeben, sie war ein hübsches Accessoire.

»Warum ich Ihnen das erzähle? Weil ich Ihnen an diesem Detail klarmachen will, wie es um das alte Sanatorium Ihrer Eltern steht: nicht gut. Gar nicht gut. In manchen Bereichen sogar ziemlich finster. Bei meinem Rundgang habe ich Löcher in Bettbezügen gefunden, das Parkett knarzt so laut, dass man nachts wach wird, und über den Zustand des Daches will ich gar nicht erst reden. Ihr Bruder hat den alten Kasten zwar flugs in ein Hotel umgewandelt, aber vom Standard eines hochpreisigen Leading Hotel of the World ist man noch Lichtjahre entfernt. Deshalb …«

Seine Zuhörer schienen nicht gut mitzukommen – Besteck, Bettdecken, Leading Hotel? Worüber redete der Mann? Offenbar schaute Johann in ratlose Gesichter. Also holte er zur großen Geste aus. Die Moderatorin strahlte, sie konnte sich tatsächlich noch heller knipsen.

»Liebe Familie von Studnitz, ich weiß nicht, ob Ihnen bewusst ist, was Sie hier haben: ein Kleinod. Das Haus, die Lage, die Kirchen hier. Dies ist ein ganz besonderer Ort. Daraus kann man etwas ganz Großes machen. Aber Ihr Prachtstück verkommt. Die Sommerfrische braucht Geld, viel Geld, damit sie in altem Glanz erstrahlen kann. Der Name von Studnitz soll selbstverständlich mit dem Haus eng verbunden bleiben. Ein solcher Name schafft Credibility, das gibt der Anlage eine ganz persönliche Note. Eine echte Familiengeschichte ist unbezahlbar. Aber Name und Lage allein reichen heute nicht mehr. Die Hotelstandards von heute sind hart, und so, wie Ihr Haus jetzt dasteht, sind Sie nicht konkurrenzfähig. Man muss investieren. Was Sie brauchen, ist ein guter Investor.«

Ein schluffiger Kerl, unverkennbar Philipps Bruder, meldete sich zu Wort. »Was für einen Investor?«

Johann kreuzte Zeige- und Mittelfinger, sodass sie sich aneinanderschmiegten. »Ich bin ganz eng mit ein paar chinesischen Investoren. Die suchen genau solche Objekte in Europa. Man könnte mit ihnen eine behutsame Renovierung vereinbaren, einen sensiblen Mix zwischen Alt und Neu, damit das Authentische des Ortes nicht zerstört wird. Ein Facelift, das Aussehen bleibt, nur wirkt der Ort frischer, moderner. Dazu natürlich die Anbindung ans 21. Jahrhundert: eine Straße direkt bis vor das Hotel, Internet-Zugang, eine kultivierte Parkanlage, ein neuer Spa-Bereich …«

Alle starrten Johann an. Nur die Moderatorin lächelte unerschütterlich.

»Das bedarf großer Geldmengen, ich weiß – aber nur so kann das Hotel auf Dauer international mithalten.«

»Und die Chinesen haben …«, begann eine in Loden gekleidete Frau vorsichtig.

»Geld! Die Chinesen haben viel Geld«, mischte sich nun die Moderatorin ein. »Die schwimmen im Geld.«

Alle standen betreten und etwas überfordert herum. Johann merkte, dass seine Ansprache noch nicht ausgereicht hatte, um die Geschwister zu überzeugen. Also legte er einen höheren Gang ein.

»Reden wir Klartext: Ihr Bruder Philipp führt dieses Hotel über kurz oder lang der Insolvenz entgegen. Als Erbengemeinschaft würden Sie im Insolvenzstrudel untergehen, denn Sie alle sind haftbar. Mein dringender Rat lautet: Retten Sie sich, bevor es zu spät ist! Und mit Gewinn!«

»Ach, ich weiß nicht«, sagte jetzt der schluffige Bruder zögernd.

»Ich hole einen wirklich guten Preis für Sie alle raus. Keine Sorge. Wir reden über mehrere Millionen Euro. Bei einer Zwangsversteigerung dagegen können Sie froh sein, wenn Sie mit einem blauen Auge davonkommen. Im schlimmsten Falle zahlen Sie für die Fehler Ihres planlosen Bruders.«

Jetzt wurde es Philipp von Studnitz, der zuvor in eine Art Angststarre verfallen war, zu bunt. »Was soll denn dieses dauernde Gerede über Insolvenz?«, brauste er auf. Aber es wirkte halbherzig, fand Sophie.

Johann nahm ihn scharf ins Visier. »Studnitz, Sie wissen genau, wovon ich rede. Ich habe einen Blick in Ihre Kreditunterlagen geworfen – Ihnen steht das Wasser bis zum Hals! Warum ich da rankam? Weil man in der Gemeinde von meinen Investoren überzeugt ist. Die Chinesen kaufen sich ein, ein Traum! Alle stehen hinter mir – der örtliche Bankdirektor, der Bürgermeister, sogar der Pfarrer. Ein solches Top-Hotel würde den Tourismus in der ganzen Region ankurbeln. Aber so einer wie Sie verpennt das alles. Sie sehen die Chancen einfach nicht. Was haben Sie denn Ihren Geschwistern zu bieten? Nur Verlust, Insolvenz, Untergang. Entschuldigen Sie meine Offenheit, aber so stehen die Dinge in Marienbrunn.«

Philipp sah aus, als habe er einen Schlag in den Magen gekriegt. Er sackte leicht nach vorne. Was war das hier? Was passierte da gerade? Sophie, eben noch auf einer rosaroten Wolke, erwachte hart. Ohne auf Paul zu achten, ließ sie die Leiter fallen, drängte sich durch die Gruppe und zog Johann zur Seite, während die Familie die Köpfe zusammensteckte.

»Was machst du hier?«, zischte sie scharf. »Was soll das?«

»Ich schließe ein Geschäft ab. Ein ziemlich gutes sogar. Das ist mein Job, Sophie. Ich weiß doch, wie viel dir an dem Ort hier oben liegt. Deshalb helfe ich mit, ihn zu bewahren. Ich rette Marienbrunn aus der Vergangenheit und gebe der Sommerfrische eine Zukunft.« Die letzten Sätze klangen sarkastisch.

Sophie betrachtete Johann, sie sah ihn plötzlich wie aus großer Distanz. Unter seiner scheinbar professionellen Oberfläche spürte sie seine Wut – sie hatte ihn betrogen, gedemütigt und verletzt. Sie analysierte ihn wie einen Kandidaten im Job, kühl und genau. Er schien jetzt auch zu merken, dass Sophie ihn anders ansah als sonst, und das schien ihn noch wütender zu machen.

»Marienbrunn?«, fragte Sophie.

»Geschäft«, antwortete Johann.

»Familientradition?«, fragte Sophie.

»Überbewertet«, kam sofort zurück.

»Motivation?«, folgte nun Sophies Frage.

»Rache«, sagte Johann ganz offen – und sein Blick sprach Bände.

Wortassoziation, Sophie liebte sie. Eine alte, aber weiterhin bewährte Methode in der Psychologie, ganz einfach, aber oft effektiver als aufwendige Tests. Ein Wort gab das andere, und man drang damit in tiefe Schichten vor. Natürlich war der Hotelverkauf Johanns Rachefeldzug. Er wusste, Sophie hing an diesem Ort und hatte hier einen anderen Mann lieben gelernt. Deshalb wollte Johann ihn zerstören – auf seine ganz eigene, geschäftstüchtige Art. Sogar aus einer privaten Niederlage wollte er Gewinn schlagen.

Sie machte eine Kopfbewegung zu der Moderatorin, die außer Hörweite stand.

»Fernsehluder?«, fragte sie.

»Heiß«, schleuderte Johann ihr entgegen.

»Rotes Kleid?«, bohrte Sophie nun nach.

»Mein Geschenk«, gab Johann patzig zurück. Tatsächlich, das Kleid war ein Geschenk von ihm an Sophie gewesen. Jetzt forderte er die Geschenke offenbar zurück. Vermutlich hatte er es mit der Moderatorin im Hotelzimmer wild getrieben, wer weiß, womöglich war dabei sogar ihre Kleidung zerrissen, und am Morgen hatte sie sich dann aus Sophies Kleiderschrank bedient. Einfach, um ein Zeichen zu setzen: Du bist gestern, jetzt bin ich dran. So ging es also auseinander, nach so langer Zeit. Obwohl Sophie noch vom Glück der letzten Nacht erfüllt war, machte es sie doch traurig. Wie hässlich diese Liebe endete. Das verdiente sie nicht.

»Doodle?«, fragte sie leise.

Johann zögerte einen Moment. Dann sagte er: »Durchgeknallt.«

Durchgeknallt. So dachte er über sie. Plötzlich erkannte sie ganz klar, was ihn umtrieb – sein einziger Motor war die Arbeit. Die Frau an seiner Seite musste dauerhaft funktionstüchtig sein, wie er selbst. Deshalb würde er nie verstehen, warum sie diese ganze Babysache so umgehauen hatte. Ihr Motor hatte gestottert, damit war er nicht klargekommen. Und was hatte sie zum Stottern gebracht? Marienbrunn. Vielleicht wollte er diesen Ort nur funktionstüchtig machen, so wie er sie gerne weiterhin funktionstüchtig gehabt hätte. Was er dabei zerstörte, wollte er nicht sehen. Er hatte ja schon Ersatz für sie gefunden – und was für einen, feuerrot und heiß.

»Schlüssel«, sagte nun Johann.

Sophie schaute ihn überrascht an. Er drehte den Spieß um, oha, das hätte sie ihm nicht zugetraut. Nun spielte er den Psychologen, gab das Wort vor. Erstaunlich, womöglich unterschätzte sie ihn doch. Schlüssel? Damit konnte nur der Wohnungsschlüssel ihrer gemeinsamen Berliner Wohnung gemeint sein. Nein, sie wollte ihm da keine Probleme bereiten. Sie würde ausziehen. Ihre Sachen packen und gehen.

»Hertha-BSC-Toaster«, antwortete Sophie also. Ob er den Wink verstand? Den Toaster hatte sie damals in die gemeinsame Wohnung mitgebracht – er toastete das Vereinslogo in die Weißbrotscheibe. Johann fand ihn unmöglich. Er hatte beim Einzug gewitzelt, sollten sie sich jemals trennen, müsste sie das blöde Ding unbedingt mitnehmen. Seine Bemerkung führte damals zu heftigem Geknuffe, danach zu Geknutsche, und dann waren sie im Bett gelandet. Wie verliebt sie gewesen waren. Nichts davon war übrig geblieben.

»Schlüssel«, wiederholte Johann ungeduldig. Offenbar wollte er vom Hertha-BSC-Toaster nichts wissen. Was meinte er?

»Welchen Schlüssel?«, fragte Sophie ratlos – und das war nicht gespielt. Der Psychotest war vorbei.

Diesmal bekam Sophie eine ausführliche Antwort von Johann: »Diese Laura macht seit zwei Tagen das Hotel verrückt, jeder hat es mitgekriegt. Sie behauptet, es existiere ein ominöser Krötenraum – und du hättest den Schlüssel dazu. Den händigst du mir jetzt aus.«

»Nein«, rief Sophie und fand ihre Sprache wieder. »Niemals! Dazu habe ich kein Recht. Und du hast auch kein Recht, dir so etwas herauszunehmen. Wer bist du denn?«

»Ich bin der Vermittler, der Makler. Und ich muss doch wissen, was genau ich verkaufe.« Aalglatt und berechnend klang Johann jetzt.

»Das ist ein uraltes Geheimnis!«, rief Sophie empört.

»Und was ist *dein* Geheimnis? Wer ist denn der langhaarige Lockenkopf dahinten mit der Leiter? Das ist doch der Kerl von dem Foto. Wie lange läuft das schon? Den ganzen Urlaub? Hat er dir diese Flausen in den Kopf gesetzt?«

Johann, dem man plötzlich seine ganze ungebremste Wut ansah, ging einen drohenden Schritt auf Sophie zu, holte aus, und schon dachte man – aber da war Paul dazwischengegangen. Die Männer waren gleich groß, gleich kräftig.

»Aus dem Weg«, blaffte Johann. »Ich will den Schlüssel, sofort.«

»Wehe, du fasst sie an«, zischte Paul zurück.

Noch nie hatte Sophie die Aggression zwischen Männern so deutlich gespürt. Das Testosteron lag förmlich in der Luft, Hände wurden zu Fäusten geballt, und beide ließen sich nicht aus den Augen. Da spürte Sophie plötzlich, wie ihr jemand von hinten in die Hosentasche griff und den Schlüssel herauszog.

»Ich habe ihn«, rief die Moderatorin beglückt. Dieses Aas. »Sie hatte den Schlüssel in der Hosentasche.«

»Sie Scheusal!« Philipp versuchte nun, seinem prominenten Gast den Schlüssel zu entwinden, aber die hielt ihn hoch über ihren Kopf. Sie war größer als der Hotelchef. Und mit allen Wassern gewaschen.

»Wir sind eine Erbengemeinschaft, Philipp, vergiss das nicht. Das Hotel gehört uns genauso wie dir. Ich will, dass dieser junge Mann alles zu sehen kriegt. Seine Pläne klingen doch ganz vernünftig. Er hat recht: Schau dir doch an, wie das Haus verkommt. Da sitzen verrückte Weiber bis zum Abendessen auf der Dachkante und warten, bis du mit der Leiter kommst«, mischte sich nun die Schwester in Loden ein.

»Das ist keine Verrückte, das ist Laura«, murmelte von Studnitz.

»Überhaupt, die Preise – es ist alles viel zu billig hier oben. Wenn ich sehe, wer sich alles einen ganzen Sommerurlaub hier leisten kann. Nein, unser Hotel, das Erbe unserer Eltern, ist ein Sanatorium für psychisch angeschlagene, gebärunfähige Weiber geworden. Kein Wunder, dass hier sonst keiner hinwill.« Mit großer Geste übergab die Moderatorin ihr den Schlüssel.

»Bitte schön«, sagte sie und lächelte ihr perfektes Lächeln, und dabei wirkte ihre Nase unendlich zart und mädchenhaft.

»Also, ich habe ihn. Nun verraten Sie mir bitte …«, die Schwester wandte sich Johann zu. »Warum wollen Sie so dringend diesen Krötenraum sehen? Nur der Vollständigkeit halber? Oder steckt mehr dahinter?«

»Ja, wieso brauchen Sie den Schlüssel?«, wiederholte nun der schluffige Bruder. »Der Krötenraum hat doch nichts mit dem Hotel zu tun.«

Johann zeigte auf Sophie.

»In den letzten Tagen habe ich erfahren müssen, wie irrational manche Frauen sind. Gut ausgebildete Frauen, die ihr eigenes Geld verdienen, die mit einem wohlhabenden Mann liiert sind und denen das Leben allerlei Annehmlichkeiten bietet. Sie haben alles: eine tolle Wohnung, schöne Reisen, hochwertige Freizeit. Aber das ist manchen Frauen wie …«, er nickte nun zu Sophie hinüber, was sich etwas sonderbar ausnahm, denn sie sah mit ihrer wilden, verschwitzten Mähne im Moment wirklich nicht wie ein Luxusweibchen aus, »… nicht genug. Sie wollen mehr. Mit Materiellem schon gut versorgt, streben sie nun nach ein bisschen Seele. Ein wenig Spiritualität und Geheimnis. Eine angenehm esoterische Mischung aus Wellness, Heilung und Erlösung, das ist ihre neue Religion. Und genau damit wird das Hotel punkten. Punkten? Nein, dieser ominöse Krötenraum und das Wunderwasser werden einschlagen wie eine Bombe. Das ist der Teaser, das Gimmick, das gewisse Extra, das Marienbrunn von anderen Hotels unterscheidet. Wir müssen es nur richtig vermarkten.«

»Und darum kümmere ich mich«, ergänzte die Moderatorin. »Wie gut meine Kontakte sind, muss ich ja nicht betonen. Fernsehen ist heutzutage alles.«

Feierlich übergab nun die Lodenschwester Johann den Schlüssel. In diesem Moment wurde Sophie so übel, als ob sie sich gleich übergeben müsse. Sie stützte sich bei Paul ab.

Mit dem Schlüssel in der Hand ging Johann in Richtung Quellhaus, die Familie von Studnitz folgte ihm fast vollständig – bis auf Philipp.

Sophie lief der Lodenschwester hinterher, fasste sie am Arm und sagte leise, aber eindringlich: »Tun Sie das nicht. Das Geheimnis des Krötenraums blieb über Jahrhunderte gewahrt, Sie als Familie müssten das doch wissen. Und Sie alle zerstören es. Wofür? Für ein bisschen Geld.«

Die Schwester zuckte mit den Schultern und antwortete: »Ich fürchte, das bisschen Geld brauchen wir.« Dann sagte sie noch, Sophie tröstend, aber auch sich selbst: »Nichts, Kind, ist für die Ewigkeit. Jedenfalls nichts aus Stein.«

Johann, der etwas mitbekommen hatte, drehte sich um und grinste die beiden an. »Von ein bisschen Geld kann hier übrigens nicht die Rede sein.«

Plötzlich merkte Sophie, dass Johann für sie zu einem Fremden geworden war. Diese Jahre mit ihm, sie existierten nicht mehr. Wie hatte sie neben ihm im Bett liegen, neben ihm atmen können? Alles an ihm stieß Sophie ab. Johann war ausgelöscht.

»Komm«, sagte Philipp neben ihr, der jetzt seltsam gefasst wirkte. »Es hat keinen Sinn mehr. Du kannst den Lauf der Dinge nicht aufhalten. Mach dir keine Vorwürfe, es war alles nur eine Frage der Zeit. Meine Geschwister saßen mir schon vorher im Nacken, die Banken auch. Wahrscheinlich hätte ich nicht mehr lange durchgehalten. Ich hatte jeden Tag Angst, dass so jemand wie Johann auftaucht. Ich habe es versucht und bin gescheitert. Du weißt ja, ich bin kein besonders guter Geschäftsmann. Zum Glück bleibt mir noch die Bergstation, die haben mir meine Eltern direkt vererbt; vielleicht weil sie ahnten, was kommen würde.«

Paul nahm Sophies Hand und zog sie sanft weg. Sie drehte sich noch einmal um, sah, wie Johann die Tür öffnete und die Schwester in Loden den Lichtschalter betätigte. Die Tür zum Krötenraum stand jetzt sperrangelweit offen. Schon zückte der Kunstexperte sein Handy und machte Fotos. Nein, diese Tür würde man nie wieder zukriegen. Die Moderatorin in ihrem leuchtend roten Kleid stand wie ein Dämon in der Tür und breitete die Arme aus. Genau an der Stelle, wo Sophie vor wenigen Stunden so glücklich gelegen hatte.

Aber vielleicht übertrieb sie auch. Sie ist kein Dämon, ermahnte sich Sophie selbst. Sie ist nur eine sehr erfolgreiche Frau von heute, die wenig Skrupel kennt.

Gemeinsam gingen Sophie, Paul und Philipp zwischen den engen Kirchen hindurch, liefen seitlich am Hotel vorbei und traten hinaus auf die Wiese. Unter einem Baum saßen, wie am ersten Tag ihres Aufenthalts, ihre drei Freundinnen. Vor ihnen stand eine schöne alte Glaskaraffe mit Wasser und drei Gläsern.

Sie winkten ihnen zu.

»Was ist los?«, fragte Julia irritiert, als die drei näher kamen. In ihren Gesichtern las man wohl Spuren der Tragödie.

»Wir dachten eigentlich, wir werden Zeugen einer großen Liebesgeschichte«, fügte Zoe grinsend hinzu.

»Es ist vorbei«, sagte Philipp.

»So sehen die beiden aber nicht aus«, gab Katalin zu bedenken, denn Sophie und Paul standen Hand in Hand vor ihnen.

Philipp musste lächeln, er mochte Paul offenbar. Dann wurde er schlagartig ernst, und die Trauer übermannte ihn. Er setzte sich erschöpft.

»Marienbrunn. Das ist vorbei. Johann hat die Geschwister von Philipp überredet, das Hotel an chinesische Investoren zu verkaufen. Samt Quelle und Krötenraum. Es wird nie wieder werden wie zuvor«, sagte Sophie.

»Mist, ich habe den Krötenraum gerade erst zu sehen gekriegt«, fluchte Katalin. »Ich war so stolz, in das Geheimnis eingeweiht zu sein.«

»Bald kannst du Bilder davon im Internet anschauen«, sagte Philipp tonlos.

»Es tut mir so leid«, murmelte Sophie.

»Uns auch«, sagten die anderen.

Julia schaute Sophie an. »Tja, wir alle haben bei Männern schon mal ins Klo gegriffen«, sagte sie auf ihre direkte Art.

»Aber du hast dich ja geschmacklich weiterentwickelt …«, besänftigte Zoe mit Blick auf Paul.

In dem Moment öffnete sich die Tür des Hotels, und

Laura rannte heraus und lief mit ihrem wehenden weißen Kleid über die Wiese. Es war ein vertrauter Anblick. Nur hatte diesmal kein Gong geschlagen.

Philipp sah sie, stand auf, und plötzlich lagen sie sich in den Armen. Laura weinte hemmungslos, auch Philipp stand das Wasser in den Augen. Dann umarmten die anderen sie auch, und alle standen umeinander und versuchten, sich gegenseitig zu trösten.

Sophie löste sich als Erste. »Und jetzt?«, fragte sie und war glücklich, dass Paul weiterhin ihre Hand hielt. Er war da. Er ließ sie nicht los.

Philipp räusperte sich. »Ich kenne einen netten Biergarten, drei Dörfer weiter. Auf den Schreck brauche ich erst mal einen Frühschoppen. Das Hotel ist für mich verloren, das ist klar. Zoe, du bist doch Anwältin. Hilfst du mir? Sie sollen es so teuer wie möglich kriegen.«

Er blickte zurück, schaute auf die drei kleinen Kirchen und sagte leise: »Schade. Ich mag kein guter Hotelier gewesen sein. Aber ein guter Gralshüter war ich schon ...«

Da griff Paul in seine Tasche, holte eine kleine silberne Kröte heraus und gab sie Philipp.

»Die Nacht im Krötenraum hat mein Leben verändert, da wollte ich ein kleines Andenken mitnehmen. Jetzt ist es Teil einer Konkursmasse geworden. Nimm du die Kröte, es ist ein Anfang – sie steht für das, was eines Tages kommen wird. Du wirst etwas Neues finden.«

Philipp schaute unsicher. »Aber dann hat sich ja etwas verändert im Krötenraum, eine fehlt. Kann ich das denn ...?«

»Keine Sorge«, sagte Sophie, »er kann die kleine Kröte ja nachgießen lassen. In Cromargan.«

Da begann Philipp zu lachen, so befreit, wie Sophie ihn noch nie hatte lachen hören.

»Dann schnell weg hier«, sagte Philipp. »Bevor ich noch irgendetwas unterschreiben muss. Eine Verzichtserklärung oder so etwas.«

Sie rannten alle los. Liefen am Hotel vorbei, den Weg hinunter, über die Brücke am Wasserfall, ließen die Telefonwiese und die blökenden Schafe hinter sich, rannten, bis sie den Wald erreichten. Erst dann schlugen sie ein gemächlicheres Tempo an. Sie wussten, jetzt hatten sie Zeit. Das Leben würde nie wieder so werden wie zuvor. Sie hatten alles verloren und alles gewonnen.

# Einige Zeit später

Am schönsten war die Zeit, wenn die letzte Gondel die Bergstation verlassen hatte und zu Tal fuhr. Dann waren die Tagesgäste weg, und sie hatten die Dolomiten ganz für sich allein. Sophie setzte sich mit einer Tasse Tee auf die Terrasse und genoss die Stille. Genau hier hatte sie vor drei Sommern schon einmal gesessen, damals, beim Ausflug mit Julia, Katalin und Zoe. Wie verloren sie damals gewesen war, wie verzweifelt.

Paul war losgezogen. Er war unterwegs zum Klettern, das tat er oft in den Abendstunden, es blieb ja im Sommer lange hell. Bis vor wenigen Wochen war sie noch mitgegangen, das tägliche Training hatte sich ausgezahlt, sie kletterte bald besser als je zuvor. Aber im Moment ging es eben nicht. Bald merkte sie, wie gut ihr die Atempause tat. Jetzt im Hochsommer war tagsüber auf der Berghütte viel los. Sophie liebte ihr neues Leben, es war so völlig anders als das alte. Es machte ihr Spaß, eine gute Gastgeberin zu sein, Menschen kennenzulernen, sie zu bedienen und sich mit ihnen zu unterhalten. Als das alte Pächterpaar sich zurückgezogen hatte, hatte Philipp ihnen beiden die Hütte sofort angeboten. Der Abschied von Berlin war Sophie wie auch Paul erstaunlich leichtgefallen. Und sogar eine richtige Attraktion hatten sie hier oben eingerichtet: den höchsten Bonsai-Garten Europas. Erwin, Edgar, Eno, Emil und Enrique hatten die Verpflanzung gut überstanden, nur Egon, der rotblättrige Fächerahorn, war mit dem Höhenklima nicht gut zurechtgekommen. Er ging ein.

Sophie nahm die Post zur Hand, die Julia, Katalin und Zoe ihnen heute heraufgebracht hatten. Die drei machten ab und zu noch in Marienbrunn Urlaub – ein Trip, der zwischen Nostalgie und Wehmut changierte. »Klinisch« sei es dort geworden, erzählten sie. »Völlig steril.« Das Neueste sei ein virtueller Rundgang durch den Krötenraum im Netz, ein Angebot auf der Hotel-Homepage. Der Krötenraum hatte kurz mediales Aufsehen erregt, nun dämmerte er unverändert hinter einer Glasscheibe vor sich hin. Es kam nichts mehr hinzu, weder Bilder noch Kröten. Der Ort war pure Vergangenheit.

Katalin und Julia waren inzwischen Mütter, und Zoe war begeisterte dreifache Patentante. Die Freundinnen waren bis heute eng verbunden.

Aus dem Stapel zog Sophie einen Brief von Philipp aus Chile. Zusammen mit Laura war er dorthin ausgewandert, denn die Nähe zu seiner alten Heimat und zu Marienbrunn hatte er nicht mehr gut ausgehalten. Erfreut öffnete sie den Brief, aus dem ein Zeitungsausschnitt mit Foto herausfiel. Sophie erkannte darauf Philipps neues Hotel *»El sapo de plata«* – »Die Silberkröte«. Offenbar war der Artikel ein Lobgesang, so viel Spanisch verstand sie. Philipp schrieb, wie gut es ihm und Laura gehe und wie glücklich sie seien.

Sie faltete den Zeitungsausschnitt zusammen und wollte ihn gerade zurück in den Umschlag stecken, als ihr das Foto auf der Rückseite auffiel. Eine ältere, sehr gepflegte Dame war dort zu sehen. »*81 años*« stand darunter und »*muerta*«. Und dann las sie: »*Presidente de la Asociación Psicoanalítica, Santiago de Chile, muy familiar con la familia Freud*«. Es war die alte Dame aus dem Flugzeug, keine Frage. So traf Sophie sie wieder. In einer Todesanzeige. Und in diesem Moment spürte sie eine kleine Bewegung in ihrem Bauch, als wolle das Ungeborene einen letzten Gruß an die Frau schicken, mit der alles seinen Anfang genommen hatte. Wie alles zusammenpasste.

Nachdenklich schaute sie ins Tal. Da hörte sie kleine Schritte. Ein Junge kletterte auf ihren Schoß und schmiegte sich an sie. »Guck, Mama« – er öffnete die Hand, und sie sah eine glitzernde Haarspange darin. Offenbar hatte Julias kleine Tochter sie heute bei ihrem Besuch hier oben vergessen. Glitzer, nichts war für Zweijährige faszinierender. Sophies Sohn hatte kein Auge für das Bergpanorama, für den weiten Himmel oder die tief stehende Sonne. Er starrte auf die Spange. Sanft küsste Sophie sein lockiges Haar. Locken vom Vater und von der Mutter – ein Superdoodle. »Gezeugt in der ersten Nacht«, sagte Paul manchmal stolz – und musste sich sehr zurückhalten, seine eigene Männlichkeit nicht zu rühmen. Männer! Sophie atmete glücklich den Geruch ihres Sohnes ein. Wie hübsch er geworden war, sein Gesicht wurde von Tag zu Tag eigener. Sie sah ihn von der Seite an. Und zum allerersten Mal fiel ihr auf, dass er womöglich ein leichtes Nick-Knatterton-Kinn entwickelte. Oder nicht? In diesem Moment drehte ihr Sohn sich zu ihr und strahlte sie mit seinen grünen Augen an. »Spange auf«, rief er begeistert. Sie lächelte zurück.

Nein, sie täuschte sich. Das war bestimmt nur ein Zufall.